人生AB面

可凡如是说

曹可凡 王嘉钰 著

内容提要

《人生AB面》是著名主持人曹可凡第一本真正意义上的个人传记，首次以文字形式，讲述了他的童年、求学、高考失利、选择学医、兼职主持、留校任教又最终成为资深传媒人的全过程。

从主持《诗与画》到《快乐大转盘》到以制作人身份开辟《可凡倾听》再到开拓《加油好男儿》《舞林大会》《顶级厨师》等真人秀主持疆场甚至走上电影大荧幕的非凡经历，全面展现了一个性格爽朗、学识渊博、主持风格沉稳大气的沪上名嘴的人生点滴。本书伴随着曹可凡的成长与成熟，也谱写了中国电视节目发展、改革和腾飞的三十年风雨兼程。

而对于这一代的年轻人，这本书能够成为一本具有人生参考意义的指导书，从曹可凡的经历中，我们看到一个人从小的所思、所想、所做，真的会点滴展现在今后的人生蓝图上，而没有人可以靠幸运成就非凡，即便是命运的不经意，也都是你在无意识时种下的良苦用心。

图书在版编目（CIP）数据

人生AB面 / 曹可凡，王嘉钰著. —上海：上海交通大学出版社，2016

ISBN 978-7-313-15445-3

Ⅰ.①人… Ⅱ.①曹… ②王… Ⅲ.①随笔—作品集—中国—当代 Ⅳ.①I267.1

中国版本图书馆CIP数据核字（2016）第163348号

人生AB面

著　　者：曹可凡　王嘉钰

出版发行：上海交通大学出版社　　地　　址：上海市番禺路951号

邮政编码：200030　　电　　话：021-64071208

出 版 人：韩建民

印　　制：上海景条印刷有限公司　　经　　销：全国新华书店

开　　本：787mm × 1092mm　1/16　　印　　张：26

字　　数：341千字

版　　次：2016年7月第1版　　印　　次：2016年7月第1次印刷

书　　号：ISBN 978-7-313-15445-3/I

定　　价：49.00元

总 序

曾几何时，节目主持人，这个现代文化的新生骄子，这个传媒领域中集大众传播与人际传播于一身的最具使命感的传播者，这个广播电视节目中集社会性与人际性于一身的最富亲和力的交流者，蓦然成了吸引众人眼光的焦点人物。节目主持人不仅成了许多人跃跃欲试的热门职业，更成了广大理论工作者研究对象。而一线节目主持人纷纷著书立说，将自己对主持节目的切身体会、深刻思考以至自己的生活经历奉献给了读者。这些文字已成为节目主持人学术研究的重要组成部分，成为出版界一道亮丽的风景线。

的确，近 30 年来，主持研究的队伍在日益壮大，研究的领域在逐步拓宽，研究的思路在不断突破，研究的水平也有了相应提高，中国节目主持理论的探索已经达到一个新的高度。然而，我们必须看到，主持人的著述对于我国广播电视事业的整体发展，对主持人的研究有着十分重要的意义。

如果说在研究、探索主持人理论的队伍中，业界的主持人好比是太阳，学界的理论工作者好比是月亮，那么月亮没有了太阳的光辉也只能叫“月球”，不能叫“月亮”。因为中国主持人的研究必须立足于实践，必须加深人们对主持人和主持人节目的认识，必须以生动活泼、丰富多样的主持实践为基础，必须从具体、形象且富于个性的主持人实践中，选择、提炼、加工、浓缩，最终升华为具有中国特色的主持人理论。只有这样，主持人的研究才能保持住生气与活力，才能发挥具体作用，解决现实问题，取得良好效果，才能使我国广播电视事业获得一个稳定、坚实、可持续发展的理论依托，赢得一个健康发展的良性循环局面。

而反之，如果业界主持人不重视经验的总结，不从理论上提升，远离学界，好比“太阳”的光辉不能照耀其他的星球，那么其充其量也只能称之为“自燃”了。毫无疑问，一个成熟的主持人节目是一个多元的、开放的，但不失内在联系的有机整体，主持人的成功与他们的成长经历有着千丝万缕的关系。因为主持人的职责不是机械地将单个节目内容进行堆砌、增减，而是要在“全面了解节目构思、素材，熟悉播出依据，清楚各个环节起承转合的前提下，能动地组织、串联、协调好节目的各部分内容，完成节目的制作、播出”。（赵玉明、王福顺主编，《广播电视辞典》第 212 页，北京广播学院出版社，1999 年 10 月）如果主持人不多加思考，不注重理论修养，不善于总结经验教训，就未必能深刻透彻地把握好本职工作的丰富内涵和广袤外延，就未必会从大局着眼、小处入手，就未必会树立牢固的节目观念和服务意识，以致影响到整个节目的传播功能与传播方式。

总之，节目主持人著书立说在广播电视的传播中占有突出地位。他们既是研究主持传播规律、特点和方法的主体，也是研究主持传播规律、特点和方法的客体。主持人的著述对于主持人逐渐走向成熟，对于人们认识主持传播的规律运用，并用这些规律来指导主持人创作大有裨益。主持人能将理论与个人的实际体会相结合，带着问题，把自己摆进去，长于发现、勤于探索、敏于领悟、善于总结，充分施展创造力和想象力，发挥自己的积极性与主动性，在研究中有所创造，在学习中得到提高，从而为主持人的研究提供更多独到的、鲜活的素材，打造出更有价值、更为坚实的理论基础，这种钻研精神难能可贵。

主持人虽然不是影视明星，但是成功的主持人头上的光环或许比影视明星更耀眼，因为他们的成功不仅能像影视明星那样让青年人羡慕，而且他们的思想和精神更能得到青年人的敬慕，青年人从他们身上能获得更多的“正能量”。

基于以上几点，基于我们心底的那份责任感，基于对主持人研究在理论和实践上的必要性和迫切性的理性认识，基于对生命、事业追求中的那份热爱，我们组织了部分华语名主持人和学界的一些理论工作者共同编纂了这套《华语名主持人丛书》，并逐步向大家推出。期盼能和读者一起分享。

编委会

2013 年 10 月

序 一

人生的一二三四五

王一飞

在我的案头放着一本曹可凡的新作《人生 AB 面》的样稿，从阅读第一页开始我就被跌宕的故事和生动的描述所吸引，其中还有一些与我有关的情节更让我沉浸在对往事的回忆中……一口气读完全书，无比酣畅。继而掩卷沉思：我和曹可凡究竟是什么关系？第一，曹可凡毕业于上海第二医科大学，我从 1962 年起就登上了二医大的讲台，又曾担任过十年二医大校长。当然，曹可凡是我的学生，我为有这样一位出类拔萃的高足感到欣慰与自豪；第二，本科毕业后，曹可凡报考组织胚胎学专业研究生，我是他研究生导师之一。他的实验研究主要是在我夫人朱云凤教授的免疫学实验室完成的，至今那段日夜奋战共同探索的岁月还历历在目。在紧张工作之际曹可凡常常会出人意料地说说笑话，聊聊八卦，在场的人个个忍俊不禁，捧腹开怀；第三，曹可凡 1963 年出生，我出生于 1939 年，两个人的生肖都是“兔”，两个人的血型都是“A 型”。我们两个人的兴趣爱好和性格特征有诸多相似之处，共同语言丰富。在茫茫人海中又能相遇、相知、相识、相聚，也是一种难得的缘分；第四，曹可凡是一位著名节目主持人，又是不少金牌项目的领军人物，是众多追星族的偶像。但正如他在书中所说，是我第一次和他一起走上电视台，我是他的第一个电视采访对象。至今我们都保存着这段场景的录像，这是他的第一次亮相，也是我的第一次出镜；第五，曹可凡现在风华正茂，如日中天；而我已近耄耋之年，退休在家。但我们是忘年交，是可以推心置腹的挚友，正如他书中所说，在人生的不少关键时刻，我们会在第一时间想到对方，想听听对方的意见和忠告。我清楚地记得是我建议他断然放弃医学教育与研究生涯，鼓励他迈向文学艺术的新天地。我珍视我们之间这份交往几十年积累起来的深情厚谊。

在读完曹可凡《人生 AB 面》后，我有不少感悟，为了和他的书名协调，我的读后感悟可以归纳为“人生的一,二,三,四,五”。

一、人生是一个过程

我的朋友 Lunenfeld 教授曾在一次讲演中不无幽默地说：“什么是生命？生命是一种死亡率为 100% 的性传播疾病。”我在他讲演后，即兴加上一段话：“我们的目标是减少疾病负担，推迟衰老与死亡，延长人的健康寿命！”毫无疑问，人生的终点都是相同的，重要的是我们要善待和品味人生的过程，既要享受人生的欢乐，也要忍受人生的痛苦。在人生之河的两岸，有不同的风景，我们要在人生之舟上欣赏和感受这些人生的风景。曹可凡曾是“弄堂里的小胖子”和“穿着白大褂的医学生”，同时他也是一个运筹帷幄的节目主持人，一个善于和众多名士大家切磋交流的社会活动家。曹可凡的人生之旅既曲折离奇，又绚烂多姿，人生没有“彩排”，人生只有“现场直播”。曹可凡的人生之旅告诉我们，人生经营的正确战略是：认识自己，规划自己，创造自己，成就自己。

二、人生有两本重要的账户

毫无疑问，人生在世必须有一本银行财产账户（Bank Account）。金钱非万能，无钱万不能。但人生必须还有一本健康与情感账户（Health & Emotional Account）。君不见，如若一个人只有“财产账户”，没有“健康与情感账户”，这个人即使腰缠万贯，富可敌国，也必然是一个心灵空虚、精神涣散、惶惶终日、百病缠身的“赤贫户”。我十分欣慰的是看到，曹可凡不愧是一个向自己的健康与情感账户持续投资并不断保值增值的精明理财师！记得曹可凡每次来我家，我夫人都要为他准备一个大食盘，放上一大杯冰镇饮料和一大堆美味零食，他在大快朵颐的同时和我们促膝谈心。几年前，他又来我家，一进家门就对我夫人说：“今天不要大食盘了！我现在每天只吃红灯（番茄）绿灯（菜叶）及黄灯（胡萝卜）。”原来他在拍摄《金陵十三钗》，所担任的角色要有“身材感”，导演为此下了“死命令”。曹可凡痛下决心，节食减肥，果然体重减了十多斤，从此一直维持至今，可见其对健康账户投资的决心与恒心。他对情感账户的投资经营更是如此，他的爱情、亲情与友情丰富多彩，令人羡慕，时时处处可以体会到他对家庭和双亲的感恩深情，对师长和同事的坦诚真挚。从他与诸多社会名流的绵长情谊中更能触摸感受到他那颗鲜红搏动的赤子之心。

三、人生只有三天：昨天、今天和明天

我清楚地记得，我在为曹可凡那一届毕业生作的毕业赠言中说过这样一段话："从某种意义上来说，人生只有三天：昨天、今天和明天。今天是昨天的总结，今天又是明天的起点，因为86400秒以后，'今天'将变成'昨天'，'明天'已成为'今天'，而新的'明天'又在向我们招手！这就是人生昨天，明天和今天的辩证法。"最后，我送给全体毕业生一句英语谚语："Yesterday is history. Tomorrow is a mystery and Today is a gift. That is why we call it 'The Present.' 让我们都来珍惜'今天'这个'无价之宝'吧！"

我十分欣慰的是，曹可凡听懂了我这段话的内涵，并身体力行地去珍惜每一个今天，拥抱每一个今天。他能不为昨天的荣誉沾沾自喜，也不会为昨天的过错后悔烦恼；他不幻想与憧憬机遇从天而降，不沉湎于对明天的虚幻构想，他每一天都在求知，每一天都在探索，每一天都在积累，每一天都在向前。

四、人生有四个维度：长度、宽度、高度和密度

人人都想长命百岁，其实人生苦短，即使活到100岁也只是5200周，36500天，共约90万个小时。人生的长度是由"上帝"决定的，我们所做的只能是在争取延年益寿的同时，努力增加人生的宽度，高度和密度。我认为曹可凡在人生这四

个维度的扩展与提升上是我们大家学习的榜样和效法的楷模。除医学和生命科学外，他不断在文学、历史、艺术、宗教、哲学、新闻传播等众多领域刻苦钻研，还熟悉书法、篆刻、国画及戏剧等诸种技艺。记得有一天，已是晚上十点半，他叩开了我的家门，急匆匆地对我说："明天要主持一个有关先天发育畸形的专题节目，您能否帮助我在最短时间内系统复习基本知识，理清当前这个医学研究领域的思绪和战略。"我立刻拿出我的笔记本和内容精选交给他，并稍微点拨了一下。第二天，我早早打开电视机，认真聆听他的节目，我被他的娓娓动听的阐述和深入浅出的剖析所折服。他真正是在不断扩展生命的高度，宽度与密度。从他的身上，我体会到：人生是多元的，立体的，瞬息万变的，绚烂多姿的。

五、人生的需求有五个层次

人生的需求很多，但大致可以分成五个不同的层次：

① 生理需求；② 安全需求；③ 情感需求；④ 尊重需求；⑤ 实现自我价值的需求。这五个层次的需求相互依存，缺一不可。人生需求的最高境界是实现自我的价值。人生的价值是多元的，人生价值的体现不是一座独木桥。有的人创造了新的技术和发明，有的人为大众带来幸福和欢乐，有的人得到了社会的认可和信任，这些都代表人生的价值，并无高下之分。人无全才，人人有才，人人有梦，人人都在寻梦、筑梦、追梦与圆梦。曹可凡的《人生 AB 面》就是一部寻梦筑梦追梦与圆梦史。记得两年前，我与可凡一起拜访世界整合医学之父 Andrew Weil 教授，采访后出了一个专集。在我的采访笔记中有一段话特别值得回味："医学不是关于疾病的科学，医学

是关于健康的科学；医学不仅是自然和技术科学，医学更是一门人学。医学不仅要解除疾病的痛苦，医学更要致力于提高人的生活质量，医学不仅要关注生命中有多少岁月，更要重视岁月中有多少生命！”记得有一次，我与可凡谈起人生，我们一致认为最美的人生应当是同时具备 100 岁时的人生境界，80 岁时的宽广胸怀，60 岁时的智慧才干，40 岁时坚毅拼搏，20 岁时的激情无畏，再加上 2 岁时的天真无邪，这才是最美的人生。

我愿把我的“人生的一二三四五”作为曹可凡新作《人生 AB 面》的读后感，同时希望把我的这些感悟能与广大读者共享，祝愿天下所有的人都有一个美好的人生。

序 二

CD曹可凡

王 群

《人生 AB 面》这一书名，是我们丛书编委在北京讨论提到可凡这本书时，白岩松提议的。这个书名准确而形象地概括了可凡的特点，大家一致赞同。回沪后告诉了可凡，可凡欣然接受，因为白岩松早就当面这样评价过他了，于是就有了今天这本为读者全面展现他自己丰富人生的文字。

我和可凡的交往已有 20 年之久。大概是血型相同，都是 A 型；出生地相近，他是无锡人，我是苏州人（而且发现我们的祖籍都是安徽）；更有趣的是他祖母和我母亲的名字只差一个字，他的祖母叫王秀芬，我的母亲叫王秀瑛；甚至不少人感觉我们长得也像，以至于中央电视台的主持人陈志峰竟然在一次活动中，错把我当成了可凡的弟弟，气得可凡对着陈志峰直晃脑袋，说："哥们儿，你什么眼神哪？"的确，陈志峰的眼神是差了点儿，但也不能全怪他，因为我待的地方光线比较暗，模糊了我脸上的历史痕迹；当然最重要的是，我们俩可谓趣味相投，他在一线实践，还在华东师范大学设立了工作室，我在该校教书，兼任他的节目《可凡倾听》的策划，并一起像模像样地著书立说，码了百把来万字有关主持人的书和文章。

恐怕是我对他太了解了，所以当我看完书稿后，不知何故总觉得不够满足，总觉得可凡的人生除了 AB 面以外，似乎还应该有 CD 面才算是立体。作为和他交往了 20 年之久的老友，我自觉有责任为他的这本书做点"补白"工作，或者说有义务为读者抖搂点儿我所掌握的他的第一手私家材料。

他虽然肥硕，但不乏灵活。十有八九的人首先想知道的是他的体重。他的体重原本的确惊人，曾经是高达 105 公斤。说"曾经"，是因为他继拍摄《金陵十三钗》减肥获得巨大成功后，三个月时间曾减掉了 30 斤，但他即便体重在 105 公斤时，三高依然正常，走起道儿来说是健步如飞并不夸张，无论平地还是爬高，他的步幅很大，频率也快，如遇障碍，更是反应迅速，躲闪敏捷，还真不知道他这是练的哪门子功夫。

他虽然儒雅，但生活中尽显原生态。别看他在正式场合总是西装笔挺，领带鲜艳，皮鞋锃亮，头丝清爽（永远保持三七开发型），胖嘟嘟的脸上架着一副眼镜，很是斯文，其实平时的他穿着随意，甚至有点儿不修边幅，全然不顾周边行人一片惊讶目光。他是个十足的吃货，每次到我家，总是翻箱倒柜寻觅零食，一旦被他发现，绝对一扫而光。还记得他曾把我女儿一大袋爆米花大把大把地往嘴里塞，待我女儿从学校回来发现已颗粒不剩，再看到他脸上残留的爆米花便心中有数，问曰："曹可凡叔叔，你又把我的东西吃光啦？"曹答曰："再不吃要坏忒来！”

他虽然老派，但也新潮。说他老派，那是因为他喜欢结交比我还老的老人，以至一位朋友跟他打趣道：“等你老了，这些老人早已故世，你不会感到孤独吗？”他很传统，只会打的，不会开车，前两年用的还是早已被淘汰的非智能摩托罗拉手机，还在用钢笔在稿纸上“爬格子”，时不时还喜欢穿一身中式对襟衫、脖子上挂条长围巾，家里布置得跟曹禺《雷雨》中周朴园的客厅似的，墙上悬挂着木框对联，桌上堆放着线装书籍……但他也绝对新潮，家里用的、身上穿的、嘴里吃的、眼睛看的、耳朵听的，绝对与时俱进，绝不落伍。

他虽然大脑发达，但小脑和四肢迟钝。曹可凡的聪明众所周知，尽管开窍较晚，据可靠人士透露，中小学成绩一直平平，但人家是大器晚成。自读大学以后初露锋芒，以后无论是行医还是教书，无论是做主持还是拍影视，一上手就让人刮目相看，特别是主持节目，从艺三十余年，获奖无数，深受观众喜爱。但是他的动手能力实在不敢恭维，说他不愿开车，还不如说他根本学不会，学开车第一天就由于手脚协调太差打了退堂鼓；与其说他很晚才用智能手机，还在手写文章是老派，还不如说他学起来实在费劲，发短信、玩微信的本事好像也还是这两年的事情。

他虽然强势，但乐观、幽默，内心多有柔软之处。因为在重大活动或主题晚会节目中常常以一本正经的形象展现在舞台及电视观众面前，给人以居高临下、不可亲近的感觉，其实曹可凡不仅可以让人“远观”，体现了国际大都市的大气、洋气和雅气，很有些绅士风范，更合适“近玩”。他言语风趣，近乎放肆的大笑声让人振聋发聩；他待人接物总是保持一张笑盈盈的胖脸，而且举止典雅、言语得体、礼数到位；只要朋友有求于他，他总愿意倾力相助，哪怕是素不相识的出租车司机、小饭店老板，都会施以援手。

他虽然算不上厚道、老实，但做人地道、诚实，正直而善良；他虽然固执，但处事机灵，善看山水，极尽变通；他虽然聪慧，但做事绝对认真勤奋，不耍小聪明，不抖小机灵；他虽然喜欢荣誉、在乎功利，但绝无虚荣，从不急功近利；他极具才气，智商很高，但更懂得赚得人气，善于沟通，情商一流。

这就是我所观察、感悟到的曹可凡，一个绝对精明的地地道道的上海人，一个行走江湖而深知江湖之险恶，从不逆潮流而行，善于审时度势且具有正能量的上海文化人。

我总认为每一个成功人士，其实在他们身上必定会蕴藏并体现出：或为家庭教育所形成的德行水准——“教养”；或为正确待人接物的处世态度——“修养”；或为对情绪欲望所具备的控制能力——“涵养”；或为在某一领域所展示的境界品质——“素养”；或为通过后天学习而形成的文化积淀——“学养”。曹可凡虽然不能说是“五项全能”吧，但至少看完了这本书后，你会觉得可凡的成功与上述“五养”有着千丝万缕的关系。

写到这儿，我突然想起了生活中有趣的一幕：一个醉鬼仰面倒地唱了几曲后又翻身趴在地上唱了起来，并且翻身、挪位开唱之前，总要喃喃自语道：“A 面唱完了唱 B 面。”我们也可能像这个醉鬼一样，可凡自得其乐地把自己人生的 AB 面唱了一遍，我还为他“补白”，唱起了 C 面和 D 面。但我打心眼儿里想和读者一起分享可凡所以成功的秘诀。我很佩服可凡在当下这么繁复的社会中，能够如此应付自如，游刃有余，成功地扮演着社会的各种角色。这大概就是社会心理学所提及的“印象管理自我监控”能力吧。

当然，金无足赤，人无完人。虽然我们20年来还从来没有红过一次脸，有的是少有的默契、戏谑和玩笑，但可凡身上毛病也很明显。我亲眼目睹他工作中时有火冒三丈的恐怖面目。这让我想起了文坛的一件趣闻：著名画家黄永玉与著名画家苗子和妻子郁风是好朋友。郁风平时特别健谈，于是黄永玉画了一只鹦鹉送给郁风，画上题道："鸟是好鸟，就是话多。"郁风拿在手里直说："画得好，题字内容也好。"黄永玉和苗子在一旁对视着抿嘴暗笑。我不会画画，但我脑子里也为狮子座的曹可凡构思了同样的一幅画。画面上是一头威风凛凛的狮子，题为："狮子是好狮子，就是脾气暴了点儿。"

是为序，实乃老友倚老卖老、毫无顾忌地由衷感言而已。

目 录

人 生 A B 面

序章　故事，从百年前讲起 / 001

（一）“三姓六兄弟”的创业史 / 005

（二）崭露头角的“面粉二王”/ 008

（三）风云乱世创辉煌 / 009

（四）商场大亨的闲情雅致 / 010

（五）住在锦园的上门女婿 / 013

（六）夹缝中守家业 / 014

（七）低调祖父的“高光”时刻 / 016

一　弄堂里厢的小胖子 / 019

（一）我的父亲 / 022

（二）“文革”穷日子 / 023

（三）我的母亲 / 026

（四）母亲的朋友侯御之 / 029

（五）滴水之恩 / 031

（六）父亲教我学习 / 034

（七）学琴记 / 037

（八）跟着妈妈见世面 / 040

（九）偶遇温可铮 / 043

（十）童年点滴 / 045

（十一）老友记 / 048

二　人间万事塞翁马 / 059

（一）恢复高考 / 062

（二）高中偏科 / 064

（三）硬着头皮学理科 / 065

（四）留学梦碎 / 067

（五）与译制片结缘 / 070
（六）高考失利 / 073
（七）体检“作弊”/ 076
（八）第二次高考 / 077
（九）课堂里的名医 / 079
（十）学医趣事多 / 082
（十一）老师救了姨父的命 / 084

三　从白大褂到麦克风 / 091

（一）我爱祖国语言美 / 093
（二）大学生主持人大赛 / 096
（三）“一飞”冲天 / 099
（四）转战《诗与画》/ 102
（五）第一次主持晚会 / 105
（六）毕业的选择 / 107
（七）30 天突击考研 / 109
（八）读研主持两不误 / 111
（九）突破“封杀令”/ 115
（十）留校当老师 / 117
（十一）鱼和熊掌 / 119
（十二）告别二医大 / 121

四　与上海电视同成长 / 125

（一）初识张培 / 127
（二）走进“星戏会”/ 130
（三）从戏曲到曲艺 / 133
（四）与“侯家”结缘 / 138

（五）从上视到东视 / 142

（六）《快乐大转盘》/ 144

（七）飞越太平洋 / 147

（八）与袁鸣搭档 / 152

（九）初涉谈话节目 / 157

（十）喜获“金话筒”/ 162

五 知其然知其所以然 / 165

（一）自费出版散文集 / 167

（二）寻找“合伙人”/ 170

（三）合作撰写理论书 / 174

（四）新书意外大卖 / 178

（五）与名家合作朗诵 / 180

（六）出版朗诵“多媒体书”/ 184

（七）与孙道临的“父子情”/ 188

（八）“不务正业”的意义 / 191

（九）一切为了爱和纪念 / 194

六 千金难买“老人缘”/ 199

（一）初识程十发 / 202

（二）从请教到陪聊 / 205

（三）像亲人一般 / 208

（四）大爱大恨黄永玉 / 212

（五）黄永玉的老朋友 / 216

（六）爱热闹的老人 / 219

（七）陈逸飞带我看世界 / 223

（八）无法接受的离去 / 227

（九）读懂老人 / 229

（十）“糖葫芦”与“风筝” / 235

（十一）补丁人生 / 237

七　用电视留住历史 / 241

（一）逐渐消逝的历史 / 243

（二）“倾听”的由来 / 246

（三）重拾精英文化 / 249

（四）特殊的系列 / 251

（五）“雅”与“俗” / 255

（六）嘉宾难寻 / 257

（七）采访前的“功课” / 260

（八）富有的是感动 / 263

（九）挖掘背后的故事 / 265

（十）冷火爆出热栗子 / 269

（十一）遗憾终难避免 / 272

（十二）留给未来的时间不多了 / 278

八　好奇心，求知欲 / 281

（一）“超女”改变电视 / 283

（二）请缨“好男儿” / 286

（三）重新学习讲故事 / 288

（四）明星与“草根” / 292

（五）把自己“归零” / 296

（六）厨房里的两三事 / 299

（七）大荧幕上出了丑 / 302

（八）意外的收获 / 305

（九）为“十三钗”减三十斤 / 307

（十）归零 / 311

（十一）收获喜悦 / 315

九　不做冤家做朋友 / 319

（一）张培 / 323

（二）陆英姿 / 325

（三）袁鸣 / 328

（四）陈蓉 / 331

（五）陈辰 / 334

（六）王冠 / 335

（七）认真造就央视“一姐” / 338

（八）上海大阿姐“肥肥” / 341

（九）“社会大学”曾志伟 / 345

（十）挚友白岩松 / 347

末　他人眼中的曹可凡 / 353

穆端正口述：改革浪潮造就曹可凡 / 354

滕俊杰口述：可凡是个综合型主持人 / 361

刘文国口述：曹可凡为电视而生 / 371

田明口述：我管可凡叫“哥哥” / 380

序章
故事，从百年前讲起

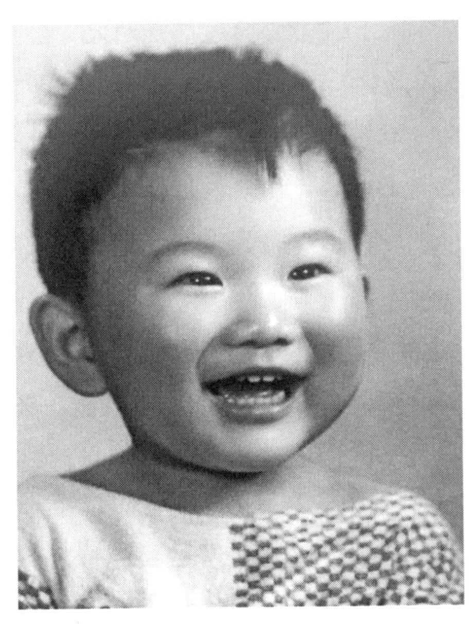

曹可凡，何许人也?

答案似乎很简单——上海电视节目主持人。

答案又似乎不那么简单。

作为一个上海台主持人，他自 2013 年起连续三年被选为全国人大代表，每年都能在“两会”上拿出有质量的提案，其中第一年提出的《建议减免税收让实体书店活下去》已经在全国得以实现。

作为一个上海台主持人，他从未主持过中央电视台的任何固定栏目，甚至少有主持东方卫视常规栏目的经历，然而他的名字却能被全国观众所熟知。

作为一个上海台主持人，他能与中国百余位影视明星一起客串出演新中国成立 60 周年献礼大片《建国大业》，更能在《金陵十三钗》中出演“孟先生”这个主要角色。

作为一个上海台主持人，他与华语主持界赵忠祥、白岩松、崔永元、董卿等央视顶级名嘴，沈殿霞、曾志伟、张小燕、吴宗宪等港台大腕谈艺论道。

作为一个上海台主持人，他与孙道临、程十发、陈逸飞、黄永玉、黄苗子、丁聪、傅聪等许多不同领域的艺术大师有着忘年之交。

作为一个上海台主持人，他和余光中、白先勇、王家卫、唐国强、谭盾、余华、麦嘉、张伟平、姜文、曾志伟、梁朝伟、刘嘉玲、庾澄庆、陈冲、汤唯、孙俪、邓超等无数文艺界的明星翘楚相视莫逆。

如上种种，还有很多，不胜累举。无论从哪一个角度看，都不应是一个地方电视台主持人可能得到的待遇。然而对曹可凡而言，一切都又显得如此理所当然，举重若轻。

那么曹可凡到底是一个什么样的人?

2014 年 3 月 6 日的《文汇报》上，刊登了一篇“两会”专题报道。报道了习近平总书记参加上海代表团的全团审议，与上海代表团共商国是的相关内容。新闻的标题叫“我时刻关注着上海发展，惦记着大家”。

新闻的全文总计两千五百字，详细介绍了习近平总书记参与上海团全团审议的具体行程安排，对上海城市发展与建设的重要指示以及与上海代表团部分团员的亲切交流。而在新闻末尾一段，记者用短短 92 个字符讲述了现场的一件趣事：

结束审议后，总书记又绕着“回”字形会场的外圈与代表们一一握手，走到曹可凡面前，他说，你好像瘦了。一旁的韩正代表解释：“他去年瘦身成功。”总书记幽默回应，就像上海政府瘦身一样，效果显著。

此文一出，立刻被网络各大媒体广为转载。然而，值得玩味的是，所有转载的媒体都将新闻标题改成了《习近平调侃曹可凡变瘦：就像上海政府瘦身显著》。甚至有不少网站将新闻主体内容全部删除，只保留最后一段的这 92 个字，把时政专题改编成了八卦新闻。

一叶知秋。通过这篇网络趣闻我们可以发现，曹可凡真不是一个简简单单的电视节目主持人。他言行涉及各个不同领域，曹可凡都是一个十分特别的话题人物，一个极具研究价值的媒体人。

在他的身上，既有高山流水的“雅”，又有下里巴人的“俗”；既有入室升堂的“深”，又有平易近人的“浅”；既有博古通今的“广”，又有八面玲珑的“细”。上至达官显贵下至市井小民，他的

全家照

社交网络无所不包，无处不在；无论是耄耋老人还是意气少年，他都能自然而然地同对方意气相投，打成一片。

在我看来，他的这一份“内功”底蕴、这一份“江湖”地位，足以被称为是现代“上海滩”当仁不让的“大先生”。

曹可凡是怎样“炼”成的?

究竟是什么样的基因造就了今天曹可凡的成功?究竟是什么样的环境培养出了曹可凡这样的主持人?作为一个从事主持人研究与教学的教师，这是我多年以来十分好奇的问题。

在我看来，曹可凡在人生道路上的每一次抉择，每一个脚印都是值得仔细研究、反复玩味的。通过对他的剖析，我们既能获知一个优秀主持人从成长到成熟、最终获得成功的必备要素，更能对整个上海电视节目主持人队伍的发展历史有一个清晰的了解。而这，正是我加盟本书创编团队的最重要的理由之一。

同样，我也希望通过这二十万字的整理，能够让各位读者更多、更全面地了解我们面前的这位极其普通又极不普通的电视节目主持人，了解这位开创了上海电视最辉煌时代的电视传媒人，了解这位将大俗与大雅融为一体的社会文化人。

可凡如是说…

我祖籍江苏。虽然我自小生长在上海，父亲也是上海出生，但我的祖上是无锡人，是一百多年前从江苏跑来上海打拼的第一代“移民”。

在无锡，有一个很有名的旅游景点，国家AAAA级景区，叫作蠡园。相信去过无锡旅游的朋友多少都会有些印象。这个相传因春秋时期越国大夫范蠡偕美人西施泛舟于此而得名的湖园，与我的祖上有着很大的渊源。

同样，在清末民初上海滩的发展历程中，也留有我的曾外祖父与我的祖父的名字。作为一代民族企业家，他们都曾在那个中华民族的乱世，依靠自己的勤劳、勇敢、智慧、才干，推动中国民族资本的发展。

很难说，在我的身体里，究竟还留存着多少祖辈们的血液，在我的人生中，到底受到了多少他们的影响。但即便如此，我依然想用他们的故事来作为本书的开篇，用薄薄几页文字向我的曾外祖父、祖父以及那一代为中华民族的繁荣富强而拼搏的实业家们聊表敬意。

（一）“三姓六兄弟”的创业史

故事先从我的两位曾外叔公说起。

我的曾外祖父王尧臣是江苏无锡青祁村人。十几岁的时候，他和胞弟王禹卿便离开家乡来到上海当学徒，一个在煤铁油麻店，另一个在染坊。他俩小时候都曾在私塾里念过点儿书，所以很快就从学徒“升任”了会计，同时也负责店里商品的销售工作。

凭借着出色的生意头脑和吃苦耐劳的精神，两位曾外叔公很快就在同乡圈里有了小名气。几年后，同为无锡老乡的荣家兄弟——荣宗敬、荣德生看中了他们的生意头脑，而这两位“荣先生”，正是后世鼎鼎大名的中国民族工商业的代表——荣氏家族的掌门人。

当时，荣家兄弟在无锡建立了茂新面粉厂，采用最先进的机械化手段生产面粉。虽然产品质量远胜于土面粉，却一直因为销路不畅而举步维艰。为了解决这个关键问题，荣宗敬高薪邀请他们加盟茂新面粉公司，专门负责面粉销售工作。

在曾外叔公的不懈努力下，荣氏面粉成功打开了北方地区的广大市场，企业规模不断扩大。后来荣氏兄弟一度投资失利，纱厂陷入危机，曾外叔公在荣家最危难的时刻挺身相助，帮助荣氏企业转危为安。多年商海沉浮，两人逐渐在中国面粉界打出了名号，也成了荣氏家族不可或缺的得力干将。

然而，无论业绩再大、收入再高，只要在荣氏家族的企业一天，自己就只能做一个“打工仔”，这显然与两位曾外祖父的志向不符。1912 年，王尧臣、王禹卿与当时的工作伙伴，同为荣氏面粉厂“重臣”的浦文汀商谈，打算在上海另立山头，创办属于自己的面粉厂。

那时候的浦家，和曾外叔公王尧臣、王禹卿一样，也是两兄弟——浦文渭、浦文汀一同在荣氏面粉厂打工。四人均在荣氏积累了丰富的经商经验，王家兄弟在经销方面人脉亨通，浦氏兄弟在采购方面资源甚广，倘若两家联手，必能在这一行里做出一番成绩。

然而，对于荣家来说，一旦这四员得力干将变成竞争对手，自家的企业必将陷入困境。但在得知此事后，荣氏兄弟心胸宽阔，立刻找到王、浦

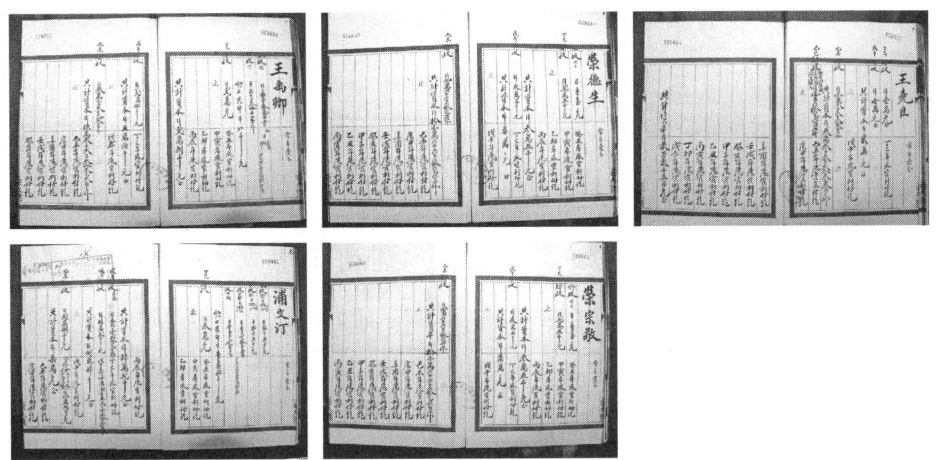

三姓六兄弟资料照片

两家兄弟商谈，希望能够共谋大事。

最终，经过商议，荣家、王家、浦家的六个兄弟达成了一个“多赢”的决定——荣家同意王家与浦家兄弟另立门户，开办新厂，但考虑到王、浦两家财力有限，不足以在上海购置厂房机器，故由荣家入股 20000 银元，连同王家的 8000 银元、浦家的 12000 银元，总计 40000 银元，在上海合作开设福新面粉厂。

这件事情，在当时的商界被誉为美谈。人们将其称之为“三姓六兄弟”合作创业。也正是此次创业，使得荣氏家族在日后树立了“中国民族资本家首户”的历史地位。

而在这家新建的面粉厂里，虽然曾外叔公家的股份最少，但自那时起，他们终于不再以打工者的身份在别人的企业工作，而是以创业者的身份站上了中国民族工商业的舞台。

（二）崭露头角的“面粉二王”

在新公司，曾外叔公充分施展了自己在营销方面的才能——凭借着在茂新面粉厂建立起的信誉，福新面粉厂能够以赊账的方式收购小麦，还没等小麦做成面粉，全额付款的订单就已经源源不断地放在了公司账台。也就是说，购买原材料的钱完全由面粉买家提前支付，公司在不投入一分钱流动资金的前提下就可以获得盈利。

在上海站稳脚跟后，福新面粉厂又开始大规模扩张，很快就从原本的一个厂扩展到了八个厂。在这其中，曾外祖父王尧臣担任了 3 个面粉厂的经理职务。

在这之后，王尧臣、王禹卿两人又协助荣家在上海建立了面粉交易所，并将自家生产的“绿兵船”面粉确立为市场标准粉；又在上海建立了纱布交易所，并与荣宗敬一同获得了经纪人字号，开始从事纱布买卖、证券投资等方面的生意。在帮助荣家确立中国“面粉大王”“棉纱大王”商业地位的同时，也给自己赢得了“面粉二王”的美称。

曾外祖父王尧臣是一个克勤克俭、谨小慎微的传统商人，做生意稳字当头、步步为营；而他的兄弟王禹卿则是一个做事头脑灵活的人，他对下属员工的要求非常高，管理非常严格，任何人只要做错了事情，就坚决开除。两人一个放眼宏观，一个主抓细节，默契配合，将企业管理得井井有条。

荣家两兄弟同样性格互补。大哥荣宗敬处事果断，敢于冒险；弟弟荣德生则处事稳重，脚踏实地。所以，荣氏管理的棉纺系统，扩张速度极快，但资金链出现问题，再加上经济危机的影响以及国民党官吏的各种压榨、盘剥，到了后期甚至出现了巨大亏损，企业负债累累。

此外，荣氏家族在对待员工的态度上，与王氏兄弟也截然不同。作为一个纯粹的家族企业，荣氏兄弟在一些事务的处理上往往会因为碍于家人情面而束手束脚。就好像棉纺厂的工头制度改革，明明已经箭在弦上，迫在眉睫，荣氏家族却因为各种人情世故、利益关系的纠葛，迟迟下不了决心。这同样对荣氏棉纺系统的发展造成了一定影响。

“九一八”事变后，日本开始加速对中国的经济侵略，我国民族资本发展陷入危机。受日本商品倾销的影响，荣氏家族旗下的上海申新纺织系统遭到致命打击。在这种情况下，荣宗敬曾希望从福新面粉公司支取一部分资金给申新纺织公司救急，但遭到了曾外叔公的一致反对。在他们看来，申新系统所存在的问题绝不是靠一个福新面粉公司可以解决的。

再往后，申新系统的危机愈发危重，国民党政府也趁机打算把公司收归国有……一系列的状况最终发展到了连荣宗敬都解决不了的地步。在那段时期，荣宗敬被迫隐退，王禹卿临危受命，担任了“茂新、福新、申新”三新总公司的总经理，全权管理荣家的所有生意。

（三）风云乱世创辉煌

虽然大权在握，但那时候的曾外叔公却丝毫不愿意坐上“三新”总公司经理的宝座。他很清楚，在这样的乱世，以他的能力与实力，能够保住福新面粉公司已经不是易事，能够救申新的，只有申新的创始者——荣家。

举个简单的例子，当时申新系统最大的困境在于，银行停止贷款，企业急缺周转资金。因此，作为总经理的他必须要出面向当时的上海银行总经理陈光甫、中国银行董事长宋子文借钱。但亲兄弟还要明算账，即便交情再深，想要借钱终究得拿出上千万金额的资产抵押才行，而这显然不是他能够做到的。

既然无力挽狂澜于既倒，就不该赚取“临危受命”的虚名。没过多久，王禹卿就坚决辞去了三新总经理一职，将三新总公司交还给了荣宗敬的弟弟荣德生，自己则依旧与哥哥王尧臣一起管理福新面粉公司的相关业务。

最终，在荣德生及各方人士的努力之下，荣家危机得以解除。在那以后，荣家再次走上正轨，并逐渐成为中国最大的财团。与此同时，曾外叔公们也同样继续着自己的创业之路。他们先在无锡创办了布厂，随后又创办了毛纺织染厂，这些企业在当时都办得有声有色，颇具规模。

而在老本行面粉生意方面，曾外叔公们也一直没有放弃。无论是在一战后的中国民族工商业发展黄金时期、二三十年代的全球经济大萧条时期，还是在抗战中的“孤岛繁荣”时期，王氏兄弟都将面粉看作是自己事业的根基，稳步扩张，量力而行。

不仅如此，作为民族实业家的代表，曾外叔公更是在大是大非问题上表现出了中国民族商人应有的气节。在日本帝国主义占领上海后，为了加强对农副产品资源的管制，日伪政府在 1943 年先后成立“伪粉麦统制会”“伪米粮统制会”，并试图邀请王禹卿担任“伪粉麦统制会”的主任委员，但遭到了严词拒绝。

抗战胜利后，荣家与王家陆续收回了之前被日军夺取的棉纺厂和面粉厂，并在第一时间投入到了战后重建工作中去。在这过程中，荣家的第二代逐渐崭露头角，特别是荣德生的小儿子荣毅仁，在接管了茂新面粉公司的相关业务后展现出了很强的商业天赋。于是，年事已高的曾外叔公便渐渐将福新面粉公司的大权交还给了这位新中国的“红色资本家”，两兄弟一同过起了退隐后的闲逸生活。

（四）商场大亨的闲情雅致

除了在商场上的叱咤风云，曾外叔公王禹卿在人文艺术方面同样有着很高的造诣。

王禹卿小时候读书不多，只是在老家的私塾里学过几年，放在如今顶多也就是个小学毕业文化水平。但这并不能掩盖他在文化艺术方面的天资，同样也不妨碍他对高雅艺术文化的追求之心。甚至可以说，相较于商

曾外叔公王禹卿

场上雷厉风行的“霸气”，数十年来在绘画、书法等领域熏陶出的“文气”在曾外叔公身上体现得更为明显。

在上海经商期间，曾外叔公对古玩字画等艺术品钟爱有加，家中藏品颇丰。而且与普通附庸风雅之徒不同，他的收藏大多具备很高的艺术价值，即便在现今的藏品市场上，依然留存着很多由他上款的名家书画。足见他在艺术领域的眼光之独到、品味之高雅。

曾外叔公喜欢收藏书画，更喜欢结交书画名家。他与张大千等许多后世的国画大师都有着十分密切的交往。在那个时候，这些艺术大师还只是初出茅庐的“青年才俊”，远不像现在这般名声显赫，但曾外叔公依旧将比自己小十几岁的张大千视作自己最欣赏的画家之一，两人结为至交。

在那段时间里，张大千时不时地会把自己的画作赠予王禹卿，而在这其中，有一幅《醉翁亭记》堪称是他的最爱。后来，当王禹卿打算举家迁往香港时，他苦于无法将自己的所有藏品一同带走，百般割舍之下，终于还是将这幅《醉翁亭记》随身带了过去。

新中国成立后，张大千移居南美，与住在香港的曾外叔公就此断了联系。直到后来，张大千在日本偶遇我的曾外叔公，才得知挚友过世的消息。唏嘘之余，大师再次将自己的一幅山水画作送给我的曾外叔公，以表追思之情。

除了与张大千等大师的交往，在苏州蠡湖畔建蠡园也是曾外叔公王禹卿在追求高品位文化艺术过程中的一个标志性事件。

在经历了整整30年的商海打拼之后，曾外叔公在上海积累下了一笔巨大的财富。许是中国商人传统的“衣锦还乡”心理，又许是看中了家乡青祁村的秀美风光，1927年，他决定在家乡蠡湖北岸“青祁八景”的基础上“凿池亩水，叠石为峰，植梅建阜，种莲成沼”，建蠡园以“慨慕范大夫蠡之为人”。

蠡园的建造前后总共历经近10年的时间，花费金额超过20万元。而在同一时期，同样在上海做生意致富的无锡人陈梅芳也在蠡园的边上造了一个“赛蠡园”。在新中国成立后，无锡市政府将两所园林合并在一起，改建成了现在无锡著名的风景名胜——蠡园。

而除了蠡园以外，位于无锡市中心的君来梁溪饭店同样也是曾外叔公王禹卿名下的产业。在那之前，王家的祖屋位于无锡郊县，交通很不方便，于是曾外祖父便请来著名的风水师在无锡市中心“择地”，又买来大量古木怪石，建造了一

梁溪饭店

个私家花园供妻儿居住。整个私家花园由三幢小楼组成——一幢英式风格、一幢法式风格、一幢美式风格，都是十分典型的民国时期的花园洋房——而这，也就是现今无锡有名的君来梁溪饭店的前身。

（五）住在锦园的上门女婿

曾祖的故事，就草草说到这里。托他们两兄弟的福，在无锡我的家族也算是颇有名望的一族。按谱记载，家族的起源最早可以追溯到宋朝——在北宋末年的时候，我的先祖也是一位颇有名望的武将，曾经保护皇帝南迁临安府，建立南宋政权。

到了民国，托曾外叔公们的福，家道复兴，族人又重新修了家谱，听说以前岳飞还给祖上的家谱题过词，至今依旧保留着。现在，这本家谱作为历史资料保存在上海图书馆内，也算是近代中国的一份见证。

相比起我的曾外祖父，我祖父的故事就简单得多了。

同曾外祖父一样，我的祖父同样出生于一个清贫之家，同样没念过几年书，同样在十几岁的时候就跑到上海来做工。而他工作的地方，正是我曾外祖父创办的福新面粉厂。

祖父从工厂的最底层开始做起，凭借着自己的努力和聪明才智，逐渐晋升为公司的管理人员，后来又被曾外祖父慧眼识珠，提拔为公司高层。到了最后，曾外祖父更是把自己的大女儿许配给了他，足见对其为人与能力的欣赏。

当然，那时候中国的门第观念还是非常强的。凭我祖父的家境条件，是断不可能将上海滩“面粉二王”家的大小姐娶回家的。所以，我祖父只能入赘到王家，当王家的上门女婿。但说是入赘，曾外祖父还是给了祖父与祖母充分的尊重与自由，没有对他们的生活做太多的干涉，也没有要求祖父的子女随母亲姓王。同样，在结婚以后，我的祖父祖母也没有和曾外祖父一起居住，而是一同生活在荣氏企业的高级员工宿舍——锦园里面。

锦园，地处长宁区愚园路 805 弄，是上海西区著名的里坊之一。当初荣宗敬在上海办面粉厂、棉纺厂的时候，为了解决公司员工的住宿问题，在公司附近建造了 32 栋三层楼房。因为荣宗敬原名荣宗锦，所以就把这个员工宿舍区命名为“锦园”。

与普通的居民区不同，锦园内弄堂宽敞、环境优雅，园内不仅绿树成荫，花团锦簇，在园中央还有一个大型的喷水池，足见荣氏家族的风范与气派。

按理说，以我祖父在荣氏企业中的地位以及他和曾外祖父王尧臣、王禹卿兄弟的这层特殊关系，完全可以住在更好的地方，就算买一幢小楼来住也不是什么难事。但即便如此，祖父依然低调地在锦园住了一辈子，从来没有搬家的打算。直到几十年后，我又在锦园里出生、长大。锦园记录下了我祖父、父亲两代人的人生，同时也记录下了我童年的美好岁月。

（六）夹缝中守家业

在成为王家的女婿之后，祖父身上的担子就不再仅仅是管理好公司这一件事，他同时还要担负起王家“大管家”的职责。

那时，曾外叔公的产业越做越大，已经成为上海滩颇有名望的实业家。都说“打江山易，保江山难”，自己的基业早晚是要传给子女的，然而子女能不能守住自己留下的财富，是把家业发扬光大，还是败个精光？这是每一个民族资本家都非常担心的问题。

如何避免子女变成只会花钱、闯祸的纨绔子弟？如何帮助子女建立合理的消费观和理财观？在这方面曾外叔公可谓煞费苦心。指望自己的妻子，孩子的妈妈，显然是不太现实的。在儿女面前，母亲总是显得慈爱有余，严厉不足。孩子一哭一闹，母亲的心就软了，什么要求都会答应。

再三考虑，曾外叔公王禹卿决定让我的祖父全权管理家族日常开销。每个月的零花钱，都由祖父统一发放。因此在孩子们眼里，这个大姐夫简直就成了掌管整个家族财政大权的大管家。

其实，事后想来，曾外叔公之所以看中了祖父这个与自己一样白手起家、靠勤劳与智慧获得成功的年轻人，或许正是因为从他的身上看到了自己过去的影子。他一定也希望，自己的子女们能够从大姐夫身上感受到榜样的力量，将王家第一代的创业精神不断保持下去。

而实际上，祖父的表现并没有让家族失望。作为曾外叔公的左膀右臂，他在工作上小心谨慎、八面玲珑，在乱世之中牢牢地保住了福新面粉公司。抗战期间，福新下属很多面粉厂都遭受了致命打击，但自始至终福新总公司都能保证盈利，这与祖父勤勉的工作业绩是分不开的。

记得在我小的时候，祖父经常给我讲以前的故事。战争期间，面粉生产与销售作为关乎百姓生计的民生工程，在战事中担负着举足轻重的作用。日本人找他来要面粉，他不得不给；国民政府找他来要面粉，他同样得给；新四军找他要面粉，他更加要给。但一味予取予求也不是个办法，如何能在不得罪各方势力的情况下尽量减少公司的损失，这些都是“生意经”。在共产党、国民党、日本人之间“夹缝中求生存”，“脚踏几条船”，还能把日子过得从容不迫、淡定自若，足见祖父在商场上的睿智与老道。

也正因为如此，福新公司上上下下的员工都对祖父无比尊敬。在我小时候，我非常清楚地记得，在锦园里面居住的老人，每次见到我的祖父都是毕恭毕敬，不敢有丝毫怠慢。即便在新中国成立后，彼此在社会地位上已经没有什么尊卑之分了，但老员工们依旧保持着对我们全家的恭敬态度。在我看来，这显然不仅仅是几十年来养成的习惯，更重要的还是员工们对祖父能力、人品的高度认可。

（七）低调祖父的“高光”时刻

当然，无论在公司做出多大的成绩，无论员工下属对他多么尊敬信任，祖父一生都过得异常谨慎、低调。而这或多或少是因为受到了曾外祖父家族的影响。毕竟，和曾外祖父一族显赫的家世、富足的家底相比，祖父的家庭背景实在是太过寒酸了。因此，保持谦虚、谨慎，不张扬、不招摇，或许才是祖父在那种环境下的立身之道吧。

不过，在那个特殊的历史背景下，也曾有过一次，祖父被时代的洪流推上风口浪尖，在临新中国成立前的特殊时刻稍稍“风光”了一回。

那是 1948 年，国民党执政以来中国国民经济最糟糕的时期，通货膨胀、物价飞涨，民不聊生。上海的工人眼见日子过不下去了，于是纷纷起来抗议示威，各类工潮活动层出不穷。为了解决经济问题，蒋介石的儿子蒋经国以“上海经济管制区经济管制督导员”的身份来到上海，并且喊出了“只打老虎，不打苍蝇”的口号，誓要控制物价、稳定通胀、打击官僚资本、稳定民心。

祖父曹启东年轻时代

然而，由于整顿触犯了自家亲戚的利益，“打老虎”行动最终荒唐落幕，无疾而终。但不可否认的是，当时的上海政府确实采取了一些措施试图控制局势，解决问题。特别是时任上海市市长的吴国桢，在任期间曾竭力控制经费预算，打击黑市奸商，稳定濒临崩溃的财政经济。在他的邀请下，我的祖父被选为福新面粉公司的资方代表，前往市政府与其商谈平息工潮的相关事宜，协助政府稳定上海的社会局面。

回过头来看，祖父之所以能够作为福新面粉公司的资方代表参与会谈，或许正与他特殊的身份背景有关。一方面他是老板的女婿、企业的高管，在公司手握大权；另一方面他又是从基层职工群体中走出来的，与普通工人同吃同住，有着深厚的群众基础。在政府看来，能找到这样的人作为企业代表参与协商，显然是最有效果的。

这次会谈，是祖父一生中唯一一次与政府高官要员近距离接触的经历。在祖父晚年的时候，他时常会将这件事情挂在嘴边，向子孙们说道。虽然当时的吴国桢并没能稳定住上海的金融局势，更无法阻止上海解放的步伐，但作为一介百姓，能够和上海的父母官面对面“共商国是”，按现在的时髦说法，确实是他一生中最“高光”的时刻。

我想，即便像他那样低调的人，心里总会有一两件事值得去自满夸耀一辈子的吧！

只是，当时的祖父一定想不到，在整整六十年以后，他的孙子竟然会在电影《建国大业》里客串饰演原上海市市长吴国桢，而且出演的那一段正是 1948 年蒋经国来上海“打老虎”的情节——六十年前祖父亲眼所见的那个吴国桢，当面交谈的那些维稳事宜，在六十年后竟成了我所饰的电影角色、所演的历史故事。

不仅如此，祖父更不会想到，在六十多年后，他的孙子竟然还能在美国见到吴国桢的女儿，并与这位历史的见证者共进午餐，追忆往昔……

有时历史，就是这般巧合。

一
弄堂里厢的小胖子

俗话说，“三岁看大，七岁看老”。这话是有一定道理的。

通过对一个人童年的观察，我们至少可以在两个方面对他有所了解。

其一，是这个人的遗传基因。

这里说的“遗传基因”并不是严格指生物学、遗传学意义上的“遗传因子”，而是更为宽泛的父母长辈在基因上对子女个体的定性。这种定性既体现在生理范畴——子女的身高、体重，是否健康、强壮，有无遗传病史等；同样体现在心理范畴——子女内向或是外向，胆大或是胆小，文静或是好动，善谈或是寡言……而这一切，都是他成年后迈向成功道路的重要决定因素。

种子的品质特性决定了植物的优劣特征，继承自父母的“遗传基因”，同样是一个人成功道路上最基础的决定因素之一。

其二，是这个人的生长环境。

“孟母三迁”的故事，告诉了我们环境对儿童成长的巨大影响。“近朱者赤，近墨者黑”，特别对于儿童而言，成长环境将在很大程度上影响其心理特点、个性倾向的建立，影响其世界观、人生观、价值观的最终形成。父母长辈的适度关爱、学校老师的正面引导、同学玩伴的和睦相处……出现在身边的每一个人、发生在身边的每一件事，都会对其人格、性格、品格构成至关重要的影响。这种影响甚至能在一定程度对个人生理、心理方面的先天特征予以修正，扬长避短。

培育一棵好的盆栽要从幼树时期开始整形修剪，培养一个优秀的人才同样要从最关键的童年时期着手教育指导。

应该说，曹可凡拥有一个相对优越的生存环境——无论是物质层面还是精神层面，曹可凡的祖上都为家族留下了颇为丰裕的财富。作为荣氏家族的左膀右臂，被称为“面粉二王”王氏家族的大女婿，曹可凡的祖父凭借着自己的努力以及伯乐的赏识，成功摆脱了昔日低微穷困的生活，为自己的家庭赢得了迈向富裕殷实的第一桶金，也为子孙后代换来了一个幸福的成长环境。

然而第三代，往往是一个家族中最微妙，也是最关键的一代。

西方有一句谚语，叫作“三代才能培养出一个贵族”；而中国又有一句全然相反的谚语，叫作“富不过三代”。这说明，无论在东方还是西方，人们都将第三代的作为看成家族成败兴衰的关键。到底是“龙生龙、凤生凤”“虎父无犬子”，还是在娇纵、奢侈的环境下沦为纨绔子弟，没有人能够预知结果。

特别是在新旧中国交替之际，逐渐兴盛发展的曹家究竟会往哪个方向发展? 作为家族关键的第三代，在上海出生、成长的长子嫡孙，曹可凡究竟是在什么样的家庭环境下长大，父母的遗传、环境的变迁又对他的成长产生了什么样的影响?

不妨让我们追溯到四十多年前，从曹可凡小时候的生活中，追寻些许成年后的影子?

可凡如是说…

（一）我的父亲

我的祖父总共生有六个子女，两个女儿，四个儿子。在这其中，我父亲排行老三，上头有两个姐姐，他是家中的长子。

父亲他们出生的年代，正是近代中国最混乱的时刻，到处都在打仗，生意也非常难做。对绝大多数老百姓来说，都会有种过一天是一天，过了今天不知道明天的感觉。

在这种时局下，大户人家总会想方设法把孩子送去国外，一方面是接受更先进的教育，更主要的还是躲避国内的战乱，让孩子们在一个相对安稳的环境下生活。

祖父的想法也是如此。在解放战争时期，祖父将他的两个儿子——我的二叔、三叔送去了美国念书，身边只留下了我的父亲和四叔。之所以把这两个孩子留在上海，是因为我父亲身体不好，有着比较严重的肺病——在当时，肺病可是非常严重的疾病，祖父实在不放心让我父亲背井离乡去海外生活；而我四叔则是最小的一个孩子，那时候年纪实在太小，没法送去国外生活。

所以，在我小时候的记忆中，只记得二叔、三叔都只在祖父和父亲的口中出现过，虽然时常有书信往来，但真正见面却是我成年以后的事了。

而时至今日，我的祖父、父亲、二叔、三叔、四叔以及两个姑姑都已经相继过世。

虽然没能去国外念书，但作为有钱人家的孩子，我的父亲依然接受了良好的教育。父亲从小在教会学校念书，大学毕业于中国近代最著名的教会学校——圣约翰大学。许是受到家族代代经商的影响，尽管父亲自小对中国历史兴趣浓厚，但他依然选择了经济学作为大学的主修专业。父亲的逻辑思维能力很强，思路清晰缜密，办事规范严谨。毕业之后他进入了中国纺织机械厂担任工程师，属于新中国为数不多的高学历青年才俊。

父亲是一个非常传统的知识分子，爱看书，爱学习，而且有着很强的主动学习能力和自我学习意愿。早些年，在我们锦园的家里，专门有一间他的书房，里面密密麻麻地摆满了各式各样的书，其中不少是原版外文书——有英文的、俄文的、德文的、日文的……

为了能读懂这些书，父亲非常勤奋地自学外语。在他很小的时候，他就开始学习俄语，还特地雇了俄国老师来家里给他上课；后来，他又自学了德文，因为没有请老师教，当时也没有什么德语录音教材，所以他学的只能叫作“哑巴德语”——会看、会写，但一句都不会念；到了抗战时期，上海沦陷，正在读小学的父亲又在日本人的命令下开始学习日语，并且很快就达到了阅读日文书籍的水平；当然，由于他毕业于美国人创办的教会学校，英语水平几乎等同于母语，无论是文字阅读还是言语交流都丝毫没有障碍。可以说，在语言方面，父亲是有着很高的天赋的。在这一方面，我非常幸运，得到了他的些许遗传，更得到了他的悉心指导。这对我现在从事语言工作可谓是受益匪浅。

（二）“文革”穷日子

1963 年，我来到了这个世界。

在我刚出生的时候，家里的条件还算优渥。祖父留给父亲的家产还都在——除了锦园的房子以外，父亲手头还有一些面粉公司、棉纺公司的股份，每年都能拿到分红。除此以外，作为工程师的父亲每月能拿到 109 元工资，这在那个年代算得上是很高的收入标准了。所以那个时候，家里依然能住宽敞的房子，吃得好穿得好，还有佣人伺候，几乎算得上是衣食无忧。

然而，好日子没过多少年，家道便在整个国家的动荡中中落了。

1966 年，“文化大革命”爆发。

“文革”时期经常提到的“阶级敌人”有：地主、富农、反革命分子、右派分子、坏分子、叛徒、特务、走资派、知识分子——社会把这些人统称为“黑九类”。爸爸拿过国家的“定息”，便直接被戴上了“资产阶级”的帽子，受牵连自是难免的。

最先是被批斗。红卫兵冲到家里来，把爸爸、妈妈，还有我，全部抓到外面去游街示众。这个叫作“游斗”，在当时是非常流行的。我父母以及其他一些挨批挨斗的大人，每人脖子上都挂着一块牌子，上面写着他们的“罪行”。我那时还小，只有三四岁，小学都还没有上，但即便如此，他们还是很“细致周到”地替我准备了一块小一号的牌子，同样挂在脖子上，上面写了些什么罪状我是完全不明白的，总之被押出去和大人们一起游街示众。

“文革”的遭遇给我全家，特别是我的父亲留下了难以愈合的创痛。但对我而言，回想那一段经历，似乎只是一段荒唐的笑谈。现在的我也说不清楚，那时究竟是因为年纪太小，记不得那些不愉快的事，还是因为年纪太小，红卫兵觉得我没啥批斗的价值。总之“文革”被批斗的经历，我有，但印象不是很深。

比起被批斗，家中经济状况突然变得窘迫，我是印象深刻的。

工厂停工闹革命，父亲的工程师显然是干不成了，被迫下放劳动改造，每月 109 元的工资也停发了。公司的股份都成了废纸，年底也领不到“定息”了……到最后，就连我们一直居住的锦园的房屋也被占去了大半——红卫兵把我们统统赶到了四楼的几间房间，楼下住进了好多不知从哪里来的“革命群众”，这些不速之客莫名其妙就成了我家的“邻居”。

总之，日子过得越来越艰难。家中最主要的经济来源没有了，家里雇了好多年的佣人也陆续离开，洗衣、做饭之类的家务劳动便平均分担到了每一个家庭成员的身上。记得在我读小学的时候，有一段时间我每天早上五点出头就得起床，跑到东诸安浜路的菜场去买菜，回家后按照妈妈教的步骤来淘米、烧饭。这种事，放在现在的小孩子身上，简直是不可思议的，但在我们那个年代，则是再寻常不过了。

然而，无论环境多么恶劣，生计多么困难，我父亲依然几十年如一日地坚持着知识分子固有的生活习惯。父亲每天早上风雨无阻的两个习惯，看起来有些风马牛不相及：一个是喝咖啡，另一个是打太极拳。他每天早上四点起床，先在弄堂里打一套“杨氏太极拳”，接着坐20路公交车从愚园路赶到外滩，去中央商场里喝一杯咖啡，再看上一个钟头的书报杂志——那时在中央商场，还能看到日文版的《人民中国》，这也是仅有的阅读外国杂志的途径——然后再坐公交车去杨浦区军工路上班。

年复一年，家里的储蓄越来越少，日子越过越紧，很快就出现了入不敷出的状况。在这种情形下，父亲只能和其他大户人家一样，变卖家中值钱的东西以维持生计。家具、首饰之类的卖完了，就开始卖书。父亲爱读书，在家收藏了好多珍贵的外文书籍，有的还是当初从香港乃至国外带回来的。在我家经济最困难的时期，父亲就是依靠变卖这些珍贵的外文书籍来维持家中开销的。

再说回那些突然住到我家楼下的“革命群众”。那时候有资格住进来的，都是所谓“根正苗红”的家庭。在他们眼里，我们全家都是“阶级敌人”，所以从骨子里看不起我们。我印象最深的就是楼下的一对姐妹，对我家的态度特别恶劣，时不时就会和我家闹出一些矛盾，发生一些争执。

锦园的房子都是砖木结构，整体的隔音不是很好，一旦住的人多了，自然会互相影响。每天晚上，只要我们楼上的小孩儿发出一丁点儿声响，这对姐妹就会跑上来大吵大闹。碰到这种事情，我的爷爷、父亲总是尽量忍让，避免和她们发生冲突。记得有一次，她俩冲到楼上来骂我父亲，我父亲实在是太老实了，束手无策，而我那时虽然年纪小，但实在被骂得忍无可忍，一时怒火中烧，一手抄起把菜刀，一手提起个热水瓶，对着她们大喊："你们谁要再敢骂，我拿开水浇你们！"

当然，如果母亲在家，情况就完全不一样了。我母亲没有知识分子那样懦弱的性格，"口吐莲花"的才能少有人能企及，她可不像家里的男人们那样好欺负，每次和楼下吵架都能全胜而归。所以，她们看到我母亲特别害怕，只敢在她不在家的时候欺负我父亲。

艰难的日子经历了 6 年之久。1972 年，虽然"文化大革命"还没有结束，但另一件重大的政治事件使我家的生存环境稍稍得到了改善。那年 2 月，美国总统尼克松访华，中美双方发表《上海联合公报》，宣告两国关系走向正常化。

在那之后，远在美国、香港的亲戚们渐渐与父亲有了联系，我们家的"海外关系"一下子就派上了用场。亲戚们知道大陆物资极端匮乏，就定期给我们家寄送生活必需品。美国的叔叔间或会给我家汇上些许美金，香港的亲戚也会时不时给我们寄些罐头火腿、固态食用油等"上档次"的生活物资。至此，我家靠变卖藏书才能填饱肚子的苦日子可算结束了。

又过了几年，"文革"结束，我父亲的工资又重新调回了 109 元，我家的经济条件又重新回到了"小康"水平。

（三）我的母亲

我的母亲是精神病院的护士，她天资聪颖、做事麻利，且有远见卓识。我的一生，受母亲的影响非常之深，特别是在我小的时候，曾经发生过一件

母子

足以改变我命运的事情，当时母亲的应急处置，充分体现了她不同于常人的智慧与气魄。

那时我读小学二年级，我家对面有一个“烟纸店”，我经常会在下课回家的路上买个梨，边走边吃。那天我像往常一样走去“烟纸店”买零食，在路上走着走着，忽然从我后方快速驶过一辆三轮机动车，一下子就把我撞倒在地。

那时候的我不算太胖，但也是个“大块头”，三轮车这么一撞没把我撞飞，却鬼使神差地把我挂在了车尾，往前拖行了好几米。路上经过的行人见了，赶紧叫司机停车。司机起初还不知道怎么回事，回过头一看才发现自己撞到了人，吓得脸色苍白，赶紧把我送到附近的长宁区中心医院。中心医院的医生一看，撞得还真不轻，不敢贸然处置，只是给我做了简单的包扎，然后转往瑞金医院进行治疗。

经瑞金医院的大夫诊断，我的左脚胫腓骨骨折了。那时候处理骨折唯一的方法就是上石膏，先把骨头正过来，然后用石膏做伤腿做一个笨重的“套子”，连脚带脚踝、小腿一起包起来，慢慢等骨头愈合。

然而，我总觉得有点儿不大对劲儿。起先是感觉石膏里的脚有点儿疼，我心想估计是骨折的缘故，也就没多在意；可过了几天越来越疼，而且似乎疼的位置和骨折的伤口不在一块儿，那显然就是有问题了。

不过当时我毕竟只是一个小孩儿，疼也不敢跟大人说，担心大人觉得是我是在“作”，所以只好忍着。那时候我的“忍功”真的是一流，也不哭也不闹，觉得痛了就做数学题，通过转移注意力的方式来忘却脚上的疼痛。

整整几天，几乎没有人察觉出我的异样，但母亲看出来了。她问我是不是哪里不对劲儿，我起初不敢说，后来实在瞒不住，就告诉了她。母亲做了那么多年护士，怎么说也是个专业人士，她判断一定是石膏绑得有问题，便立刻带我去医院复诊。

医生稍微看了看，也没在意，说有点儿疼是正常的，过两天就好。但我母亲却不认可医生的诊断，坚持让医生拆开石膏重新检查。医生不答应——石膏可不像鞋子，想脱就脱想穿就穿，在伤势没有痊愈的时候拆开检查，就意味着要把石膏砸碎，检查完还得重新做一个。这一方面费钱，另一方面医生也觉得麻烦，没必要。

但在这件事上，母亲却是据理力争，她跑去找到骨科主任，对他说：“如果你觉得没必要拆开石膏检查，就给我写个证明，万一将来孩子的脚有什么问题，我要跟你打官司！”骨科主任见我母亲那么坚决，实在是没办法了，只得把我脚上的石膏拆开重新检查。不看不要紧，一看吓一跳！因为石膏绑得太紧，患处局部已经发生了坏死！

后来医生说，幸亏母亲及时发现，并且坚持要拆开检查，如果再拖两天，我的这只脚很有可能就要截肢了。只是作为后遗症，在我的脚踝处至今还留着一个非常明显的疤，每次我看到这个疤，就会想到我的这条腿是母凭她敏锐的观察、科学的判断、强硬的坚持才被保全的。

这件事，到这里似乎就算是结束了，可是10年之后，却意外地出现了“后文”——后来我考上了第二医科大学——瑞金医院是二医大的附属医院——教我骨科课程的老师竟然正是那个为我诊治的瑞金医院骨科主任。都说无巧不成书，即使是生活中的真人真事，也会有那么多的巧合。

（四）母亲的朋友侯御之

在母亲工作的精神病院里，曾经收治过许多社会各界名人的亲属子女。这或许与那个时代多变的社会环境有关吧——在纷乱的时代洪流中，社会名流总是处于风口浪尖的位置，过山车般的生活更易使人的心理产生骤变。当然，也可能是因为普通百姓没有意识、没有条件把心理、精神层面的病人送去病院治疗。

在单位里，母亲是一个特别有“个人魅力”的人。医院里各部门的领导、各处室的大夫，没有谁不认识我的母亲，人人都会卖她几分“面子”；一块儿工作的护士更是将母亲视为“知心大姐”，无论什么事情都愿听她的意见。不仅如此，她与病患以及病患家属之间的关系也非常好，很多把亲属带来治病的人，在离开医院的时候，都能和她成为无话不谈的好朋友。

在母亲的众多“病人朋友”中，有一家人家十分特殊。在一次极其偶然的机会下，母亲意外地与她们结缘，令我家的生活发生了巨大的变化。

那家的男主人姓杜，名叫杜重远，是中国近代史上非常有名的一位革命家、教育家、实业家，很早便遭反动派杀害了。妻子名叫侯御之，也是一位颇有声望的社会名流，独自一人抚养着一双儿女，居住在离我家不远的地方。

备注：

杜重远，吉林公主岭人。生于1897年，死于1943年。早年留学日本，归来后先是实业救国，开办了中国最大的砖窑公司；随后作为记者在全国各地宣传抗日，出版多本爱国刊物，并因此受过牢狱之灾；又放弃优越生活，携妻儿远赴新疆创办新疆学院；最终在新疆遭反动军阀盛世才杀害。

他的一生充满传奇，宋子文、张学良、周恩来等各党派要员均是他的密友，此外，在他身上还发生过三件足以载入史册的大事。

其一，1933年，邹韬奋主编的爱国周刊《生活》被迫停办，他挺身而出

杜重远与侯御之在沪结婚

创办了《新生》周刊。由于在《新生》上刊登了调侃日本天皇的《闲话皇帝》一文，他遭到了日本帝国主义的疯狂迫害，最终被反动当局以“诽谤罪”判刑一年又两个月。这是当年轰动中外的“新生事件”。

其二，三年后，在国内外各界人士的强烈抗议下，国民党当局被迫将杜重远“释放”，软禁在上海虹桥疗养院。在疗养院居住的那段时间，他多次与张学良、杨虎城商议抗日救国大计；重获自由后，他更是亲自前往西安与张、杨二人会谈，并最终成为推动“西安事变”发生的重要幕后策划人。

其三，又过三年，他在周恩来的安排下前往新疆从事教育工作，创办了新疆学院并担任院长，在当地传播科学文化知识和马克思主义理念。在此期间，他曾聘请茅盾、赵丹等文学家、艺术家赴新疆任教，在当时形成风潮。后来，他被叛党投敌的新疆反动军阀盛世才秘密杀害，同时被杀害的还有毛泽东的弟弟毛泽民。

侯御之：杜重远之妻，生于1912年，逝于1998年。她是中国著名法学家，爱国民主人士。

作为杜重远的妻子，侯御之的人生经历同样充满戏剧性。她8岁小学毕业，公派去日本留学，18岁大学毕业，22岁就成了中国第一个留日法学女博士。她能讲7国语言，琴棋书画无所不通，在日本享受近似于皇族的待遇，有人称赞她是“白梅独秀”，还有不少日本贵族称她为“公主殿下”，可见对这个女子的赞赏与倾慕。

然而在“九一八事变”后，她毅然放弃日本的一切，回国从事抗日救亡运动，并于1933年与志同道合的革命志士杜重远结为夫妇。婚后不到半年，侯御之便目送丈夫入狱，此后反反复复，始终处于丈夫被软禁、关押、通缉的不安之下；再后来随丈夫去新疆从事教育建设，当地艰苦的条件令从小过惯贵族生活的侯御之痛苦不堪。更为糟糕的是，没过几年丈夫再次被反动军阀逮捕，秘密杀害。原本是才子佳人的圆满爱情，却在国难之中化作了一出令人唏嘘不已的悲情故事。

杜重远牺牲后，侯御之带着三个孩子重新回到了上海，住在位于淮海路的一栋花园洋房里——这栋小楼正是当年宋子文送给他们夫妻的结婚礼物——过着孤儿寡母的艰难生活。

在新中国成立的时候，考虑到她特殊的民主人士身份以及“法学博士第一人”的学术背景，周恩来曾经有意邀请她担任新中国的司法部部长，却被她婉言谢绝。在那之后，她把所有的期望都寄托在了下一代身上，专心致志将膝下的二女一子培养成才。

（五）滴水之恩

在我的印象中，杜家的成员都非常漂亮，有气质。杜重远的妻子侯御之，年轻时的容貌与才华绝不逊于民国第一才女林徽因。即便到我记事那会儿，她已经年过半百，但身上的那股端庄、典雅、知性、大气，依旧给人一种“惊为天人”的感觉。所以在那时，我和我的同龄小伙伴都喜欢叫她“外国人阿婆”。

她家的孩子，同样有着与同龄人完全不一样的装扮与风范。在新疆的时候，侯御之和三个子女都遭到了反动军阀盛世才的残酷迫害，浑身都是病，唯一的儿子杜任还因受到刺激而有些精神失常，但这丝毫不能掩盖他们身上的“贵族气质”。即便在物质条件最艰难的时期，杜家的孩子仍旧穿着最光鲜的新衣服出门，特别是两个姐妹杜毅和杜颖，长得漂亮，气质好，走在马路上永远是一道亮丽的风景线。

因为儿子的精神状况不怎么稳定，所以“外国人阿婆”经常带着儿子来母亲所在的医院看病，一来二往，母亲对他们家的几个成员都有了印象。

某年冬天的一个夜晚，天气非常寒冷，母亲在医院急诊室上夜班。就在她四处巡视的时候，忽然看到两个姑娘畏缩在医院大厅的一条长凳上，瑟瑟发抖。母亲跑去一看，这不就是杜家两姐妹吗？为什么这么冷的天，大晚上还不回家，反而在医院待着呢？

母亲便上去询问。她俩闪烁其词，欲言又止，说是弟弟在家又犯病了，要打她们，她们没办法，只能从家里逃了出来，又没地方去，在街上走着走着，不知不觉就走到医院里来了。

母亲感觉有些不太对劲儿，因为从她们的双眼中，能够看出异于平常的惊吓与恐慌。当然，对于别人的家事，母亲也不便多问，当务之急是让这两个冻僵了的姑娘暖和暖和。于是母亲把她俩带进了护士值班办公室——那里有一间给值班护士休息的小房间，有桌椅有床铺，可以睡觉。那天晚上，杜家姐妹就在母亲的照顾下，在值班护士的休息室里过了一夜。

后来，母亲通过其他渠道知道，那天杜家姐妹之所以会出现在医院大厅，并不是因为弟弟旧病复发，而是红卫兵冲到她们家里抄家。杜家是大户人家，孤儿寡母住在花园洋房，特殊的家境令他们成了红卫兵“革命”的重点目标。那天晚上，大批红卫兵冲到他们家中，又打又砸又抢。侯妈妈眼见情况不对，赶紧让两个女儿逃出去避难，自己则留在家里保护儿子，在红卫兵丧心病狂的殴打下度过了一夜。

在那之后很多天，母亲都没有见到杜家姐妹和她们的母亲——第二天一早，有人来医院门口领走了杜家姐妹，然后他们全家人都好像消失了一般，一连好几天都没有出现。

又过了一段日子，忽然有人在妈妈工作的医院四处打听，某月某日急诊室有一个值班的护士叫什么名字——来打听的人正是杜家妈妈侯御之。那天晚上母亲带着一个很大的口罩，两姐妹从头到尾都没看到母亲的长相，所以一直不知道到底是哪个好心的护士“救”了自己。

后来，妈妈了解到，就在杜家遭到红卫兵抄家、殴打后的第二天，就有人给他们买了火车票，将他们一家四口送到了北京。到了北京之后，侯御之先带着儿女去找了当时的统战部副部长童小鹏，向他说明了全家的遭遇。

新中国成立后，杜家因为特殊的社会地位和政治贡献，一直是国家统战部重要的统战对象，这次的情况着实令政府大吃一惊。童小鹏立刻把侯御之和她的孩子们带去了钓鱼台西花厅，直接向周恩来总理汇报了此事。了解情况后，周总理立即发出特别指示：从今往后，严禁红卫兵靠近杜家。并且派专人对他们进行保护。

自那以后，杜家就再也没有受到红卫兵的骚扰。而为了感谢在最危急时刻救助杜家姐妹的恩人，他们特地托了一位朋友——瑞金医院口腔专家黄培喆教授寻找母亲，并向母亲表达了感激之情。打那以后，我家和杜家建立了深厚的感情。在二医大读书期间，黄教授又正好是教口腔科的老师。

逢年过节，杜家姐妹就会邀请我们去她们家做客。杜家的房子特别大，而且他们的生活方式非常“洋气”。我印象最深的就是去他们家过“圣诞节”——煎牛排、拌色拉、挂圣诞树……全部都是西式“范儿”——这在“文化大革命”时期，简直就是不可思议的。

“文革”过后，改革开放。杜家三姐弟陆续都去了香港，借助过去父亲的社会关系帮中国政府招商引资。而我家也同样不断受到他们的恩惠，包括后来帮我们家换房子、我生病的时候帮我找医院看病、在70年代帮我们家从海外带了第一台电视机……都是杜家对于“滴水之恩”的“涌泉相报”。

（六）父亲教我学习

都说孩子是父母的结晶，特别是对于长相俊俏、头脑聪明的孩子，人们通常都爱用“遗传了父母的长处”这种说法加以夸赞。对我来说，很难讲我从祖父、曾外祖父身上继承到了哪些“遗传基因”，但仅从我父母的性格、喜好来看，我也算是比较幸运地继承了两个人的长处。

我的父亲是一个传统知识分子，而且还是个“理工男”，所以有着那个时代知识分子的典型特征——理性思维、低调含蓄、性格内向、不善交际、讲求生活品质；而我的母亲却和父亲全然相反，她没有受过高等教育，却是“社会大学”的“高才生”——头脑灵活、性格外向、能力强、人缘广，擅长和不同的人打交道，积累不同的社会资源。

在我的身上，有着父亲遗传的头脑和思维。我的学习成绩一直都还不错——后来之所以能考上医科大学，还能以高分考上研究生，“工程师老爸”的头脑功不可没；同时我也遗传到了父亲身上的语言天赋——虽然不像他那样能掌握多国语言，起码我模仿各地方言惟妙惟肖，外语能力在主持人中也算比较强的。此外，我喜欢看书，喜欢音乐，喜欢书画艺术，这些兴趣爱好都有着我父亲的影子。

而母亲的遗传基因，在我的身上更加明显。她赐予了我“摆开八仙桌，招待十六方”的本领——这几十年我在待人接物方面做得还算不错，各界的朋友伙伴彼此都相处甚欢，这方面的能力得益于母亲的遗传；同时，她也赐予了我“来的都是客，全凭嘴一张”的能力——在主持界，我的口头表达能力、口语应用能力都还算不错，无论是台前还是幕后，说话比较风趣、得体，这同样得益于母亲的遗传。另外，在工作能力、组织能力、领导能力方面，母亲同样赐予我许多先天的优势。

当然，仅仅靠基因遗传是不够的，后天的教育和熏陶也是子女吸取父母优长的关键途径。在这方面，我父母对我的培养更是不遗余力。

在读书学习上，父亲给了我十分重要的指导，特别是在语言学习方面。因为时代的关系，我在小学和初中的外语课上学的并不是英语，而是俄语。但事实上，在20世纪70年代初，中苏关系就已经彻底交恶，且丝毫没有修复的趋势，反倒是1972年尼克松访华、中美建交后，中国与西方的关系进入了破冰期。了解历史的父亲在我语言学习的道路上做出了十分明智的判断——他认为今后学习俄语将毫无用处，相反英语学习将成为必须。于是，他便在我放学回家之后，亲自教我学英语。

父亲的外语水平很高，在他学习语言的过程中，总结出了一套行之有效的学习窍门。他告诉我：学习英语一定要掌握两大诀窍，一个叫“imitation”，就是模仿，这个是最重要的；另一个叫“practice”，就是实践。任何东西，一开始先要学“像”，然后通过反复的练习，才能最终学“会”。一个英语单词，看一千遍、一万遍，都只能算是学了一遍，只有在电视、杂志、课本等不同的地方看到这个单词，理解这个单词在不同环境下的不同意义，才算是真正懂得了这个单词。

因此在我学英语的时候，他从不要求我背单词，而是找来一些音频的学习材料，让我反复听，照着录音跟读。读上10遍、20遍、30遍，自然也就掌握了。我一直按照父亲教的这个方法来学英语，效果明显。考上高中后学校也开始上英语课了，很多以前学俄语的同学一开始完全跟不上，但我的外语成绩却丝毫不比那些从初中就开始上英语课的同学差。到了大学虽然我学的不是英语专业，但同样需要阅读很多英语的医学资料，里面的一些英文医学术语非常复杂，但我学着却一点儿也不费劲儿。

后来中日邦交正常化，父亲又开始教我学日语，用的也差不多是同一套方法。虽然在我日后的学习、工作中使用日语的场合并不多，但谁又能想到，我会在2011年的时候出演电影《金陵十三钗》，其中有好几个场景都用到了小时候父亲教过我的日语。

不仅仅是语言学习，父亲更帮助我养成了爱看书的好习惯。家中的藏书虽然在“文革”时期变卖了不少，但依然留有许多十分有价值的书籍。等我识字以后，父亲就推荐我看各种类型的书，特别是文史哲方面的，一方面让我学习更多课堂上没有的知识，另一方面让我养成爱看书、爱学习的好习惯。

全家照

所以，虽然我在大学读的是医科，但对文史哲同样有所涉及，只不过比较凌乱，缺乏系统性，特别是对民国时期的文化、历史可以说是无比痴迷。而这些都和小时候在父亲的影响下看了大量民国时期的文学、历史作品分不开。

此外，在音乐方面父亲也同样给了我许多熏陶。他喜爱听古典音乐，于是就带着我一起听，还把那些音乐家们的故事讲给我听。在那个时候，什么莫扎特、贝多芬……我都不懂，听过也就听过了，但等我长大了，开始正式接触这些东西的时候，儿时的记忆便复苏，让我觉得那些音乐是如此亲切，如此熟悉。

（七）学琴记

说起音乐，在我童年中还有过一段学琴的经历。

我从小比较顽皮，每天一下课，就带着小伙伴们在弄堂里疯玩。记得有年夏天，锦园里有几幢房子正在装修，我便带着小伙伴们一起爬到脚手架上玩儿。忽然看到有一户人家窗户没关，我们便偷偷爬进去寻觅一番。搜索的结果，是发现了保温桶里的几支绿豆棒冰，这等好东西怎能放过？我们几个小伙伴三下五除二就把棒冰消灭干净了，带着胜利的喜悦扬长而去。

可万万没想到，这户邻居的侦察本领远远超出了我们的预计，才刚到晚上，我们的罪行就被“侦破”了。结果可想而知，邻居跑到家里来告状，结果少不了一顿打。

父亲在“文革”期间是吃过不少苦头的，这让他原本就谨小慎微的性格变得愈发胆小。对于我这么个捣蛋鬼儿子今后会不会闯出什么大祸，他心里一直担心得很。因此，他总是想着，有什么办法能让我老老实实待在家里，尽量少在外头“疯”。

另一方面，我家成分不好，属于“资产阶级”。在那时候，成分不好的小孩儿想要读大学、当兵或者做工人什么的，简直是痴心梦想。对于我长大后的生计问题，父母甚是担心。看着其他“资产阶级”成分的家庭都把孩子送出去学手艺，他们也有了这样的想法——让孩子去学习个一技之长，既能减少在弄堂疯玩的时间，将来说不定还可以靠手艺混口饭吃。

至于学什么好呢？父亲喜欢古典音乐，尤其对小提琴演奏偏爱有加，他希望我能够成为一名出色的小提琴演奏家，便用平日里省吃俭用攒下的钱为我买了一把小提琴，让我去学拉小提琴。

当然，学拉小提琴也是要请老师支付学费的，费用不算高，一节课也就是一两块钱的样子。但那时候我们家正处于困难时期，即便是一两块钱也是一笔巨大的支出。

就这样学了 3 个月左右，忽然有一天父亲让我拉给他听，看看这段时间学得怎么样了。于是我就拉了一段给他听。学过乐器的人都知道，像小提琴这种乐器，没学个一年半载是完全拉不成调儿的，更何况我那时才小学一年级，人小手小连琴都端不稳。结果可以想象，我第一次的小提琴“汇演”惨不忍睹。

可父亲听了之后却说：拉的蛮好的嘛。我也知道，他只是在安慰我而已。自那以后我也就没再去学小提琴了，倒不是因为我拉得太差，主要还是家中的经济条件所限。父亲听了我的表演，确信我在小提琴方面真是没啥天赋，那也就没必要再花钱去学了。

于是父亲又说，干脆换个东西学学吧。学什么呢？知识分子出身的父亲终究不愿意让我去做裁缝、木匠之类的粗活儿，依然想让我学习艺术。商量了半天，最终决定学琵琶，原因很简单，我有个姨父是上海音乐学院的琵琶老师，在当时也算是颇有名气的琵琶演奏家，跟着他学习，起码可以把课时费省下来。

就这样，我放下了小提琴，拿起了琵琶，继续学琴。每周日，我都要抱着那把巨大的琵琶，坐公交车去姨父家学琴。姨父虽然是“自家人”，

弹琵琶

但教起课来异常严格。除了每周一次上课，还要求我每天练琴两个小时。当然，这对父母来说，着实是省心了不少。

为了防止我偷懒，父母让祖母帮忙监督我练琴。每天我做完功课，祖母就搬个凳子坐在我身边，还特地拿出家中的小闹钟，把闹铃调到两小时，然后搁在旁边的小桌上，一边做事，一边监督我弹琵琶。

就这样，每天弹琵琶的这两个小时，成为我一整日最痛苦的两个小时。那段时间正是其他小伙伴在弄堂里玩耍的时候，他们见我被困在家中出不来，便趴在我家窗户下高声尖叫我的名字，也不知道是诚心唤我出来玩儿，还是故意刺激我。听着窗外小伙伴们嬉笑打闹，我却还得端个琵琶，苦练两个小时，那是多不甘心啊！

不得不说，“急中生智”这句话是绝对有道理的。在这种情况下，我很快就想到了一个能够减少练习时间的“馊主意”。在那之后，每天练琴的时候，我都会想办法把祖母支开一小会儿。一旦祖母走开了，我就立刻把旁边的小闹钟拨快十几二十分钟。祖母年纪大了，记性也不好，再加上那时候家里的计时工具有限，通常发现不了。

糟糕的是，有一天弹完琴我在外面玩儿得兴起，忘了在父母下班前把时间拨回来。父亲回家后发现闹钟的时间不对，立刻就拆穿了我的“诡计”。接下来的待遇相信大家都能猜到，小时候说不定也都体验过——父亲把我狠揍一顿。

虽然我小时候也顽皮，但书生气十足的父亲很少打我。那一次之所以那么生气，主要还是担心我学坏，万一尝到了骗人的甜头，习惯坑蒙拐骗的营生，那人生就走入歧途了。

（八）跟着妈妈见世面

与父亲不同，我的母亲虽然只是个护士，但在社会大课堂上，她的“知识”却比我父亲“渊博”得多。在单位里，无论工作能力还是人缘威望，她都是数一数二的。

前阵子我去了趟美国，听说母亲有不少老同事现在都在那边，就特地去见了其中的一些。据他们介绍，当时在医院中，即便是一些科室主任，见到我母亲都要忌惮三分。一方面是因为她的业务水平高，怕被她指出什么差错；另一方面也是因为她在单位威信高，医生护士都听她的。

父亲和母亲都非常喜爱文艺，那时虽然正逢“文化大革命”，但在上海还会举办一些文艺演出。只不过由于演出稀少，买票一直是一件很困难的事情。即便后来我家经济条件好转了，但有钱也未必能买到这些演出的入场券。

这种情况下，我父亲就会在剧场门口等退票。每当有演出的时候，他就会叫我在家待着，别烦他，他跑去剧场等退票，有点儿像现在的“黄牛党”。在这方面他还真有一套，往往都能找到想要退票子的人，问他把票子买下。一旦等着了退票就赶紧回家叫上我和母亲，一起去看演出。久而久之，看戏就成了我家的一种家庭文化。

当然，不能指望每一次的演出父亲都能买着票，家里也没那么多钱。这时，母亲的交际圈就派上“大用场”了。通过工作关系，母亲结识了许

和父母参观展览

多文化界、文艺界、体育界的朋友，而她的这些朋友，无一例外都成了我家“文化建设”的重要“投资人”。

在我母亲的朋友中，有当时的中国女子乒乓球国手、世界冠军郑敏之——她的两个妹妹都曾是母亲医院的病人，在治疗过程中得到了母亲的许多照顾，于是结为好友。她经常送给母亲各类体育比赛的观赛券，每次拿到之后母亲都会带着我去看比赛。

还有一个是原中国剧场的经理，她经常会给我母亲一些话剧、戏剧、音乐会的门票，母亲同样会带我去看，后来那个阿姨调到黄浦区做了剧院经理，那边能看到很多的内部电影（那个时代普通老百姓是没有机会看海外电影的，多数片子只针对特殊人开放，所以叫作“内部电影”），她也会时不时给我们一些电影票。

上述的那些与母亲交好的叔叔阿姨、爷爷奶奶，包括先前说起的杜家姐妹，他们都给我提供了许多普通人很难获得的增长见闻、提升素养的机会，这些人都对我的成长提供过重要帮助。

一个电视节目主持人，从稚嫩到成熟，通常要经历两个“怕”：一个是“怕镜头”，面对镜头不知道该怎么应对，手忙脚乱；另一个是“怕名人”，面对名人不知道如何开口，手足无措。而对我来说，从第一次登台开始就能做到不受这两方面的影响，这同小时候跟着母亲“见世面”的经历关系很大。

比如说，有一次妈妈带我去看京剧《四郎探母》，边上坐着的是梅兰芳先生的大弟子、上海戏曲学校教授魏莲芳先生。魏先生年轻时，正是以饰演《四郎探母》中的萧太后而闻名，当时为了演好这个角色，他还特地去向梨园界的“通天教主”王瑶卿请教，可谓是深得其中精髓。他在看戏的时候，一边看一边还会点评台上的演员，这边唱得不好啦，那边演得不对啦……那时候我年纪还小，也从没有学习过戏曲，京剧我怎么可能看得懂呢？可听他在边上那么一嘀咕，再看看台上演员的表演，还真就能摸到一些门道了。

我妈妈还有一个朋友，是上海音乐学院的钢琴老师，名字我有些记不清了。每每到了夏天我就喜欢去她家玩儿，因为在她家里能品尝到许多很稀罕的夏日甜品——手磨咖啡豆，把咖啡粉放进一个古老的冰滴壶里，再在壶里放上冰块，慢慢地就能滴滤出一杯冰咖啡；从冰箱里挖一个冰激凌球，等到略微融化一些的时候，再浇上厚厚的一层巧克力浆，就做成了一个“巧克力圣代”……即便在艰难的“文革”环境中，老一辈艺术家们依然坚持着高贵而有情调的生活。

记得有一次去她家，她家里刚好有一个五十来岁的中年女性在唱歌，她则弹琴伴奏。一首《浏阳河》，唱得简直美极了，比我在收音机里听的、在剧场里听的都要美。后来我才知道，那个人的名字叫张权，是中国非常著名的女高音歌唱家，因为“文化大革命”不让登台演出了，只能在朋友家里唱歌消遣。后来张权先生成为中国音乐学院的副院长，与上海的周小燕先生并称“南周北张”，被音乐节公认为是中国近代最伟大的声乐教育家之一。

有的时候，想想过去见到的那些人，那些事，真是唏嘘不已。那么伟大的艺术家，生逢那样一个错乱的时代，无法在舞台上展示自己的才华，无法让所有喜爱他们的人欣赏到他们的艺术魅力，只能在一个不起眼的角落，默默地闪烁着光芒。

然而，对于那时小小的我而言，错乱的时代反倒给了我一份幸运，让我有机会与艺术大家面对面。童年的这些点滴，对我日后在艺术上的成长，帮助很大。

（九）偶遇温可铮

还有一个艺术家，同样也是我在“文革”期间认识的。

我那教我弹琵琶的姨父是在上海音乐学院工作的，因为他的关系，我经常会去音乐学院玩儿。有一次，我正在校园里瞎逛，忽然听到一个浑厚而有磁性的男声在唱歌。歌声轻轻的，不是那种放声歌唱的声音，更像是在哼唱。唱的歌曲也很“应景”，俄国作曲家穆索尔斯基创作的一首讽刺歌曲《跳蚤之歌》。顿时，我被这迷人的声音吸引住了。循着歌声找去，看到一个老伯伯正在低着头扫地，歌声正是从他的口中传出的。

当时我很好奇，怎么一个扫地的老头儿唱歌都那么好听呢？我干脆停下脚步，站在他身边听，他也没注意我，继续唱他的歌，扫他的地。等他扫完地准备离开了，我一下子跑到他面前，对他说：“你唱歌真好听，你叫什么名字啊？”他回答我说，他叫温可铮，说话的声音同样浑厚而有磁性。

回到家里，我把在音乐学院里的所见所闻告诉了父亲。父亲听后，告诉我说："那个温可铮可是赫赫有名的歌唱家，我也是他的歌迷呢！"我吃了一惊，没想到就这么个扫地的老头qt，竟然是了不起的歌唱家，还是我父亲的偶像！于是，我心中就留下了一个念想，总觉得今天认识了一个很"厉害"的人。

温可铮

备注：

温可铮，中国著名男低音歌唱家，生于1929年，逝于2007年。

温可铮生于音乐世家，10岁时曾获得"北京市天才儿童音乐奖"，后考入南京国立音乐学院声乐系学习。先后师从于著名俄罗斯籍声乐教授苏石林和保加利亚声乐教育家契尔金。毕业后，先后担任南京金陵大学音乐系教师、上海音乐学院声乐系主任。

1957年，温可铮赴莫斯科参加第六届世界青年欢联节古典歌唱比赛，获得银质奖章，同年，他又受苏方邀请，在苏联国家唱片公司录制个人唱片。这也是新中国音乐家录制的首张个人专辑。

当时的温可铮老师也在"文革"中被"打倒"了，不能教书，不能唱歌，只能在学校里做勤杂。但即便如此，他依旧没有放下自己的声音。他在读书读报的时候练声，在打雷下雨的时候跑去郊区唱歌，在去工厂劳动改造的时候给工人唱歌……抓住一切可以唱歌的机会来保持自己的嗓子。现在想来，在音乐学院扫地的时候哼歌，也是他在那个特殊年代保持声音的一种途径吧。

后来，我做《可凡倾听》，温可铮老师是我计划采访的首批嘉宾。在与他访谈的时候，我还特意向他提起了当年在音乐学院里的那一次偶遇。虽然他已经忘了，可因为有这么一段故事，所以我总觉得那次的采访，于我而言有着特殊的意义，是一次跨越时空的对话。

那一回的采访，有两个细节令我印象很深。

首先，我问他对“三大男高音”来中国开演唱会怎么看，温老师的回答毫不遮掩当下的浮躁之风。他说，在他看来，多明戈、帕瓦罗蒂这些世界知名的男高音歌唱家，他们来中国开音乐会，都是失败的，因为他们练得少，没把中国的歌迷当回事。“这叫走穴，国际走穴，这个绝对不行。艺术哪能这样干呢？”

面对被国人奉为“神明”的世界三大男高音，也只有温可铮这位10岁被称作“天才儿童”、75岁仍在举办独唱音乐会的大师，才有资格、有胆量提出如此尖锐的批评。

还有一个细节。在采访中，温可铮老师无意间讲了这么一句话：“已经有十几年没有记者来过我家了。”听了这句话我顿时觉得一阵心酸。整整一代伟大的艺术家，被一个错乱的时代挥霍了他们最美好的青春，好不容易苦尽甘来，却又被另一个浮夸的时代遗忘了他们的最后光芒。如果，他们出现在一个稳定、安康的时代，将获得怎样伟大的成就啊！

（十）童年点滴

我的童年，虽然生活在一个物质、文化双重匮乏的社会，但即便如此，我的父母仍然尽其所能，为我创造良好的学习氛围，培养我对各种事物的兴趣爱好，教导我取得谋生的一技之长。在他们的心血灌溉下，年幼的我获得了更多开阔眼界的机会，学习了更多的知识技艺，见识过更多的名家

小学时代

大师，感受过更多的艺术文化，体味过更多的人生感悟……这些，无一例外地成为我成长道路上受用终生的宝贵财富。

人生，就像是一枚硬币，有着 A 面和 B 面。在刚出生的时候，父亲与母亲的遗传基因分别赋予了婴儿 A、B 两面；在童年的成长历程中，学校的教育、父母的期许、生长的环境又会在 A、B 两面刻上不同的印记……

感谢我的父母，在我生命的起始端就为我的硬币刻上了美丽的花纹——在我的 A 面，刻着父亲的聪明与好学，在我的 B 面，刻着母亲的热情与能干；在那之后，他们又不断地为我打磨、雕琢，让我的硬币变得愈加光彩——在我的 A 面，父亲刻上了为人治学的准则；在我的 B 面，母亲又刻上了待人接物的技巧……

感谢我的父母，他们不仅给了我健康的体魄与强健的头脑，更给了我一个值得我自豪一辈子的美好童年。

说起童年，一定少不了童年上学的记忆，童年伙伴的记忆。

我的小学叫“愚园路第五小学”。虽然不是什么有名的学校，但学校建筑却是典型的欧陆风格。挺拔的爱奥尼柱虽有些斑驳，却仿佛一位位倾诉历史的长者。前些年偶然得知，那竟然出自为上海留下国际饭店、大光明电影院、百乐门歌舞厅等无数优秀建筑的匈牙利著名设计大师邬达克之手。

虽然是在“文革”期间，整个国家的学习气氛都很淡薄，但学校老师依然十分关心、爱护学生，日常教学也都尽职尽责完成。只可惜，后来也不知道什么原因，我的母校被拆并入了其他的学校，就此从上海小学名录中消失了。

我上小学的时候，“文化大革命”还没有结束，因此在上学过程中，我仍然受到过一些因“文革”而造成的影响。最明显的就是在学校里填表格了，无论填写什么表格，有一个空格是和姓名、年龄一样属于必填的项目——“家庭成分”。而这，也是我最忌讳的东西。

其他的小朋友往往会在那栏填写工人、农民等，但我却必须要在那个空格里填上非常刺眼的“资本家”三个字——我的父亲继承了祖父传下的少量公司的股份，虽然那些股份后来全部被“充公”，但我们家依然被划分到了“资本家”这个“黑九类”群体之中。尽管当时年幼的我并不明白“什么是资本家”，“为什么我是资本家”，但这依然令我在班中感到相当自卑。

幸而，“家庭成分”这个小小的空格并没有给我带来表格以外的困扰。同学们从没有因为我是资本家的孩子而欺负我、排挤我，老师也没有因为这个别扭的标签而将我区别对待。我童年的校园生活与其他小朋友一样快乐而又平凡。

和大多数小学一样，愚园路第五小学也是一所就近招收学生的“社区型学校”，所以学校的同学，有不少都是我在锦园一同玩耍的小伙伴。早上和小伙伴们一起上学，在学校一起读书；下午和小伙伴们一起回家，做完作业在弄堂里一起玩耍……这些便成了我每天生活的主旋律。

小时候的我虽然挺胖，但丝毫不影响我的调皮捣蛋。再加上我的脑子在小伙伴中比较活络，经常是惹是生非的主力军。因此无论在学校还是在弄堂，都会惹出一些当时让人气急败坏、现在想来啼笑皆非的趣事。就像是在学校里把老师自行车上的铃铛卸掉；在老师写板书的时候偷偷溜出去买梨吃；传作业本的时候跟前排同学恶作剧结果本子被撕坏；带小人书来学校看，结果被同学弄坏……这些事在我们这一代人童年的时候，简直是每个人都会经历的。

小学的时候，学校没什么文艺活动，我在这方面的能力基本没有展示的空间。偶尔有一次，学校组织什么活动，老是让我拿着一面五星红旗从这头跑到那头。就这么一件小任务，在当时就让我激动了好几天，我每天拼了命的练习，却没想在演出当天，由于我过度紧张，又奔得太起劲儿，脚下一打滑，直接在舞台上摔了个大跟头。

这件事情，让我懊恼了好几个月。而那之后，老师也就不敢再让我上台了。直到后来我练了琵琶，在文艺方面有了这么一个特长，才重新有了展示文艺特长的机会。

（十一）老友记

说来惭愧，在我脑中有关童年的记忆，并不是非常清晰。其中纵然有一些片段，例如之前我所提到的，母亲与杜家姐妹的故事、我与温可铮的见面等，我的印象非常深刻；但更多的经历，特别是读小学期间，我和童年玩伴间的故事，在我的记忆中就变得十分模糊了。

然而，记忆就是那么有趣的东西。无论你把它藏得多深、多隐秘，只需一个小小的契机，他就会一股脑儿地从你的眼中、耳中、口中喷涌而出，让你忽然记起——原来在自己的人生中，还曾有过这样的一段经历。就在去年，尘封在我脑海最深处有关童年生活的记忆，突然被一期特别的电视节目激活了。

2013 年 7 月，我被河北卫视邀请作为嘉宾参与《明星同乐会》节目的录制。这是一档以“童年”为主题的情感综艺节目，主持人是我的同行好友——李彬。不得不承认栏目组导演的本事真不小，在上海各处找到了十几个我小时候的邻居、同学、玩伴，并从他们的嘴里“挖”出了好多我的童年故事。

在录制现场，还发生了一些“尴尬”事。节目的主线就是安排“真假同学”讲述关于我小时候的点滴趣事，让我去分辨哪个是我的真同学，哪个是我的假同学。然而，我在节目中说得最多的一句话却是：“真不记得了……”

有的老同学，见面似乎脸熟，名字却不记得了；有的老同学，小名还能叫得出来，长相却不记得了；还有的老同学，说的都是我小时候干过的事，我却一件都不记得了。最终，4 个真同学我只认出了一半，自始至终我的脸上都挂着尴尬的笑容。

当然，无论如何，老同学重逢的喜悦依然是真切的。听节目主持人李彬说，凡是上这个节目的嘉宾，几乎都是哭着回去的，但我做完节目却是笑着回去的，这次的节目真是带给了我太多开心的事情了。很多几十年不见的老朋友重新联系上了，很多几乎快要忘记的往事又被唤醒了……旧友重逢，又怎能用泪水去迎接彼此呢？

在那之后，我们又陆陆续续找到了好多以前的老同学——他们之中有的当了公务员，有的成了大老板，有的在外地打拼了十几年又重归故里……四十多年未见的同学重新聚在一起，大家一起吃饭，一起唱歌，一起去看昔日的恩师，一起回忆过去在学校里的故事。

感谢河北卫视《明星同乐会》，让我在知天命之年，重新找回了童年的记忆。

后记

我曾经多次采访曹可凡。

在我的印象中，他是一个记忆力特别好的人。丰富的人生阅历中，经历的每一件事、遇到的每一个人，都在心中记得清清楚楚。

唯一的例外，就是他自己童年的记忆。曹可凡对自己童年的记忆似乎相当模糊，自己小时候是什么性格、什么脾气，喜欢些什么、讨厌些什么，都说不出个所以然来。在这方面的“健忘”与他在工作、学习中的博闻强记、过目不忘，形成了鲜明的对比。

因而我不得不理解为，正是因为工作与学习耗费了他太多的脑力，才使得他不得不将那些“不常用”的童年记忆搁置于记忆的最深处，好腾出头脑中的“好位置”去记忆那些更为“常用”的信息。

但是，在我看来，想要全面了解曹可凡其人，童年的成长经历又是不可或缺的。尽管我们可以通过他的祖辈、他的父母“窥视”他体内的遗传基因，了解他先天的性格特性，但这些只有与成长经历、成长环境相结合，才能拼合出一个完整的曹可凡，才能真正回答“曹可凡是怎样炼成的”这个问题。

好在前阵子河北卫视请曹可凡做了一期《明星同乐会》，在节目里请来了好些曹可凡童年的玩伴。于是，曹可凡便对我说：“去问问我的小学同学吧，我小时候的事儿，他们记得更清楚。”

就这样，我开始逐一寻访曹可凡的童年好友、小学同学。第一个进入我视线的，就是曹可凡小学班级里的“大姐大”——封伟静。

封伟静是曹可凡的发小，从小在“锦园”一块儿长大，在同一个小学、同一个初中读书。小的时候，封伟静是班里的活跃分子，很有“江湖地位”。河北卫视《明星同乐会》请曹可凡上节目，最初就是找到了封伟静来做“参谋”。

（一）“大姐大”封伟静

封伟静不但给栏目组讲了好多曹可凡的童年故事，还帮忙将曹可凡“失散多年”的童年玩伴、小学同学一个一个都找了出来，邀请大家一同参加节目的录制。然而，非常遗憾的是，由于封伟静职业角色的特殊性，她自己反倒无法上台与曹可凡见面，最终只能甘做幕后英雄。

得知我的来意后，封伟静非常热情地接待了我，还特意联络了好几个童年好友，多方收集曹可凡留在大家记忆中的印象。

在她口中，小时候的曹可凡有这么几个特点。

第一，就是声音好，擅长朗诵。他们读小学的时候正值“文革”后期，每个班级每天都要组织读《毛选》。当时他们小学的规矩是，全班轮流读。可是对于小学生来说，《毛选》上的内容实在深奥得很，很多小朋友完全没法读顺溜。到后来老师干脆改变“策略”，就让读得最好的曹可凡和另一个女生两个人轮班读，其他同学就在下面听。封伟静回忆，那时候听曹可凡读“毛选”，就已经有一种享受的感觉了。

第二，就是外语好。小时候学俄语，是班里学得最好的学生之一。那时候的外语老师特别喜欢曹可凡，喜欢到什么程度？只要一有空就会带上曹可凡和班里另一个孩子去看原版“内部电影”。要知道，那时候能弄到“内部电影”的观影券，可不是件容易的事。

第三，就是知识面丰富。当时大家年纪都很小，对于社会、文化、政治方面的东西不懂，也不关心。可曹可凡却表现出远远高过其他小朋友的知识面和眼界，时常会谈论一些小朋友们完全不明白的时事话题。

听了封伟静与另几位同学的介绍，我似乎对童年曹可凡有了一个初步的印象。这时，封伟静又很热情地建议，过阵子他们打算去看望小学一年级的班主任，那位老师对曹可凡也是印象深刻，如果有需要，我也可以和他们同去。

有这样的好机会，自然是再好不过。于是，过了一两个月，封伟静又约上了几位同窗好友，带我一同去看望了曹可凡的小学班主任——张汝襄老师。

（二）班主任张汝襄

张老师是曹可凡小学一年级的班主任，曾经教过许多优秀的学生，话剧《于无声处》的编剧、著名作家宗福先同样也是她的高徒。如今张老师虽已年逾八旬，但身体依旧硬朗，思路清晰，表达流畅。因为不愿意给子女添负担，几年前她把自家的房子租了出去，拿着房租搬进了长宁区的一家医院附属养老院生活。按她的说法，是趁自己身体好的时候先进养老院熟悉环境，好过以后走不动了再进去，生活不方便。

和小学启蒙老师张汝襄在一起

当然，也正因为张老师租掉了自己住的房子，搬进了养老院，在很长一段时间里，她的学生们都没能联系上她。直到这次，借助封伟静的关系网，好不容易找到了老师的住处。

听说我是为曹可凡而来，张老师又高兴，又欣慰。她告诉我，虽然她只带了曹可凡 3 年，但曹可凡却一直心系着自己。考大学的那会儿，他就曾经找过张老师聊天散心；在上海电视台做节目那会儿，他也曾登门看望过这位昔日的启蒙老师。后来随着时间推移，大家陆续搬家，联系电话也都改了，彼此间的联系也就渐渐断了。

然而就在去年，张老师刚巧在路上偶遇曹可凡的妈妈，曹妈妈一眼就认出了这位曹可凡四十多年前的恩师。她把曹可凡的手机号码告诉了张老师，又对张老师说："无论有什么事都可以去找曹可凡。"可张老师却并没有给曹可凡打电话。按张老师的说法，曹可凡工作那么忙，自己又没什么事，干吗去麻烦人家呢？

说起小时候的曹可凡，有几件事，张老师依旧记忆犹新。

第一件事，发生在曹可凡刚刚读小学一年级的时候。有一天，张老师在教室里上课，上着上着，忽然发现教室里少了一个学生——坐在最后一排的曹可凡忽然不见了！张老师赶紧四下寻找。没过多久，只见曹可凡手上拿着一个大鸭梨，一边啃一边走回了教室。小孩子嘴小啃梨不方便，手上沾满了鸭梨的汁水，他也不以为然。

张老师赶紧问他："刚才到底跑哪儿去了？"曹可凡回答："我的嘴巴实在干死了（口渴），学校没水喝，所以我跑出去买个梨吃。"张老师又问："那你哪儿来的钱？"曹可凡答："我没有钱，我跟弄堂口卖水果的阿婆说了，先借一个梨，下午我妈妈来还。"

曹可凡的回答如此"真诚"，听得张老师又好气又好笑，只得对他说："这样吧，你别在教室里吃，去我办公室吃吧，吃完了把手好好洗干净，再回来上课。"听完，曹可凡就很淡定地去办公室继续啃梨了。

事后，张老师很严肃地告诉曹可凡，上学期间是不可以私自跑出校门买东西吃的，上课的时候不跟老师请假就跑出教室更是不允许的。当然，考虑到那时的曹可凡刚刚到小学读一年级，什么规矩都不懂，所以张老师也没有太过严厉的批评。

第二件事，与曹可凡小时候学琵琶有关系。那时曹可凡的琵琶已经学得有模有样了。有一次学校举办少先队文艺演出，曹可凡就问张老师："我怎么着都得演个节目吧！"张老师说："好呀，那你就准备一个吧。"曹可凡又问："那你说，我是弹一个'阳春白雪'，还是弹一个'下里巴人'呢？"看着曹可凡一副小孩儿学大人说话的样子，张老师只好说："随你吧！"于是他便很认真地准备了一首曲子。演出那天，张老师又把办公室让给了曹可凡，让他端着琵琶在里面准备，后来表演，他弹得特别起劲儿。从那时起，张老师就觉得曹可凡挺有艺术天赋的。只是能成为如此有名的主持人，那可真是万万没有想到。

那个时候，张老师一直觉得曹可凡是块读书的料儿。虽然在小学的时候，他的成绩算不上最好，也就是班级的中等偏上——主要是因为考试不够认真仔细——但他的知识面却是特别广，懂的东西很多，展现出了很强的学习潜力。张老师提到的最后一件事，正是发生在曹可凡考大学前夕。

有一次，张老师回家，发现门口贴着一张纸条，正是曹可凡所留。上面大致写着“张老师，我今天来您家看望您，但您没在家，我下回再来”之类的。又过了几天，曹可凡又来找张老师了。那次两人的话题主要便围绕在曹可凡考大学的事情上。

张老师问他：“怎么就想到报医学院呢？”曹可凡回答：“我也不想啊！您也知道我是喜欢文科的，不过我妈妈不让我报文科，她说男孩子学文科将来没出息，但是我理科又不好，所以干脆就让我报医学院算了。”

虽然事实证明，曹可凡报考医科非但是选对了专业，更是选对了命运。但在那个时候，他竟然向小学老师亲口承认自己想学文科，选择医科是母亲的意思，这个桥段恐怕连曹可凡自己都不记得了吧！

接着，同去探望张汝襄老师的其他同学也都你一言我一语地聊起了曹可凡。

首先，大家证实了曹可凡之前提到的一些家中的家庭情况。如祖父在荣家企业担任高级职员，后因“文化大革命”全家被赶上顶楼居住，底下的房子都让给了别人，而且因为成分、立场等问题，邻里关系一直不是很和睦。

然后，便是对他的赞誉。其中最集中的就是对他语言天赋的赞叹。大家普遍反映，曹可凡从小就有着很强的语言天分，小学、初中学俄语，俄语老师是最喜欢他的，后来考到复旦中学学英语，同样也学得很好。

不仅在外语方面，在中国语言的应用方面曹可凡也有着过人之处。他学习方言特别快，模仿起来惟妙惟肖；他从小音色就很好，普通话也非常标准，对朗诵更有着浓厚的兴趣，上课的时候读课文都是由他来领读。

另外，还有一件事也是曹可凡本人都不记得的——有同学称，其实曹可凡在小学的时候，就曾经主持过学校的活动。他的主持生涯，完全还可以往前计算十多年。

（三）欢喜冤家董英

在那天，有一位女士名叫董英。她眼中的曹可凡，可是一个不折不扣的“皮大王”，一提到这个名字，她就有一肚子的“私人恩怨”不吐不快。

第一件恩怨，发生在上课前交作业的时候。那时董英坐在曹可凡的前排，早上交作业，都是后排的同学把自己的作业本往前递，前排的同学不用回头，直接双手向后伸，拿到后排同学的本子就夹在自己的本子里，再传给前面一个同学……以此类推，第一排的同学收齐整列同学的作业本，一并交给课代表或者任课老师。

可是曹可凡偏偏在这个时候搞起了恶作剧。他把本子递到前排董英的手上，自己却不放手，于是两人一个要把本子往前传，另一个拽着本子不让往前传，作业本就这样被扯在半空。眼见曹可凡恶作剧作业本没法往前传，董英心里着急用力一拽，曹可凡的本子顿时被撕成了两半。

虽然是自己的本子被撕坏了，可因为是自己捣蛋，曹可凡当场也没有跟董英争执。可上课的时候，曹可凡越想越不对劲儿，越想越觉得吃亏，等到中午回家吃饭的时候，实在忍不住了，于是跑去董英家里“算账”。

董英也聪明，她在上课的时候就发觉曹可凡不对劲儿，算准了他会在中午的时候找自己麻烦。中午回家后，她立即告诉住在一扇大铁门里的邻居：等一下会有一个小胖子来找我，你们千万不要给他开门。

果不其然，曹可凡跑到董英家门口，“咣咣咣”拼命敲打铁门，打算找董英“秋后算账”。可是敲了半天，董英就是不出来，于是两人“隔空对话”，一个说“你赔我本子”，另一个说“我就是不赔”，互相扯了半天也没个结果，曹可凡自讨没趣，肚子又饿得咕咕叫，只得回家吃饭。好在孩子们的争吵来得快去得也快，第二天，本子的事也就不了了之了。

有过受欺负，自然也会有欺负人的时候。

另外一次，曹可凡和董英一块儿在操场上玩儿。那时候的操场可没有什么塑胶跑道、人工草坪，地上铺的都是凹凸不平的煤渣。两人打打闹闹，一不小心曹可凡把董英推在地上，董英双膝着地，顿时煤渣全都扎在了她的膝盖上，鲜血直流。

曹可凡一看不对，赶紧逃跑。董英哭着回家找妈妈告状去了。

没过多久，董英妈妈带着双腿磕破的董英来到曹可凡家，向曹可凡妈妈告状。曹妈妈一看情形，就知道是儿子闯了祸。可曹可凡也聪明着呢！他知道董英肯定会来家里告状，就一整天躲在外头不回家。曹妈妈、董妈妈等到天黑都不见曹可凡回家，也就没法联合起来好好“教育”曹可凡一顿了。

也就是因为那件事，曹妈妈和董妈妈成了无话不谈的好朋友。之后的家长会，两人都是结伴而行，有说有笑，两家人家的关系因为小孩子们的玩耍“不打不相识”了。

还有一件事，发生在曹可凡骨折的脚痊愈不久的时候。

“文革”中后期的时候，每个街道的居委会都会以街巷为单位，成立“向阳院”，借助“向阳院”这种形式开展各类群众性的文化、娱乐、教育活动。小学生们同样如此，每个街巷的小朋友们都会聚集在一起成立“小小班”，大家一块儿做作业、玩游戏。

那次正好是在曹可凡家里开展“小小班”活动。正当大家玩儿得起劲的时候，曹可凡忽然把自己的“石膏脚”拿出来吓唬同学。小孩子本来就胆小，看到一个像断腿一样的东西晃来晃去，纷纷四散而逃。等回过神来的时候才发现，原来只是曹可凡骨折那阵子，套在脚上的石膏模具而已。

而曹可凡看到小朋友们被自己吓得魂飞魄散的样子，心中着实得意得很。

（四）七嘴八舌聊可凡

说起曹可凡的恶作剧史，边上其他的同学也似乎颇有共鸣，尤其是他童年的“好兄弟”徐苇，至今还记得一清二楚。

同样是在“小小班”的时候，同学们在锦园的石井上盖上一块板，一起做作业一起玩耍。那时候，他们特别爱玩儿“好人坏人”的游戏。在游戏里，大家都要做“好人”，不肯做“坏人”；可在现实生活中，顽皮的孩子个个都是“坏人”。

有一阵子，可能是哪家在装修吧，弄堂里多了好多黄沙，铺在地上厚厚一层。曹可凡便带着小伙伴们一起恶作剧——在黄沙里挖一个深深的坑，然后在坑上铺上一张蛇皮袋，四周用沙土压实，当中空心的位置则盖上薄薄的一层黄沙。这样，一个“陷阱”就做成了。然后大家一起躲在旁边，等着哪个可怜的人一脚踏空踩进陷阱，小伙伴们便欢呼雀跃，四散逃开。

做了“坏事”，有人追上来了，溜得最快的同样是曹可凡，而其他几个愣头愣脑的小兄弟就成了他的“替罪羊”。等到“风声”过了，曹可凡又会偷偷溜回来，对小伙伴们说：“刚才我祖母叫我有事……”小伙伴们不信，他就赶紧拿出糖果“贿赂”大家。可这“糖果”一进嘴，大家立即吐掉，还赶紧“呸呸”吐口水。原来他偷偷地把肥皂切成糖果大小，再包上一层糖衣纸给别人吃，等着看别人吃下肥皂的窘样。

除了在弄堂里，校园内的恶作剧同样屡见不鲜。

有一天他一觉睡醒，一看闹钟——哇，大事不好，睡过头了！脸也不洗牙也不刷就冲去学校。到了学校，还是迟到了，老师批评他。他一脸不服气地说："不是我睡过头，是我家闹钟坏了……"

晚上，老师骑着自行车挨家挨户去家访，到了曹可凡家，曹可凡却趁家人不注意溜了出去，找到老师的自行车，偷偷把自行车的车铃铛拆了下来，然后交给那个总是帮他"背黑锅"的小兄弟，让他把铃铛给扔掉。老师出门一看，车铃铛没了，气得火冒三丈，却至今不知道是谁干的。

（五）小胖子是怎样炼成的

如上种种"劣迹"，同去看望张汝襄老师的同学们越说越欢，仿佛开起了"曹可凡同学批斗会"。只不过，说起往事，没有一个人咬牙切齿愤愤不平，每个人都洋溢着幸福的笑意。

最后，张汝襄老师做了一个总结：曹可凡虽然顽皮，却也是聪明的表现。很多鬼点子他能想出来，还能带着大家一起玩儿，颇有点儿"意见领袖"的样子。而且，他的内心总是很豁达。小孩子之间吵架是再平常不过的事，可吵归吵，完了从不记仇。有的时候，别人也会叫他"小胖子"，拿他的体型来调侃，他也从不生气，这还真是挺不错的。

听到"小胖子"，我忽然又问了一个很八卦的问题："他是从小就那么胖吗？"

大家回答：幼儿园的时候他就块头儿挺大，但还真不那么胖。自从他的腿受伤了之后，家里天天给他补营养，然后他就渐渐变成小胖子了。而且从小他就特别容易口渴，特别爱吃水果，几乎每天中午都要去学校门口的水果摊买梨吃，一天一个，到了后来，水果摊主都认识他了，看他白白胖胖特别可爱，每次都不收他钱，免费送梨给他吃。

此外他还爱吃西瓜。那时候有一种叫"堂吃西瓜"，就在西瓜摊儿现吃，价格比买个西瓜回去吃便宜。吃完把西瓜籽吐在一个大缸里，集籽做药。他三天两头就会跑去西瓜摊儿吃"堂吃西瓜"。

正当我们聊得兴起，忽然听得门口有人喊："开饭啦……"原来是敬老院到了晚饭时间了。这才发现，我们叨扰了张汝襄老师将近 2 个小时了。为了不妨碍张老师吃饭休息，我们赶紧起身，与张老师就此别过。

和当年小伙伴重聚“锦园”

张老师热情地把我们送到门口，依旧依依不舍，又送我们到电梯口，又把我们送下电梯，一直陪着我们走到了敬老院的大门口，这才在我们的百般劝阻下停住了脚步。一路上，张老师逢人便说：“这是我以前教过的学生，整整40年啦，大家还过来看我……”她并没和护工、邻居们提及“曹可凡也是我学生”，在她心中，无论是曹可凡还是其他人，每一个学生都是同样可爱的。

衷心祝愿张汝襄老师身体健康，衷心希望今后会有更多张老师的学生去养老院看看她，陪她说说话。

二

人间万事塞翁马

在我采访曹可凡的过程中，他说的一句话令我印象深刻，大致的意思是说：“我的一生波折不断，无数次几乎穷途末路的时候，都幸有贵人相助，才能转危为安。所以现在，只要是我能帮上别人的事情，我都会尽力而为帮助对方。”

在那之前，我一直以为曹可凡的人生轨迹是一帆风顺的，既不像孟非那样从社会底层苦苦打拼成名，也不像董卿那样经历了职业生涯的大起大落，自1987 年主持人大赛出道以来，他一直向上发展，并且不断开拓新的领域，获得更高的成就，这样的人，究竟还会遇到什么样的“穷途末路”呢？

随着交谈的不断深入，我才真正发现，每一个风光无限的人物，其背后都有着无数的辛酸与坎坷。通往成功的大道永远伴随着乱石与荆棘，而不是灯光与红毯。

特别对于曹可凡而言，在他读小学、中学的岁月里，道路的坎坷曲折几乎伴随着他的每一次人生选择。如果说 3 岁时的“批斗”、小学时的骨折只是转瞬即逝的小小插曲，他在青少年时期经历的困扰，着实要比同龄人多得多。

这种波折，既是那个特殊时代的遗留物，又是家庭环境的必然，同时也与曹可凡天生的能力特点紧密相关。总而言之，他的少年生活，绝不像歌中唱的那样“小小少年，很少烦恼，眼望四周阳光照……”

不得不说，20 世纪 70 ~ 80 年代，是中国社会转型、发展过程中变化最大、最纷繁复杂的二十年。在这段时间中，各种社会变革——新旧政策的交替、社会风向的转变、潮流交替转瞬即逝……反反复复地冲击着每一个人的生活。

在这其中，有的人在应接不暇的新现象中忙忙碌碌、随波逐流，有的人在复杂多变的社会思潮中翻江倒海、钻头觅缝，也有人被一扇又一扇开了又关、关了又开的大门撞得晕头转向、不知所从。

而对于少年曹可凡来说，他的生活注定不会像其他孩子那样简单懵懂。优越的家庭条件，能为他提供多过普通孩子的人生选择；高要求的长辈，向他施加了高过普通孩子的成长压力。而当这一切遭遇纷繁复杂的时代环境时，又会产生无数计划之外的突发与变故。

是该读书，还是学手艺？是学文，还是学理？是出国留学，还是追求艺术？学习该怎么学，考试该怎么考，考不上大学是去工作还是复读？到底什么是自己想要的，什么是自己擅长的，什么又是自己适合的……

原本做梦都不敢想的幸运竟会在一日间变为现实，原本以为已经牢牢在握的机遇又会在一夜间烟消云散。命运的洪流在巨大的社会变革中不断转向再转向，早早地形成了一个巨大的漩涡，身处其中的少年曹可凡全然看不清自己的未来究竟在哪一个方向。

然而，幸运的是，每次在“几乎穷途末路的时候”，都会有“贵人相助，转危为安”。而对于少年曹可凡来说，所谓的“贵人”并不是某个特定的人、某件特定的事，而恰恰是“命运”本身。

无论是在前行的道路上被绊倒，还是被突然关闭的大门撞破了头，或许当时的曹可凡被这些突如其来的意外伤得不轻，可回过头看，每一次的挫折都没有变成他成功路上的阻碍，反倒成了将他从歧途带回正路的人生指引。

当我听着曹可凡细细讲述他青少年时代的成长历程时，我不止一次地感慨，其中的戏剧性简直比小说里的故事情节还要曲折；当我将所有的故事整理成线索清晰的文字后，我甚至产生了一种有些迷信的念头——或许冥冥中自有天意，曹可凡命中注定就是要做主持人的——在他的成长过程中，“命运”几乎为他排除了所有的其他选项，只留下了唯一的这条最适合他的道路。

若是这样想来，那他青少年时期所经历的一切挫折、一切苦楚，反倒是成年后最大的福祉、最大的恩惠了。

可凡如是说…

（一）恢复高考

从小学到中学，我一直都算不上是成绩最优秀的学生。说好不好，说差不差，始终就是在这样一个中游水平徘徊。现在想来，这和我当时比较顽皮、在学习以外花费的时间比较多有关系。相比起“学霸”们每天努力学习，认真完成作业，我把更多的时间花在了看电影、看演出、学琵琶、和弄堂里的小伙伴一起玩耍上，学习只是靠平常的小聪明勉强维持，因此始终处于班里“比上不足，比下有余”的水平。

特别是在“文化大革命”那些年，整个国家对读书、学习都不是很重视，虽然我在读小学的时候没有碰到过因为“停课闹革命”之类的事情，教学秩序始终比较有序，但总体上大家对知识并不重视。那时候，工厂的工人是最“吃香”的，收入殷实、社会地位高、谈恋爱找对象也更受欢迎，而像我父亲那样的知识分子、大学生，那是“臭老九”，只有被批判的分儿。

当然，无论社会主流观念如何判断，我父亲心中的信念还是非常坚定的——终有一天，这个国家会重新认识到知识的重要性，只有学习才能真正改变自己的命运、改变国家的命运。

但即便有这样的想法又能如何呢？“文革”期间高考被废止，考大学不看成绩看成分，只有出身“又红又专”的人才有可能上大学，像我这种“资本家”的孩子，就算学习成绩再好也只有羡慕的分儿。

所以，我的父亲才会让我去学小提琴、学琵琶，掌握一技之长，而不是把全部精力都放在学校的课程上面。至于学习，那也是必需的，但是所学的内容更多的是课堂以外的东西——历史、文学、艺术、外语……这些知识都由父亲手把手来教我，或是经由父母创造条件让我去体验、感受，与学校所学的知识、学校考试的内容关系不大。

1975 年，我小学毕业。和锦园里其他的小朋友一样，我们的初中几乎也是就近分配的。我读书的上海市第十八中学，是一个非常普通的学校，甚至说，用“普通”来形容，已经算是对它的褒扬了。当时学校里，时不时会有学生因为打群架什么的，被送去“工读学校”。足以见得这个学校的学习氛围多么淡漠。

1976 年，“文化大革命”结束。看着长辈们欢天喜地的样子，当时年仅 13 岁的我并不知道，这一重大的历史事件会对我们这一代人产生多大的影响。

1977 年，邓小平恢复高考。顿时，我猛然发现，在我的人生道路上，一扇原本被锁得死死的大门忽然打开了，我也可以像父亲那样，享受高等教育了！

这个消息对父亲的刺激甚至比我更加巨大。一直以来，父亲都希望我能努力读书，像他一样考上大学，成为高文化、高学历、高素质的社会栋梁。只是一直苦于所谓“家庭成分”的限制，这样的“痴心妄想”只能默默藏在心中。而现在，大学之门终于又一次面向所有读书人平等开放，这种过去想都不敢想的机会，怎能不去争取，不牢牢抓住呢？

在那之后，父亲对我学业上的要求明显提高了不少。受此影响，我对待学习的态度也有了很大的变化，成绩从原本的班级中游提升到了班级前列。然后，在中考的时候，我选择了一条与锦园多数小伙伴不同的道路——离开学习了三年的上海市第十八中学，考到了离家较远的复旦中学。

（二）高中偏科

复旦中学是一所创建于 1905 年的老牌学校。听说今年学校正式升格为“市重点中学”，教学质量应该比我当年就读的时候又强了很多。当然，即便是在我上学的时候，它依然是上海老牌的“区重点中学”，起码和我初中就读的十八中学相比，无论是教学质量还是学生生源都提升了一大截。

记得当时，我的中考成绩还是相当不错的。我们那一届总共有 11 个班，排班顺序基本按照中考成绩来定——也就是说中考分数最高的学生在 1 班，次之的在 2 班……以此类推。而我，则被分在同样算是不错的 3 班。至于 4 班之后的成绩，就比前三个班有非常明显的差距了。

但进校时成绩好，并不意味着永远成绩好。进了高中之后，我的成绩一落千丈，才学了一个学期，成绩排名就从原本的前百分之三十掉落到了后百分之三十。

客观来说，当时成绩退步的原因主要有这么几个。

首先，是学校环境的变化。初来乍到，对新学校的氛围总要有一个重新适应的过程。从普通学校到区重点中学，学校层次的提升也意味着校内竞争的加剧，再加上我所在的班级整体水平又在学校平均之上，这么一来，我过去的学习优势荡然无存。

更主要的，是高中教学内容的变化。在初中的时候，我的理科成绩并不差，那时候总以为自己遗传到了父亲在学习方面的优秀基因，中学这点知识学起来自然是轻轻松松。然而从高中开始，“数理化”课程的难度一下子提升了许多。这时我才发现，原来自己继承到的只有父亲在语言、文学、艺术方面的天赋，在理科方面真叫作是“有心无力”。初中的时候理科学得浅，靠仔细和小聪明还能应付，到了高中知识点越来越深、题目越来越难，于是就越来越吃力，越来越跟不上。

看到我这个情况，父亲也非常着急。

那时候的父亲在厂里从事化学、环保方面的工作。电镀车间使用过的水中残留着大量有毒有害的成分，过去人们不懂，就直接把废水排进河道，到父亲那时逐渐有了环保的意识，于是工厂自行组织科研力量，研究如何对污水进行处理，以确保排放的污水不会对环境造成危害。在那时，父亲的工作绝对属于高端的科学研究。

起先，父亲也曾经尝试过在理科方面帮我做一些辅导。可是也不知道是父亲的教授方法有问题还是我的接受能力有问题，无论怎么教，成绩依然不见提升。更要命的是，一次次考试的挫败使我对学习数理化兴趣全无，甚至产生了一定程度的抵触情绪。

尽管父亲的学问渊博，可是“高射炮打蚊子”终究产生不了效果，于是父亲决定转变策略，从延安中学请了一位数学老师来给我补课。要知道，当时学生请家教补课之类的情况远不像现在这般普及，延安中学又是上海赫赫有名的市重点中学，一对一的学习效率显然比在教室里上大课提升不少。然而，即便是高水平教师的一对一单独指导，依然没能“挽回”我那“无可救药”的数学成绩。

（三）硬着头皮学理科

久而久之，学校老师也对我的理科学习失去了信心。在他们看来，像我这种学习“跷脚”的学生，想要考大学那就只有一条路——老师们不止一次地向我以及我父亲暗示：其实学校里还有一个文科班呢，你文科那么好，为什么不考虑呢？

对于这个提议，我个人是乐于接受的。在我看来，只要不学物理化学，什么都好。然而，父亲却对老师们的这一建议坚决反对，理由有两点：

其一，父亲认为学文科的人容易“出事儿”。对于父亲这一代知识分子而言，他们见过解放前的战乱，受过“文化大革命”的迫害，对于“因言获罪”的事情看得太多。在他们看来，学文科的人大多关心政治与历史，这些人受到风波牵连的概率远高于学习理工科的人。所以，为了我将来的人身安全，父亲坚决不允许我去学习“容易闯祸”的文科专业。

其二，父亲认为学文科没有必要上大学。作为一个学理科的大学生，父亲在语言、文学、历史、音乐方面都有着很高的水平，而这些都是他自学得来的。因此，在他十分传统的学习观念中，文科的知识只要自己感兴趣，自学都可以学得很好，在大学学习文科完全就是浪费青春。

特别是当时老师们重点推荐的外语专业。在父亲看来，外语就是一个工具，一个用来获取其他资讯、学习其他知识的基础工具，专门为了学外语而在大学里攻读一个学位，是一件极其没有必要的事情。如果在大学花费四年光阴却只掌握了一样工具，那就等于在大学什么都没有学到——既没有学到能够改变世界的知识，也没有学到可以自食其力的技能。

应该说，当时的中国，持有和父亲一样观点的知识分子非常多，所以才会有“学好数理化、走遍天下都不怕”的说法。也就是在这样的传统观念影响下，学理强于学文，理科生多过文科生的情况在中国各省各级中学持续了好几十年，直到近几年才有了比较明显的变化。

在父亲的强烈坚持下，我便只能硬着头皮继续学习我完全没有兴趣、完全没有自信能学好的“数理化”了。

就这样，比起我在小学、初中阶段自信、愉快、饶有趣味的学习经历，我的高中生活可谓是百无聊赖、苦不堪言。没有了与小伙伴嬉戏玩耍的趣味，没有了看演出、看电影的休闲，只有永远答不对、做不完的数学题、物理题、化学题，还有来自父母、老师和自己的无形压力。

当然，到今天再回过头看当初的选择，我还是要感谢我的父亲。如果没有那段学理科的经历，且不说我的人生会发生什么样的变化，至少我不太可能做到像现在这样逻辑清晰、思维缜密，用一个理科生的理性头脑来“思考人生”。

书读得不好，考大学的机会渺茫，那时的我，和现在许多学生的心思一样，总希望能找出一条比读书、高考更便利的捷径，以逃开正在不远处虎视眈眈的高考这座“独木桥”。

在那个时候，摆在我面前的有两个选择。

（四）留学梦碎

第一个选择是出国。

改革开放之前，出国留学对于普通中国人来说，简直是一件做梦都不敢想的事情。

但到了 1981 年，一项新的留学政策正式出台——国家允许个人自费出国留学。顿时，想要出国留学的普通学生也有了梦想成真的可能，特别是像我这样有着“海外关系”的家庭，只要海外的亲戚担保，出国读书的手续很容易就能办成。

备注：

新中国的留学制度，从 1964 年至 1981 年，发生了天翻地覆的变化。

1964 年，当时的新中国曾经公派过一批学生前往欧洲各国留学，计划培养一批精通外国语言的专门人才，为国家外交工作提供帮助。这批学生的选拔标准非常简单——家庭出身要“根正苗红”。至于语言天赋和外语基础，并不在考虑范围之内。即便如此，随着 1966 年“文化大革命”的开始，这批学生多数被急召回国“参加革命”，原本的学习任务全部终止。

“文化大革命”期间，同样是为了外交需要，国家再度零星选派了几批学生出国留学。第一任上海市市长陈毅的女儿丛军，就是在“文革”时期送出去的第一批留学生。当时，按照周恩来总理的要求，在他们身上还背负着比出国学习更为重大的历史使命——他们是维系中国与世界交流的纽带。

直到“文化大革命”以后，出国留学的大门才被重新打开。1978 年 6 月，邓小平同志对留学生问题做出了重要指示：“赞成留学生的数量增大……要成千上万地派，不是只派十个八个。”随后，在国家政策的引导下，每年都有数千名学生和学者公派出国留学。

1981 年，国务院出台相关文件指出：自费出国留学是我国留学工作的组成部分，自费留学是培养人才的一条渠道。自此，自费留学成为中国留学生赴海外学习的另一条重要通道。

解放前，我的祖父曾有意将他的儿子们陆续送到国外念书。作为长子的父亲本应是第一个出去的，却因为身体抱恙最终未能成行。这件彻底改变了父亲命运的旧事，可以说是父亲终生的遗憾。现在国家终于对外开放了，出国的机会再次摆在了眼前。

在这种情况下，把儿子送出国，获取国外更加优秀的教育资源，实现父亲当初未能实现的愿望，显然是父亲最大的念想。因此，对于我出国留学的打算，他是举双手赞成的。

于我而言，能够出国读书更是再好不过的事情了。首先，出国留学不仅意味着我可以获得更多、更好的教学资源与生活环境，更能帮助我摆脱痛苦不堪的数学、物理；其次，英文是我高中时仅有的“拿得出手”的科目之一，以我当时的英语水平，只要稍微冲刺一下，达到出国所需要的标准并非难事——起码比学好数学、物理考高考简单得多。因此，听到这个消息后，我简直是发了疯般地想要出国，去美国读书。

在家庭成员统一意见之后，父亲立刻开始为我奔波联系。当时对我家而言，最大的优势便是我的叔叔在美国定居。于是父亲立刻与叔叔联络，希望叔叔能够做我出国留学的担保人。

和二叔合影（左三）

对于这样的请求，叔叔欣然接受。他深知兄长在国内遭受的苦难，任何能改善亲人生活的事情，他都会不遗余力地去帮忙，尽自己的一份心意。再说，我是曹家的长子嫡孙，担保我出国既是父亲的请求，也是祖上的心愿，叔叔没有任何拒绝的理由。

然而，就在我满心欢喜地以为各项准备一帆风顺，出国留学指日可待的时候，事情的进展却出现了180度的转变——其他亲戚也希望自己的子女能够获得出国的机会，纷纷提出同样的要求，这着实给我叔叔出了一个大难题。

最终，为了平衡整个家族的关系，出国的事儿还是“黄”了。出国梦的破碎令我产生了巨大的挫败感，低落的心情、沮丧的情绪持续了好久才逐渐平复。

当然，现在看来，命运的这番戏弄反倒是将我带上了另一条更加光明的大道。塞翁失马，焉知非福？十多年前，我去美国的时候，还特地和叔叔说：幸好那时没去成美国，要不然现在过得肯定还不如在国内呢。叔叔也觉得非常欣慰。他说，每次在中文报纸上看到我的消息时，都觉得特别高兴。在他那里，还保存着一张刊有美国总统克林顿访华时期与我合影的英文版报纸。他常常会想，当初没担保我出来还真是“错进错出”，为曹家做了一件大好事。

（五）与译制片结缘

第一个选择没能成功，我只得把逃避高考的希望寄托于另一个可能的选择，而且这个选择，既是我一生的爱好，更和我现在从事的职业有点儿关系，那就是当配音演员。

我从小声音就很洪亮。小时候我就是大块头儿、大嗓门，再加上因为遗传到了父亲在语言方面的天赋，我的普通话在上海人当中也算是相当标准的。因此，我从中学开始就一直有一个特别的兴趣爱好——读报纸，或是跟着广播念新闻。

老师发现我在这方面有特长，也非常支持。“文革”时期上课经常要读《毛选》、读语录，我总是老师们心目中的第一人选。“文革”结束，《毛选》不读了，那就让我领读语文课文、晨读。总之只要是张嘴的工作，我都是班里的不二人选。

印象最为深刻的是在 1976 年，周恩来、朱德、毛泽东等国家领导人相继去世。那段时间，广播里循环不断地播放由夏青、陈醇这些老一辈播音艺术家们播报的讣告、悼词、治丧委员会名单等。那时的我年仅 13，在沉痛哀悼之余也会有意识地对照着报纸，跟着广播里播音员的播报一起读。

那个时候，夏青老师、陈醇老师都是我的偶像，我就像是一个小追星族一样，疯狂迷恋他们的声音，不但喜欢，而且还模仿，反复推敲，拿捏两位老师的发声、吐字方法，播报时的风格技巧，时间长了，也算是模仿得颇有几分相似。特别是学夏青老师的声音，那时的我可是非常有自信的。

于是，每时每刻，每当我拿起一张报纸、一本书，乃至看到布告栏里的一张通知，我都会张开嘴去大声朗读。久而久之，我就练成了极快的看稿速度和极强的识稿能力。这也为我后来主持节目，打下了一个很好的专业基础。

而比起播音，当时的另一种语言艺术——译制片配音更令我心驰神往。

很小的时候，我就很喜欢看电影。最先是跟着父亲一起去看，然后和同学们一起看，直到现在我都依然非常喜欢看电影。当时国产电影的数量非常有限，能看到的好电影差不多都是国外的，因此在欣赏电影精彩剧情的同时，我渐渐被上海电影译制片厂配音艺术家们惟妙惟肖的配音深深吸引。

那时候总觉得，电影配音实在是太了不起了，他们的声音总是那样迷人，而且与电影中的角色形象完美贴合，又生动、又洋气，让人觉得外国人说话就应该是这样的。那一段时期，真是对译制片如痴如醉，像是《佐罗》《简·爱》《冷酷的心》……这些译制片我反反复复看了无数遍，里面的台词、旁白几乎都能背下来。

在这其中，最让我着迷的同样有两位明星——毕克和邱岳峰老师。我对这两位配音大师的迷恋程度简直能与现在青少年"哈韩"的劲头儿有得一拼——他们就是我心目中的上帝，无限敬仰、无限崇拜的目标。继而我就觉得，如果我也能像他们一样成为一名配音演员，那简直是一件无上荣光的事情。

于是，我就缠着我母亲说，我要去搞配音。那时因为我成绩不是很好嘛，所以父亲也没有明确反对。但是我家在这方面没有任何关系，上译厂的"大门"究竟该怎么"进"，简直是毫无头绪。后来好不容易，母亲通过一个病人家属的朋友……总之是绕了好几层关系，可算认识了一个上译厂的工作人员，再通过他的关系，找到了当时的配音演员翁振新先生。

第一次见到翁振新老师，他让我随便选一段电影片段的台词念给他听。于是我就挑了一段我最喜欢的、最有自信的，像模像样地念了一遍。

听过之后，他思考了一下，然后语重心长地对我说：“孩子，你的声音确实不错，要当配音演员并不是没有可能。但是，干我们这行，你今天干也可以、明天干也可以，专业干也可以、业余干也可以。但首先你应该先去上大学，学好文化才是最重要的……”

翁老师的这番话，再一次击碎了我逃避高考的小算盘。既然连专家都“否定”了我的想法，我只得老老实实读书，恶补数学、物理，先努力考上大学，再考虑其他的兴趣爱好。

事实上，即使在我考上大学之后，我对译制片配音依旧痴心不减。借助父母、朋友以及一切可能的社会关系，我四处托人，几乎是削尖了脑袋拼命想往译制片厂挤。后来也确实给我找到了一些机会，我就时不时跑去那里去看看，在这过程中，必须要感谢我从母亲身上继承到的交际能力。译制片厂里的老师们都不讨厌我，甚至有时候运气好，还会给我一两个“跑龙套”的角色配配。每当碰到这样的机会，我更是会高兴得睡不着觉。

同时，对于我心中那两个念念不忘的“偶像”——毕克和邱岳峰老师，我这个超级“追星族”更是想尽办法，在上译厂里寻找他们的印记。邱岳峰老师早在 1980 年就过世了，未曾得以一见；但与毕克老师的见面机会就比较多了。

记得那已经是在 1990 年后了，毕克老师的身体一直不是很好，长期住在瑞金医院的高干病房接受治疗。那时我正好在瑞金医院实习，能够轻易地在医院各处行走。再加上我还在电视上主持一些节目，也算有一点小名气。我便借助这两方面的便利条件，经常跑去高干病房看望毕克老师，在他人生的暮年也算是与他结下了一段缘分。

毕克老师看过我主持的节目，他也知道我非常喜欢配音艺术，时常会去译制片厂玩儿，所以老爷子对我一直宠爱有加。即便在他生命的最后时期，已经不怎么能说话了，他仍然在病床上为我创作了一首小诗。诗写在

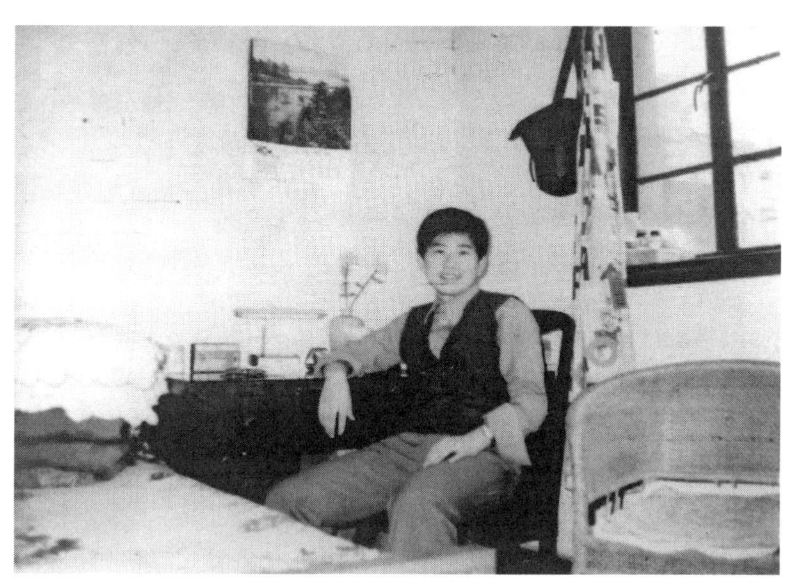

高中时代

一张小纸条上，语言很直白、很朴素，内容主要就是他对我的印象以及对我的期许。当时我拿到的时候非常兴奋，一直珍藏着，但后来不知怎么的，给弄丢了，找不着了……

后来，我开始做《可凡倾听》，重新回想起了这件事情，愈发觉得无比后悔，不禁慨叹那时的我实在太过年轻，没能察觉那张纸的分量。只有到现在，当我深切感受到老一辈艺术家的离去对所有后辈、对整个时代所造成的巨大损失，并试着用《可凡倾听》去尽可能地挽留他们的声音、他们的精神的时候，才真正地发现，当年那个把纸条弄丢的我，是有多么不懂事。

（六）高考失利

就这样，寄希望于逃避高考的两条出路全部行不通，现实再一次把我拉回学习“数理化”的苦恼中来。三年的时间说长也长，说短也短，决定命运的高考终于降临了。

首先是填报志愿。起先，父亲希望我像他一样，学习理工类的专业，将来从事科学技术研究工作。可考虑到我三年来在数学、物理课上的表现，他不得不向现实妥协——他的儿子真学不了理工科。于是，家里比较统一的意见就是，让我考医科，走母亲的那条路。

对于这个建议，我个人也是比较赞同的。母亲在单位中人缘好、影响力也不小，她的同事们都爱来我家玩儿，其中有不少都是母亲所在医院各处室的医生，甚至是院领导。和他们处得久了，我对医生这个职业的了解也就比较全面、深刻，感觉做医生各方面的好处还是非常多的。

其次，家里有一个医生，全家的身体健康问题都可以得到比较科学的处置。我父亲的身体一直都比较弱，祖父也上了年纪，作为护士的母亲在照顾家人方面确实起到了很大的作用，这也让我体会到了医护工作者对家庭的重要。毕竟无论在哪个国家，哪个时代，生老病死、寻医问药都是人们不得不面对的事情，如果我未来的职业能给家庭谋得些许福利，那显然是我十分愿意的。

此外，母亲身边有很多朋友都是她通过工作关系结识的。他们中的不少人都像杜家姐妹那样，为我们全家提供了很多便利。这又让我感到，医护工作是一个可以与不同行业、不同领域的人交朋友，扩展自己的社会资源和人际关系的好职业。特别对于我这种喜欢并且擅长和他人打交道的人来说，这也的确是极具吸引力的。

于是，我鼓起勇气，将上海第二医科大学填在了第一志愿。

备注：

上海第二医科大学是全国知名的综合性医科大学，综合实力在全国医科大学中排名前列。其前身是圣约翰大学医学院、震旦大学医学院、同德医学院，1952 年全国高等学校院系调整时，这三所学校的医学院合并组成上海第二医学院，1985 年更名为上海第二医科大学。1997 年入选“211 工程”项目；2005 年与上海交通大学合并，更名为上海交通大学医学院。

上海第二医科大学下属有瑞金医院、仁济医院、新华医院、市第九人民医院、市第一人民医院、市第六人民医院等 7 所综合性附属医院，市儿童医院、市胸科医院、市精神卫生中心、上海儿童医学中心、国际和平妇幼保健院等 5 所专科性附属医院。12 所附属医院中有 11 所是三级甲等医院。

上海第二医科大学是与当时的上海第一医科大学（也就是现在的复旦大学医学院）齐名的综合性医科大学。当时选择二医大，最主要的原因是学校附属的瑞金医院就在我家边上，也是我母亲非常熟悉的医院，里面很多医生都是母亲的好朋友，这些医生又同样是二医大的老师，我要能进二医大，各方面都能有个照应。而且颇有渊源的是，上海第二医科大学又与父亲当年就读的圣约翰大学有着深厚的渊源，所以父亲对这个学校也非常有感情。

既然目标明确，接下来就得靠分数说话了。毕竟二医大的分数线着实不低，以当时我的理科水平来看，考上的希望虽不至于用渺茫来形容，但也确实没有太多把握。

考试的时候，感觉发挥还算正常。分数出来一看：410 分出头，距离二医大的最低分数线就差那么几分，名落孙山。

但还好，很快我就被通知，虽然第一志愿没录取，但还不至于没有书念，第二志愿或者专科志愿还是可以进的。当时我的第二志愿填报的是华东纺织工学院分院，纺织也算是我们家族的老本行吧，还是比较亲切的；专科志愿则是立信会计高等专科学校（也就是现在的立信会计学院）。

聊胜于无，就算进不了自己最想进的学校，只要有书读总归是件好事。于是我很愉快地接受了这样的结果，心想着就去华纺或者立信读书吧。没过多久，我便收到了华东纺织工学院的录取通知书。

然而，眼看着我快要实现大学梦了，命运却再一次和我开起了玩笑。

（七）体检“作弊”

读大学不仅需要成绩合格，身体检查合格也是很重要的一项指标。与高考相关的体检，基本上每个学生都要经历两次。先是在高考前检查一次，根据体检结果确认哪些专业可以报考，哪些不能报考；进校报到之后，还要在学校检查一次，以确认学生的身体状况是否能够完成学业。

我那时候也是如此。高考前的检查十分顺利，没有任何问题。可万万没有想到，接下去学校里的体检却是一波三折，最终令我与“华东纺织工学院”失之交臂。

照理说，我母亲是护士，从小我就是在医院消毒药水的味道中长大的，对于检查身体之类的事情理应是再熟悉不过了，可是鬼使神差——也不知是因为考上大学太激动还是怎么回事——学校体检那天我特别紧张，心跳加速，满脸通红，浑身冒汗。结果血压莫名其妙地蹿上了130，校医认为我身体有问题，不能录取。

检查的结果让我觉得莫名其妙，十分委屈，心想着如果是因为这个原因读不了大学，那实在是太冤枉了。好在学校还有一次复查的机会，只要通过依然可以读书。

复查前一晚，我又开始紧张了，毕竟明天的检查将决定我的命运，万一又测出高血压什么的，那该怎么办才好？为了避免重蹈覆辙，确保明天的检查万无一失，我决定未雨绸缪，想个办法确保我在检查的时候能够血压正常。

于是，我向母亲求助。当时我谎称睡不着，让母亲给我吃一粒安眠药。母亲看我确实挺紧张的，也就相信了，给了我一粒“安定”，让我吃了赶紧睡。我当然没有立刻吃掉，而是偷偷把药藏在了口袋里，打算明天体检前吃下去，以保证身体不会出现过度紧张、过度亢奋的异常状态。

第二天，又一次来到学校。检查前，我偷偷溜进厕所，想着把“安定”服下，然后再去量血压。没想到，就在我掏出药片，准备放进嘴里的时候，招办老师忽然出现在厕所，把我抓了个“现行”。

健康问题直接上升为诚信问题，招办老师也不管我到底有没有高血压，直接以体检“作弊”为由取消了我的复查资格，或者说，直接取消了我的入学资格。

尽管事后我和我父母想尽一切办法，拿出了很多证据证明我血压没有问题，又反复地向招办老师解释我真没有作弊的必要，可学校招办依然不予认可。于是乎，我的第一次高考，就以这样一种让人哭笑不得的结局落榜了。

当然，时至今日，再来回顾这场30年前的风波，我非但没有丝毫怨念，反倒有一种暗自庆幸的感觉。倘若当年真的进了“华东纺织工学院”，那我可能就早早地走上工作岗位，成了一名普通的纺织行业技术员。那样的话，或许我能在纺织行业做出一些成就，但更大的可能是：我会在上海90年代的轻纺业大改革中遭受下岗再就业的人生考验。总之无论如何，我肯定无法从事我所深爱的语言艺术工作了。

（八）第二次高考

高考的失利，特别是以这样一种有点儿冤枉的方式失利，对我产生了巨大的打击。这种打击，甚至比之前“出国梦”破灭还要巨大。然后就心想着，或许这就是命吧，命中注定我上不了大学。于是我就对父亲说：“既然这样，我就去参加工作算了。”

我参加高考那年，全国高校录取人数28万，高考报名人数259万，录取率不足11%。大学生真正无愧于“天之骄子”的称号。谁家出了一个大学生那可真是扬眉吐气、光宗耀祖的大事儿。那些年的大学生都喜欢把校徽别在衣领上，既是一种骄傲，也是一种炫耀，走在路上，往来的行人都会投去羡慕的目光。

至于那89%没有考上大学，甚至是更多没有参加高考的学生，高中毕业直接工作也不是什么丢人的事情。尤其是在1981年，恢复高考后的首批大学生还没毕业，高中毕业生依然是参加工作的应届毕业生中学历最高的。

然而，对于我的这个想法，父亲坚决反对。在他的安排下，我重新回到了中学课堂，在延安中学复读一年。

在当时，复读并不是一件普遍的事情，高考失利后选择复读的学生远远少于现在。因此作为一个复读生，尤其是市重点中学的复读生，那种“寄人篱下”的压抑与苦闷，没有体会过的人是不会明白的。

同在一个学校，人家是正式注册的在读生，而我只是“借读”的高复生，彼此间很多政策和待遇全然不同，不由得就会觉得自己低人一等。

例如，每天早上，正式生是要下楼做早操的，而借读生是不用做早操的。看着人家都在操场列队出操，只有自己在教室里傻等着上课；学校会经常性地组织一些课外活动，包括文艺演出、体育比赛、公益劳动、春秋游等，这些同样是与借读生无关的……这种特殊待遇让我内心深处产生了十分强烈的自卑情绪。

因此，在复读的一年里，我收敛了以往活泼、外向的性格，电影也不看了，广播也很少听，一切娱乐活动皆与我无关，每天只是闷头读书、做功课，和同学间的交流也很少，更不用说一起玩耍嬉戏了。

就这样，过了整整一年“苦行僧”般的生活，然后再一次参加高考。志愿依然和去年相同——上海第二医科大学。

第二次高考的成绩还算不错，430分，超出二医大的最低分数线不少——这么看来，一年复读所受的苦也算是值得了。当然，因为有了去年的教训，即便成绩合格了我依然不敢懈怠。直到确认体检合格，正式录取，我心中的这块大石头才算是放下了。

历时两年，理科成绩不好的我可算是考上了心仪的大学。期间虽然一波三折，起码结果还是令人欣慰的。当然也会有人觉得，要是第一年运气好一些多考几分，也不至于会出现后面的波折了。然而于我而言，这一年复读的经历，恰恰是我人生中至关重要的分水岭。

正是因为我复读了一年，直到 1982 年才考上大学，我才有机会以“大学五年级学生”的身份搭上上海电视台 1987 年举行的大学生主持人大赛的“末班车”，并从中脱颖而出，一步一步走上电视节目主持人的岗位。

而倘若我第一年就考上了大学，假如考进二医大，那么在 1987 年的时候，大学六年级的我肯定已经分配到医院去实习了；假如考进华纺，本科只需要读 4 年，那么 1985 年我就毕业工作了；假如进的是立信，专科只需要读 3 年，那么 1984 年我就要开始工作了。无论怎么选择，我都将注定与“电视节目主持人”这一工作无缘，深爱的译制片配音也早晚会被放弃。

都说戏剧源于生活而高于生活，它是人类生活的艺术化表现。我反倒觉得，有时候人的生活比戏剧更精彩，比戏剧更有戏剧性。当我最终站上电视节目主持人的舞台，并在这个舞台上取得可喜成绩之时，回头再看看自己这几十年来所走过的道路，才会发现，之前的种种阻碍、磨难、坎坷与不幸，并不是命运之神对你的拒绝，而是为你将错误之门逐一锁上，指引你径直走向人生成功的指路明灯！

（九）课堂里的名医

从 1982 年到 1991 年，从本科生到研究生，我在上海第二医科大学一读就是 9 年。毕业之后，我又留校当了三年老师。也就是说，在我的人生中有整整 12 年是在二医大度过的。它是我生命中非常重要的一个节点。

在我读书那时候，二医大内可谓是星光璀璨，大师如云。无数在上海医学界叱咤风云的权威、名家都是我们的指导教师。能够在课堂里欣赏到那么多名师的风采，对我而言着实是一个巨大的激励。

当时二医大的老师基本上分为两波：一波是“美系”的，1952 年二医大合并前都是圣约翰大学医学院的老师；另一波是“法系”的，来自合并前的另外一个分支震旦大学医学院。这些老师在给我们授课之前已经积累了大量的教学经验与临床经验，都是上海医学界鼎鼎有名的医学专家，其中有不少老教授在教完我们这一届之后没几年都陆陆续续退休了。所以，能得到他们的指导，我们这一批学生是非常幸运的。

在我的任课老师中，有全国人大常委会副委员长、原卫生部部长陈竺的老师——王振义。王振义教授是中国工程院院士、法国科学院外籍院士，曾经获得过国家最高科学技术奖，中国内分泌血液学的权威。

每次王振义老师带着我们查房的时候，我们都非常紧张，因为他每走过一个病床，就会要求你报出该名患者的所有化验指标。如果你背不出来，那他就会告诉你——他提前一天就会来病房了解情况，全部记在脑子里。然后，他的教育都是启发式的，不是告诉你这是什么病、该怎么治，而是通过不断的提问来引导你说出答案。如果你没说对，他就逐一指正，非常认真。

此外，陈竺部长的母亲，中国内分泌血专家许曼音教授，是我内分泌课程的老师。和王振义教授一样，许曼音教授也是出自震旦大学医学院的“法系”医学专家。曾有一次我见到陈竺部长，他很热情地拉着我说：“哎呀，我妈妈一直很骄傲地说，曹可凡是我的学生！正儿八经的学生呢！”就在前不久，90高龄的许教授走完了人生最后一段旅途，与世长辞。回想起她给我们上课的点点滴滴，真是令人感慨万千，唏嘘不已。

比利时皇家医学院名誉外籍院士、瑞金医院的老院长傅培彬，也是我们的老师。我第一次外科手术见习，指导教师就是傅培彬教授。大外科专家不愧是大外科专家，虽然只是一个小小的疝气手术，但他每切开一层组织都会给我们做分析，局部解剖结构非常细致。

另外，还有个“美系”的教授董方中，中国血管外科的权威。周恩来在去世前的最后一次手术，就是由他担任主刀医师。因而他在当时的医学界非常有名，还担任了泛美航空公司的高级医学顾问。不仅如此，他还是一个非常有性格的人，80 年代的时候，就开着红色跑车来学校上课，同学们看得都啧啧称奇。后来过了很久才知道，原来他竟然是中国著名歌唱家、音乐教育家周小燕的小舅舅，连周小燕的婚礼都是在董教授家办的。这么说来，董教授那么“洋气”的原因也就不难理解了。

给我留下深刻印象的还有肝胆外科专家张圣道教授。他一生中最有名的一次手术，就是成功挽救了原教育部副部长、同济大学校长吴启迪教授的生命。那是在 1999 年，当时年仅 40 出头的吴启迪突发高血脂诱发的急性坏死性胰腺炎，抢救过程中连续 8 次心脏停止跳动。张圣道教授历经整整 146 天抢救、治疗，才把她从死亡边缘拉了回来。

记得有一次，他来给我们上课，走进课堂很和蔼地与我们打招呼：“同学们好！”我们全班都懒洋洋地回答：“老师

大学时代和同学

好……”声音稀稀疏疏、懒懒洋洋。然后他就开始上课了。四节课上完，同学们一听他说“下课”，立刻拿起饭盒打算去食堂吃饭。他忽然说：“等一下。刚才我进门的时候和你们打招呼，你们非常不认真，这是不对的。我并不是说什么师道尊严，但是说‘老师好’的时候你们应该全体起立，这是对老师最基本的尊重。将来你们进了医院，也要对病人有足够的尊重，懂了吗？”大家依然稀稀拉拉地应付道：“懂了……”没想到他竟然又说：“既然这样，我们就再来一遍！”然后便径直走出教室，又重新走进来，对大家说：“同学们好！”这次我们都不敢怠慢，很认真地起身回答：“老师好！”这才算是下课。

后来，我成为电视台的节目主持人，有一次节目刚好请来了张圣道教授。在采访他的时候，我还特意提起了这件事情。虽然他已经完全不记得了，但张教授对待教育、对待患者的这份严谨、这份尊重，对当时还是学生的我触动很大。

（十）学医趣事多

说起在二医大学习的感受，我觉得可以用四个字来形容——如鱼得水。

首先，托母亲的福，在我成长过程中曾经和许多医生、护士打过交道，对医学、医护工作的了解程度高于班中的其他学生。因此与同学们相比，刚进校时的我就具备了较为明显的基础优势和心理优势。

第二，学医对外语能力的要求还是比较高的，需要看很多原版的医书，记很多非常复杂的医学类英语词汇。在这方面，我的语言优势同样明显。在父亲的悉心教导下，我的英语成绩在班里一直是名列前茅。遵循着父亲“imitation”“practice”这两大学习英语的法宝，我能够在最短时间内记住与医学相关的各种英语词汇，学习专业自然事半功倍。

第三，学医需要学习大量理科，特别是化学方面的知识。这方面原本是我的弱项。但经过“三年加一年”地狱般的理科训练，我的整体水平已经足够应付二医大的学习要求。而且虽然我的理科成绩不怎么样，但意外的是，我的逻辑思维能力却很强，对事物的分析能力、推断能力深得老师们的欣赏。这对我在医学领域的学习与研究，帮助巨大。

当然，有优势也会有劣势，我在医学院的学习同样也是严重“跷脚”——理论水平强，动手能力弱，内科成绩高，外科完全不行。

医学院和别的高校相比，最大的不同在于：学校与行业间的关联非常紧密。几乎所有的名牌医院都是医科大学的附属医院，学校的教授都是医院的专家医师，学校的学生既要在课堂接受课程学习，又要在门诊部坐诊、住院部查房、手术室开刀……协助老师承担一系列的医疗任务。

因为动手能力差，每次我参与外科实践，都会闹出或大或小的笑话，给患者们造成不少麻烦。

印象最深刻的一次是给一个病人割阑尾。那时候该学的差不多都学完了，基本具备了手术的能力，只不过在瑞金医院这种大医院，我们这种实习生肯定是轮不着“动刀子”的，所以学校安排我去松江的泗泾卫生院开刀。

开阑尾需要把腹部切开，我刚拿起刀就紧张得要命，一刀下去，血往外一溅，更是吓得双手发抖。偏偏患者还有点儿发福，腹部脂肪比较厚，怎么划都划不开。患者的血越冒越多，我的心里也就越来越紧张……

好不容易手术做完了，老师过来检查，一看，气得叫了起来！别人开刀的创口都是一条直线，我的手抖得不行，在患者的腹部划出了一道极不规则的锯齿形口子。老师实在看不过去，只能帮我重新去修补，回过头来又把我臭骂一顿。

还有一回更“雷人”，学校安排我去妇产科实习——给别人接生！

当时那个孕妇的胎位不是很正，总之怎么折腾就是生不出来。我在那里“努力奋斗”了半天，满头大汗但还是束手无策。那孕妇疼得哇哇直叫，拼命向在一边“看热闹”的指导医生投诉：“医生啊，还是你亲自来帮我接生吧，这个大块头实在不行啊！”

没想到边上的指导医生却异常淡定，坚决“只动口不动手”。他不慌不忙地对那个孕妇说：“你不要着急，我今天要是不教会他怎么接生，二十年后你的孩子生孩子的时候，还有谁能帮她接生啊？”

最终，小孩儿可算是生出来了，那个孕妇却被折腾得够呛。她心有余悸地对我和指导医生说：“今天碰到你们真是触霉头了！”

（十一）老师救了姨父的命

由此可见，我在外科尤其是手术方面的能力，实在是令人汗颜。按照我母亲的说法：要是我去开刀，她天天都会睡不着觉。但与之相反的是，我的头脑思维很灵，特别是逻辑推导能力相当强，所有的内科大夫都非常喜欢我。在内科诊断方面，我的实力排名全校前列。

在内科学习方面，有一位老师同我非常有缘，那就是瑞金医院消化科的唐振铎教授。

唐教授在名气上并没有之前我提到的那些教授响，但论业务能力，他的水平着实让我佩服得五体投地。他一生从未出过国，但说的英语却是标准的伦敦口音，他说的法语又是标准的巴黎口音。唐振铎老师上课从不带书，不带讲义，所有的知识全部在他的脑中，张口即来。任何一个病症，无论是腹痛还是发烧，他都能讲出一百多种病因。

唐振铎教授在医学方面的文献阅读量大得惊人，那个时候凡是能看得到的医学资料他几乎都看过，而且博闻强记、过目不忘。记得有一次，瑞金医院收治了一个病人，需要在腹部开刀。但那个患者有个问题，腹部粘连。而且粘连的程度非常严重，大家都觉得很奇怪，不知该如何解决，只好向他请教。他想都不想就说：“没错，有这种肚子的。这种肚子不能见光，一见光就粘连。这个案例在什么什么书里面出现过，多少多少页，自已去看去！”

唐老师对我留下印象，是在一次医院查房的过程中。那次唐老师带领我们去医院巡查，遇到一个17岁的男孩，左上腹有疼痛，胃口不好，精神也很差，还出现了严重的贫血症状。那时候的医疗科技还很落后，CT之类的高端检测仪器都没有，而像B超那样简单的设备根本查不出病因。所以，医生必须要通过患者的外部病症分析、推断出所有的可能性，然后逐一排查，最终确定病情。

在了解了那个男孩的病症后，唐老师问我们："根据这个症状，你们说说看，他的病有几种可能性？"他指指我，让我先说。我说了几种可能。他听了之后又说："不用想太多，就用你的直觉告诉我，可能性最大的是什么。"

我想了想说："直觉告诉我，有可能是胰腺癌。不明原因的疼痛加上极度贫血，最大的可能性就是胰腺癌。"他点了点头说："我也觉得是胰腺癌。"过了一段日子，男孩体内的肿瘤长大了一些，确诊了，果真就是胰腺癌。

那一次的诊断让我在唐老师心里留下了一个很好的印象。自那以后，每次去住院部查房，他都会让我第一个发言，听我的意见。我对病症的分析、推断，他也非常欣赏，称赞我的判断能力非常强。

唐老师不仅在学习方面是我的恩师，在学习之外，他同样是我们全家的恩人。1988年，上海爆发了极为严重的甲肝疫情。因大规模食用了江苏启东的有毒毛蚶，全城共有30万人感染甲感病毒，最终造成31人死亡。

在这场疫情中，我的姨父因为甲肝造成大出血，怎么都止不住，看了好多医生都束手无策。在没有办法的情况下，我只得去请唐老师帮忙。记得那天正好下大雨，唐老师听了我的讲述后，一刻不停，立刻批了件雨披跑到瑞金医院的传染科，给我姨父诊断。

看过之后，他告诉我："这个病挺严重的，弄不好可是要'翘辫子'的。这样吧，我给你配个药，你让你姨父试试看。不过这个药上海没得买，得去香港才有，你香港认识人吗？”正好我有不少亲戚都在香港，我说没问题，于是他就把药方给我了。我去香港买来了那个药，姨父一吃就痊愈了。至于其中的原理，我到现在都搞不明白，总之非常神奇，药到病除。

在那之后，我和唐老师之间的关系就更加亲密了。他曾经非常希望我能读他的研究生，虽然最后我没能拜在他的门下，但我和他之间的师生情谊却依然深厚。

后记

就在我采访完曹可凡老师的启蒙老师张汝襄老师后不久，热心的封伟静又一次与我联系，说他们打算去看望中学班主任兼数学老师俞汝坚老师，并邀请我同去。于是，我又一次拜访了曹可凡的中学老师，尝试从她那里了解更多青少年时期曹可凡的成长经历。

（一）登门拜访

然而，还没到老师家中，我便被泼了一盆冷水。在车上，曹可凡的同学程亮有些得意地说：“俞老师肯定不记得曹可凡了。中学的时候我的数学成绩可比他好，俞老师对我的印象肯定要比曹可凡深。”

确实，随着年岁逐增，初中时的曹可凡不再像小学时那样顽皮可爱，在成绩方面也没有特别的优势。桃李满天下的老师究竟还能记得多少这位大明星的往昔事迹？今天的采访能否依然像上次那样有所收获？说实话我心里也没底。

俞老师的年纪比张汝襄老师略小一些，但也已经年逾古稀。她的爱人姓汤，和俞老师是同行，当年在五十五中学教高中物理。两位老先生相濡以沫，生活在徐汇区吴中路附近的一栋老式高层里。为了方便照顾，他们的儿子也住在同一栋大楼，楼上楼下。二老退休后，将所有的精力全部放在了小孙子身上，给孙儿买菜烧饭、辅导功课、接送上下学成为两人的最重要的生活内容。偶尔也会参加一些同事聚会，或是社区组织的老年活动，像这样高学历的退休教师，在日益讲究文化建设的社区中可是相当“吃香”的。

听说我们要来，俞老师的儿子早早就在小区门口等着了。我们一来，便招呼保安协助我们把车停好，把我们带上了楼。

到俞老师家的时候，正好是吃晚饭的时间。我们打算接上俞老师和她的爱人汤老师，一起去周边的饭店边吃边聊。起初汤老师觉得有些尴尬——毕竟来的都是爱人的学生，自己是一个都不认识的——可当他看到了我，听说我想要打听一些有关曹可凡的事情时，他立刻改变了主意。

他说："既然你们要问曹可凡的事，那我是一定要去的。我跟曹可凡的交情，可要比你们俞老师更深呢。"大家甚是好奇，都想听听究竟汤老师和曹可凡会有什么样的渊源。看来今日拜访，还能获取一些计划外的信息呢。

（二）初中班主任俞老师

坐定下来，最先开始说话的依然是曹可凡的班主任俞老师。俞老师介绍说，她是在初中三年级的时候接手曹可凡所在的这个班级的。当时这个班在学校属于"提高班"，所有的学生都是通过数理化三门课的成绩选拔出来的，颇有一种培养精英的意味。为了让这个班的学生真正能够在成绩上"提高"，作为班主任的俞老师每周都会在完成计划内教学工作的基础上，义务给同学们额外加一节课——当时教师的师德师风着实令人敬佩。

在这个"提高班"中，曹可凡的理科成绩确实算不上拔尖。但即便如此，在俞老师的印象中，中学时期的曹可凡依然是一个学习非常努力的孩子。俞老师至今仍记得，在那届考到外校去的学生中，只有两个人中考数学成绩是满分，其中一个就是曹可凡。这对于以文科擅长的曹可凡而言，着实是一件很不简单的事情。

进了复旦中学之后，曹可凡依然会偶尔去俞老师家里拜访。当时俞老师、汤老师住在延安西路，离曹可凡家并不算太远。而就在看望初中班主任的过程中，曹可凡渐渐同俞老师的爱人汤老师熟络了起来，两人之间还产生了一段特殊的"师生情分"。

（三）高复补习汤老师

那是在曹可凡高考失利，去延安中学复读的 1981 年。物理一直是曹可凡最弱的一门课程，能否提升物理成绩是他第二年高考的成败关键。之前去俞老师家玩儿的时候，曹可凡偶然得知他的爱人汤老师是教物理的，于是他便偷偷留了一个心眼儿。在“高复”那年，他特意找到了俞老师的爱人汤老师，请求他帮助自己补习物理。

汤老师深知曹可凡是一个认真好学的孩子，与自己也颇为投缘，便答应帮他补课。于是，在那一年里，每星期曹可凡都会去俞老师、汤老师家学习物理。

汤老师说，那时候学校的学习气氛可不像现在，学生在校外补习的现象并不多见。那时的中学老师也极少有在校外兼职做家教赚钱的情况。他给曹可凡补课，仅是出于对学生的关爱以及对教师这份职业的责任，从没有收过曹可凡一分钱补课费。

高中生去初中班主任家探望老师，这或许并不是什么稀罕事；但在“高复”期间拜托初中班主任的爱人帮忙辅导高中物理，能想到这一招还真是不易。一方面，我们不得不佩服曹可凡巧妙利用身边资源的精明意识，另一方面，也必须要为曹可凡主动求学的积极态度拍手称赞。

而汤老师与曹可凡的渊源还不局限补课这一件事。汤老师说，在考上大学之后，曹可凡并没有忘记这两位恩师，他依然保持着每周来俞老师、汤老师家“嘎三胡”的习惯。每次曹可凡来，汤老师都要给他准备一暖水瓶的热水——他一说起话来，就要口渴喝水，每次都能喝光整个暖水瓶的水。

当然，“嘎三胡”并不是曹可凡拜访的主要目的。汤老师喜欢看书，尤其喜欢看小说。他和曹可凡的父亲一样，有藏书的爱好，家中藏有大量不同时代的经典小说名著。虽然其中一部分在“文革”时期不幸损坏，但依旧有很大一部分被保留了下来。而曹可凡正是看中了汤老师珍藏的这些小说。

每次在与汤老师闲聊之余，曹可凡都会从汤老师家中借几本小说去看，曹可凡看完，还转借给他父亲看。下一次来，把上回借的还上，再借几本别的小说带回家……日积月累，汤老师家的小说书被曹可凡看了个遍，两家之间的交情同样也是日益笃厚。

后来，曹可凡去电视台主持节目，渐渐成了社会名人，但与俞老师、汤老师之间的关系却一直没断。两位老师最疼爱的孙儿小时候性格有些内向，不爱与人说话，即便和家里人说话也是轻轻的、怯生生的。这一度令两位老师非常苦恼。

在这时，两位老师忽然想到了那个擅长语言表达、擅长人际交往、说话嗓门特别大的学生曹可凡。通过曹可凡的帮忙，两位老师将小孙儿送去了中福会少年宫小主持人班学习。过了不多久，小孙儿敢在陌生人面前说话了，说话的声音也响了，原本内向害羞的性格有了很大的改观。

提起这事儿，两位老人不约而同地表示，还真得谢谢曹可凡呢。

说实话，在我向第三方询问有关曹可凡过去的情况时，有关他高中这一部分的经历一直是一个的“盲点”。

依靠着天津卫视《明星同乐会》的契机，我联系上了许多曹可凡童年的玩伴，其中不少人都是曹可凡小学、初中的同班同学。通过他们的讲述，曹可凡中、小学时期的形象已经十分鲜活地出现在了我们眼前。

然而，由于曹可凡高中考到了外校，原本的小伙伴们对他的高中生活并不了解；曹可凡手头也并没有高中老师或同学的联系方法，所以对他高中时期的学习生活，除了他本人提及的内容之外，几乎找不到任何有其他方面的信息。

而这一次汤老师所提供的信息，着实让我有种“踏破铁鞋无觅处，得来全不费功夫”的喜悦感。虽然这只是曹可凡老师高中生活中的一个侧影、一个碎片，但依然能帮助我们了解青少年时期曹可凡的成长经历和性格特点。

中学老师俞汝坚和学生们

三

从白大褂到麦克风

不得不说，上天是非常眷顾曹可凡的。

在他还没有成熟到可以自己把握命运的时候，命运“帮助”他在一个又一个十字路口做出了最佳的选择。

当家庭寄望他靠弹奏乐器之类的“手艺活儿”糊口维生的时候，高考的大门及时为他开启；当他因成绩不佳而寻求躲避高考的途径时，留学道路的堵死让他放下了残存的侥幸心理；当他醉心于影视配音而不能自拔时，前辈的指点让他认清了自己的前途宿命；甚至连高考失利、体检不合格这些彻彻底底的失败经历，在第二年都成为他赢得命运转机的关键钥匙。

不仅如此，一次次的阻碍与打击更磨砺了他的心理素质、精神品质和抗压能力。在一次又一次经历失败、挫折与失望后，他的思想变得愈发成熟，心态变得愈发沉稳，内心变得愈发强大。命运的多变让他学会了如何在风浪面前处变不惊，如何在人生的节点做出正确的决断。当曹可凡迈过一道又一道坎儿，逐渐从逆境走向顺境的时候，他在逆境中积累下的巨大力量必将助他在随后的道路上走得更快、更稳。

当曹可凡走出中学校园，走入大学的象牙塔之后，他面前的风景顿时变得焕然一新。过去的烦恼与不顺心，就犹如一张月历纸一般被轻轻撕下，满目所见的都是全新的气象。

更重要的是，此时的曹可凡已经获得了自己把握自己命运的能力。当一切风平浪静的时候，他可以自由地选择正确的前行道路；当机会出现在眼前的时候，他能够牢牢地将它们抓在手中；当鱼和熊掌不能兼得的时候，他又能在两者的平衡点找到两全其美的方法……

在大学的九年时间里，曹可凡对自己的人生做出了一个又一个重要的选择。与中学时期不同，大学期间的抉择没有迷茫，没有无奈，没有被动，同样没有因祸得福的巧合。虽然其中也有着偶然的幸运，但选择的每条路，踏出的每一步，都是曹可凡经过深思熟虑后坚定的意志体现。

可凡如是说…

（一）我爱祖国语言美

对我来讲，报考医科是我们全家共同做出的决定。这当中既包含了父亲反对我学文科的因素，母亲从事医务工作的因素，长辈将来的医疗保障的因素，也包含了我个人对“医学圈”较为熟悉的因素。因而，它并算不得是我个人独立做出的决定。

然而，不可否认，这个决定对当时的我而言，恰恰是最明智、最正确的。以至于让我深深感到，“正确选择”要比“全力拼搏”更有价值，更有意义，更加事半功倍。

小学时的我，是一个成绩不错、比较讨老师喜欢的小孩子；中学时的我，则是一个成绩一般般、数理化偏科严重的学生；直到我考进上海第二医科大学，我才真正找到了那个最让我喜欢、最适合我的学习方向。

别人都说学医科很苦，可对我而言，在二医大的学习生活是那样轻松愉快。我只需要用一半的时间和精力就能完成在普通人看来异常繁重的学习任务，另一半时间，我可以自由地用于自己的兴趣爱好当中。

我喜爱文艺，所以在学校里一直是学生会会长兼文艺部长，积极组织、参与学校的各项校园活动；而在校园活动之余，我还会时不时地跑去

“我爱祖国语言美”参赛照片

上海电影译制片厂，观摩译制片配音员们的工作，近距离接触我最钟爱的语言艺术。

在大学五年级的时候，我代表二医大参加了一次大型的朗诵比赛——上海市第二届“我爱祖国语言美”朗诵大赛。这是我在学生时期参加的第一个语言类竞赛。

备注：

“我爱祖国语言美——上海市普通话电视评比”是一项由上海市文字改革委员会和上海电视台联合举办的大型语言竞赛活动，最早举办于 1985 年。开展这项活动的初衷，是为了在上海地区宣传推广普通话。

20 世纪 80 年代，改革开放重新唤醒了上海这座海纳百川的商业都市的激情与活力。经济的活跃带来了全国范围的人员流动，为了方便不同地区人民的交往，学习普通话再次成为全社会的共同需要。在这种情况下，借助电视媒体的巨大宣传效力，组织一次全市范围的大型普通话评比大赛，显然能对上海人民学习普通话的热情与积极性起到巨大的激励作用。

该项比赛的主持人是上海电视台第一代主持陈宝雷。比赛分家庭组、个人组、学生组等多个组别进行。组委会在上海各区设点接受报名（组织海选），然后经历初赛、复赛，最后在电视台举行决赛，并借助电视传播手段进行现场直播。决赛的比赛项目包括自备普通话朗诵以及现场即兴言语交流，从第二期开始增加了看电视表演。

活动将普通话竞赛与电视直播相结合，在当时的中国堪称是一项极具前瞻性的创举。比赛从形态样式、流程环节，到细节内容、社会影响等方面，与《超级女声》《中国达人秀》等“真人秀”节目颇有几分相似，甚至可以称之为是中国电视媒体发展初期电视真人秀节目的雏形。

在那之前，我只在中学的时候，参加过一次区里的朗诵比赛，得了第一名。那时候的校园文化建设远不像现在这么火热，几乎很少举办类似的活动，再加上我高中文化成绩不怎么好，也没什么心思参加比赛。语言艺术，始终局限于爱好而已。

而“我爱祖国语言美”确实是一项规模盛大的全民语言竞赛。特别是前几届，决赛是要在电视里播出的，其规格之高由此可见。前几届赛事还真诞生了一些影视名人。上海电视台的首席新闻主播印海蓉是第一届“我爱祖国语言美”的第一名，参赛的时候她才是一个高中生。而我在她之后，参加了第二届的比赛，获得了第二名的成绩。

记得当时，我的参赛作品是朱自清的《荷塘月色》，那是我朗诵比赛的“看家法宝”。中学朗诵比赛，也是靠这篇作品一举夺魁。那时候有一个《荷塘月色》的录音，朗诵者是著名的戏剧表演艺术家董行佶老师，我特别喜欢，于是就反复听，反复跟着念，模仿得惟妙惟肖，于是就成了我表演、比赛的保留作品。

前两年，上海电视台新闻综合频道的《上海故事》栏目组还专门做了一期叫《上海人讲普通话》的节目，提到了 20 世纪 80 年代“我爱祖国语言美”的那段历史，还特地找出了我、印海蓉和另一个上海东方电视台的节目主持人蔡淑英的比赛视频画面。

“我叫曹可凡，我是上海第二医科大学五年级的学生……”现在回想起来，这应该就是我在电视荧屏前说的第一句话了。虽然后来做了节目主持人，在电视前出声露脸成了家常便饭，但倘若我没有进入这一行，那么那一次难得的“出镜”机会，或将成为我一生中永远难忘的瞬间。

（二）大学生主持人大赛

除了朗诵以外，我在主持方面的能力也逐渐在大学里展现了出来。

1985 年，我主持了第二医科大学的“校园艺术节”。那是我第一次登上主持的舞台。因为只是一次校园活动，加上那时候的文艺演出主持也没什么需要发挥的，无外乎就是报幕司仪而已，所以我也不觉得紧张，很轻松地就把整场活动“拿下”了。

等我下场之后，作为特邀嘉宾出席的著名影视演员陈少泽走到我的身边，拍拍我的肩膀说：“小伙子主持得不错啊！”当时我也不认识他，也就对他嘿嘿一笑。不过第一次主持就能得到专业人士的首肯，也够我得意好一阵子了。

在那以后，在学校主持活动的机会就越来越多了。二医大虽然是一个医科学校，但当时的文艺活动真不少，到了后来，凡是学校的大型活动就一定是交给我来主持，可以说是当仁不让的“首席主持”。

就这样，到了 1987 年，我快要升六年级的时候，突然收到了校领导递来的一张报名表，说：“上海电视台要搞一次大学生主持人比赛，每个学校都要派一个人参加，你去试试看吧！”我也不知道是什么情况，心想既然是学校安排的任务，去就是了，于是便填表报了名——当时完全没有想到，正是这次比赛，彻底改变了我的命运。

关于 1987 年的“大学生主持人大赛”，其实还是蛮值得说道的。

在那之前一年，上海电视台曾经办过一次“中学生主持人大赛”，还把获奖的学生组成了一个团队，做了一档反映中学生生活的电视栏目，叫《你我中学生》。无论是那一次比赛还是之后的电视栏目，都曾在上海引起热烈反响。选拔出的主持人，像袁鸣、陈帆，没过几个月就红遍了整个上海滩，成为沪上中小学生的偶像，街头巷尾的热议话题。有了这次的成功经验，上海电视台打算趁热打铁，在大学生群体中“依样画葫芦”，于是便有了这次的“大学生主持人大赛”。

初试，虽然不在电视上播出，但仍旧是在上海电视台进行。虽说我的主持水平在学校也算得上数一数二，可面对的竞争对手有不少是复旦大学、华东师范大学……这些一流文科院

《我们大学生》
主持人大赛决赛

校的学生，无论是个人形象还是艺术气质都远在我之上。当时我也就抱着“走过场”的心态去参赛，对于入围，我是完全没有自信的。

初试的考官是上海电视台第一代名主持小辰老师和导演毛勤芳老师。初试的考试项目依然是考朗诵，我依然凭借着拿手的《荷塘月色》幸运过关。后来小辰老师对我说：“当时就觉得你挺不错的。”我特别感谢小辰老师对我的提携，倘若当年她没觉得我挺不错，那我也就没有今天的成绩了。

接下来，又糊里糊涂地参加了复试，也过了。就这样一不小心，收到了决赛通知书。

决赛总共有 20 名选手参加，分为两个环节：一个是电视节目模拟主持，节目的内容、形式不限，自己想做什么就做什么；另一个是选手与专职主持人的沟通交流，主持人出一些类似于知识问答的题目，选手现场作答。当时其他的选手有做新闻节目的，有做社教节目的，有做音乐节目的，五花八门什么都有。我心想：我的形象算不得好，又是从医学院出来的，唯一的优势恐怕只有年纪比其他参赛者大一点儿，做一些带有思辨色彩的节目或许能扬长避短，发挥我的特长。于是，我决定做一个有深度的谈话节目。

决定了节目类型，接下来就是谈话的主题——我有一个同班同学，这家伙成绩不怎么样，每次考试都只有六七十分，但他的头脑却是特别灵活，尤其擅长发明创造，高中没毕业就已经有三项发明获得了国家专利。那么像他这种学生，到底算是好学生还是孬学生呢？我打算以此为话题，谈一谈“大学生分数与能力的关系”问题。

另外，栏目的名称，我也想好了。当时中央电视台有一档栏目叫《观察与思考》，特别火，主持人在节目里给人的感觉也和其他节目不同（后来才知道，这是中国电视史上第一档真正意义的主持人节目）。我觉得这个栏目无论名字、内容，还是主持风格都是我想要的，我就直接把它的名字借用过来，叫作《观察与思考——大学生分数与能力的关系》。

最后，既然是谈话节目，那就一定得有一个能出彩的访谈对象。这个人必须要学识渊博、能言善辩，而且要懂得大学生的学习状态、心理状态。最终，我选择了我们《组织胚胎学》课程的老师，也是我日后的研究生导师——王一飞教授。

备注：

王一飞，中国著名组织胚胎学专家。本科毕业于上海第二医学院（1962年）；硕士毕业于北京医学院（1967年），后回到上海第二医科大学任教，担任组织胚胎学教授、博士生导师，1984年担任上海第二医科大学基础医学部主任，1986年起担任上海第二医科大学副校长，1988年起担任上海第二医科大学校长，1997年赴世界卫生组织人类生殖特别规划处任职。

（三）“一飞”冲天

王老师与我父亲是同一代人。与父亲一样，他小时候的家庭条件同样非常优越，也同样有着很高的艺术修养。他喜欢听古典乐，意大利歌剧唱得是原汁原味；外语也非常棒，曾是英国爱丁堡大学和德国汉堡大学的访问学者；他在文学方面的功底同样扎实，偶尔会写一些散文，在欧洲的时候还写游记，但从不发表。

1997年的时候，他离开二医大，赴联合国世界卫生组织担任医学官员，负责整个亚太地区的项目规划与实施。卸任之后，依然在全球多所知名院校担任名誉教授，在世界各地的高校、研究机构巡回演讲。

那时的王一飞教授，除了给我们上“组织胚胎学”这门课程以外，与我没有任何关联。但在课堂上他留给我的印象却非常深刻——表达能力一流，且极具感染力。每次他来上课，一堂课讲完，板书刚好写满一块黑板，图文并茂、风生水起。所以我觉得，请他来担任我的节目嘉宾，是最好的选择。

决定之后，我直接“冲”进他的办公室。他虽然给我上过课，却并不认识我，于是我先自报家门，向他说明来意。“王老师您好，我叫曹可凡，是五年级的学生。这次学校推荐我去上海电视台参加一个主持人比赛，我已经进入决赛了。在决赛里我想做一个访谈节目，时间控制在 8 分钟以内，请您担任我这个节目的嘉宾，作为一个专家接受我的采访。”为了提升“成功率”，我还特地在后面加了一句：“这次比赛我是代表学校参赛的，不是个人比赛。”心想这么一来，作为副校长的您可没理由推辞了吧？

听我这么一说，王一飞老师也乐了，毫不犹豫地答应了下来，让我做好节目的策划案之后拿给他看，到时候再一起商量。

接下来几天，我写了一个详细的采访提纲，请他过目，并告诉他我会在节目里说些什么，希望他怎么跟我配合，又和他对了对词儿。万事俱备，便相约在决赛当天在比赛现场碰头。

其实现在想来，当初请王一飞老师来为我的比赛助阵，真是挺不懂事儿的。他既是学校领导，主管着一堆行政事务，又要给学生讲课，科研试验也不能落下，工作非常繁忙，然而面对我的这个不情之请，他没有表现出不耐烦的表情，反而是耐心地陪着我一步一步走到了最后。

决赛，在上海电视台小演播厅举行。那天的评委有好多人，市教委、市广电局、上海电视台的主要领导以及众多表演艺术家都坐在评委席上。而坐在最当中的主评审，是著名表演艺术家孙道临老师。那次，也是我与孙老师的初次结缘。

在模拟主持环节，我和王一飞老师合作的节目非常成功，孙道临老师直接给出了全场最高分；另一项即兴交流我的表现也不错。最后，两项比赛总分一合，我在 20 名选手中排名第一，获得冠军！

那一次的主持人比赛，推出了多位极具潜质的优秀节目主持人。除了我以外，东方电视台著名节目主持人“英子”陆英姿也是在那次比赛中脱颖而出的。当时她是上海戏剧学院的学生，1993 年她与我合作主持了红极一时的大型游戏节目《快乐大转盘》，一举晋升为上海最有名的综艺节目主持人之一。上海电视台体育频道主持人李兵也是那次比赛的优胜者。当时他是上海大学的学生，后来一直在媒体工作，现在是五星体育的首席解说。

此外，当年的获奖选手中，还有一位现在成了中国传媒行业的风云人物，那就是乐视影业的 CEO 张昭。他当年是复旦大学话剧队的成员，硕士毕业之后又出国留学，回来加盟“光线传媒”，创立“光线影业”；随后又独立开创“乐视影业”，着实在中国电影界风光了一把……

比赛夺冠之后，我的生活立刻就和以前不一样了。第二天走在路上，就有人拍拍我肩膀问：“你就是昨天那个主持人比赛的第一名吧？”可见那次比赛在社会上的影响力之大。

紧接着，就要开始做《我们大学生》栏目了。按照比赛前的规定，比赛前十名的选手共同组成了一个庞大的“主持人团”，共同分担节目的主持工作。相比起之前那批做《你我中学生》的“小朋友”，我们这批大学生的社会经验可要丰富多了，综合能力也比中学生强出不少，因而我们能够更加深入地参与到节目创作中去，既是节目主持人，又是外景记者，还承担了部分节目策划与编导的工作。记得当时我们经常去各大高校跑新闻、做采访，拿着话筒扛着机器在校园里跑来跑去，虽然青涩却又故作成熟，现在想来真是挺有趣的。

好在《我们大学生》是周播节目，十个主持人轮着做也不觉得吃力。我既是比赛第一名，又是临近毕业的高年级学生，学业压力相对较少，所以我主持的次数是其中最多的，而与我搭档最多的则是陆英姿和陈苓。

说起陈苓，可能现在知道的人不会太多。她是上海外国语学院的，毕业后没有选择在中国发展，而是转战美国金融界，现在在大洋彼岸颇有名气。当年她是决赛 20 名选手中最漂亮的，在《我们大学生》里出镜的次数仅次于陆英姿。后来她随男友去美国做私募，10 年前就有了 9 亿美元的身家，和美国前总统老布什、国务卿鲍威尔都有着生意往来。

在她去美国之后很长一段时间，大家都没有联系。巧合的是，有一次我坐飞机，闲来无事翻看飞机上的杂志，竟然看到一篇有关她的专访。里面还有一个小标题叫——“曹可凡是我的搭档”。当时我特别兴奋，没想到竟然能在飞机杂志上找到十多年前的“老战友”！后来过了没多久，她回上海，通过熟人问到了我的联系方式，我俩约在“波特曼”喝了杯茶，聊起以前的故事，依旧感慨万千。

（四）转战《诗与画》

《我们大学生》做了没多久，就有一个新的栏目组找上我，叫我给他们做主持。那是我独立主持的第一个电视栏目——《诗与画》。

严格来说，《诗与画》最初并不是一个正儿八经的电视栏目，而只是电视台夜间播放的一个“垫片”。所谓“垫片”，就是电视台在节目内容停播之后可以反复播放的一些短片。那时电视台的播出时间很短，每天到了晚上十点半就没有节目了。但因为当时技术条件有限，每期节目的长度做不到绝对精确，因而每天节目全部播完的时间也是有早有晚，总会差那么几分钟。所以通常，每天晚上十点出头，常规节目全部播完以后，电视台就会滚动播放一些五到十分钟长的垫片，一直播到十点半结束。这样，每天电视台的停播时间就能够严格控制在十点三十分，一分不多，一分不少。

而《诗与画》，正是这样一个在电视台“打烊”前滚动播放的教育类垫片。

起初，这个栏目的名字叫《诗、歌与画》。每期节目介绍一首诗、一首歌、一幅画。诗通常都是古诗，唐诗宋词之类都有；画通常都是西洋画，巴洛克文艺复兴都有；只有这歌比较尴尬——有的是革命歌曲，有的是民歌，有的是俄罗斯歌曲……播了一段时间，编导觉得“歌”的层次和“诗”“画”总贴不到一块儿，干脆取消，就把节目定名为《诗与画》。

《诗与画》栏目组刚刚成立的时候，因为条件所限，和《我们大学生》

栏目组共用一个办公室。因为只是一个垫片，专职主持人兴趣不大，一时间栏目组也找不到一个特别合适的主持人。我那时在《我们大学生》栏目算是年纪比较大的主持人，长得又比较稳重老成，不知道哪个导演说了一句："让他试试吧！"于是我就成了这个新栏目的主持人。

如果说《我们大学生》带我迈入了"电视世界"的大门，那么《诗与画》则是我在"新世界"的第一次考验。每一期节目的时长很短，只有十分钟，在这其中我出镜的部分更少，栏目组为了节省成本，基本上是一个月录制一次，一次录 30 期节目。

照理说，一个月录一次，主持人应该很轻松才是，可是由于当时电视媒体的硬件条件十分简陋，这令我遭遇了主持生涯中的第一个重大考验。

每月做 30 期节目，每期节目介绍一首诗、一幅画，也就意味着每个月我要介绍 30 首诗、30 幅画。在 1988 年的时候，

主持《诗与画》

电视台还没有“提词器”这种先进玩意儿，我必须要把每一期节目的主持稿都背下来，才能够上镜头主持。一天背一份稿子自然简单，一周背七篇也不算太难，可一口气要我背出 30 篇，还要保证内容不串不混，那就是一个巨大的折磨了。

更何况，《诗与画》节目中的主持词涉及大量艺术方面的专业内容，对于没有文史哲专业基础的我来说，节目的串词是相当晦涩、难以记忆的。拿诗歌来说，虽然我小时候在父亲的要求下背诵了不少唐诗宋词，但在每个月推荐的 30 首诗中，仍然会有大半是我以前没学过的。而既然要在节目中介绍这些诗，作为主持人的我就必须把这首诗从头到尾背诵一遍。于是，每月背诵唐诗宋词 30 首，成了我主持《诗与画》的“必修课”。

至于画，那我更是一窍不通了。起先这个节目介绍的都是西方油画，主持稿都是由华东师范大学设计学院的院长魏劭农教授撰写，每一期节目都严格按照西方美术史的顺序来介绍。我至今都还记得，第一期节目讲的就是阿尔塔米拉的石窟壁画——相信不搞美术的朋友对这个名字都是非常陌生的。当然，这些名字对当时的我而言，也是同样陌生。

没有办法，为了方便背诵主持稿，我只能自己给自己补课。我去新华书店买了一本《简明西方艺术史》，用最快的速度把整本书都通读了一遍，这才算是稍微对西方的美术史有了一点儿了解。但即便如此，在做节目的时候依然少不了死记硬背。于是乎，为了准备《诗与画》节目，我每天拿着稿子拼命背诵，就怕在录像当天准备不充分，把节目做砸。

虽然很辛苦，但《诗与画》这个节目确实给了我巨大的帮助。这种帮助绝不局限于电视节目主持的经验、技巧方面。它为我提供了海量的信息资源，“强迫”我在最短的时间内突击学习了原本就比较欠缺的文史哲常识，为我日后在文化修养上的积淀打下了基础。

正是通过这个栏目，让我对绘画的兴趣一发而不可收，我结识了程十发、黄永玉、陈逸飞等一大批美术大师，自己的美术鉴赏水平也有了很大的提升，还写了一些美术方面的文章，这一切都源自《诗与画》节目给我的知识积淀；我还和华东师范大学传播学院的王群教授合作了一些古诗词吟诵活动，出版了多媒体朗诵集《银汉神韵——唐诗宋词经典吟诵》，这些同样也是受到了《诗与画》节目的影响。

不仅如此，《诗与画》更为我这个主持新人创造了巨大的“曝光率”。虽然节目只是每天晚上十点之后滚动播放的垫片，而在80年代的时候，人们往往八九点钟就睡觉了，很少有人晚上十点还在电视机前看电视的。但好在第二天它还有一次重播，重播的时间段堪称“黄金时间”——每天晚上六点二十分，就在收视率最高的《新闻报道》开始前十分钟。在那个时间段，几乎所有上海市民都在一边吃饭，一边听这么一个乳臭未干的小胖子摇头晃脑地讲故事。

托它的福，我渐渐地成了上海滩上“小有名气”的人物了。

（五）第一次主持晚会

1988年春天，我照例坐23路去电视台录节目。忽然在车上有人拍了拍我的肩膀。我回一看，是一个四十来岁、颇有艺术气质的中年人，他问我：“你是曹可凡吗？”当时因为做节目的关系，马路上能认出我的人也挺多，我也没在意，就说：“是的。”

他又问我：“你……主持过文艺晚会吗？”我愣了一下，马上意识到面前的这个人并不是普通人。我回答说：“没有。”他又问：“那你会主持文艺晚会吗？”我回答：“会啊！”

他有些好奇：“你从来没有主持过文艺晚会，怎么就那么有信心呢？”我回答：“因为我在学校一直主持文艺晚会，跟电视上差不多的，所以我觉得没问题。”他听完，笑了一笑，又说：“那你留一个电话给我吧！”于是便记下了我家的电话号码，下车去了。

后来我才知道，这个中年人叫郑大里，是当时上海电视台颇有实力的一个导演。他同样系出名门——父亲郑君里是中国现当代最有名的电影演员、导演；他的母亲同样也是上海电影制片厂的老一代电影人。在这样一个电影世家成长的郑大里，在影像上面有着极佳的天赋，走南闯北了好多年，最终回到了父亲的出生地上海，成为上海电视台的导演。

备注：

郑君里：中国早期著名的电影演员、导演。1911 年生于上海，1969 年因遭受“文革”迫害而去世。他早年参加左翼戏剧家联盟，同时还加入摩登剧社、大道剧社出演话剧，1932 年加入联华影业公司开始其演员生涯；1940 年加入中国电影制片厂担任新闻影片部主任；1943 年参加中国艺术剧社，接连执导多部话剧。

抗战胜利后，郑君里回到上海，担任昆仑影业公司编委会委员。随后他接连拍摄了《一江春水向东流》《乌鸦与麻雀》《林则徐》《聂耳》等多部载入中国电影史册的不朽之作。此外，他在电影理论方面也做出了巨大成就，他是将苏联“斯坦尼斯拉夫体系”引入中国电影界的第一人。

在 30 年代的时候，郑君里与赵丹、蓝苹（江青）是电影圈内的好友。但到了后来，这层关系却给他带来了灭顶之灾。“文革”期间，他受到疯狂迫害，最终于 1969 年罹患肝癌不幸逝世。

过了没几天，我就接到了郑大里打来的电话。他对我说，上海电视台有一场晚会，想让我过去主持。那时候上海电视台主持人少，各种演出活动又多，经常会顾不过来。我二话没说，就答应下来了。

第二天，我就去电视台面试。到现场我吓了一跳，原来要我主持的晚会竟然是“上海国际电视节会歌评选晚会”——那一次评选出的会歌正是由王健作词，谷建芬作曲，传唱近 30 年经久不衰的《歌声与微笑》。晚会全上海现场直播，而我的主持搭档则是当时上海最知名的两位节目主持人小辰和刘维。

那一次，我才真正知道什么叫紧张。我穿了件白衬衫，一条破破烂烂的黑裤子，电视台的文艺部主任又给了我一件旧西装、一条领带，往身上一套就登台了。

晚会在普陀体育馆举行，体育馆本身没有舞台，台是临时搭出来的。那一次的舞台搭了整整 2 米高，站在台上，我的整个脑袋都是空的；巨大的追光打在脸上，眼前一片模糊；往下偷偷瞟一眼，立马双腿发抖。彩排的时候简直不知所措，一旦出了错又特别着急，简直就像是一只无头苍蝇。不知怎么的，“咣当”一下，我整个人从 2 米高的舞台上摔落下来，狠狠地砸在地面上。

看我躺在地上一动不动，现场所有人都吓坏了。当时的副台长郑礼滨赶紧跑过来看情况，心想这小子可千万别摔出什么事来啊，要不然可就发生重大事故了。好在我身板儿还算结实，也没摔到什么脆弱部位，懵了一阵子又爬了起来，继续排练……

就在这样紧张的状态下，我完成了我人生中的第一次大型晚会主持。且不论当时主持的效果究竟如何，作为一个出道才一年的新人，能够站上那么高的平台，主持那么高规格的晚会，这件事本身就足够具有话题性了。在那之后，无论是圈内人还是圈外人，都知道这个每天晚上摇头晃脑念诗说画的小胖子，原来还能主持文艺晚会呢！

在那之后，找我做晚会主持的人就渐渐多了起来。那时也没有什么“兼职主持”、“嘉宾主持”之类的名分，只是很简单地有人找，我就去做，按现在的说法就叫“走穴”。每一场主持结束，导演还会给我一两百块钱的劳务费，对于当时的我而言，这着实是一笔“巨款”。

（六）毕业的选择

在电视台干了一年多，陆续主持了两档固定栏目，十多场文艺晚会，在当时也算是一个小有名气的主持人了。在这时候，一个新的分岔路口出现在了我的面前——我要毕业工作了。

当时的中国，仍旧处于计划经济体制，大学生毕业之后是由国家分配工作的。为了在确保公开公正的前提下充分尊重学生的个人就业意愿，学校把整一届五百多名学生六年来所有考试的成绩加在一起，排了一张成绩总表，从高到低让我们选择自己想去的医院和科室。成绩排名靠前的可以优先挑选，排名靠后的，热门岗位都被占满了，就只能去一些低级别医院的冷门科室。

我的成绩，排名全校前十，获得了最靠前的自主选择权。通常成绩好的同学都会选择临床，但我因为自己动手能力不强，很早就决定了往内科方向发展。那些年免疫学比较热门，而免疫学又和肾脏内科关系紧密，于是我就选择了肾脏内科。至于医院，我自然选择级别最高、离我家近、我又最为熟悉的瑞金医院。

但紧接着，烦恼又来了。医院的工作非常辛苦，医生一般都是“三班制”。这就意味着，一旦我开始去瑞金医院上班，就再也不能去电视台主持节目了。

备注：

“三班制”，即同一个岗位，一天 24 小时分 3 班（早班、中班、晚班），每班 8 小时的工作方法。也就是说为了保证某个岗位 24 小时不断岗，将该岗位的工作分由三个人完成，每人承担 8 小时工作量。

因为三班制是轮班，所以需要互相转换，通常称为“倒三班”。例如第一周 A 做“早班”，B 做“中班”，C 做“晚班”，则第二周 A 做“中班”，B 做“晚班”，C 做“早班”，这种倒班方式成为“正倒班”。有时也会采取“反倒班”的方式，即第二周 A 做“晚班”，B 做“早班”，C 做“中班”。

“反倒班”适用于每周 7 天连续不中断的连续“三班制”作业；而“正倒班”适用于每周工作 5 到 6 天的非连续“三班制”作业。

在那个计划经济的年代，大学生的思想观念和现在有很大不同，特别是医科这样的特殊专业，毕业生不会拒绝学校分配的工作——不然就没工作可干，毕业后跳槽、改行的情况也十分少见。因此对我而言，从没考虑过毕业后不干医生的工作，去电视台当主持人的选择。离开学校就要去上班，上班就要放弃主持，这是无法改变的必然铁则。

然而，要我就这样放弃主持，我又心有不甘。感觉我好不容易打开了一个全新世界的大门，门里还有好多美丽的风景等我去欣赏，还有好多精彩的冒险等着我去经历，刚想把第二条腿迈进去，忽然却有人拍了拍我的肩膀说："喂，走错道儿了，给你安排好的路在另一边儿呢……"

连续很长时间，我都在为这事儿苦恼，心里寻思着，有没有办法能让时间停一停，让我在校园里多待一阵子，让我在电视节目主持的舞台上走得更远一些呢？

天无绝人之路。终于，我找到了一个能让我继续留在学校、继续主持节目的好选择——报考研究生。只要能考上研究生，我就能在学校多待三年，也自然能在电视节目主持的舞台上多站三年。

对于我的这个决定，父母自然是举双手赞成的。在他们看来，反正家里也不缺钱，孩子愿意继续深造，自是再好不过的事情。于是，我正式决定报考二医大研究生。选择的专业，正是我最为感兴趣，且专业成绩较好的"组织胚胎学"；选择的导师，则是帮助我走上节目主持之路的王一飞教授。

（七）30 天突击考研

然而，从我正式决定报考研究生，到研究生考试开考，中间仅有短短 30 天时间。在这 30 天里，我能把 4 门考试科目复习到什么程度，最终能有多大把握考上，说实话，我心里完全没底。

那时的考研与现在一样，考的也是两门专业课、两门公共课。

专业考试第一门，考的是我最有把握的“组织胚胎学”，专业强项自然不用复习。另一门“专业基础”就麻烦了，它由两部分组成：一部分是本科所有专业课程的大合集，混在一块儿出 200 道选择题，整整六年的课程，单单教科书摞起来就有一米多高，海量的知识根本无从复习，干脆裸考；另一部分叫“电子显微镜”，是一门我完全没有学过的课程。

没有办法，我只能求助我的导师王一飞教授。王老师不是出卷人，用不着避嫌，便欣然答应帮我“补课”。因为时间紧迫，他特意为我制定了一个“7 小时速成”的学习计划——每周上一次课，每次两小时，总共上三次；课上完了再加一小时的实践，请实验室的老师带我试用一回电子显微镜。7 个小时把这门陌生课程“拿下”。

就这样，两门专业课的复习到此结束。而结果，真叫是“名师出高徒”。最后在我的所有考试科目中，“电子显微镜”竟然是考分最高的，考了 87 分。这不禁让我更加敬佩我的导师了。

至于两门公共课，第一门英语，同样是没啥可复习的。当时也没有“新东方”之类的考研英语冲刺班，大家都靠平时的积累，所以同样裸考。第二门政治，考的内容跟现在一样，4 本教科书，那是得靠死记硬背才能过关的，于是政治课就成了我考研复习的重中之重。

现在想想，那一个月的“地狱特训”真是苦不堪言。研究生考试是在每年的一月份进行，正是冬天最冷的时候。当时的家里没有暖气，没有空调，每天晚上都得顶着零度的严寒挑灯夜读。脸上冷就戴口罩，手上冷就戴手套，身上冷就披毛毯，最难受的是双脚发冷，穿再厚的袜子、再厚的棉鞋都没用，而且一旦脚冷就极易长冻疮，又痒又疼极其影响复习状态。

后来，还是外婆想到了一个可以用作足底保暖的法宝——“饭捂库”。以前家里没有电饭煲，烧熟的米饭在冬天没一会儿就凉了，于是人们就用稻草编一个厚厚的圆桶，把装米饭的铁锅放进去，再盖上同样用稻草编成的盖子，这样就能保温很长时间了。而这个用来保温的稻草桶，就叫作“饭捂库”。

母亲买了一个大号的“饭捂库”，再用棉被把它包起来，就像是一个保温桶一样，让我把脚伸进去，再在脚上盖上两个大热水袋，可算是用老百姓的聪明智慧解决了双脚的保暖问题。当然，客观条件父母能够尽量帮忙改善，复习的进度还得自己把握。就这样一天天地寒窗苦读，整整一个月，终于到了考试当天了。

第一天上午考英语，考场里真是人山人海，好不壮观。下午考政治，忽然发现只剩下一半考生了——没来的估计是考完英语自觉没戏，也就放弃了。到了第二天考专业，人又少了一半。到了最后一天，上海突然下起了鹅毛大雪，考场里孤零零地只剩下了几个人，真是凄风苦雨，好不冷清。

看看现在的考研，培训班、模拟题、复习大纲、冲刺宝典一应俱全，一切都像是流水线上的标准化生产；再想想我们当年，什么都得自己整理、自己总结，考的与其说是知识，不如说是获取知识的能力。一天一地之变化，甚感中国教育产业化影响之大。

（八）读研主持两不误

就这样，我顺利地考上了上海第二医科大学的研究生。虽然整个过程非常艰苦，考前 30 天的复习犹如炼狱一般，但至少苦尽甘来，最终获得了一个圆满的结果。

在那之后，“半工半读”成为我的生活常态。

在学校里，我尽量抓紧时间完成常规的课业学习——当然在这个过程中，我的导师王一飞教授给了我无微不至的照顾，给了我自由支配时间的权力。我的研究方向是细胞胚胎方面的，因此大量的学习时间都需要在实验室里度过。那时我的导师已经升任二医大校长了，工作非常忙，没有时间一直带着我学习，主要由他的太太，也就是我的师母朱云凤教授带着我做实验。

师母对我的照顾，可以说是无微不至。实验室的工作非常枯燥、繁琐，而且无法像其他专业的学生那样准时上课，准时下课。为了培养一个样本，我们经常需要每隔几个小时加一次药剂，每隔几个小时做一次观察，就算是深更半夜也照样得赶到学校完成这些工作。作为研究的必要环节，这种工作不得不做；但一旦做了，就连正常的作息时间都不能保证，更不用说去电视台主持节目了。

这时，我的师母十分体贴地为我分担了烦恼。但凡轮到我凌晨、深夜去实验室加药，或是实验室的常规工作与主持发生冲突，她总是代我完成这些枯燥而又繁琐的工作，保证我能有充足的时间休息，参与电视台的各类主持工作。

正是在师母的关照之下，我在硕士学习、研究之余，仍能抽出大量时间参与电视节目、综艺晚会的主持工作，包括《我们大学生》《诗与画》《大世界》《大舞台》这些热门的常规电视栏目，也包括许多的文艺演出、综艺晚会。

20 世纪 80 年代末，正是上海电视行业蓬勃发展的年代。在这段时期，电视媒体就好像是整个社会前进的“排头兵”，冲在改革发展的最前沿。那时的电视台里，有很多人都是从其他艺术领域改行过来的精英，他们有着十分扎实的专业功底、极其活跃的创新意识，对待工作认真敬业，事业心与职业心极强。正是在这样一群优秀电视人的带领下，上海电视展现出了丝毫不逊于中央电视台的综合实力，特别在文化、综艺等领域，许多栏目在国内都处于“独领风骚”“独占鳌头”的地位。

而在这个过程中，广告商的强势介入起到了十分重要的推动作用。

备注：

说起广告，新中国最早的电视广告，正是出自上海电视台。

在计划经济时期，媒体单位——无论是报纸杂志还是广播电视——都处于严格的政府管控之下。媒体由国家拨款运作，不用考虑盈利的问题，也丝毫没有创收的必要。在这样的背景下，作为党和政府喉舌的媒体，是绝不允许商业广告介入的。

而随着市场经济的逐渐发展，媒体的发展迎来了一个崭新的时代。一方面，媒体的数量不断增加、规模不断扩大，渐渐超出了政府能够负担的极限；另一方面，快速扩张的媒体展现出了强有力的生命力，进而产生了希望摆脱政府"喂养"，自负盈亏、自谋生路的愿望。

1978年，《人民日报》等8家大型报业媒体向国家财政部递交申请，希望能够"事业单位，企业化管理"。这一事件成为中国媒体机构打破计划经济窠臼，走入市场经济环境的重要标志。

想要自负盈亏，企业化运营，媒体就必须拥有自己的创收渠道，为企业做广告成了媒体最直接、最有效的创收方式。1979年1月14日，《文汇报》刊登了一篇题为《为广告正名》的评论文章，从舆论上为广告的合法性做出了"正名"。在那之后不到半个月，1979年1月28日，上海电视台率先播出了新中国第一则电视广告，同时一则"上海电视台即日起受理广告业务"的招商信息也出现在了电视荧屏。

自那之后，中国电视正式进入广告时代。广告也就此成了电视媒体生存、创收的最主要经济来源。而上海电视台，凭借着得天独厚的城市地理优势和无与伦比的商业嗅觉，在广告招商引资方面一直走在各省电视台的前列。在广告商的大力支持下，电视台的节目制作经费大幅增长，节目制作水准突飞猛进，各种各样的新栏目、新节目层出不穷，电视荧屏变得更加丰富、更加精彩。

1983年除夕夜，首届"春节联欢晚会"在中央电视台播出。在那之后，全国各大电视媒体都掀起了一股"晚会热"，歌舞曲艺表演成了电视观众最喜爱的电视节目形式之一。

由于举办一场文艺演出往往需要耗费大量的人力、物力——归根结底则是财力，因此在"晚会热"的初期，电视台只有在逢年过节的时候才会举办带有政府官方性质的大型文艺晚会，观众们也只有在一年中的少数几天能够一饱眼福。

而随着电视台与企业越走越近，双方的合作形式也不仅仅局限于广告投放。诸如栏目冠名之类的其他商业宣传方式也逐渐出现在电视荧屏。而到了80年代末期，财大气粗的企业又将目光聚焦到了最受观众欢迎的文艺晚会领域，纷纷与电视台合作举办带有商业广告性质的文艺晚会。

因此，在20世纪80年代末90年代初，人们可以在地方电视台看到许多“广告”晚会。这些晚会的举办名义五花八门，可能是企业的成立周年庆典，可能是企业的荣誉获奖庆典，同样也有以企业名义举办的非官方节庆晚会。这些企业性质的晚会，往往都有电视台的专业人员全程参与，现场录像，甚至是现场直播，这放在现在的电视媒体中，那简直是不能想象的。

那时的晚会之多，更是让现在的观众跌破眼镜。几乎每一个星期都会举办两到三场文艺晚会，晚会的主持人几乎都由电视台主持人或是知名演员担任，节目全部由专业文艺演员出演，整体质量都具备较高的水准。

而且，由于当时的文化娱乐相对匮乏，人们对晚会节目的钟爱程度简直可以用“痴迷”来形容。只要电视上有演出，就一定有观众看，收视率绝对能够保障。在这种情况下，无论是电视台还是企业，也都自然乐得操办文艺晚会。

只要有演出，就必定要有主持人；只要演出在电视上播，就一定需要专门的电视主持人。当演出越来越多的时候，电视台的“编制内”主持人自然就会供不应求。那时候上海电视台的文艺节目主持人差不多只有叶慧贤、刘维、张培、小辰等五六个人，根本无法满足如此众多的文艺演出的主持需求。在这种情况下，我这种“编外”电视节目主持人就有了“用武之地”。

于是，在那段时间，我主持了大量的文艺演出、综艺晚会，其中既有电视台主办的官方演出，也有不少带有商业色彩的文艺演出。

20世纪80年代末的一次“七·一”建党纪念晚会是我在那段时期里主持过的最高规格的演出。当时社会氛围敏感，市里的主要领导都参加了那场晚会。我的搭档同样也是“编外”主持人——上海“青话”的著名话剧演员徐幸。

在那样的社会背景下主持这么一场政治色彩很浓的文艺演出，对于“入行”不久的我来说是一次不小的考验。好在，最后也算不辱使命，演出非常成功。

经过一场又一场晚会主持的积累，我在上海电视文艺圈渐渐有了些名气。很快，“长三角”地区的其他省、市电视台也纷纷邀请我给他们的文艺晚会做主持。对我而言，只要不影响我在二医大的学习，自然是来者不拒。江苏电视台、浙江电视台、苏州电视台……当时可谓是四处“奔波”，主持了不少晚会演出。

当然，这些周边省份的电视台之所以会请我去主持，有一个很重要的原因就是——我是一个“自由”主持人。不隶属于任何一个电视台，意味着不用受任何一个行政机构的约束，时间也比普通电视台的主持人更加宽裕。在这种情况下，请我主持肯定要比请上海电视台“编制内”的主持人更加方便。

这么一来，我在主持方面获得的实践机会越来越多，通过主持节目所获得的经济收益也是越来越高，在观众中的名气也变得越来越响……俨然就成了整个华东地区颇有名气的主持人了。

然而，就在我自认为已经成为整个华东地区的“人气主持”的时候，却丝毫没有发现，主持生涯中的第一个危机即将降临到我的身上。

（九）突破“封杀令”

1990 年，我应邀前往南京五台山体育馆主持一场演出，与我搭档的是著名影视演员李媛媛。因为我在上海电视台做了不少节目，当地媒体在介绍我的时候，很习惯地就用了“上海电视台节目主持人曹可凡”这个“头衔”。

在我看来，这似乎不是什么大事。无论是上海的各大平面媒体，还是社会上的普通老百姓，提起我的时候都会说我是“上海电视台节目主持人”。然而出乎意料的是，这期节目竟然作为优秀电视节目被送到了上海电视台进行交流播出。顿时，原本很简单的事情就变得微妙、复杂了起来。

当时，因为有不少大型活动导演都和我关系不错，在他们的提携下，我的节目量一直不低，特别是主持大型文艺演出的机会甚至比大部分台内的专职主持人还要多。利益上的冲突使得个别“编内”主持人对我们这些“编外人员”颇有看法。而这一次节目交流播出，恰恰成了引爆这一“负面情绪”的导火索。

没过多久，就有人向上级部门反映：曹可凡打着“上海电视台节目主持人”的旗号在外地“招摇撞骗”，影响很不好。于是，为了保护“编内”节目主持人的利益，上级部门特地针对此事下发了一个“红头文件”——凡是在上海电视台播出的各类晚会演出必须由电视台编制内的主持人担任，不能使用“编外”节目主持人。

这个“禁令”当时对我的打击非常大。我读研究生的目的就是为了能多做三年节目主持人，可研究生刚考上不到一年，竟然就不让我主持节目了，这彻底打乱了我先前的计划。

在接下来的一年左右时间里，绝大多数的“编外”主持人都从电视荧屏中销声匿迹了。照理说，我也无法幸免。好在，台里还有几个与我相熟的导演、编导——像是刘文国、滕俊杰、郑大里、王国平等依然十分支持我。正是有了他们“雪中送炭”的温暖，我才能够在主持生涯的第一个“严冬期”坚持下来。

在他们的大力推荐下，我在那段“非常时期”依然主持了不少非电视台官方的文艺晚会——诸如企业周年庆典晚会、以企业名义举办的“元旦”“春节”“劳动节”“国庆节”联欢晚会。这些演出在规格虽不如电视台主办的晚会，但同样由电视台录制、转播，出镜主持的实际效果都是一样的。

而一旦有人提出质疑，这些“力挺”我的导演就会巧妙地把“矛头”

转向演出主办方，说：“曹可凡是广告商请的主持人，人家一定要他主持，我们有什么办法？”于是，我主持的晚会该录像还照样录像，该播出还照样播出，在各位导演的保护下，我艰难地跨过了这主持生涯中的第一道“坎儿”。

当然，能这样“蒙混过关”的，也仅限于商业性质的文艺演出，一旦是与电视台关系比较密切的晚会，那就非常艰难了。在那段时间里，时任上海电视台文艺部主任的刘文国就曾经尝试让我主持一些高规格的大型活动，彩排都已经全程参加了，但临开场依然被撤了下来。

然而，正是在这些领导、导演的不断争取，反复“试探”下，“封杀令”才会逐渐松动，并最终解除。1990 年，依然是“七・一”晚会，依然是在刘文国的帮助下，我重新回到了上海电视台“官方”文艺晚会的主持舞台。

那一年的“七・一”晚会搞得很热闹，电视台专门请来了在影视作品中扮演毛泽东而走红的“御用”特型演员古月参与演出。之所以能给我“解禁”，是由于那次晚会需要主持人参与一个朗诵的节目，对主持人的语言水平有一定的要求，而在这方面我的能力又是在晚会主持人中比较出挑的，于是刘文国再一次为我据理力争，并且最终获得了批准。

在这场晚会之后，有关“编外”主持人不得参与电视台节目主持的“禁令”也就不了了之了。在那之后，找我主持的导演又陆续多了起来，虽然没有任何领导说过“禁令作废”之类的话，但在事实上大家也都默认了这种做法。我主持生涯的第一个“坎儿”总算是平稳度过了。

（十）留校当老师

从 1988 年到 1991 年，我一边在学校学习，一边在电视台主持节目，其间陆陆续续主持了好多栏目。从《我们大学生》起步，借助《诗与画》

逐渐入门，在开拓了文艺晚会主持这一全新领域之后，又参与主持了《大世界》《大舞台》等在上海具有很高收视率的文艺类节目。这么一来，我也算是在电视节目主持领域“深度游”了一番。

备注：

《大世界》《大舞台》这两个节目都是以小剧场演出为主要形式的电视文艺节目，可以说是微缩版的文艺晚会。《大世界》栏目名称取自于上海最大、最有名的市民娱乐场所“大世界”，节目内容主要是以歌舞、小品为主，可谓南腔北调，包罗万象；而《大舞台》则是另一档十分经典的文艺节目，主打戏曲、曲艺，京剧、沪剧、越剧……各种剧种演出同台竞技。

虽然中间也有过一些艰难波折，但对于主持，我依然是越做越喜欢，越做越有“味道”，甚至有一种恋恋不舍的感觉。

1991 年 7 月，我顺利完成了硕士阶段的学习任务，正式毕业。这是我第二次站在毕业与就业的十字路口，寻找将来的发展方向。

和本科毕业时相同的是：这时的我仍然没有考虑改行做专职主持人的事情；和本科毕业时不同的是：这时的我并没有因就业与主持之间的矛盾而苦恼。因为在完成硕士阶段的学习后，我的面前出现了另一条可以兼顾本职工作与电视主持的两全其美的道路——留校。

在我硕士学习的三年里，我一直都在实验室协助导师做科研。考虑到科学研究需要长时间的持续性，毕业后的我并没有被分配去医院从事临床诊疗工作，而是直接留在了二医大担任讲师，一方面继续实验室里的科研工作，另一方面给本科的学生上课。虽然科研与教学的双重任务绝对算不上清闲，但起码在学校工作能让我有更多的自主性，我在电视台主持节目的时间也依然能够得到保障。

那一年，刚好碰上二医大教学改革，学校开始招收七年一贯制的“本硕连读班”。而我作为老师的第一门课，就是给“本硕连读班”学生

大学时代

上基础课。

说起那门课，还真是挺麻烦的。学校规定“本硕连读班”的课程必须要全部用英语上课，我在所有的老师中是最年轻的，英语基础也不错，备课的难度自然要比那些学俄语、学法语的老师们容易一些。于是这门课，就交给我来上了。

一直到 1995 年，我调动到东方电视台之前，我一直都是一边教课，一边做实验，一边主持电视台的节目。虽然在二医大当老师的时间并不是很长，无法像我的导师那样“桃李满天下”，至少在我教过的那几批学生中，确实已有好些都成了上海各大医院的骨干医师。

有一回，和几个朋友一起吃饭，偶尔碰到第九人民医院的一位骨科主任，大家聊得正欢，忽然他在我耳边偷偷说了一句：“曹老师，我的‘组织胚胎’课是你教的……”顿时就觉得很有意思，十分亲近。

（十一）鱼和熊掌

就这样，我一边在二医大做老师，一边在电视台做主持人。90 年代初期的中国还是拿“铁饭碗”吃“大锅饭”的时代，极少有人像我这样在本职以外还有“兼职”的。因此在外人看来，我和其他主持人没啥不一样，就是一个电视台的工作人员；甚至除了我二医大的同事和学生之外，没多少人知道我的本职是大学老师，我的编制是在上海第二医科大学的。

在这种情况下，难免会出现不少麻烦事儿。

一方面，在学校，对于我“脚踏两条船”的做法，部分同事还是颇有意见的。虽然二医大并不要求老师“坐班”，我对于自己在学校的分内事，都能按时按点、保质保量完成，但有一些基本工作以外的事情，难免会因为参与电视台的主持任务而有所忽略。

例如，单位定期不定期会召开工作会议，组织政治学习，学生那边也会时不时发生一些需要老师来处理的事情。在这些方面，我能够投入的时间与精力必然远远不如其他同事。这么一来，在一些人眼里我就成了单位里“搞特殊”的典型了。对于我在电视台主持之事，单位内的闲言碎语一直没有停过。

好在这个时候，我的导师王一飞教授与我的师母朱云凤教授对我极其关心。当时王一飞教授已经是二医大的校长了，从我大学五年级参加主持人大赛起，他对我参与电视台的主持工作就大力支持了。在他的“保护”之下，我躲过了单位里许许多多无关紧要的繁琐事务，同时也躲过了绝大多数的质疑与非议。

另一方面，在电视台，虽然之前“禁止编外人员主持节目”的“红头文件”最终不了了之，但这并不意味着台里的工作人员都对我表示认可。90 年代正是上海电视发展得最快的时候，主持人的曝光率、知名度越来越被人看重，彼此之间的竞争也变得愈发激烈。特别是一些重大演出活动的主持任务，可以说是每一个文艺节目主持人“寸土必争”的重要领域。在这种激烈的竞争环境下，我这么个“编外”人员的存在就显得相当微妙了。

对于我的主持能力，无论是台里的领导还是导演，都是比较认可的。有些演出，领导、导演都觉得该由我来做，我自己也觉得很适合，但最终结果却未必能够如愿。因为一旦把好机会都给了我，必定会引起落选主持人的大为不满。

对于领导、导演而言，既想让我来主持重要的活动，又不希望别人看作“胳膊肘往外拐”；对我而言，即想要得到更多的重要机会，又不希望因此而成为“众矢之的”。显然，只要我“一仆二主”的双重身份不变，我在电视台的两难状态也就无法改变。

在这种情况下，确实有不少领导、导演都劝我干脆离开学校，调到电视台成为正式的“编内”主持人。可对我来说，六年本科、三年硕士、四年教师……在二医大的这十几年积累，绝不是说放就能放的。既然无法下定决心，那也就只能维持现状。

直到 1995 年，我和两个人的谈话，令我最终做出了决定。

（十二）告别二医大

1995 年，王一飞教授接到了世界卫生组织人类生殖特别规划处的任职邀请，即将赴日内瓦上任。同时，我也即将面临人生中最重大的一次抉择。

1993 年，上海地区的第二个省级电视媒体——上海东方电视台成立了。与我合作过的许多导演、主持人都调到了那里工作，受此影响，我在电视台的工作重心也逐渐从上海电视台移到了新成立的东方电视台。

新媒体平台的建立，需要大量人才的全力支持，因此在那时，不断地就有台里的导演、领导，甚至是市里的主管领导来问我，是否愿意离开二医大，调到东方电视台去担任全职节目主持人。

备注：

上海东方电视台，建立于 1993 年 1 月。是上海浦东新区开发开放后，在浦东地区建立的一家省级电视台，同时也是第二家建于上海的省级电视台。它的建成，标志着上海成了中国 32 个省、直辖市、自治区中唯一一个拥有两家省级电视台的地区。因此，东方电视台在中国广播电视发展史上有着十分重要的地位。

上海东方电视台的建立，可以说是当时上海市政府主管领导智慧与心血的结晶。20 世纪八九十年代，中国电视媒体发展虽然火热，但大多处于闭门造车的状态。除了覆盖全国的中央电视台之外，每个省都只有一个省级电视台，中央台、省级台、市级台之间层级分明，实力相差悬殊，彼此之间既没有竞争，也没有合作，计划经济色彩十分浓重。缺乏竞争也就缺乏危机意识，缺乏创新精神，在这样的状态下，媒体发展的动力明显不足。

尽管在 20 世纪 80 年代末 90 年代初，上海电视媒体的整体水平遥遥领先于其他兄弟省份，但居安思危，当时的主管领导依然敏锐地察觉了这个问题。同时，中国也没有任何一个法令或政令规定过每个省只能拥有一个省级电视台。刚好在 1990 年的时候，中共中央和国务院做出了开发浦东的决定，这显然为上海广播电视的发展创造了极好的条件。于是，在各方的大力推动下，上海东方电视台、上海东方人民广播电台、上海“东方明珠”广播电视塔陆续建成，上海广播电视事业的发展进入了一个崭新的时代。

当时，市里的主管领导非常重视广播电视媒体行业的发展。作为当时全国唯一拥有两家省级电视媒体的城市，东方电视台更是上海文化改革与创新的一面旗帜。当时的我在东方电视台担任好几档名牌节目的主持工作，主持生涯正处于一个非常关键的上升期。

当时的我，面对东方台领导一次次的邀请，说不动心那肯定是假的；可一想到在二医大十多年的付出，就这样轻易放手同样舍不得。眼见我在学校和电视台之间举棋不定，左右为难，一直对我非常关心的主管领导终究忍不住了。于是，在一次大型文艺演出活动的现场，他亲自向我递出了加盟东方电视台的“橄榄枝”。

那天，他直言不讳地分析了我的现状：“你做了那么些年主持人，心思早就‘野’掉了，想要再回去搞医学研究，这事儿我看已经完全不可能了。

每天都在学校和电视台之间跑来跑去，想永远保持两者间的平衡关系，肯定是搞不定的。所以依我看，你还是干脆调到东方电视台来算了！”

随后，他又提及了当年那个“红头文件”的事情：“你也知道，电视台这地方，‘一个萝卜一个坑’，你不是台里面的人，却又占着台里的位子，每逢重大演出用你不用别人，凭什么？当然会有人觉得不舒服。你现在节目主持再好有什么用？只要你一天不是电视台的人，以后晋级、出国、分房子……所有好事都没你的份儿！这个，你都得好好想明白了！”

不仅如此，他更是对我调动工作给予了全力的保障：“不要有顾虑，只要你想明白了，电视台这边绝对不会有问题。倘若你学校这边不肯放你，那也没关系，我来出面协调，我亲自找你们王一飞校长。”

来自市领导的盛情邀约令我无比感动，然而这依然无法完全解开我十多年来的二医大情怀。那天晚上，我考虑了整整一宿，还是无法做出决定。于是，第二天，我又来到了导师王一飞校长的家中，请他为我指点迷津。

导师和师母一同接待了我，推心置腹地与我谈了很久。他们知道，这极有可能是一次改变我人生命运的谈话。

王教授对我说：“可凡，你是一个很聪明的人，在医学方面也有天赋。如果你继续留在学校，你一定可以当上副教授，当上教授，成为一个十分优秀的学者。但是在这之上呢？你有没有可能成为顶级的医学家？凭我对你的了解——不可能。这是你的性格使然。然而，如果你去做主持人，我相信你能取得比你在医学界可能获得的更大的成就。所以，我支持你离开学校，去做一个全职的主持人。”

听了老师和师母的这一番话，我原本反复犹豫的内心终于坚定了下来。于是，我立刻向学校递交了调职申请——因为二医大和东方电视台都是事业单位，而且“文教体卫”都属于同一个“归口”，所以我的这次“跳槽”只是“编制关系”的调动，并不需要辞职、再就业，报告一打，接下来的工作就可以全权交给单位人事部门来处理了。

与导师王一飞教授和师母朱云凤教授

在这个过程中，东方电视台的穆端正台长自始至终都非常关心我的情况。由于调职手续繁琐，需要耗费较长的时间，为了能尽可能地加快手续办理速度，穆台长时不时就会去了解进度，催促人事部门尽快办理。

事实上，即便手续还没有完全办好，我已经提早“享受”到了只有作为“编内”主持人才可能享受到的待遇——1995年，东方电视台推出了一档走出国门拍摄的电视栏目《飞越太平洋》，我作为栏目组第二批“飞越太平洋”的主持人，获得了去美国录制节目的机会。

那一次，是我第一次出国，作为东方电视台的主持人去美国录制电视节目。回想起当年高中时疯狂地想要出国而不得，现在竟然能以这种“风光”的方式踏上美利坚的土地，不由得感慨，自己的决定真是做对了。

四
与上海电视同成长

就这样，曹可凡用了近 10 年的时间，终于完成了从“医学研究者”到“电视工作者”的角色转变。

在这个过程中，有数之不尽的机缘巧合，也有不曾预料的艰难困阻，但总的来说，青年曹可凡在追寻前途目标的过程中是幸运的，因为无论绕了多少弯路，不管遭遇多少难题，最终他依旧找到了那个对他而言最正确的前进方向。

况且，无论是在岔路上徘徊，还是被崎岖的山路阻隔，每一个挫折都是一块极好的“炼金石”。在挫折下，原本就比同龄人成熟一些的曹可凡获得了更快更大的成长，年轻人所固有的浮夸、毛躁、轻狂渐渐消退，取而代之的是成熟稳重、处变不惊、泰然自若的心态与心境。

然而，走上正轨，并不意味着接下来的道路便能一帆风顺。甚至，真正的磨难只会出现在走上正轨之后的路途，而之前的，只是热身而已。特别是在中国电视发展初期的这段时间里，每时每刻的行业变化以及在这个过程中出现的种种机遇与挑战、坚持与改变、矛盾与困苦，无时无刻不在曹可凡的身边萦绕。

这一些，无论是好事还是坏事，都是每一个与电视共同成长的电视人必须经历的。只不过，有些人在这个过程中选择了退出，而曹可凡却成为少有的坚持到底的人。

我相信，这与他青年时期一次又一次的历练不无关系。

可凡如是说…

（一）初识张培

世界上没有一个人，是天生会主持的。起先，我凭借着自己语音发声、语言表达、头脑思维方面的一些优势，再加上努力坚持的劲头儿，往往能把主持任务完成得不错。但这丝毫掩饰不了我在经验、技巧方面是个“门外汉”的事实。

在节目主持方面，我从没有正儿八经地拜过师，但这并不意味着所有的知识与能力都是无师自通、自学成才。在我主持生涯的初期，我十分幸运地结识了许多主持界的前辈、老师，正是在他们的关心、指导、帮助下，我才能够顺利地度过最艰难、最稚嫩、最青涩的成长阶段。

在这其中，有一个人对我的成长至关重要。正是在她无微不至、不遗余力、不求回报的提携下，我才能在最短的时间内在节目主持人的舞台上站稳脚跟，才能在各种不利的环境下逆势而起，打拼出属于自己的一方天地。

她就是我主持生涯中的第一位老师、第一位搭档，上海著名的广播节目主持人，同时也是上海第一代电视节目主持人——张培。

备注：

张培，原名查蓓莉，1956 年生人，比曹可凡大 7 岁。1976 年，“文化大革命”结束的那一年，张培通过考试进入了上海人民广播电台，成为一名广播电台的播音员。

进入 80 年代，广播文艺节目开始在电台兴起。1986 年，张培调入上海人民广播电台文艺频道，成了一名广播文艺节目主持人。自此，张培的播音主持事业一路走高，成为当时上海最有实力、最有威望、最受听众欢迎的知名播音员、主持人。

1991 年，她荣获首届全国“金话筒奖”（当时的奖项名称为全国广播电视节日主持人“开拓奖”，1993 年正式更名为“金话筒奖”），成为中国第一批获此殊荣的播音员、主持人。次年加盟新成立的上海东方广播电台，成为东广“首席主持”。

而在电视节目主持领域，张培同样取得了巨大的成绩。自 80 年代后期开始，她的形象就经常出现在各类大型文艺晚会的主持现场，为荧屏前的观众所熟知。在上海地区曾创下收视奇迹的《卡西欧家庭卡拉 OK 大奖赛》就是由她与叶惠贤搭档主持的。此外，她还将广播的传统优势与电视的后发优势相结合，跨平台主持、制作了许多高规格的文艺节目。

尽管张培在广播和电视平台上都拥有极高的美誉度，但她对广播播音事业的钟爱与忠诚令她抵御住了一次又一次的诱惑。1993 年，上海东方电视台成立。当时东视高层曾盛情邀请正处事业巅峰期的张培加盟，但被她婉拒；而就在她退休前些年，她又收到了某知名高校抛来的橄榄枝，邀请其担任该校传播学院的教授，同样被张培谢绝。

2010 年 10 月，张培被查出罹患肺癌，不得不离开工作岗位，入院接受治疗。2011 年 5 月，张培呼吸衰竭，走完了人生的最后一段路程，年仅 55 岁。

我们无法预测，倘若张培在这几个事业的转折期做出了不同的选择，她的人生又会朝着什么样的方向前进，是否会创造个人事业的新高峰；但我们可以看到的是，在张培的送别会上，除了侯耀华、曹可凡等生前好友外，三千余名伴随着她的声音成长的上海市民自发来到现场，冒着瓢泼大雨为这位“上海之声”送别。

她的一生，定将载入中国广播电视的史册。

和张培初次相见

我第一次与张培见面，是在 1987 年，也就是“大学生主持人大赛”后不久。记得那天是西方圣诞节前的平安夜，大学老师带着我们几个同学参加了一场在青年会宾馆举行的圣诞晚会。因为是派对性质的活动，大家都玩儿得放肆，在一间又一间房间里蹿来蹿去。忽然，我们打开了一道门，里面一个很大的客厅。我笔直地朝客厅冲去，刚好撞见正在里面休息的张培。

那时候的张培，已经是上海家喻户晓的主持人了。在广播领域，几乎没有人没听过她主持的节目；在电视领域，她更是当时主持电视文艺晚会最多的女主持。而那天的活动，恰巧也是由张培来主持的。

第一次看到大明星，尤其还打扰了对方的休息，我们都觉得很不好意思，心里有种做了错事的感觉。于是赶紧向她道歉，打算“溜之大吉”。没想到，还没等我走出房门，她忽然喊出了我的名字：“你是不是曹可凡？”

我一愣，回答道："是的。"她立刻满脸笑容地看着我说："我看过你的比赛，真是了不起的小伙子啊！你将来一定能有大出息的！你愿不愿意来电台做主持人啊？"

初次见面，就被这位家喻户晓的大明星如此夸赞，我顿时觉得手足无措，连北都找不着在哪儿了。对于她的热情邀约，我更是不知该如何是好。只得支支吾吾地应和了几句。她看我没表态，笑了笑说："我知道啦，现在电视台红嘛，你们都不愿意来电台，没关系啦……"

（二）走进"星戏会"

经过那么一回，我和张培就算是认识了。她问我要了我的电话号码，说以后有机会找我一起主持。当时我以为她只是随便说说而已，并没有把她的话太当回事儿。没想到过了一阵子，她真的给我打了电话，说是有一场纳凉晚会，问我愿不愿意主持。

我欣然答应。于是，在她的带领下，我主持了生平第一场"商业演出"。结束后，主办方给了我 50 元的劳务费。在 80 年代末，一个普通工人的月工资也就 100 多元，50 元对于一个大学生而言简直就是一笔"巨款"。虽然那时我在电视台主持节目也能拿到一些"稿费"，但在数量上也远远没有那么多，而且往往要等两三个月才能拿到。因此，作为我在外面"接活儿"挣到的第一笔钱，这 50 元可以说是我记忆中永远忘不了的"第一桶金"。

在那之后，张培便四处为我"推销"，逢人便说曹可凡，为我寻找各种主持的机会。外人很难想象，上海广播主持界的"一姐"竟然会为一个学生做到这个程度。问起她原因，其实只有两个字——"爱才"。张培不仅对我，对每一个她认为优秀的后辈都是这般栽培、提携。也正是因为她为人的无私、品格的高洁，才会在圈内外得到那么多同行、同事、观众、听众的爱戴吧。

当然，张培对我的提携远不局限于“接活儿”挣钱这种细小的事情，更重要的是，在我被“封杀”的那段时间，她和她的品牌广播栏目《星期戏曲广播会》成为我重要的“庇护所”。

在那段时间里，我失去了很多主持文艺晚会的机会，这令我对自己在这一领域的发展前景产生了巨大的动摇，主持节目的热情也快速衰减，甚至会产生“既然如此干脆也就放弃主持，老老实实回学校读书”的想法。正是在我情绪最低落的时候，张培给了我巨大的鼓励与安慰。

记得有一天晚上，我打电话给她，说原本由我主持的一场演出被别的主持人“顶”掉了。她从我的口气中听出了失落，便说请我吃宵夜，让我现在就去找她。

到了饭馆，她反复安慰我，开导我，帮我想应对的办法。后来，她又对我说：“反正你最近在电视台也主持不了节目，不如暂时来我广播这里玩玩。我的《星期戏曲广播会》正缺人手，你就来帮帮我吧！”

就这样，我开始跟着张培老师主持《星期戏曲广播会》。

备注：

《星期戏曲广播会》是东方人民广播电台的一档品牌节目，最早开播于1983年1月。

20世纪80年代，文艺类节目在广播平台上兴起，相声、音乐、歌曲、戏剧、戏曲等艺术形式深受广大听众欢迎。在这样的形势下，各种文艺类栏目在广播媒体应运而生。在这其中，有两档双周播的大型栏目——《星期广播音乐会》和《星期戏曲广播会》——极具创意地将文艺演出与节目播出结合在一起，在上海乃至长三角地区形成了广泛的社会影响力和极高的品牌效应。而且，与《星期广播音乐会》曾因经费原因停办整整15年不同，《星期戏曲广播会》是上海唯一一个连续播出30年不断档的文艺广播栏目。

每两周，《星期戏曲广播会》都会组织一场颇具特色的戏曲演出。在现场，坚持“高品质、低价位”的营销原则，吸引更多观众走进剧场，欣赏戏曲的魅力；在节目中，通过广播手段对整场演出进行现场直播，让无法亲临现场的听众朋友们也能够通过电波聆听精彩的戏曲表演。

在这其中，既有戏曲名家的专场演出，也有梨园新苗的处子登台。无论是沪上观众、听众熟悉的京剧、昆曲、越剧、沪剧、淮剧、苏州评弹、上海滑稽等主流剧种，还是扬剧、徽剧、甬剧、莲花落等亟需保护的弱势剧种、濒危剧种，都可以在《星期戏曲广播会》这个剧院与电波的双重平台中自由展现。

《星期戏曲广播会》不仅仅给广大戏曲爱好者带去了精彩的表演，更在中国传统戏曲文化的传承发展上起到了十分明显的推动作用。一方面，通过组织各剧种名家、名角儿的专场演出，吸引更多的观众、听众关注中国传统戏曲；另一方面，为各剧种的青年演员提供宝贵的演出平台，将一批又一批戏曲新锐培养成当代名家，为振兴繁荣中国戏曲市场做出了巨大的贡献。

同时，作为一档广播栏目，它将广播媒体与曲艺团体联系到一起，将戏曲演出与广播节目联系到一起，将舞台观众与广播听众联系到一起，大大加强了广播电台的社会影响力。

虽然《星期戏曲广播会》是一档两周一播的广播节目，但由于每次主持都是在剧场内而不是录音棚里，而且还要面对大量的现场观众，所以从主持的难度和要求来说，和主持电视文艺晚会几乎没有什么区别。

也就是说，张培每月为我提供了两次文艺演出的主持机会，每次都是现场直播，面对上千名现场观众与上万名广播听众。尤为可贵的是，与我搭档的是当时上海最高水平的文艺节目主持人。这不仅能让当时几乎没节目可做的我保持状态，更帮助我迅速提升了自己的主持能力、主持经验。

不仅如此，《星期戏曲广播会》更帮助我全面系统地了解了中国传统的戏曲、曲艺艺术。之前我对戏曲、曲艺的了解，主要就是在爱好戏曲的父亲的身边耳濡目染，所看过的剧场演出，也基本来自母亲的朋友送给我家的赠票。

而经过了这么连续几十场的演出主持，我几乎把中国各大戏曲名家认了个遍，更与其中不少德高望重的曲艺大师、戏曲名家建立了一定程度的联系。特别是上海本地的戏曲表演艺术家，无论是沪剧、越剧界的名角儿，还是评弹、滑稽戏的大腕儿，在节目内外都建立了良好的关系，甚至有几位还与我结成了艺术老师、忘年之交。

因为戏曲、曲艺与节目主持都属于“口舌艺术”，在大师们身上，有许多值得我去学习、借鉴的地方。因此，在与大师——特别是北方相声界、南方滑稽界大师们的交流中，我不断向他们讨教语言表达的艺术，像是相声里的抖包袱，滑稽戏里的放噱头、吃进吐出，都成了我日后节目主持中的“看家法宝”。

（三）从戏曲到曲艺

在我主持的《星期戏曲广播会》演出中，有两场大型活动，曾在社会上引起过巨大反响。

第一场是1989年10月举行的《星期戏曲广播会》200期庆典活动——“全国戏曲名家汇演暨研讨会”。那一次的活动搞得非常盛大，我们请来了全国8个省市、12个代表剧种的60多位表演名家，在上海组织了一系列的专题活动。其中既有名家演出，又有专业研讨和学术交流，那一次的活动，在上世纪末的中国戏曲界，留下了浓墨重彩的一笔。

当时几个大剧种——京剧、越剧、沪剧，几乎是所有名家济济一堂。相对小一些的剧种，代表人物也是全线出动——评剧的马泰、汉剧的陈伯华、川剧的陈书舫、豫剧的马金凤……都是当时一等一的戏曲大腕儿。而最后演出的“大轴”，则是年近九十的京昆大师俞振飞和七十古稀的京剧大师张君秋联袂演唱《贩马记》，留下了一段让每一个戏曲爱好者都难以忘怀的惊世绝唱。

演出结束后，时任上海市市委书记的朱镕基等多位市领导一同上台，

俞振飞、张君秋与程之

与演员亲切握手、合影留念。我有一张与朱镕基的合影，正是在那一次的演出后拍的。

正是这一次的活动，让我对中国戏曲艺术，有了一个全面、系统的认识。演出活动让我长了见识，近距离感受到了戏剧名家的风采，研讨活动则让我长了知识，了解了不同戏曲流派的不同特点。

就像是主持《诗与画》让我在诗词艺术、绘画艺术领域逐渐建立了一套系统的知识体系一样，主持《星期戏曲广播会》又扩充了我在戏曲曲艺方面的综合知识。这些对我日后在艺术领域的成长，都起到了至关重要的作用。

另一场大型演出，是 1990 年 4 月举行的"国际相声交流演播"。

那一场演出，是 20 世纪末相声界一次难得的聚会。国内的相声名家，除了年事已高的祖师爷马三立没来，其余的知名演员都在侯宝林的带领下来到上海，马季、姜昆、侯耀文、石富宽、冯巩……数十位相声名家济济一堂。

除了大陆地区的相声大师，港澳台地区以及海外相声界的代表也都参加了这次盛会。美国华裔相声名家吴兆南、新加坡相声协会主席杨世斌、马来西亚相声之父姚新光……尤其值得一提的是，在团长王振全的带领下，台湾鼎鼎有名的汉霖民俗说唱团一行四人应邀参加，就此拉开了海峡两岸相声艺术交流的序幕。

备注：

20世纪80年代，是中国大陆地区相声艺术发展最活跃的一段时期。一方面，以马三立为代表的“寿”字辈儿、以侯宝林为代表的“宝”字辈儿相声大师们在“文革”结束后得到平反，重新回到了人们的视野之中，他们在舞台上展现出了最大的创作激情，全力追回艺术生涯中失去的10年；另一方面，新一代的相声演员在老一辈的悉心指导下快速成长，不断推陈出新，创作出了许许多多优秀的相声作品。

同时，相声艺术也是80年代中国内地人民群众最喜爱的艺术形式之一。当时流行音乐尚未进入内地音乐界，高雅音乐的阳春白雪难免令当时文化水平不高的老百姓感到曲高和寡；戏曲因受到地域、剧种、流派的影响而做不到“大一统”。唯有相声，能够成为全国民众都能接受、喜闻乐见的通俗艺术形式。

说一个简单的例子，大家就能明白相声在80年的巨大影响力。

1983年，中央电视台的首届“春节联欢晚会”，主持人由王景愚、刘晓庆、马季、姜昆四人担当，其中相声演员就占了两人。不仅如此，晚会艺术总指导同样由相声大师侯宝林担当。当侯宝林在介绍四位主持人时，重点对“话剧演员王景愚”“影视演员刘晓庆”做了介绍，至于马季、姜昆，只是随便说了一句“大家都认识，一个是我的学生，一个是他的学生”就算介绍完了。由此可见，当时的相声演员，要比话剧演员、影视演员更加有名。

然而，与内地相反，20世纪80年代初期，台湾地区堪称是相声艺术的“荒漠”。

由于两地之间敏感的政治时局，当时在大陆地区广为流行的相声段子非但无法进入台湾文化的主流，甚至只有极小众的台湾艺术家们通过海外带回的磁带和无线电短波，才能听到“正宗”的中国传统相声。

在这过程中，侯宝林先生的相声作品对台湾相声界构成了重大的影响。无论是台湾传统相声的代表魏吴，还是新相声的代表赖声川，都是在侯宝林先生的相声作品中不断成长、成熟的。因而，1990 年，台湾汉霖民俗说唱团的上海之行，与 1985 年赖声川创作的话剧《那一夜，我们说相声》一样，都称得上是台湾相声发展史中重要的一页。

在那之后，台湾相声呈现出了欣欣向荣的发展态势，新一代的台湾相声演员们通过磁带、录像带反复学习大陆地区相声艺术的博大精深，同时借助台湾文化的特色将传统相声艺术推陈出新。2003 年，台湾“相声瓦舍”创始人冯翊纲、宋少卿在北京正式拜相声泰斗常保华为师，自此台湾相声与大陆相声连成一脉。特别是在大陆相声界逐渐式微的 21 世纪初期，台湾相声人接过了侯宝林、常保华等老一代相声大师的衣钵，对中国相声艺术的传承与发展做出了巨大的贡献。

因为那时候，相声在中国大陆非常火，简直就是全民艺术。在这种情况下，那一次的活动搞得非常大，整整一个礼拜，每天晚上在上海大舞台（当时的万人体育馆）演出，原计划是连演六场，后来实在太受欢迎，应观众要求不得不多加一场。而且这七场表演不单在广播里直播，还要在全国近十家电视台播出，影响力遍及小半个中国。

照理说，这种规模的活动是轮不着我这个初出茅庐的学生去主持的。事实上，当时确实有几位上海的一线文艺节目主持人对这次活动跃跃欲试、志在必得，甚至已经有人开始四处运作了。在这种情况下，之所以最终能让我来主持，依然是张培在其中起到了至关重要的作用。

那时的张培，无论在上海广播界还是电视界，都是当仁不让的“一姐”。她的每一句话，在圈中都有着举足轻重的作用。加上这次活动又是由广播电台这边儿牵头搞起来的，所以到底由哪个男主持来和她搭，基本上还得由她说了算。

自始至终她都非常明确地要求，必须由曹可凡来做她的搭档，别人谁都不行。这么一来，其他主持人就一点儿办法都没有了。整整一个星期，她带着我主持了全部七场演出，一场不落。甚至后两场因为她身体不适，就直接由我一个人来主持，难度更大，锻炼的价值也更大了。

这次主持对我的影响，比前一年的“全国戏曲名家汇演暨大型研讨会”更大。如果说之前的戏曲汇演带给我更多的是文化艺术、专业修养层面的提升，那这次的相声展演，带给了我更多专业上的直接的帮助。

在这七天的演出里，我结识了不少相声界举足轻重的“大人物”。最有名望的莫过于侯宝林和他的儿子侯耀文了。算上活动开始前的接待，整整十天我都与侯老先生、“三哥”，还有其他相声名家们同吃同行，一下子大家都特别熟了。侯老先生待我特别亲切，后来还特地用写书法的软笔给我题了一幅字——“路漫漫其修远兮，吾将上下而求索”，作为对我这个小辈的勉励。遗憾的是，当时还是不怎么懂事，这幅字后来也不知道被我放到哪里去了。这也是我一直介怀的一桩憾事。

在那之后，我开始对相声等语言类的曲艺形式感兴趣。后来我们又做了“南北笑星大会串”活动，那次活动让我同相声名家们走得又近了一些，更重要的是，让我认识了更多上海本地的滑稽大师们。

相声和滑稽戏，都是讲究“说学逗唱”的语言艺术。两者之间有着很多的共通性。同时，这两种传统曲艺艺术又和当时非常年轻的节目主持艺术颇为相似。因此在北方相声与南方滑稽的交流研讨中，我会有意识地向他们讨教语言表达的技巧，学习相声演员怎么捧哏，怎么逗哏，怎么“系包袱”、怎么“抖包袱”……学习滑稽演员怎么“放噱头”，怎么“吃进吐出”……

在这个过程中，那些著名的相声、滑稽表演艺术家们都十分无私地为我指导，手把手地教我该怎么在舞台上把话说得生动、有趣、漂亮，人人都爱听。特别是身居上海，我能经常见到的几位滑稽界前辈——姚慕双、周柏春、杨华生。我经常去他们家中请教，他们也丝毫不把我当外人，就像教徒弟一样地来教我。

（四）与“侯家”结缘

说到相声，这里还有一个“外插花”值得一说。

在主持“国际相声交流演播”“南北笑星大会串”等一系列活动的过程中，我与侯宝林、侯耀文、侯耀华建立了较为深厚的感情。

侯宝林有三个儿子，老大侯耀中没学相声，老二侯耀华1946年生人，老三耀文1948年生人，俩人都比我大了有十好几岁，但不知怎么的，我与他俩特别投缘。

最先熟悉的，是“二哥”侯耀华。那时他刚和张国立、葛优、梁天一起拍了王朔的电影《顽主》，在影视界崭露头角，但日后令他大红大紫的《编辑部的故事》还没开拍，在名气上还不如他的兄弟。“国际相声交流演播”那次，他并没有与父亲、兄弟同来。

但后来，有那么一段机缘，侯耀华刚好在上海生活了一段时间。我非常喜欢侯宝林的相声，难得有这么个机会，自然慕名而往，一方面向他学习讨教，另一方面也算是略尽地主之谊。

一来二往，就和他十分熟悉了。接着通过他，我和侯耀文的关系也逐渐亲近了起来。可能真的是缘分吧，侯家的这两个大哥对我这个“小兄弟”特别照顾，即便后来侯耀华演了《编辑部的故事》，一下子成了国内最火的影视明星，他俩和我的交情依然没有改变。

甚至有很长一段时间，我凡去北京出差，必定是住在“侯二哥”耀文家中。那时侯耀华还和侯老先生住在一起，每天我们坐在同一张桌上吃晚饭，晚饭后侯老先生回屋休息了，我也不敢叨扰，就和耀华以及耀文两位老大哥一起研究专业，探讨业务。

他们经常会跟我说：“可凡，这句话就不能这么说，这么说就没趣了。同样一个意思，换个说法，这个味儿就出来了。”虽然他俩没做过主持人，但毕竟相声艺术在中国所有语言类的曲艺形式中，属于最高深的艺术，而侯家又是中国相声界的“第一家族”，他俩的指导确要比任何一个语言专家或者权威主持人更具实战意义。

此外，在侯耀华、侯耀文两位大哥的影响下，我的语音面貌也在不知不觉中出现了些许变化。一直以来我的普通话说得也算不错，但多少还是带着些南方人的感觉，特别是和北方人在一块儿的时候，差别还是十分明显的。而在那之后，我的口音渐渐带上了点儿“京味儿”，有点儿像是北方人说话的感觉了。这也是我从他俩身上收获的另一份“财富”。

跟着侯家两兄弟“玩”得时间长了，彼此之间感觉愈发亲切，渐渐地我仿佛就成了他们家的一分子。因为侯耀华、侯耀文在家排行老二、老三，年轻的时候圈里都管他俩叫“二哥”“三哥”，到后来辈分长了，地位上去了，大家又管他俩叫“二爷”“三爷”。而我呢，因为那段时间老跟在他俩身边，他俩也就给我取了个名号——“曹四”，直接就把我当作亲弟弟来看待。

大家都知道，相声界特别讲究“师承辈分”。像郭德纲初创“德云社”的时候，虽然在剧场里演得风生水起，名声传遍大江南北，但就因为没有“师承”，在相声界终究不受待见。后来终究是拜了侯耀文为师，这才算是名正言顺。

台湾“相声瓦舍”的创始人冯翊纲、宋少卿，说的是台湾的新派相声，和大陆的传统相声完全不是一回事儿，但依然费尽周折拜入相声泰斗常保华门下。这么一来他俩的辈分就跟侯耀文一般高了，在相声界的地位马上水涨船高。

我虽然不说相声，但就是因为侯耀华、侯耀文给了我这么个“曹四”的称呼，顿时在相声界的“辈分”也就高了起来。每回我去侯家，侯耀文的弟子见到我，都会毕恭毕敬地同我打招呼：“四叔您来了！”

20 世纪 90 年代初，央视著名电视导演、先后执导过五届“春晚”的袁德旺曾经有意效仿 1962 年的“笑的晚会”，搞一个专门性的电视相声栏目。他专门请马季为栏目提名。当时马季已经因为身体的缘故退居二线了，但对相声事业的发展依然非常牵挂。而至于主持人的人选，袁德旺虽然已倾向于用我，但也不敢贸然决定，便去请教侯耀文，问哪个主持人比较合适。侯耀文想都不想，就对他说："上海有个主持人，叫曹可凡，让他来做这个节目最合适。"

备注：

"笑的晚会"，是北京电视台（中央电视台的前身）在 1961 年至 1963 年间连续举办的以相声为主的文艺晚会。

1961 年，三年自然灾害进入尾声。1961 年 6 月，周恩来在北京新侨饭店主持召开了"全国文艺工作者座谈会"（史称"新侨会议"），重点讨论有关进一步贯彻"双百"方针（百花齐放、百家争鸣）的内容。

为了积极落实"新侨会议"的精神，当时的北京电视台决定在 7 月组织一场大型的相声晚会，让刚刚走出艰难困境的国民"乐一乐"。那次演出最大的亮点在于：京津两地相声界的两位"祖师爷"——侯宝林、马三立第一次在舞台上"聚首"。同时，那也是第一次在电视上播出相声专场晚会。

观众对这场演出的热烈反响大大超出了电视台的预期。面对上百封观众来信（当时全北京仅有 1 万台电视机，观众给电视台写信也是一件极不多见的事情），北京电视台决定趁热打铁，在 1962 年春节组织第二场"笑的晚会"。

第二次的演出摒弃了传统的剧场观众席排列方式，演出现场被布置成了"茶座式"环境——观众围坐在圆桌旁，一边喝茶嗑瓜子一边观看演出。这一崭新的演出组织形式在 20 年后被沿用了下来，成为后来"春节联欢晚会"的基本形态。而 1962 年的这场"笑的晚会"也成了"春晚"的历史雏形。

第二次演出依然得到了观众广泛好评。北京电视台再接再厉，在 1962 年的国庆节举办了第三场"笑的晚会"。然而，不曾料想，第三场"笑的晚会"遭到了社会各界的强烈批判。究其原因，一方面是因为优秀文艺作品的产出速度跟不上过于频繁的演出频率，不断追求"可笑"的结果难免造成节目品味的下降；而更主要的原因则是，在 1962 年下半年，国内政治气氛风云突变，主张文艺事业应当自由发展的“双百”方针再一次在“阶级斗争”的压制下扭曲变形。

就这样，在举办了三场演出后，“笑的晚会”就彻底从观众视野中消失了。不仅如此，在“文革”期间，晚会的导演以及部分节目编创人员都曾经因为1962年的最后一场演出而遭到批斗。更遗憾的是，由于当时电视台缺乏录像设备，所有节目都只能直播。这三场极具艺术价值与时代意义的演出没能留下一丁点儿录像资料。

于是，袁德旺导演马上和我联系，让我赶紧过去给这栏目做个样片。

当时相声界知道袁德旺要做这么个节目，都是非常支持的，大家都觉得这是一个非常好的宣传推广相声艺术的平台，都纷纷想要为这节目出把力。可一听说栏目组从上海找了个主持人，不少人都很有想法。

大家觉得这相声本就是北方的曲艺艺术，而且节目也是在北京制作、中央电视台播出，凭什么找一个南方的主持人？再说这曹可凡在北京也没什么名气，也不是相声圈里的人，怎么轮都轮不到他啊！

为了这事儿，袁德旺特地把与节目相关的相声界人士都聚集起来，专程开了一次会。会上，侯耀文把我拉到身边，搭着我的肩膀向所有人介绍：“这个曹可凡，大家可能不大熟悉。他虽然不是相声界的人，但论交情，他是我弟弟；论辈分，我徒弟都管他叫叔……”

听“侯三爷”这么一说，现场的演员们恍然大悟，再也没什么意见了。

就这样，我在袁德旺、侯耀文的力挺之下，名正言顺地做了这个节目的主持人，然后一下子就录了三期节目样片。只是后来不知道什么原因，这个节目在送审之后便没了音讯，也就没有继续做下去。要不然，我的主持生涯可能就要在北京发展了。

不过即便这事儿没成，侯家兄弟对我的关照，大家都是看得一清二楚的。

（五）从上视到东视

1993 年，无论对我来说，还是对上海电视来说，都是一个意义非凡的年份。

那年 1 月 18 日，上海第二个省级电视媒体——上海东方电视台，正式开播。我主持生涯中的第二段历程，也伴随着东方电视台的成立而展开。

在那之前，我正在上海电视台做一档叫《大舞台》的节目。当时电视上的文艺节目本就不多，基本上是做一档火一档，《大舞台》也是非常火的一档戏曲曲艺类电视栏目。

1992 年秋天，《大舞台》栏目组打算去宜兴张公洞做一期“中秋特别节目”。因为张公洞是当年“八仙”之一的张果老隐居的地方，栏目组便打算借景发挥，搞一个“八仙过海”的噱头——请八个主持人一同主持这档特别节目。

宜兴张公洞位于江苏省无锡市境内，我本身就是无锡人，一听要去无锡录特别节目，自然有一种特别亲切、特别兴奋的感觉。只是，非常奇怪的是，那一次定下的八个主持人中，竟然没有我的名字。

一股巨大的失落感向我袭来。我仿佛感觉有一双大手死死地把我挡在了主流主持人的队伍之外，继而觉得，如果再不改变，眼前的这条道路恐怕已很难再走下去了。

天无绝人之路。正在我无比沮丧之时，以前《我们大学生》节目的老搭档——陆英姿打来电话，成为改变我事业轨迹的“导火索”。

1992 年年底，上海东方电视台的筹备进入了最后的冲刺阶段。资深电视导演郑可壮从上视调入东视，他打算制作一档全新的电视游戏类节目《快乐大转盘》。新节目的创意十分完美，板块设计也已全部定型，只是样片的录制并不如想象得那么顺利。

起初，郑可壮选择了两个主持人，一个是北京广播学院播音系出身的电视新闻播音员，另一个是喜剧演员出身。只是，也不知是两人对于这个新栏目“水土不服”，还是彼此间无法形成“化学反应”，节目录制进度极其缓慢，第一期样片录了整整 12 个小时，节目效果也不尽如人意。

这时，曾担任过“大学生主持人大赛”评委的郑可壮立刻想到了在《我们大学生》栏目中表现活跃的陆英姿。陆英姿的热情与活泼，与《快乐大转盘》的风格非常相近，由她来主持这档栏目，一定会碰撞出精彩的火花。

当时的陆英姿，在《我们大学生》栏目停播后，曾陆陆续续和我一起主持过一些节目。其中最辉煌的应当算是合作主持第五届“卡西欧家庭卡拉 OK 大奖赛”。然而在那之后，她碰到了和我同样的问题——毕业分配。

陆英姿是上海戏剧学院表演系 85 级的学生。1989 年，毕业后的她被分配进了上海青年话剧团，成为一名话剧演员。与考研继续留在学校的我不同，她的主持工作就此中断了。在那之后，她在“青话”演了一些戏，很快就有了新的工作环境，对节目主持的追求也渐渐淡了。

没想到就在这个时候，来自郑可壮的邀请再一次燃起了她对于主持舞台的热情。当郑可壮提出希望她调到新成立的东方电视台担任《快乐大转盘》的节目主持人时，她不假思索地答应了下来。然后，郑可壮又问她：“关于和你搭档的男主持，你有什么好的人选？”第一时间，曹可凡的形象出现在了她的脑中——读大学时搭档主持的情谊和默契，比什么都来得鲜活有力。

就这样，我接到了来自陆英姿的邀请，问我是否愿意主持东方电视台的新栏目《快乐大转盘》。那时我正被《大舞台》主持人落选一事弄得心神不宁，当我得知有这么一个机会——尽管在电话中我对于新栏目的内容、风格还并不了解——的时候，我暗自对自己说，看来做出改变的时机真的来了。

有了初步的意向，很快事情就到了执行阶段。1993 年年初的一个大冬天，曾屡次有恩于我的老领导、刚刚调任东方电视台副台长的刘文国在南京饭店设宴，约我和张培吃饭。同坐的就有《快乐大转盘》的主创郑可壮和陆英姿。

席间，刘文国正式以东方电视台领导的身份向我和张培发出了邀请。大致的意思就是说：东方电视台刚刚成立，建台之初百业待兴，有好的节目却急缺好的主持人，非常希望我和张培能够加盟。

当时张培刚刚从上海人民广播电台调到上海东方广播电台，担任东广首席主持人。在这种情况下她委婉地表示，对广播感情太深，实在不舍得离开，谢绝了刘文国的邀请。至于我么，无论在“上视”做还是“东视”做，都属于编外兼职性质，不存在张培那样的顾虑，便一口答应了下来，成为一名东方电视台的节目主持人。

（六）《快乐大转盘》

就这样，我便与刘文国、郑可壮、陆英姿敲定了主持《快乐大转盘》一事。接下来录像、审片、播出，一气呵成。

在《快乐大转盘》之前，中国几乎没有什么电视游戏节目，唯一只有山西电视台在 1992 年的时候做过一个针对农村观众的游戏节目，农民们传统的娱乐民俗——斗牛、踩高跷、吃年糕、庆丰收、娶媳妇……都搬到了电视荧屏之上。为了做《快乐大转盘》，栏目组还特地去山西观摩学习。其中我印象最深的是“骑毛驴比赛”。一大群人赶着毛驴赛跑，眼看着快到终点了，毛驴忽然掉头就跑……节目本身确实很有意思，但因为节目主要针对农村受众，但当时农村电视普及率还不是很高，所以这个节目并没有多大的影响力。

因此，《快乐大转盘》才是中国第一个真正意义上的大型游戏娱乐节目。节目一播，轰动全城。1993 年、1994 年这两年，节目平均收视率始终保持在 20% 以上，最高曾经创下 43% 的收视奇迹，相当于有近一半的上海人都在看这个节目。说实话，作为东方电视台建台伊始重磅推出的“拳头产品”，尽管所有主创人员都对《快乐大转盘》一致看好，但能火成这个样子，着实出乎所有人的意料之外。

备注：

《快乐大转盘》是上海东方电视台于1993年推出的一档电视游艺类节目。在此之前，中国电视媒体呈现出一种过度严肃、娱乐不足的状态，各台推出的文艺类、综艺类节目，虽然都能得到观众的认可，但却无法满足观众真正意义上对于娱乐的需求。

《快乐大转盘》主打“游戏”和“搞笑”牌，以游戏竞技作为节目主要内容形式，追求游戏过程中好玩、有趣的元素，并将之在荧屏中予以呈现。此外，《快乐大转盘》更是打破了原本“名人”占据电视节目的固有框架，破天荒地将原本应当坐在电视机前欣赏节目的普通老百姓请到现场，让他们与明星们一起参加游戏、平等角逐胜负。

《快乐大转盘》
（葛优、陈燕华）

正是这种轻松活泼、自由参与的节目精神，使得“大转盘”在当时的中国电视界刮起了一股旋风，在这之后全国各地纷纷开始制作此类型的游戏节目，中国电视综艺节目至此进入一个全新的“游艺”时代。

1997 年，湖南卫视推出《快乐大本营》；1999 年，欢乐传媒在全国多家电视媒体推出《欢乐总动员》。这些新兴的电视综艺节目对《快乐大转盘》等老牌综艺节目产生了巨大的冲击，加之上海电视台主打的综艺节目《智力大冲浪》、由“大转盘”原创团队打造的《五星奖合成大擂台》等一系列本地综艺节目的崛起，《快乐大转盘》在给观众们带来整整 7 年快乐之后终于完成了历史使命，离开电视荧屏。

《快乐大转盘》虽然火爆，但颇为无奈的是，节目在社会传统文化圈中一直得不到认可，始终处于“叫座不叫好”的尴尬境地——虽然收视率常年高居各类电视节目前列，还曾经拿到过不少全国性的奖项，但由于当时整体的舆论环境仍然偏向保守，在代表主流观点的专家以及领导口中，极少听到对这个栏目的褒奖之言。

至于对我主持的非议，那就更多了。当时很多人都不能理解，我这么个看起来挺有学术气质的主持人，怎么就“沦落到”主持这种“不正经”的游戏节目了呢？

人们之所以会有这种观点，一方面是当时的社会对游戏类节目的偏见：在那个年代，看电视还是一件比较“严肃”的事情，而作为中国第一个游戏类节目，《快乐大转盘》的出现彻底颠覆了部分观众对电视节目的认知。这种“上不了台面”的东西竟然也能出现在电视荧屏，在比较传统的观众眼里，这是一件很不正常的事情。

另一方面则是观众对我的固有印象：从《我们大学生》《诗与画》到后来的《星期戏曲广播会》《大舞台》，我的荧屏形象和主持风格始终带给观众一股书卷气，大家都觉得我是一个人文气质比较重的节目主持人。这么个文绉绉的主持人突然去主持一个游戏节目，不少观众都觉得“看着别扭”。

记得当时，上海的某家主流报社曾专门刊登了一篇评论文章，对我主持《快乐大转盘》一事进行了严厉的批评，认为我抛弃了好不容易才形成的知性、儒雅的主持风格，沦为了电视庸俗化的典型。包括某位领导在看了《快乐大转盘》后，专程找到我二医大的一位老师说："你去跟曹可凡谈谈，叫他不要再做那个节目了。"可见当时的非议，特别是在文化层面的非议还是非常多的。

对于这些评论，其实我心里也是特别清楚——《快乐大转盘》虽然是我主持职业生涯中重要的分水岭，但绝不是我在主持艺术上所追求的长远方向。在形象上，我并不是一个外形俊朗的主持人；在风格上，我也不是那种能蹦能跳的类型，只有坚持文化路线，我才能够在电视节目主持的道路上走得长远。

于是，1995 年，正当《快乐大转盘》的人气如日中天的时候，我下定决心离开了这个曾为我的主持生涯带来巨大转变的栏目组，寻找更适合我的节目方向。

（七）飞越太平洋

在东方电视台开播之初，台里的主持人并不是很多，播音员、主持人加在一块儿只有九个人，这放在现在简直是不可想象的。没有办法，很多节目都只能用外面的嘉宾主持人。东视的导演们也是四处挖人，进而走出了一条"借助外力办节目"的新路，请到了不少颇有名望的嘉宾。

例如东视有一档与《快乐大转盘》齐名的品牌栏目《飞越太平洋》，就曾邀请了 80 年代上海滩上最有名气的节目主持人"燕子姐姐"陈燕华担任嘉宾主持；通过《飞越太平洋》，又和在美国留学的央视著名主持人杨澜合作制作了《杨澜视线》。

因此对我来说，无论是调到东视以前还是之后，生存的环境并不像在人才济济的上视那般严峻。这也使得我能够尝试主持不同风格、不同类型的节目，逐渐摸索出最适合自己的那条道路。所以，在我进入东视的前十年里，我主持了《快乐大转盘》《东方直播室》《飞越太平洋》《共度好时光》等一系列内容新、品质好、人气旺的电视栏目。这些经历，都成为我主持生涯中十分珍贵的财富。

《飞越太平洋》开播于1994年，它是我正式进入东方电视台后接手的第一个重要栏目。虽然从数量上说，我主持《飞越太平洋》的期数算不得太多，但它对于我的意义却是远远超出其他栏目的。

《飞越太平洋》是当时中国唯一一档全程都在海外拍摄的电视栏目。这就对主持人的外语水平提出了很高的要求。我的英语还过得去，所以在栏目策划阶段，栏目组一度将我视作是主持人的主要人选之一。然而，在那个时代，出国还算是一件“大事”，能够代表电视台去美国主持节目，这种难得的机会更是所有主持人眼中的“香馍馍”。而我当时还没有正式进台，算不得是东方电视台正式的编制内主持人。如果派我而不派别的编制内主持人去，显然在人情上说不过去。

《飞越太平洋》

《飞越太平洋》

再者说，当时去国外拍电视节目，可不像现在这么简单方便。首先，这个栏目要向国家广播电视总局申报，批准之后才能成行；其次，每一个随团出行的栏目组工作人员，都要经过上海广播电视局的严格审核。而像我这种编制属于二医大的人，代表电视台去美国录节目完全是“名不正言不顺”，技术上没法通过上级部门的审核，签证也办不出来。

所以，在节目推出伊始，主持人是夏霖。而我那时仍在《快乐大转盘》栏目组，只是偶尔和袁鸣或其他主持人搭班客串主持《东方直播室》。直到 1995 年我开始办理进台手续之后，才有资格代表《飞越太平洋》栏目组远赴美国制作节目。

当时，在美国制作电视节目仍是一件非常困难的事情。首先栏目组人生地不熟，很难真正进入美国主流文化；另外当时的东视财力有限，很多看似简单的事情往往举步维艰。这对于每一个制作者来讲，都是一个巨大的挑战。

好在当时我们每一个人都有着无比的决心和勇气，“没有条件，创造条件也要上”。而作为主持人，在美国，我语言方面的优势也能够很好地发挥，无论是镜头前的采访，还是拍摄外的工作交涉，都能起到一定作用。那时做的一些节目，即便现在看来，都是有一定的水平的。

备注：

《飞越太平洋》开播于 1994 年，是中国第一档获得国家批准，全程在国外录制的电视栏目。当时虽说改革开放已经有了整整 15 个年头，国人已经可以通过各种渠道了解到海外的各种政治社会动态，文化艺术形势。各种西方艺术，如歌剧、音乐剧、芭蕾舞、迪斯科、摇滚乐等也都能在广播、电视中欣赏到，但事实上，这些信息远远无法满足国人的好奇心，特别是西方的风土人情、人文底蕴，国人了解的还是不多，想要了解的还有很多。

为了满足观众这方面的需求，中央电视台凭借着自身的资源优势，在 1990 年推出了《正大综艺》。采取国内演播室与海外现场实拍相结合的形式，把世界各国的风土人情带给中国观众。在这基础上，东方电视台迈出了更加深远的一步，他们与国外媒体机构合作，把栏目组整体搬到了美国，推出了中国首档全程海外录制的文艺专题节目《飞越太平洋》。

与《正大综艺》不同，飞越太平洋对美国的介绍不再是浮光掠影般地游走于街头巷尾，走马观花一样地介绍表面的“风土”，它所关注的是更加深层次的社会文化层面的“人情”。它会带着观众去参观美国的大学，探访美国的华人饭店，寻找在美国生活的华人明星……甚至连国家主席江泽民访美，《飞越太平洋》都进行了专题报道。

除了主持经历上的收获之外，《飞越太平洋》于我而言还有着另外一层特别的意义——那是我第一个担任制片人的电视栏目。

《飞越太平洋》栏目创建伊始，是由当时的节目部副主任滕俊杰兼任制片人。东方电视台刚刚成立的时候，人手严重不足，往往一个人要承担好几份工作。当时滕俊杰在担任领导工作的同时，还要兼任制片人、编导、摄像等多职，可谓相当辛苦。随着东方电视台慢慢走上正轨，人员配置逐渐齐整，领导便不再担任栏目制片人工作了，在1997年的时候，滕俊杰正式卸任栏目制片人一职。

至于新制片人由谁来当？一时半会儿显然找不出一个业务能力能与滕俊杰相提并论的人物。于是台领导决定双向选择，在全台范围内组织一次岗位竞聘，公开选拔新一任《飞越太平洋》的栏目制片人。

那几年，中国电视界十分流行“主持人中心制”，也就是由主持人来担任栏目制片人。在中央电视台，伴随着《东方时空》而走红的几个“名嘴”——敬一丹、白岩松等都干起了制片人的活儿。在这种大环境的影响下，我参加了《飞越太平洋》制片人的竞聘。

竞聘的过程十分简单，每人提交一份“竞聘报告”——无外乎就是“如果我成了《飞越太平洋》制片人，我会怎么怎么做”之类的内容。交上去之后竞聘流程就算是结束了，也不用面试，也不用答辩，直接由上级台领导讨论决定。最终台长穆端正觉得我的想法挺不错，就拍板决定由我来做《飞越太平洋》的第二任制片人。

备注：

“主持人中心制”最早起源于西方。1968年美国哥伦比亚广播公司创办了一档杂志型电视新闻节目《60分钟》，由主持人沃尔特·克朗凯特全权负责整个栏目的内容决策、编排制作、管理协调工作。在那之后，丹·拉瑟、爱德华·默罗等许多西方知名电视节目主持人都在自己的王牌节目中担任制片人一职，“主持人中心制”在西方成为一种十分典型的电视栏目运作模式。

在中国，第一个担任栏目制片人的主持人，是上海电视台的叶惠贤。1990年，上海电视台在新推出的节目《今夜星辰》中率先实行“主持人中心制”，当时上海最有名气的男主持叶惠贤同时担任栏目制片人、主持人、编导职务。

而真正在中国引领“主持人中心制”大旗的，则是央视著名节目主持人敬一丹。1993年，中央电视台推出新栏目《一丹话题》，敬一丹担任节目主持人兼制片人。同时，这也是中央电视台第一个以主持人的名字命名的电视栏目。

在那之后，“主持人中心制”成为中国电视界炙手可热的一种栏目运作模式。在舆论环境的推动下，央视及各地方台的知名主持人纷纷兼任栏目制片人，在某一段时期，是否担任栏目制片人甚至成为衡量主持人水平高低、名气大小的重要因素之一。

“主持人中心制”在中国“火”了整整十年，然而在风光的背后，同样暴露出了诸多问题。自 2000 年以后，央视著名主持人白岩松、方宏进等人纷纷对“主持人中心制”展开批评，称由于中国电视媒体对这一模式的错误解读，使得“主持人中心制”变成了“主持人行政中心制”。主持人花费大量时间和精力在琐碎的行政事务上，无暇去独立思考、钻研业务，甚至将行政上的“升官”当作了事业发展的主要方向，毁掉了一大批业务人才。

以 2003 年白岩松辞去《时空连线》《中国周刊》和《新闻会客厅》三个栏目制片人职务作为标志，“主持人中心制”在中国电视界逐渐降温。这或许正是 2003 年曹可凡开创《可凡倾听》伊始，并没有亲自担当栏目制片人的原因之一。

（八）与袁鸣搭档

如果说在 20 世纪 90 年代，东方电视台还有哪一档文艺类栏目能够和《快乐大转盘》《飞越太平洋》相提并论，或许只有 1994 年开播的《共度好时光》了。

从栏目的性质来看，《快乐大转盘》是一档纯游戏的娱乐节目，《飞越太平洋》是一档人文气息很足的文化专题类节目，那么《共度好时光》就是介乎文化与娱乐之间的综艺类节目。因此对于节目主持人而言，既要拥有娱乐节目主持人的轻松、张扬、能活跃气氛的一面，又要具备文化节目主持人知性、沉稳、有知识底蕴的一面。经过各方面的综合考量，最终这档节目交由我和袁鸣联袂主持。而这，也就正式拉开了我与袁鸣长达 10 年的合作。

从年龄上看，袁鸣比我小了有整整八岁；但论资历，她在电视台却是和我“同一辈儿”的。不仅如此，她在家庭背景、学识素养、出道经历方面都与我有着诸多相似。

我和她都是喜欢读书的人。她从小也是生长在知识分子家庭，接受良好的文化熏陶，虽然她成名很早，但学校里的学习却丝毫没有耽误。在工作之后，依然保持着阅读的习惯，文化底蕴在主持人当中算是比较厚实的。

我和她都不是艺术院校“科班出身”的主持人。她大学是在上海外国语大学英语系，英语水平了得。在校期间学习成绩优异，各方面能力都很强，艺术方面的悟性也很高。虽然从没有接受过系统的播音主持学习，但无论是语言表达还是头脑思维，都十分了得。

她走上电视荧屏，同样也是通过“选秀”出道。早在我参加“大学生主持人大赛”之前，当时刚上初中三年级的她就已经在“中学生主持人大赛”中脱颖而出，成为《你我中学生》栏目的主持人了。随后她一边读书一边主持，和我在二医大的经历也是非常相像。

相似的成长背景使我俩拥有十分相似的主持气质，我和她的搭档从一开始就很“对路”——要娱乐我俩都能娱乐得起来，论文化我俩还都有些底蕴。在这基础上，考虑到年龄和性别的差异，我偏向于成熟稳重，她侧重于青春活泼，搭配在一起颇有一种心有灵犀、珠联璧合的感觉。

其实严格意义上说，我和袁鸣的合作早在《共度好时光》之前就已经开始了。

说来也巧，1993年东方电视台成立，袁鸣正好大学毕业，所以她是东视“元老”主持人中唯一一个分配进台的应届毕业生。她在东视主持的第一个节目，是中国第一个新闻类直播节目，同时也是中国第一个新闻谈话节目——《东方直播室》。

那时台里主持人少，《东方直播室》又是日播节目，对主持人的负担非常大。所以，在我主持《快乐大转盘》的同时，我也会被找去给《东方直播室》“代班”。因为《快乐大转盘》是周播节目，所以渐渐我在《东方直播室》露脸的机会反倒要比《快乐大转盘》多。因此，我隔三岔五就会

与袁鸣主持照

在《东方直播室》的舞台上与袁鸣合作，镜头前的默契也是从那个时候就开始培养起来的。

在这个过程中，时任上海东方电视台台长的穆端正慧眼识珠，一眼就看出了我和袁鸣这两个年轻人身上的潜质，将我俩视为东视将来竞争与发展的首选主持人组合。

在东方电视台成立伊始，上级广播电视局给东视提出过四个“新”的要求——新体制、新人员、新技术、新节目。秉承着这一改革思维，穆端正在新人的培养上可谓是不遗余力。一方面富有胆略，敢于让年轻人挑重担；另一方面富有远见，不拘泥于一时一地的得失。

于是乎，在穆端正台长的“力挺”之下，我和袁鸣包揽了东方电视台几乎所有大型活动、最高规格演出的主持工作。其中印象最深刻的，莫过于东视成立后现场直播的第一场大型国际演艺盛典——“第 65 届奥斯卡金像奖颁奖典礼”。

那是在 1993 年的 3 月，东视刚刚成立不足 3 个月。那时候袁鸣大学还没正式毕业，还是台里的“实习主持”；我也才刚刚接手《快乐大转盘》没多久。即便如此，台领导依然大胆地安排我和袁鸣担任颁奖典礼全程的转播主持人。

20 世纪 90 年代初期，人们对欧美电影的了解程度是非常低的。电影院里看不到热映的欧美大片，电视上也极少有西方导演、影星的相关报道。与此同时，大家又非常好奇地想要去了解西方电影，想要从中获取更多电影带来的乐趣。在这种情况下，东方电视台破天荒地购买了奥斯卡颁奖典礼的播出版权，全程现场转播，显然是一件轰动全国广播电视界的大事。

奥斯卡颁奖典礼现场全部用英语对话，我的英语底子只能算马马虎虎，袁鸣更是外语学院的高才生，这是我俩能够担任转播主持人的先决条件。但是，当时台领导的要求是，不能单纯就转播而转播，主持人必须要在间隙的时间，向观众介绍一些关于奥斯卡的知识，比如提名影片的风格，提名导演、演员的代表作、表演风格乃至个人情况……这些，对于我和袁鸣来说都是非常缺乏的——那时因为中国社会的开放程度还不是很高，绝大多数参赛电影都没有引进到国内，绝大多数明星都不为中国影迷所了解，这种状况显然是没办法完成领导提出的转播要求。

于是，在接到任务后，我和袁鸣一头扎进电影资料馆，把《杀无赦》《女人香味》《霍华兹庄园》等几乎所有能够调阅到的提名影片都看了一遍，对克林特·伊斯特伍德、艾尔·帕西诺、爱玛·汤普森、凯瑟琳·德纳芙等几位有望夺魁的影星都做了档案卡片，同时还收集了历届奥斯卡颁奖典礼上的奇闻轶事、奥斯卡与中国的不解之缘等趣味资料……

在那段时间里，我和袁鸣承受了难以想象的巨大压力。每天饭也吃不下，觉也睡不着，睁眼闭眼脑子里闪过的都是奥斯卡的事情。重压之下我的嗓子也开始“不听话”了，平常声如洪钟的我忽然间就变成了“沙嘶劈哑”，

与袁鸣主持照

只得天天与“咽喉片”为伴。好在最终不辱使命，顺利地完成了三个多小时的转播，也算是对得起穆端正台长的栽培之心。

在那以后，我和袁鸣又陆续主持了《蓝天下的至爱——大型慈善晚会》等一系列的大型文艺汇演活动，再加上《共度好时光》——从风格上看，这几乎是为我和袁鸣“量身定制”的——这档固定栏目的搭档主持，在短短两年时间里，我俩就成为上海观众眼中的“黄金搭档”。

对中国主持人而言，主持主题晚会是非常重要的资历，也是一个主持人从“优秀”迈向“顶尖”所必须经历的考验。对主持人而言，主持主题晚会需要有极强的抗压能力。

这类晚会通常都有着浓厚的政治色彩。台下，永远都会有各层各级的领导要人坐着；台后，永远都会有各个部门的工作人员盯着，台上，每一个演职人员的任何一次口误、准备不足，都有可能会造成致命的后果。在这种压力环境下，如何保持从容、游刃有余，对主持人来说都是巨大的考验。

幸而，在这方面，我的心理稳定性还是比较强的。这么些年，面对这种出了一次错就不会有下一次的高要求、高压力，我不敢说一次差错都没出过，至少没有犯过大错。

在中国电视界，像我这样 24 岁就开始主持大型主题晚会的人，真不多。更多的主持人都是在常规节目中不断竞争、苦苦拼搏，历经多年艰辛才能最终站上那片舞台。这是时代赐予我的机缘。

同样，能坚持在这片舞台上站足二十多年的人，更是罕见。有的人没能站稳脚跟跌了下来，有的人觉得寂寞便去了别处发展……这同一个人设定的人生目标不无关系。起码于我而言，这二十多年一直坚持在这片空间，是因为它是我实现人生目标所必须经历的考验。

（九）初涉谈话节目

除了主持各类主题晚会、综艺节目，我还涉足了另一个对我十分重要的节目领域——电视谈话类节目。

我最早主持的带有谈话元素的电视节目，是《东方直播室》。《东方直播室》是东方电视台成立后推出的第一批电视栏目之一，它以访谈的形式来谈新闻事件，谈社会热点，并且采取了日播、直播的播出形式，这在当时是非常具备魄力和胆略的。只可惜，因为播出平台的局限，它的风头被中央电视台五个月后开播的《东方时空》等一系列的节目所掩盖，多少有一种“生不逢时”的感觉。

现在可能更多人都会认为中央电视台《实话实说》是中国第一个电视谈话类栏目，而事实上《东方直播室》的访谈做得比《实话实说》早了整整 3 年。所以，被称为“中国谈话节目第一人”的崔永元就曾经十分低调地说：“做谈话节目，可凡比我早。”

备注：

《东方直播室》是中国电视史上特别有里程碑意义的栏目。它既是中国内地第一个直播的新闻类节目，又是中国内地第一个电视谈话类节目。只可惜20世纪90年代初期的中国广播电视尚未进入数字卫星时代，电视节目信号的传输和广播节目一样，必须要靠电视塔来进行无线传输。纵然东方明珠电视塔是当时亚洲最高的电视塔，但东方电视台的节目信号依然只能覆盖上海地区及江浙两省的少部分地区。因此在1993年的时候，真正看过《东方直播室》的观众只占中国总人口的1%。

对于剩下的99%的国人而言，第一次给以他们震撼的电视新闻节目必定是1993年5月开播的《东方时空》，而他们所看到的第一个电视谈话节目必定是其下属的《东方之子》板块。

不可否认，无论是节目的制作水准、内容的丰富性和全面性，还是主持人的专业化程度，《东方时空》较《东方直播室》而言都有着质的提升，但同样不能否认的是，在《东方时空》筹备阶段，中央电视台新闻评论部确曾不远千里跑去上海东方电视台学习考察。在上海本地热播的《东方直播室》是否为之后红遍大江南北的《东方时空》提供了些许灵感呢？我想答案一定是肯定的。

在《东方直播室》里，有一个“名人访谈”的小板块，当时是非常受观众欢迎的。因为在那里面，观众们可以看到很多明星，听他们讲他们的故事，了解他们在舞台下的生活——这在20世纪90年代初期的时候还是非常稀罕的。所以，我们经常会在采访名人前，寻找一些百姓关注的话题，作为观众的代言人向对方提出。

比如在1994年，我们采访了在1990年北京亚运会上以一首《亚洲雄风》而一炮走红的韦唯。韦唯和她的老师——中国著名的歌唱家李谷一之间曾经发生过一些矛盾，1992年两人还曾对簿公堂，那场官司在社会上引起了巨大的震动。但就在1994年的时候，有媒体报道了两人在某场元宵晚会上握手言和的消息，但报纸写得模糊，老百姓对其中的内幕非常好奇。于是我就在访谈中问她：“当时在元宵晚会上，是真心言和，还是仅仅拍了一张照片而已？”韦唯介绍了当时的一些细节，并且非常智慧地给出了她的答案。节目播出后的第二天，这个话题立刻成为上海观众茶余饭后谈论的焦点。

还有采访当时中国最炙手可热的喜剧明星陈佩斯。观众都知道他的父亲是中国老一代喜剧明星陈强，于是我就问他：“你现在的成就是否已经超过了父亲？”陈佩斯是个非常聪明的人，他回答说：“那肯定超过了我的父亲。第一，我这几年拍戏的数量超过了我父亲一生拍的戏；第二，以前我和父亲出去，别人都说这是陈强的儿子，现在我和父亲出去，别人都说这是陈佩斯的爸爸……”这个桥段在观众心里印象很深，后来但凡提到陈佩斯与陈强的比较，都会有人提起这一个对比。

除了《东方直播室》，更多的访谈是在《共度好时光》里做的。《共度好时光》的节目风格更加娱乐，接触到的文艺明星自然也会更多。为了能够使与明星的谈话变得更加精彩，我们经常会在节目里搞一些“突然袭击”，给嘉宾带去意料之外的感动与惊喜。

例如，在1996年亚特兰大奥运会结束后，我们采访了5000米女子长跑比赛冠军获得者——“东方神鹿”王军霞。作为中国第一个在田径跑道上摘得桂冠的运动员，她更开创了中国运动员在赛后身披国旗绕场一圈向观众致意的先河——在比赛结束后，王军霞将一面五星红旗披在身上，一边激动地挥舞着国旗，一边绕场慢跑一圈，与所有中国观众一同分享获胜的喜悦。而事实上，她当时身披的那面五星红旗，并不是她的团队提前准备好的，而是看台上的一个中国观众扔下来的。于是在那次采访中，我们特意找来了那面国旗的“主人”，请他在现场和王军霞见了面。

另外，在我们采访毛阿敏的时候，我们请来了许许多多与她的生活有交集的人。一波一波上台，毛阿敏都能叫得出他们的名字，唯独最后一位老太太登场的时候，毛阿敏忽然愣住了，她实在想不起面前的这位老人是谁，杵在舞台上心里特别紧张。然后我们告诉她：“这个人你不认识很正

《共度好时光》
采访王军霞

常，她是你出生的时候，给你接生的护士。”我们还拿出了从医院翻出的毛阿敏出生时的档案，出生证上还印着她刚生下来时的红色小脚印。后来没想到这期节目还在社会上引起了一些争议，有人就写文章质疑说：“明星的脚丫子也值得捧吗？”着实让我们哭笑不得。好在那个时候没有网络，要不然还真会引发一场大讨论呢。

除了《东方直播室》《共度好时光》中的访谈板块之外，我还曾做过另外一个叫作《名家专列》的栏目。不同于前两个拼盘式的大型栏目，《名家专列》是一个小型的、由我独立主持的人物专访类栏目，所以从某种意义上说，它可以说是《可凡倾听》的前身。

在那时我们采访了彭丽媛、葛优、张国荣、邬君梅、陈冲、李连杰等不少明星。当时社会反响最大的莫过于采访张国荣那次了。那时，由他主演的电影《霸王别姬》在法国戛纳

最早访谈节目《明星对话采访》陈冲

采访张国荣

斩获“金棕榈”大奖，令他在内地的美誉度大增。随即，我在一年时间里连续两次采访了张国荣，一次是作为《东方直播室》的主持人在电影《风月》的拍摄现场，另一次则是作为《名家专列》的主持人在演播室内。

那两次访谈，张国荣的每一个神态举止、一言一行，都像是小鼓槌一样，敲打在我的心上，真真切切地打动我了。特别是后一次采访，破天荒地在《名家专列》和《东方直播室》两个栏目中播出。而于我而言，从1993年的第一次见面，到2003年他的离世和《可凡倾听》的诞生，再到2013年《可凡倾听》的“十年缅怀——纪念张国荣”特别节目，张国荣带给我的那种震撼，一直贯穿着我主持生涯的20年。

后来，我把《名家专列》中的一些采访案例整理成册，由文艺出版社出版了一本叫作《大地星河》的书。10年后，我创立了《可凡倾听》，每年我都会将节目中一些比较满意的访谈集成文字，出版成书。这个习惯也是沿袭着《名家专列》的传统而来的。

（十）喜获“金话筒”

就这样，从1987年的“大学生主持人大赛”开始，一步一个脚印，我在节目主持的道路上走满了整整10个年头。这十年既是我个人主持生涯拉开帷幕、节节攀高的十年，同样也是上海电视独领风骚、一飞冲天的十年。

或许是上天对我十年努力的褒奖，又或许是我十年工作的总结，1997年，我收获了从业十年来最大的一份“礼物”——金话筒奖。

备注：

金话筒奖，全称为“中国播音主持金话筒奖”。是由中国广播电视协会主办，经广电总局上报中宣部批准的中国播音主持界最高奖，也是中国唯一评选、表彰广播电视节目播音员、主持人的国家级奖项。

金话筒奖的前身，是1991年组织评选的全国广播电视节目主持人“开拓奖”。该奖项用以表彰在中国广播电视领域贡献突出，并且具备一定创业历史的主持人。获奖者有沈力、赵忠祥、鞠萍等中央电视台的“元老级”主持人，叶惠贤、张培这两位上海广播电视界极具“开拓”性的节目主持人双双获奖，充分显现了上海广播电视媒体的综合实力。

1993年，“开拓奖”正式改名为“金话筒奖”，并确定为每两年举办一次。

在奖项的设置上，“金话筒奖”分为“作品”和“主持人”两部分。“作品”又分为“播音作品”和“主持作品”两类，每类作品各10件（广播作品5件，电视作品5件），共计20个获奖作品；“主持人”奖项设置相对简单，广播播音员主持人10名，电视播音员主持人10名，共计20个获奖人。此外，在前六届还曾设置过“特殊荣誉奖”，赵忠祥、沈力等9人曾获此荣誉。

而通常而言，人们印象中的“金话筒奖”，多指金话筒主持人奖。

在几乎每一届金话筒奖的评选中，都能够看到上海广播电视节目主持人的身影。在1993年的第一届评选中，上海东方广播电台的方舟和上海电视台的叶惠贤获奖；1995年的第二届评选中，上海东方广播电台的欧楠、上海人民广播电台的左安龙、上海电视台的叶惠贤、上海东方电视台的袁鸣四人入选；而曹可凡则是与白岩松一同获得了1997年第三届金话筒奖的电视节目主持人金奖。

当时我做的一些节目，无论是收视率、社会影响力，还是业内口碑都达到了一定的高度。1995年的时候我也参加过评选，那一年最终获奖的是我的搭档袁鸣——因为名额有限，而我与袁鸣又属于风格相近、资历相当的主持人，评审时必然会有所取舍。所以，1997年我得到这个奖项，从某个角度来说，也算是一件水到渠成的事情。

在这里，尤其值得一说的是，1997年的“金话筒奖”颁奖典礼，是由上海东方电视台承办的。而那，也是我为数不多的，不是以主持人的身份参与节目，而是作为领奖嘉宾出现在舞台上。作为一场颁奖晚会，为了活跃气氛，获奖选手们都需要上台表演一些节目。为了能够在同行面前露一手，我特地祭出了小时候花大功夫学成的“看家本领”——弹琵琶，煞有其事地在颁奖典礼上表演了一回。

喜获“金话筒”

事实上，自从我中学毕业以后，我就再也没有在舞台上弹奏过琵琶，小时候练的童子功早已荒废不少。恰巧在1996年的时候，东方电视台办了一场“东方妙韵”评弹名家汇演，导演撺掇我和袁鸣客串说书。我一时技痒，在各位名家面前班门弄斧，端起琵琶弹奏了几段20多年前在姨父那里学的曲子。没曾想得到了老先生们的一致好评，他们都觉得我“弹”“挑”“轮”“扫”等基本指法都非常规范，不由得让我心花怒放了起来。

于是乎，在一年后的颁奖典礼上，我便自告奋勇想要展示自己的这项器乐才艺。没曾想，这一次的演出却并不成功。在之前的彩排阶段，琵琶没到我手，都是徒手空弹。直到典礼开始前，我才在后台休息室里拿到了琵琶，却忽然发现手指有些僵硬，不听使唤。好在最后演出时，话筒出了点儿小问题，算是给我的这个小失误“打了掩护”。

不过，即便炫技没能成功，能够在家乡、在自己工作的电视台演播大厅里领到这个代表中国电视界最高荣誉的主持人大奖，已是一项无上的褒奖了。

五
知其然知其所以然

自从1995年赵忠祥出版个人自传《岁月随想》以来，出书似乎成了主持人成名之后必不可少的一项“任务”。老牌主持人如倪萍、白岩松、崔永元、水均益、朱军，新生代如大鹏、李响、杜海涛、吴昕，包括一些知名度很小的地方广播、电视主持人，都纷纷加入到“出书大军”中来。

其中有一些，确实具备较高的含金量，销售量也颇为可观。如央视记者型主持人柴静“三年磨一剑”的《看见》可谓“叫好又叫座”，当年销量轻松突破300万册，一举拿下2013年畅销书排行榜榜首。但也有一些纯粹凑数赶时髦，几篇随笔或日记，加一些工作照或个人写真，也算是凑出一本。不为销量，只是拿来给自己提提身价。

主持人出书，大多集中在这么几类。第一类是自传，讲述自己成长、工作的经历；第二类是随笔，通常是自己以前写过文章的合集；第三类是以栏目名义著书，写的也就是与自己所主持的栏目相关的内容。

曹可凡爱看书，同样也爱写书。从数量来看，他极有可能是中国主持人中出版书籍最多的一个，而且各种种类、各种风格均有涉猎。以栏目名义出版的，先有《大地星河》，后有《可凡倾听》每年一辑的系列丛书；自己撰写的随笔，分别有《可凡专送》《阳光素描》《画外话》《与克林顿握手》以及近期的《悲欢自酬》等；至于自传，虽然之前尚未有过，本书勉强能够算个先例。

除此以外，在曹可凡撰写编著的书籍中，还有一类，是主持人极少涉及的——语言艺术或主持艺术相关的学术专业著作。在这方面，曹可凡可以说是电视节目主持人中“理论联系实践”的典范。

不仅如此，曹可凡更积极参与各类与节目主持艺术相关的“大艺术”实践活动。他在诗文朗诵、译制片配音、专题片配音等方面既有丰富的实践经验，又有深入的理论总结。他出版过经典诗文诵读的有声读物，还担任了上海朗诵水平等级考试的测试员，在中国语言艺术的传承和发展方面，做出了自己的贡献。

接下来，让我们一起去了解，为什么曹可凡会在这些看似与主持工作无关的事情上劳心劳力、乐此不疲，这些工作又对他的个人发展起到何种作用，曹可凡是如何在做好主持人本分的基础上，实现自我的横向与纵向发展。

可凡如是说…

（一）自费出版散文集

我喜欢读书。喜欢读书的人大多都能写一点儿东西。特别是我处在电视节目主持人的岗位上，能够比一般人获得更多机会去认识一些有趣的人，碰到一些有趣的事。

好记性比不上烂笔头。经历的东西多了，难免就会有遗忘。好在平时良好的习惯杜绝了这类情况的发生——从小时候起我便每天写日记，直到工作以后很久一直都在坚持。除此之外，倘若遇到特别难忘的事情，或是内心中澎湃的波澜，我也会以散文的方式保留下来。

久而久之，攒下的文章渐渐多了起来，其中也颇有几篇自己甚为满意的作品，便开始考虑有没有可能把它们集结成册，以我最喜爱的书的形式与好友分享。

关于出书，当我还在二医大当老师的时候，这是一件司空见惯的事情。尽管当时个人出书远不如现在那么时兴，但作为高校学者，写论文、出版学术著作是发表个人学术见解的主要途径，也是评定职称的必要条件。

然而，进了电视台，情况就有些不一样了。虽说媒体从业人员在评职称的时候也对个人理论研究能力有一定要求，但多数是以发表论文的形式体现，真正会以个人名义出书的并不多见。

即便如此，我依然在 1994 年的时候，自费出版了我人生第一本书籍——《可凡专送》。

那是一本很不起眼的小册子，大 32 开本，215 页。里面全部是我平日里写的小散文、小杂文，文章内容与主持毫无关系，都是日常生活中的点滴。聊聊十余万字，再加上一些照片、图画等，便算是出了一本书了。因为当时我的名气也算不上大，这书究竟卖不卖得动大家心里都没数，出版社自然不会支付稿酬，整本书都是由我自掏腰包出版。

那本书当时看看，写得还算不错。当然摆到现在来看，就显得比较稚嫩了。但唯有两点，即便在现在看来都能让我引以为傲。

其一，这本书的书名是由中国文学大家柯灵老人为我题的；其二，这本书的序，是由当时海派文化的代表人物余秋雨为我写的。

与柯灵与吴冠中在一起

请柯灵老人题书名，是拜托好友帮忙引荐的。当时负责《可凡专送》的责编提议能否找一位文化老人题写书名，我一下子就想到了柯灵老人。于是便贸然敲了柯老的房门。当时已经八十多岁的柯老听闻我的来意后欣然接受，一连写了三张“可凡专送”供我挑选。他见我爱书，又在临别时赠我几本他的新书。尤其令我佩服的是，书中凡是有印刷错误的地方，他都用钢笔一一改正，足见其治学态度之严谨。

自此，我便算是与柯老认识了。因为柯老与爱人都年事已高，生活料理有诸多不便。我每次看他便会给他买些半成品蔬菜或是熟食，尽可能给二老带去些许便利。后来有一段时间我诸事不顺，常向柯老诉苦，多亏得到他的劝慰，受了他的教诲，才算是度过了那段低潮期。

至于请余秋雨先生写序，那更是一次无心插柳之举。

余秋雨先生有一位朋友，和我挺熟。有一次见面，谈起他的新作《文化苦旅》——那时余秋雨这个名字在中国文化界可谓是红透半边天，《文化苦旅》一经出版便在全球华人界引起轰动，他也就此成为海派文化的“扛旗者”。聊着聊着，偶尔提及我也打算出书的事情，不禁感慨道：“要是能让余秋雨给我写个序，那就再好不过了。”

那时我和余秋雨先生，只是互相认识而已，彼此并没有任何交情可言。他是当时中国最火的作家，而我只是一个年轻主持人，请他作序，也就仅仅一个念想而已。却没想到，那位朋友竟然当真了。他特意找到余秋雨，代为转达了我的这个“不情之请”。

又过了一阵子，在一次画展上与余秋雨先生邂逅。他非常热情地走到我面前说：“听说你想要找我写序？”我瞬间愣了一下——那天说完那些话，我自己都没当回事儿，若不是他重提，我自己都快要忘了——赶紧不好意思地说道：“哎，就我那些破文章，怎么好意思……”

可他却兴致浓浓，爽朗地说道：“没事的，没事的！这样吧，我把我秘书的电话给你，你先把书稿送过来，我看看再说。”就这样，我把书稿送到了上海戏剧学院办公室，接着便静候佳音。

不到一个月，再次接到了余秋雨秘书的电话，说余秋雨帮我写的序已经写好了，让我有空去取。我赶紧跑去上海戏剧学院。拿到手一看，整篇序全是手写的，而且从头到尾一气呵成，中间几乎没有任何改动，不觉让人佩服不已。

就这样，在两位文化大家的力挺之下，我的第一本小书《可凡快送》出炉了。

（二）寻找“合伙人”

出了一本散文集，对我来说，既是成绩，又算不上成绩。它是我这些年在写作方面的一次总结，但与我的本职——电视节目主持人没有丝毫关系。甚至在一些人看来，这只不过是曹可凡掏钱附庸风雅的表现而已。

在那之后，我就渐渐开始思考，有没有可能再出一本与我所从事的职业相关的，对节目主持艺术的发展有所裨益的书籍？

我是一个擅于思考的人。从 1988 年主持《诗与画》起，我便开始不断摸索自己在节目主持道路上的发展方向。在那之后，我主持过大型晚会庆典、新闻节目、文化节目、谈话节目、游戏节目、休闲节目……像一只小狐狸一样东边尝尝，西边试试，逐渐明确了自己最适合的主持定位。

我很清楚，自己并不是一个在形象上有优势的主持人，偶像型的道路是断然走不通的；我身材偏胖，性格习性又相对老成，蹦蹦跳跳的节目也不是很适合；我爱听相声、爱看滑稽戏，喜欢幽默的东西，但真要我像相声演员、滑稽戏演员那样口吐莲花、嬉笑怒骂，似乎也做不到。

对我而言，只有将主持艺术与我最大的特点——文化优势相结合，把我平日里从书本中学到的知识应用于主持，将从书本中浸淫而来的“书卷气”转换为个人主持风格，才能做出真正适合我的好节目。

这个道理，在我26岁的时候就依稀明确了，到30岁毅然辞去《快乐大转盘》的主持人一职，更是坚定了自己未来20年，甚至更长时间的前行方向。

虽然在这其中我也曾经走过一些弯路，比如刻意去模仿一些我觉得很不错的，但属于其他主持人的风格。但实践证明，在别人身上很管用的好东西，放在自己身上未必管用，适度的借鉴未尝不可，单纯的模仿却只有死路一条。就像齐白石所说的，“学我者生，似我者死”。其中的道理是一样的。

既然决定要做文化型主持人，除了自身的知识结构、文化底蕴、文化修养之外，具备理论方面的归纳、总结能力同样也是不可或缺的。过去在二医大，我深知理论联系实际的重要性，现在到了电视台，大家却往往是实践得多，总结得少。特别在电视节目主持领域，极少有人有能力并且有意愿把自己的实践经验梳理总结，提升到理论的高度。

而我，在这方面却是有着明确的意愿。当然我也知道，电视节目主持仍然是一门非常年轻的艺术，仍处于不断变化发展的过程之中。现在就想要建成一个完整的理论框架显然有些操之过急。但再年轻的艺术，它都是需要有理论加以支撑的。这个理论，早些着手构建肯定比晚建要好，因为只有当它有了理论框架之后，哪怕这个框架还不成熟、还不完善，后续的理论才能不断地去充实、去丰富它，才会对今后主持实践的发展起到指引作用。

同样年轻的还有我自己。虽说我也算是80年代入行的第一代电视节目主持人，可仅凭我个人的资历和能力，想要给节目主持艺术构建一套理论体系，那无疑是痴人说梦。我有实践，也有心得，但因为不是科班出身，也没经过系统的文史哲学习，在这方面欠缺理论基础，也不懂得理论体系的构建方法。所以这事，单靠我一个人是做不成的，必须要有一个在理论方面有着深厚根基，同时又对电视节目主持较为了解的学术界人士与我合作才能完成。

踏破铁鞋无觅处，得来全不费功夫。

与徐幸合影

我有一个好朋友，叫徐幸，是上海话剧界、影视界颇有名气的演员。早在 20 世纪 80 年代末，我刚入主持这一行的时候，便已经认识她了。当时她和我一样，也是电视台里的“常客”，时不时会被请去“走个穴”，客串主持一些电视台以外的文艺活动、庆典演出。

那段时间各类文艺晚会特别多，层次都还挺高，需要大量的专业主持人。我和徐幸因为配合默契，渐渐就成了“走穴”主持中的“黄金搭档”。很多面向企业、面向社会的文艺演出，主办方会特意指名要我和她一起主持。有一阵子，甚至我同她的合作比同台里的女主持人还要多。

备注：

徐幸，早年就评为国家一级演员，是中国戏剧家协会会员、中国电视艺术家协会会员，国内知名的中生代影视演员、话剧演员。自上海戏剧学院一毕业就分配在上海戏剧学院高材生聚集的上海青年话剧团工作，后合并于上海话剧艺术中心。

在电视荧屏上，徐幸曾先后在《上海一家人》《杜拉拉升职记》等电视作品中创造了许多令观众印象深刻的人物角色。特别是在琼瑶剧《情深深雨蒙蒙》中饰演主角陆依萍的母亲傅文佩，与“女儿”赵薇之间的对手戏令观众印象深刻。

2010 年，徐幸凭借自己在话剧舞台上的巨大成绩，荣获由上海话剧艺术中心设立的“佐临话剧艺术奖”终身成就奖。

忽有一天，徐幸送给我一本书，叫作《朗诵艺术创造》，作者是赵兵和王群。

赵兵是上海戏剧学院的教授，在戏剧、朗诵等方面都有很强的教学与实践能力，童自荣、潘虹、陈红，包括徐幸自己都曾经是他的学生，是一位享誉全国、享受国务院政府津贴的学术专家。王群当时是华东师范大学中文系的老师，虽说年纪、资历并不是很老，也是一位在朗诵艺术理论及口语传播研究领域功力很深的理论学者。

这两位学者，我都是认识的。1989 年的时候，两位曾在上海人民广播电台举办了一个完整系列的“朗诵艺术基础知识讲座”——后来这个讲座还编成了书，公开出版。我每周都会守在收音机前，一集不落地全部听完，对两位学者在朗诵方面深厚的理论底蕴，佩服不已。

耳闻之后，便会想去目睹。四处打听，才知道原来在一年以前，两人还曾经合作出版了一本名为《朗诵艺术》的书，那本书被誉为 20 世纪 80 年代中国最系统、最权威、最有影响力的朗诵理论教材。只可惜等我去买的时候，已经晚了一步，全部卖完了。后来那本书也没有再版，这不能不说是一个遗憾。

这一次意外地拿到了两位专家的新作《朗诵艺术创造》，着实令我欣喜不已。只是为什么这本书会通过徐幸之手，赠到我的手中，我还真有些丈二和尚摸不着头脑。这时，徐幸向我说明了原委：“这个王群，他是我的爱人，他听说你喜欢朗诵之类的东西，又知道我跟你比较熟，就让我带一本给你。多提意见哦！”

哦，这么一说，我还是有印象的。在这之前，原来我还和王群见过面呢！那次，我和徐幸在嘉定主持一场活动，王群带着他俩的女儿一起来后台探班。王群戴副眼镜很有学者气质。后来，我还去过徐幸的家里，也曾经和王群打过招呼。

当时也听徐幸说起，他的爱人是华东师范大学的老师，主要是研究汉语语言的。只是一直不知道，原来他就是《朗诵艺术》《朗诵艺术基础知识讲座》的作者。

我很认真地把《朗诵艺术创造》看了一遍，越看越感兴趣。起先，我只是以一个朗诵爱好者的身份来看这本书——我从中学开始就喜欢朗诵，到后来无论是在大学学医，还是去电视台主持，这个爱好从没放下过——后来却渐渐发现，从理论层面来看，这本书所讲述的朗诵艺术与我从事的节目主持艺术颇为相似。它们都是有声语言的艺术化应用，都是舞台上、话筒前的艺术展示，都需要表情、眼神、肢体的辅助配合，都需要深厚的文化底蕴和人生阅历……

合上书的那一刻，我的心情有些激动，我知道，我终于找到了能与我合作构建电视节目主持艺术理论框架的理想人选了。

（三）合作撰写理论书

没过多久，我便前往徐幸家中，专程拜访她的先生王群先生。王群对我的到来似乎有些意外，但听明我的来意后，与我一拍即合。我俩决定，合作创作一本与电视节目主持人相关的理论性书籍。

王群先生学语言出身，当时是华东师范大学语言学的副教授，在这之前还做过延安中学的语文教研组组长，有着很强的语言文字应用能力。此

与王群合影

外，他还专业学过表演，演过话剧，对表演也比较熟悉。再者，从与赵兵老师合作编著《朗诵艺术》到这一次的“加强版”《朗诵艺术创造》，他在理论创作方面的能力也得到了充分的展示。综合来看，与他合作进行电视节目主持艺术理论框架的构建，是我当时最好的选择。

意向达成以后，我们便开始讨论起书的具体选题、具体内容。起先我俩还是遵循着《朗诵艺术创造》的思路，打算创作一本有关有声语言艺术的书，把我在主持实践上的一些经验融合进去，在演讲、朗诵等传统口语艺术形式之余，进一步拓展语言艺术的领域。

但后来再想想，赵兵老师作为语言艺术领域的权威，在这方面已经出版过好几本概论性质的书了，包括《朗诵艺术创造》也是其中之一。倘若我们还在这一领域步其后尘，一则未必能超越前者，二则即便能够有所突破也没有太大的实用价值。

于是，我们决定干脆直入主题，直接就写电视节目主持人的语言应用。这方面的概论还没有人写，我们的书可以填补学术上的空白。当然，也正是因为“前无古人”，能不能写好我们也不敢“打包票”，只是觉得即便不是很成功也没关系，起码在这个领域它将是一个很好的开端，能够起到抛砖引玉的作用。

在那之后的很长一段时间，我见王群的频率比见徐幸多出了许多，我俩经常在一起讨论，有的时候是专题性的探讨，商量书稿的具体内容；也有的时候是日常闲聊，在点滴话语中寻找灵感。我把我历年来担任各类节目主持人的经历、体会、心得一一向他陈述，并提供节目主持的视频素材、文本资料，再由他从中归纳、总结出具备理论价值的观点和凭据，以这样的方式合作创作我俩的第一本主持艺术理论著作——《节目主持人语言艺术》。

备注：

关于曹可凡与王群合作著书的故事，我们也特地采访了另一位当事人，华东师范大学传播学院教授、博士生导师王群先生。对于这一次的合作，王群教授做了如下补充——

在我与曹可凡合作创作《节目主持人语言艺术》之前，我全部的写作都是要用纸笔进行的。纸笔写作往往会有诸多不便，例如不利于后期的修改。每一次下笔之前都要思量半天，一旦白纸黑字落下了，想要再回过头去修改，几个词、几句话还好办，大段的修改就几乎只能重写了。

另外稿纸的保存也是难题。记得在 1984 年的时候，上海曾经发生过一次 6.2 级的地震。当时我正在伏案写作，别人都在往外逃命我却还在收拾书稿。逃到门口的时候，发现院子里已经围满了逃生者，住在我隔壁的表演艺术家乔奇见我脖子上挂着一个鼓鼓囊囊的小挎包，故意嘲笑我说：“瞧瞧，王群逃命还不忘带上厚厚一包老婆本儿哩！”这着实让我哭笑不得。要知道，挎包里厚厚一叠可都是比性命还重要的书稿啊！

到了 1995 年，个人电脑进入中国家庭。当时的电脑几乎不具备娱乐功能，但在文字处理方面确实作用巨大。为了便于书稿的修改与编审，我花大价钱买了一台台式电脑，首次尝试使用电脑来写书。当然，电脑这玩意儿实在不是曹可凡的强项，所以执“笔”的重任只能落在我的身上了。

然而，在那个年代，作为一名电脑初学者，想要实现办公自动化，其难度远非现在的年轻人能够想象。那时候 WINDOWS 操作系统还没有诞生，大家用的还是黑白双色的 DOS 界面；OFFICE 之类的文本编辑软件也没有，DOS 下的 WPS 是 90 年代最主流的文字处理软件。因为电脑操作不当的缘故、因为软件操作不当的缘故，刚写好的稿子忽然被删除了、找不到了……各种各样的“低级”失误层出不穷。

第一本节目主持理论书籍的创作过程，同样也是我们征服电脑这个“高科技怪物”的过程。其中的艰辛，现在想来依旧感慨万千。

当然，不能不说的是，这本书无论对曹可凡还是对我，都有着十分重大的意义。对曹可凡而言，这是他第一次介入电视节目主持艺术理论研究，他的角色从一个单纯的电视节目主持从业者转变为电视节目主持艺术的践行者；对我而言，这本书的创作令我的研究方向从传统的语言文字领域转向节目主持人研究领域，并为今后在华东师范大学开设播音与主持艺术专业打下了较为坚实的理论铺垫。

终于，历经一年多时间的创作，由我和王群合作完成的首本有关电视节目主持艺术的理论书籍——《节目主持人语言艺术》终于完成了！

书写成了，下一件重要的事请便是要联系出版。我之前的《可凡专送》是自费出版的，为之付出的经济成本实在不菲。这一次写的书稿属于理论类的学术著作，本想再去联系之前的那家出版社，但考虑到理论书在市场上不好卖，想要出版说不定难度更大。就这样，书是差不多写完了，可是能不能出版、找谁出版又成了难题。

正在这时，我节目中的一位嘉宾为我解了燃眉之急。

那时我在主持《东方直播室》，节目经常会邀请各行各业的主要领导来节目中做客。有一次正好请来了时任上海人民出版社社长兼总编辑陈昕先生（原上海世纪出版集团党委书记、社长）。在节目中，陈昕社长与我聊得挺高兴，下了节目便主动问我，有没有兴趣出书?

那个时候，赵忠祥的自传《岁月随想》刚出不久，社会反响热烈，图书市场大卖。我也不晓得陈昕先生邀我出书是否与《岁月随想》的热卖有关。但不管怎么说，作为上海最大出版社的社长、总编辑，能向我这么一个三十出头的主持人发出邀约，相信他对我的文学基础、主持能力都是充分认可的。

我说："我以前出过一本书，是散文集。最近确实又有出书的念头，不过这次想出的是一本理论方面的书，可能不大好卖……"他对此却毫不在意，回答我说："这个没有关系。你留一个我的电话，无论你想出什么书，到我社里来，我让我们最好的编辑帮你做。"

就这样，出版的问题意外地顺利解决了。

没过多久，我拿着书稿找到了陈昕社长，他很快就为我联系了一位非常优秀的编辑，全权负责这本书的审稿、校对、出版工作。终于，在编辑的全力协助下，《节目主持人语言艺术》一书于 2007 年正式由上海人民出版社出版发行。

（四）新书意外大卖

《节目主持人语言艺术》一书的出版，也算是了结了我心头的一件大事。在这之前，我一直希望能够在主持艺术的理论方面做出一些成绩，这本书无疑是我最好的成果。至于在出版之后，这本书到底有没有人买、能卖出多少本，这些事情，我和王群既不想关心，又不得不关心。

不想关心，是因为不愿把注意力放在销量、版税这些俗务上面。毕竟我们都认为，这是一本理论性很强的著作，阳春白雪、曲高寡合，它的价值不是单纯靠销量能够体现的。

不得不关心，则是心中难免会有一些“虚荣”。整整一年多的辛苦努力，这本书就好像是我俩的孩子一般。它究竟能得到多少人的认同、多少人的喜爱，多少能够反映出我俩的努力到底能否得到外界的认可。

最终的结果，出乎每一个人的意料。无论是我、王群，还是本书的编辑、出版社的工作人员，都没有想到《节目主持人语言艺术》竟然能在播音主持学术界引起如此大的轰动。

第一次印刷的 1 万册很快便销售一空。在接下来的几年中，这本书不断修订、再版，累计印刷 6 次，销售量达到 5 万多册，版税拿了一次又一次。听说最辉煌的时候，北京广播学院（现中国传媒大学）播音系的学生争相购买，人手一册，简直成了播音系学生的指定教辅材料。敬一丹去给北京广播学院的学生上课，发现每个学生都买了这本曹可凡写的书。后来她来上海见到我的时候，还埋怨我说：“你的书北广的学生人手一本，那么好的书你怎么也不送我一本啊！”

要知道，20 世纪 90 年代，全国开设播音主持类专业的院校不足 10 所，无论是主持人的岗位规模、主持专业学生的总体数量，还是播音主持艺术在社会上的影响力，与现在都不可同日而语。《节目主持人语言艺术》能够在那个时代背景下取得如此销量，在学术方面、社会舆论方面获得如此的影响，对我和王群而言，都是一种莫大的鼓舞——显然，我们在节目主持艺术理论建设方面的努力没有白费，我们共同决定的研究方向没有选错。

值得一提的是，当时陈昕社长为我指定的编辑名叫崔美明。通过《节目主持人语言艺术》的愉快合作，我与她建立了牢固的合作关系，之后我又请她为我的多本书籍担任编辑。特别是《可凡倾听》一年一本的栏目丛书，几乎全部交由她来制作。即便在她从上海人民出版社退休以后，我俩的合作依然没有中断，崔美明老师依然作为特邀编辑帮助我出版《可凡倾听》栏目丛书。

当然，继续并不断深化的，还有我与王群之间的合作与友谊。

《节目主持人语言艺术》的热销给了我们巨大的鼓舞。它让我看到了电视节目主持理论创作领域的广阔前景，坚定了我在构建主持理论体系这条道路上继续走下去的决心和勇气。在那之后的十余年里，我涉猎的电视节目主持类型越来越多元，积累的主持经验也越来越多，借助我的实践积累与王群教授的理论积淀，我们又出版了多本不同类型的理论著作。虽然后来市面上有关节目主持艺术的理论著作越来越多，我们后续的创作从社会影响力来看不如第一本那么轰动，但确实是一步一个脚印，不断深入，不断升华。

与此同时，我和王群的合作更扩展到了理论创作以外的其他领域——包括在有声语言艺术上的合作，在电视栏目创作方面的合作以及在节目主持人培养方面的合作。接下来要说的，便是我和他在朗诵艺术的教学实践方面做出过的一点成绩。

（五）与名家合作朗诵

从小，我就喜爱朗诵艺术。

上小学的时候，还在闹“文化大革命”，当时几乎所有的老艺术家们都受到了波及，极少有机会听到大师们的朗诵，那时对朗诵的概念也自然比较模糊。只是因为块头儿大、中气足、嗓门大、声音亮，便一直被老师点名朗读《毛主席语录》，或者是在语文课上示范朗读。

等到了中学，“文化大革命”过去了，老艺术家们纷纷重新回到人们的视野中来。瞬时间，我便被他们迷人的声音、动情的表达所吸引，渐渐变得不能自拔。从那时起，我的生命中便充满了孙道临、陈醇、金乃千、董行佶……这些伟大的朗诵艺术家，以及毕克、邱岳峰、尚华……这些配音艺术大师的名字。甚至在某一段时间，坚定地将配音演员视作自己未来的终身职业。

再后来，我在大学里参加了一些朗诵比赛，又凭借朗诵方面的特长在

“大学生主持人大赛”的初赛舞台上顺利晋级，然后在《诗与画》的节目里每天念一首诗，还主持了诗会、朗诵比赛之类的文艺活动，结交了一些朗诵界的老前辈……这些学习、工作上的成绩皆与我喜爱朗诵、擅长朗诵不无关系。

在这其中，有两次我与朗诵名家的合作，令我印象深刻。其中一次是我与上海人民广播电台播音指导、著名朗诵艺术家陈醇老师合作录制一篇有关巴金的作品；另一次则是与孙道临、秦怡、乔榛、丁建华、袁鸣一起合作录制大型诗朗诵《邓小平之歌》。

与陈醇老师的合作，对我个人语言表达能力的提升帮助很大。记得那次录的文章是研究巴金的专家李辉写的，文笔非常漂亮，内容也很棒。陈醇老师负责文章里巴金独白部分，我负责旁白部分。

文章的长度差不多是45分钟，但那一次录音却录了很长时间。那天天气特别热，可能是为了录音质量考虑，录音棚里没有开空调，也没有开电扇，像我这种大块头儿在里面就像是蒸桑拿一样，痛苦不堪。更令我痛苦的则是陈醇老师严谨的工作态度。

每次轮到我的部分，陈醇老师就像是给学生上课一样，一句一句地帮我抠字音、抠表达、抠细节。我一遍读完，自己觉得还挺不错的，但他却告诉我，这个字调值不对，那个字字音不对，这句话停连不对，那句话语气不对……总之哪里都不对，哪里都有问题。

于是我只得一遍一遍地按照他的要求去改。陈醇老师的示范非常细致，每一句话只要他觉得我有问题，都会反反复复带着我读，直到他觉得满意了为止。好在我的领悟能力还算强，通常只要两三遍就能达到他的要求。

作品全部录完，准备要后期编辑的时候，忽然又发现一个问题。由于我的模仿能力实在很强，我念的每一句话又都是陈醇老师手把手教出来的，这使得我录出来的声音和陈醇老师非常相似，编辑几乎分不出哪一句是我的旁白、哪一句是陈醇的独白了。

《小平之歌》
朗诵剧照

在那之后，我和陈醇老师又有很多次的合作，每一次他都愿意教我，我也愿意学，他觉得我在语言方面还是有一些追求的，对我还算比较器重。作为上海资格最老的播音指导，这些年陈醇老师对年轻一代播音员、主持人颇有意见，他发现不少主持人都不愿意在语言基本功上花工夫，这令老先生十分不满。在这方面，他对我还是比较认可的。

录制《邓小平之歌》，则是 1996 年、1997 年的事情了。那也是我第一次与孙道临老师合作，零距离感受这位表演艺术大师超凡的艺术魅力。

备注：

《邓小平之歌》，是一首歌颂一代伟人邓小平的长篇政治抒情诗。这首诗歌的创作得到了上海市委宣传部的大力支持，还听取了邓小平理论研究中心的指导意见。

在诗作完成后，上海东方电视台专门邀请老一代电影表演艺术家孙道临、秦怡，中生代优秀配音演员乔榛、丁建华，青年电视节目主持人曹可凡、袁鸣，共同将这首长诗录制为大型配乐诗朗诵，又结合诗歌内容拍摄了一部视频“MV”，并在下属各频道反复播放。中国唱片上海公司还将朗诵灌录成磁带和CD对外出版发行。

1997年2月，朗诵团队一同来到北京，在悼念邓小平同志的大型音乐朗诵会上朗诵了《邓小平之歌》的片段，并得到了胡锦涛等中央领导的热情接见。此后，该诗的完整版本又多次在上海、黑龙江等地献演，用朗诵的形式在各地掀起了纪念、缅怀邓小平同志的浪潮。

我们在录音的时候，孙道临老师是总导演，每一个字的读音、每一句话的表达、感情的运用与变化，包括六个人齐诵的念法、同一句话如何反复、男女声之间如何穿插……全都由他全权把控。

六人中我和袁鸣年纪最小，资历也最浅，几乎没有参加过什么大型的朗诵活动，在基本功和朗诵技巧方面和其他四位老师差距明显。孙道临老师一遍一遍地帮我们细抠，甚至细致到汉字读音的纠正。他不单单给我和袁鸣抠，即便是秦怡老师，哪里念得不好他照样直言不讳，照样一字一句地做指导。

诗里有一句，我印象非常深刻，连续五个“小平”。孙道临老师要求我们在念的时候，每一个都要念得不一样。至于为什么不一样、怎么个不一样，他一个一个给我们做分析，再根据分析提出相应的要求。

后来拍摄“MV”，我们六个人又从朗诵者变成了表演者。虽然东方电视台专门安排了一个资深导演来负责视频的拍摄、制作，但在现场基本上还是以孙道临老师的要求为准。镜头该怎么拍、演员表情什么样、手脚放在那里，有他这位大牌导演亲自指导，出来的效果就是不一样。

不得不说，在表演方面，无论是形象的塑造还是声音的塑造，孙道临老师都是中国当之无愧的大师——既有表现力，又有理解力，更有专注力。按他自己的说法，没有邓小平就没有他们这批老艺术家们幸福的生活，就没有今天中国的繁荣富强。他是发自内心地感激邓小平的。因此，他能够将自己一生的经历毫无保留地投射到《邓小平之歌》的创作中去。在这过程中所形成的巨大能量，远远超越了任何形式的“炫技”。

小平同志去世后，文化部专门组织了一场献给小平的专场朗诵会，邀请我们去北京演出。接到通知的时候，时间就已经比较紧迫了，孙道临老师又把我们集中在他安福路附近的公司里，进行重新排练。因为节目时间有限，必须要对原诗篇幅进行大幅删减，于是他又和原作者一起修改诗作、重新分配演员任务……

（六）出版朗诵“多媒体书”

这两次经历，是我个人比较满意的与主持无关的语言艺术实践。除此以外，我还有过很多次朗诵、录音、配音之类的经历。大家都愿意来找我，我也非常愿意去做一些这方面的工作，因为我觉得语言其实是相同的，对主持人而言语言能力也是很重要的。彼此之间相辅相成，有助于我更好地从事主持工作。

然而，从根本上讲，朗诵或者其他语言艺术，一直都是我的“边缘”。我自始至终都不是那个圈子里的人。大家说起曹可凡，只会说他是一个主持人，蛮喜欢朗诵的，水平也还可以，但没有人会把我当成朗诵家，哪怕是朗诵专业人士。

所以当王群向我提议说，下一次我们合作出一本朗诵方面的书吧，我是有一些犹豫的。毕竟在这方面我不是专业，写出的东西不具备权威性。在朗诵方面，我没有丝毫把握能写出比赵兵老师以及其他专家们更好的东西。

既然如此，不妨换一个思路。如果从理论高度上无法超越，就从理论与实践的结合上做些文章，另辟蹊径反而能获得更好的效果。

于是，我俩决定以经典唐诗宋词为载体，出版一本有关朗诵艺术的“多媒体书”——它首先是一套配乐诗朗诵的 CD，邀请名家朗诵诗词名篇，供听众鉴赏；然后结合这张 CD 中的具体作品，编撰一本指导用书，在书中为读者分析每一首诗词的创作背景、情感特点，进而为读者指导朗诵技巧。

作为编著这套“多媒体书”的第一步，我和王群着手挑选具有代表性的唐宋诗词作品。这些诗词既要是人们耳熟能详的经典之作，又要具备很强的吟诵感。最终，我们选择了《黄鹤楼》《长恨歌》《声声慢》等共计 30 首作品，有长有短，但每一首都是唐宋诗词中极其经典的朗诵佳作。

第二步，便是组织朗诵名家录制这些诗词的音频。我们邀请了孙道临、乔榛、丁建华等知名的朗诵表演艺术家，然后我也在其中凑了个“份子”，一起来录制这 30 首经典作品。这几位艺术家与我，还有王群都十分相熟，都欣然同意。请到这几位名家，这本书便已经算是成功一半了。

那一次与孙道临老师的合作，让我再一次感受到了他对待朗诵的热情与虔诚。那时候他已经将近 80 岁了，朗诵的时候齿间虽已稍有漏风，但对待每一首诗词依然投入百分百的情感与情绪。在录制现场，有一个瞬间深深触动了我的心绪：当他诵完一首《钗头凤》，情到深处不能自已，忽然伏案大哭起来，久不能停……

录音完成之后，便要进入到文字的创作阶段了。虽说朗诵理论我并不擅长，但要论唐诗宋词的鉴赏、分析，朗诵录音的审美、指导，这些工作我还是能够应付的。再加上王群本就是研究汉语言出身，对中国古典文学了如指掌，在朗诵方面他也有着多年的研究，与他一起来做作品指导的工作，真可谓是轻车熟路，一气呵成。

就这样，在 2002 年的时候，我和王群合作的第二本著作《银汉神韵：唐诗宋词经典吟诵》正式出版。出版社依然选择了合作愉快的上海人民出版社，编辑还是崔美明老师。后来我与王群的合作一发而不可收，共同出版了如《谈话节目主持艺术》《谈话节目主持概论》《广播电话主持艺术》《节目主持语言督略》等专著，并邀请他担任以后的《可凡倾听》栏目的策划。

备注：

在《银汉神韵：唐诗宋词经典吟诵》一书的朗诵录音过程中，还曾经发生过一件与曹可凡有关的趣事。这是我在采访的过程中，从王群教授口中听说的。

当时参加朗诵录制的演员里面，就数曹可凡年纪最轻、嗓门儿最大、中气最足。录了一个上午，总觉得他录出来的声音和其他几位不大一样，感觉不怎么协调。

后来为了让他尽量少使一些劲儿，能和其他人在发声力量上保持一致，王群和其他几位朗诵艺术家就一起想了个办法——中午大家一起出去吃饭，故意不让他同去，让他一个人在录音棚里饿着。

等大家酒足饭饱回来，曹可凡肚子已经咕咕叫了。看着曹可凡因为腹中空空而精神不振的样子，艺术家们哈哈大笑，立刻开始下午的录音工作。果真，到了下午，曹可凡因为没有吃饭气力明显小了许多，录出来的感觉比上午柔和了不少。

《银汉神韵：唐诗宋词经典吟诵》对我而言最大的意义在于，这是我第一次在汉语言朗诵艺术的宣传、普及、推广、教学方面做的一件扎扎实实的工作。通过这本书的创作，我可以说是第一次，真正关注到了朗诵的意义所在，真正感受到了朗诵的巨大价值。

同样，我与“朗诵圈”之间的距离，似乎也变得更近了。

王群的家住在上海很有名气的“枕流公寓”，与表演艺术家乔奇、越剧名家傅全香、美术名家沈柔坚等许多文化名人都是邻居。每次我去他家商量写书的事，也会顺道去那些老先生家中坐一坐，听听他们在这方面的意见。在这过程中，我同乔奇老师之间的关系最为密切。

与其说乔奇是我的偶像，不如说他是我父亲的偶像。我父亲年轻的时候，特别喜欢看乔奇演的话剧。他在《浮生六记》演的沈三白、在《无事生非》中演的唐·彼得罗亲王、在《中锋在黎明前死去》中演的别里特兰、在《彼岸》中演的苏梭柯等，都让我父亲如痴如醉。

也正是因为对他的仰慕，我后来还专门拜乔奇为师，向他学习舞台上的语言艺术。渐渐地，不少朗诵界的前辈、专家，也都对我在朗诵艺术的实践、推广和教育方面做出的努力颇为赞赏，后来市语委推出了朗诵水平等级考试项目，我还被邀请担任考级评审。可见在这方面，我还是得到了一定的认可。

直至今日，《银行神韵》依然是很多朗诵爱好者书架上、电脑中必备的一套朗诵鉴赏佳作、朗诵学习范本。甚至还有一些高中，在开设朗诵选修课的时候，直接把它当作选修课的教学材料使用。

说到教材，在我与这本《银行神韵》之间，还发生过一件特别戏剧性的事情——它竟然成了我与京剧大师周信芳的女儿，享誉欧美的著名华裔女演员周采芹结缘的信物。

那是在 2007 年的时候，我与上戏特聘教授胡雪桦一起送“好男儿”蒲巴甲去上海戏剧学院报到入学。离开戏剧学院时，胡雪桦忽然问我，有没有兴趣见见周采芹。这顿时让我喜出望

访谈周采芹和潘迪华

外——要知道，作为华人界的风云人物，我已寻觅周采芹多年，一直没有机会一见。于是也顾不得冒昧，赶紧请胡雪桦帮忙引荐。

来到周采芹住所，本还想着该如何自我介绍才能让她不觉唐突，却没曾想到，她在见到我后，忽然一愣，然后赶紧转身返回卧室，像是要寻找什么东西。没过多久，她手中拿着一本书走了出来，定睛一看，竟然是我与王群合作的《银汉神韵：唐诗宋词经典吟诵》！

原来，周采芹虽然生在上海，还曾就读上海名校市三女中，但还未成年就被父亲送去了英国读书，此后长年浸淫西方文化，汉语听说读写的能力逐渐退化。但她毕生最大的心愿，就是要为父亲写一部传记，向全世界宣传京剧麒派艺术。因此，她在国外想尽办法寻找学习汉语的机会，而《银汉神韵》正是她学习中国语言艺术的随身“教材”之一。

这本薄薄的书籍，一下子拉近了我与周采芹的距离。

（七）与孙道临的“父子情”

更为可贵的是，通过这几次的合作，我与孙道临老师之间的情谊也变得愈发笃厚。

自小，孙道临便是我的偶像。我第一次与他见面，是在 1987 年“大学生主持人大赛”决赛的现场。在那之前，听说他是比赛的主评审，我心中的激动之情就好像是已经拿了大奖一般。紧接着，在做《我们大学生》的时候，我作为记者去采访上海大学生电影节，又刚好与他偶遇，赶紧跑上前去请他合影留念。

那时候我还是个学生，看到他完全就是“追星族”的心态，他就是我心目中无限崇拜的偶像。等到工作以后，再与他一起朗诵表演，他便成了我无比仰慕的前辈、事业上追逐的目标。

在这之后，我便经常去他家中拜访。却不曾想一来二去，反与他的爱人——越剧名家王文娟老师更加熟络——孙道临身上的文人气质很重，他若中意你便会与你交心，但绝不会做表面功夫。后来我的“拜把兄弟”越剧小生赵志刚认王文娟做“过房娘”，我便也嚷着要一块儿认，这么一来，孙道临老师又成了我的“过房爷”了。虽说认亲只是笑谈，但我和孙道临老师间的交情却是越来越深了。

交往渐密，便也知道了更多他过去的故事。

孙道临是燕京大学哲学系的高材生，曾经是一个才华横溢的诗人，身体里流淌无比高贵的文化血液。他学贯中西，并且能把传统与现代的东西融会贯通，既精通中国诗词歌赋，又说得一口流利英语；既擅长中国民间曲艺，京剧唱得有板有眼，又酷爱西方古典音乐，擅长演唱舒伯特的小夜曲。

后来为了抗日救国，他与黄宗江一起搞起了街头话剧，一路走来，最终成了今天的表演大师。他的成功，并不是简简单单一个演员、一个导演的成功，正是他那无比深厚的人文底蕴和综合素质造就了他卓尔不凡、无人可及的艺术境界。

孙道临曾经写过一篇文章，叫作《我的朋友舒伯特》——那是他发表过的文章中最长的一篇，整整有5000字。在文中，他畅谈对舒伯特艺术歌曲的理解，文章的深度即便是音乐学院的教授恐怕也未必能够企及。

他还曾经在广播电台录过一张唱片，唱的就是舒伯特的小夜曲。可惜那时候他的年纪已经不小了，对音乐的理解、情感的把握虽能做到完美无瑕，但嗓音却已经跟不上了。样带出来后，他自己听了也不甚满意，最终这张唱片也就没有发行。这件事也成了他晚年的一大遗憾。

后来他把他写过的一些文章做了整理，想出一本书。起先找了一个不知名的出版社，对方竟然向他开价三万，而且还编得乱七八糟。我看着实在觉得可惜，便主动请缨接下了这个任务，就在《邓小平之歌》上京表演后不久，帮他出版了他一生中唯一的一本文集《走进阳光》。

此外，孙道临另外一个心愿，就是想在上海组建一个朗诵团。只可惜因为种种原因，这个心愿同样未能实现。即便如此，在他晚年的时候，他依然在全国各地张罗举办了多场诗文朗诵会，用这个方法来推广他所喜爱的朗诵艺术。在他看来，朗诵有着一种无比强大的力量，能够推动整个民族的文化繁荣与素质提升。

也正因为此，当我邀请他参与《银汉神韵》的录制时，他欣然接受，并且一个人承担了光盘中近三分之一作品的录制。在那之后，他的身体逐渐衰弱，发声器官的机能衰退尤为明显。虽然他依然坚持参加一些舞台朗诵演出，但再也没有系统性地参与朗诵创作了。

晚年孙道临老师有许多无法完成的梦，因为在他的心里，还有着太多想做的事情没有做完，想要实现的愿望未能实现。出版一张舒伯特歌曲专辑，那是肯定无法实现的了，他的嗓音、气息距离巅峰时期的状态已相差甚远；筹办朗诵团、通过

与孙道临和王文娟及其女儿孙庆原在一起

朗诵推动社会文化修养的工作一直在做，收效却并不明显；而他最耿耿于怀的莫过于未能实现拍摄电影《赤壁》的梦想，当他得知吴宇森投拍《赤壁》的消息后，显得相当痛苦。

而更大的痛苦则是——因为生病的缘故，他在人生的最后几年记忆力大幅衰退，甚至偶尔会出现神志不清的状况。我看在眼里，急在心里，便想请他录一期《可凡倾听》，留下最后的音容笑貌。

第一回我去医院探视，他的状态特别不好，完全不认得我。这着实让我大吃一惊，心想这或许再也没机会了。过了一段时间身体状况有所好转了，我赶紧带上摄像师请他录像。他特别正式地穿上了西装，戴上了领带，接受了我的访问。但那一天，他依然只能回忆起 20 世纪 50 年代以前的事情，之后的全部说不出来了。

录像结束了，他十分无奈地对我说："今天你来帮我录像，我知道你是对我好，但是你要知道，现在的我已经不是我了，你们认识的那个孙道临其实已经不在了。"话音刚落，我的鼻尖泛起一股酸意，久久不能平复……

说实话，我和孙道临老师，并不像大家想的那样，走得有多么近乎——那样的交往绝不符合他的性格。但我和他的心却靠得非常近。而且我觉得，我这辈子能和这样一个既是父亲，又是老师，更是偶像的老人建立这样的感情，真是莫大的福分。

（八）"不务正业"的意义

话题似乎扯得有些远了。还是回过头来谈我写书的经历。

在 2000 年以后，我在文字上的创作主要分三个方向推进。

第一类是我自己写的散文。在《新民晚报》《文汇报》《解放日报》的文化版，经常会刊登我写的文章。既有记叙我与文化老人之间小故事的随笔，又有我在世界各地旅行时写下的游记，还有我在文学、影视、美术等方面的评论。

等到手头积攒的文章多了，我便会将这些文字做一个整理，挑出一些自认为比较好的，请出版社帮忙出版。这些年来，陆陆续续完成了《与克林顿握手》《画外话》《悲欢自酬》这么几本散文集。

第二类是我与王群合作编写的主持理论书籍。伴随着我主持实践领域的不断扩展以及他理论创作水平的不断提升，我们在主持理论研究上的成果也变得愈发多元。在我们随后出版的理论书籍中，既有节目主持概论类的教材，如《电视主持艺术概论》《广播电视主持艺术》；也有类型化主持的专著，如《谈话节目主持概论》《谈话节目主持艺术》；主持语言方面的研究也有了深化，在《节目主持人语言艺术》的基础上又创作了《节目主持语言智略》。

此外，王群还组织学生对我的《可凡倾听》栏目进行调研，将学界、业界对《可凡倾听》栏目的评价、分析、观感加以整理，辅以对节目文本的案例分析，出版了《曹可凡与〈可凡倾听〉》一书。这也是对我这档栏目的一个全面总结。

而第三类，就是我以栏目名义出版的栏目丛书。最早的一本还是在我主持《名家专列》时出版的，叫作《大地星河》。其实就是把《名家专列》中比较具有代表性的访谈内容整理成文字，以书的形式予以出版。

后来在2003年的时候，我又创办了新的人物访谈栏目——《可凡倾听》。虽然栏目名称变了，但当时的习惯却得以保留。每年我都会把做得比较好的访谈节目整理成文字，出版栏目丛书。从2005年开始，几乎保持一年一本的进度。

或许很多人会质疑。你作为一个电视节目主持人，有必要去做那么多跟主持无关的事情吗？与名家合作搞朗诵，会不会有附庸风雅之嫌？出游记、随笔、散文集，你的文笔真达到作家水平了？出理论书，难道不是好为人师的表现？把访谈节目里的对话整理成文字出版，是不是在给自己的栏目贴金？

我无法阻止他人的揣测，但至少我做这些事的目的并不是这样的。

在我看来，电视节目主持，并不是一个单纯的职业。他是一门艺术、一个系统、一项值得一代又一代人不懈追求的了不起的事业。正因为此，想要在电视节目主持工作中真正做出成绩，得到包括观众、同行、同事、领导……所有人的认可，那绝不是那么简单的事情。

就像孙道临老师，他把一生的经历与体验都融于自己的表演之中。他的才华天赋、他的学习背景、他的兴趣爱好、他的丰富经历、他的内心感受、他的无私忘我、他的心忧天下……正是在这些因素的共同作用下，才成就了他在中国表演界无上的地位。

对于主持人来说，我觉得也是一样的。主持的艺术，绝不是单纯的口耳艺术，它和表演一样，也是由无数基本要素共同构成的。在这其中，形象条件、嗓音条件、普通话、表达能力、反应能力……这些只是最表面、最浅显的东西。更重要的是个人丰富的学习、体验、感受和经历，以及借由这些所形成的才情、气质、品德与修养。而我所做的，正是在这条道路上不断的求索。

朗诵，作为有声语言艺术最纯粹、最高级的表现形式，它与节目主持在很多方面都是一样的。如果做个有心人，我们不难发现，大凡在有声语言表演领域有所成就的人，改行做主持人，都能获得不错的效果。像是凭借广播剧《夜幕下的哈尔滨》一举成名的王刚、曾经荣获小百花奖最佳女主角的倪萍，包括最近才开始主持电视节目的相声演员郭德纲，都是其中十分典型的例子。

因此在这个方面，我是非常认可陈醇老师的观点——作为广播电视播音员主持人，哪怕是一个娱乐节目主持人，都必须要有扎实的语言基本功和高超的语言表现力。而这些，正是朗诵能够带给我们的财富。

此外，朗诵更是一种传播思想、文化、精神力量的有效手段。这与主持也有着异曲同工之处。作为一个电视节目主持人，我们有责任、有义务，也有能力承担起传播社会正能量的使命。作为一个文化领域的社会公众人物，只要能够把真、善、美的东西传递给他人，无论是通过节目主持，还是朗诵艺术，抑或其他任何方法，我们都应该去做，尽自己最大的力量去做。

（九）一切为了爱和纪念

写书同样如此。对主持人而言，文史哲方面的积累直接决定了他能在这片舞台上站多久，走多远。很多主持人干了三年、五年之后，都会有一种身体被“抽空”的感觉，那就意味着他的知识积累已经完全透支了。在这种情况下，有的人选择

余光中为《悲欢自酬》作序原稿

《悲欢自酬》读后　　余光中

画品可以清奇高古，超逸凡塵，画家卻必須在現實社会过日子。画院画家可以依附朝廷，民俗画家可以訴諸百姓，文人画家卻必須在官宦商賈之間寻求買主与知音：前有揚州，後有上海，正可提供这样的市場。揚州在前，因為那还是河運兴旺的时代，等到海運大開，市場便移向上海了，乃有「海上画派」之兴起。鴉片战爭之後，上海居五口通商之首，文人画家乃向十里洋場滙合。虛谷、任伯年、吳昌碩號称「海上三傑」，成了奠基名家。曹可凡先生在《悲欢自酬》这本

1.

暂别舞台，“回炉”充电，更多人在苦苦挣扎之后无力回天，只能被时代无情淘汰。

我虽说是80年代出道的主持人中为数不多的“高学历”，但却从未经历过系统的文史哲学习，在与主持相关的文化积累方面，本就有着巨大的先天缺陷。因此，在我的从业历程中，每时每刻，我都不忘补充、提升自己的文化知识积累。而写文章，正是我将持之以恒的学习历程记录下来的一种方式。时至今日，当我翻出10多年前出版的文集，重新品读那时所撰写的文章时，我能够清晰地感受到我的文章一年比一年有进步，我的习作能力在慢慢提高。

为了写好一篇文章，我会去看一本又一本的书，研究林语堂、梁实秋、周作人这些大师的文风，还会向余光中、黄永玉、白先勇这些名家讨教学习。慢慢我找到了自己最喜欢的文学风格和最擅长的创作习惯，站在巨人的肩膀上写出更好的文章。

不仅如此，将文章集结成册，出版发行，同样也是向文化老人表达敬意的一种方式。

在我的人生历程中，我十分荣幸地结交了好多引领中国近代文化艺术发展的文化大师、艺术巨匠。我一直把这视为上天给予我最大的福祉。我非常希望用自己的文字将他们的卓越风范记录下来，将他们最真实、最朴素的一面留个每一个读者。因此，虽然我写了许许多多方方面面的文章，但最终挑出来出版发行的，几乎都是我与文化老人们相识、相交的故事。同样，我在《名家专列》《可凡倾听》的栏目丛书中所记录的，也是这些影响了一代又一代人的文化艺术家们的魅力与风采。

在张国荣逝世十周年祭的时候，我偶尔看到网上有一个朋友十分兴奋地发帖称，他在淘旧书的时候意外发现了我的《大地星河》，里面正好有一篇与张国荣相关的旧闻。那位网友看过之后感动不已，并在第一时间与其他哥哥的“粉丝”分享。

如若在人生的某一个时刻，因为书中的一篇小文章勾起了你的某段回忆、触发了你的某种感动，那这本书便也算是有价值了。

最后，还有我与王群合作出版的那些有关主持艺术的学术著作、理论教材。在我看来，这更是我作为中国第一代电视节目主持人的使命与义务。

环顾四周，与我同时间入行甚至更早时间入行，现在仍旧在主持人的岗位上奋斗着的同志，已经越来越少了。特别在处处充满诱惑的上海，能够在这个圈子坚持30年的人，早已凤毛麟角。

当年的“战友”们，有的在“出国潮”中离开了这座城市，有的在“经商潮”中离开了这个行业，也有的在逆境的折磨下离开了这片舞台。在这过程中，我也曾经遇到过一次又一次的诱惑，一次又一次的挫败，能支持我一路走到现在的，正是我对电视节目主持事业的爱。

因为这份爱，我愿意不断通过自己的努力，让自己做得更好；我愿意将我从业过程中的经验教训与同行分享；我愿意为这门年轻艺术的理论体系建设做出自己的贡献；我愿意为培养下一代优秀节目主持人出一份力。

在这基础之上，刚巧我又遇上了与我志同道合的王群教授。我有实践、行业经验，他有理论、学术经验，我俩既有相同的意愿，又有互补的能力，为着一个共同的目标走到一起，便成就了一次又一次的学术创作。

而且，尤其令我振奋的是，在1997年《节目主持人语言艺术》出版之后，关注电视节目主持艺术理论发展的学者、专家以及和我一样的从业者骤然多了起来，与节目主持艺术相关的各类著作、教材层出不穷。虽不敢大言不惭地说，是我推动了这一领域的理论发展，但能为我心爱事业的理论建设出一份力，已是我最大的欣慰了。

后记

曹可凡并不是一个“好为人师”的人。尽管以他在电视节目主持领域的资历和培养青年主持人的实绩，完全有资格被冠以“老师”的称谓，但他始终对这两个神圣的汉字抱有一颗敬畏之心，即便是在私下场合，倘若有人提起曹可凡“是哪个主持人的老师”“带谁谁谁出道”“把某某某捧红”之类的说法，他定然会委婉地予以否认。

然而，在从事高校教学的王群教授的牵线搭桥之下，他也曾经破例从王群老师的学生中慧眼识中了几个颇有潜质的大学生，还举办了正式的拜师仪式收为“弟子”，尽己所能教授他们节目主持的技艺与方法，告诉他们作为主持人应有的素质与修养。

这也算是曹可凡在另一个领域的“理论联系实际”吧！在接连推出了多本对主持教学有着重要指导意义的理论著作之后，通过教学实践来检验理论的准确性及有效性，从而使理论的研究更符合节目主持艺术教学实践的需要。

确实，在积累了“带徒授课”经验之后，曹可凡整理、总结了学生在学习、实践过程中碰到的具体问题，又写了一本更有针对性的学术著作《“实”说主持》，一方面借助书中的文字为弟子们传道授业解惑，另一方面借助弟子之口，把每一个主持专业的学生都可能产生的疑问、困惑及其解决方法收录成册，传授给每一个有志从事这份工作的年轻人。

现在，在曹可凡老师的学生中，已经有一个女孩儿凭借自己的努力登上了“新娱乐”女主播的岗位，另一个男生则根据自己的兴趣特长成为广播新闻中心的新闻评论员。最近，又喜收“九球天后”潘晓婷、新闻主播雷小雪为徒、“家庭成员”日益壮大。学生的成长纵然少不了他们自己的勤勉奋斗，但倘若没有恩师的倾囊相授，成功的道路必定会更加曲折。

六
千金难买“老人缘”

曹可凡，20 世纪 60 年代生人，论年龄，正处于年富力强的中年期；论成长环境，绝对属于“生在红旗下、长在新中国”，与改革开放同成长的中国新一代。

然而，与他的年龄和成长环境颇不相符的是，在他的朋友圈里，有着一大批生长在“民国时代”的“爷爷辈儿”，一大批比自己年长十几二十岁的“叔叔辈儿”，而几乎每一位都是中国近代文化界极具“符号”意义的人物。

诚如上一章所提到的孙道临、毕克，这些语言艺术领域的泰斗，都愿意与曹可凡“交朋友”，不吝将自己的本领传授于他，这既是老一代艺术家们诲人不倦、德艺双馨的表现，同样也是曹可凡敬老尊贤、敏而好学的结果。

不仅如此，曹可凡的“老人缘”不局限于与其专业相关的领域，在文学、美术、音乐等一些文化领域，到处都有曹可凡的“忘年之交”。他们因各种机缘与曹可凡相识，一来二往之后，便都成了曹可凡亦师亦友的“老朋友”。

诚如牛顿所言，“如果说我比别人看得远一些的话，那是因为我站在巨人的肩膀上”。任何一个在事业上做出成就的人，在他的成长道路上，必定少不了伟大前辈的关心与教导。有了大师的指引，纵然天资如郭靖一般的愚人，亦能成就不凡之伟业。更不用说，对于有天赋、有能力、有大志的曹可凡而言，他身边的这些“老朋友”能给他的财富之丰，在他的成长中产生的推力之巨，显然是不言而喻的。

然而，作为一个典型的 60 后，他究竟是如何与这些前辈结识、攀交，如何建立起今天这样一个“高大上”的人际圈，又是如何去维系这些珍贵的“忘年”情谊？这一直是我百思不得其解的问题。

再次回到白岩松借引 20 世纪最伟大的大提琴家卡萨尔斯所说过的一句话——“如何做一个优秀的主持人，先要成为一个优秀的人。”看看曹可凡的为人处世之道，或许能对这一句话有更加直白的了解。

可凡如是说…

我是一个蛮有“老人缘”的人。

所谓“老人缘”可以从主观、客观两个方面进行分析。

主观上，我喜欢和老人们“玩儿”。

我有一个“老朋友”叫钱君匋，1907年生人。他是一个通才，绘画、篆刻、封面设计无所不精。他曾对我说：“弟弟啊，做人要有‘劲道’(有趣味)，你要去认识大佬。我小时候去找齐白石，他不睬我，后来我看到他门口贴了一张润笔的清单，就是找他写字画画的价目表，我想这也是书法啊，就把它从门上揭下来，带回家去收藏。现在我也成收藏家了。我和鲁迅玩儿的时候，才19岁；你老的时候也可以说，小时候跟钱君匋玩儿过。”

他的这番话，告诉我一个做人的道理。在比自己差的人面前当老大，是最无趣的人生；只有跟比自己更优秀的人玩儿，才能有成长。

客观上，我也比较讨老人喜欢。

讨老人喜欢的原因有很多。可能是我长的胖墩墩的，比较“福相”，老人们看着顺眼；也可能是我耐性不错，能踏实坐下来陪他们聊天；又可能是我读的书比较多，能和他们搭得上话，还可能是我对文化和历史都有兴趣，让老人觉得孺子可教……

总之，在我的朋友圈中，比我年长，甚至是比我父亲还要年长的老一辈文学家、艺术家为数不少。家有一老，如有一宝。这些老人亦师亦友，在人生的每一个方向都给了我巨大的指导与帮助。

高尚的老人能够赐予我们高尚的人格，渊博的老人能够赐予我们渊博的知识，睿智的老人能够赐予我们睿智的头脑……向不同老人学习不同的智慧，是年轻人成长的捷径。

而我，正是在许许多多名家、前辈、大师的思想“哺育”下成长起来的。无论是我父亲辈儿、祖父辈儿的孙道临、程十发、黄永玉、乔奇……还是我兄长辈儿、叔叔辈儿的陈逸飞、余秋雨、白先勇……能有幸与这些年长者、智者结交，让我的人生变得更加立体，更加多彩，更加闪耀，更加深邃。

（一）初识程十发

我结识的第一个大师级的“文化老人”，是中国知名的海派画家程十发程先生。他也是我相熟的众多老人中，与我交往最密切、情谊最笃厚的一位。

备注：

程十发，上海金山人，生于1921年，逝于2007年。中国当代著名的海派国画画家，在国画、插花、年画、连环画等多个绘画领域均有较高造诣。曾担任上海中国画院院长，与陆俨少、朱明合称“上海书画三杰”。

程十发从小喜爱美术，特别是对丁聪、张乐平等漫画家的漫画作品如痴如醉。18岁时，他考入刘海粟创办的上海美术专科学校国画系学习，但由于其画风过于“前卫”，被保守派画家批为“离经叛道”，致使他在校期间学习并不顺利，毕业后很长一段时间得不到他人的认可。

无奈，为了生计，他只能放弃高雅的国画艺术，靠画连环画来养家糊口。

直到30岁以后，进入上海人民美术出版社工作，随后又参与了上海画院的创办，他的艺术事业才算是迎来了久违的春天。在那之后，他创作了许许多多艺术价值与社会影响力兼具的优秀作品，盛名蜚声海外。在这其中，他为《儒林外史》绘制的插图荣获莱比锡国际书籍装帧展览银质奖，他创作的连环画《画皮》获全国连环画评选二等奖，此外，他还用国画的画风将鲁迅的名著《阿Q正传》改编成了漫画版的《阿Q正传一〇八图》，深受广大漫画爱好者喜爱。

“文革”期间，他与其他所有艺术家一样，艺术事业受到了巨大的冲击。直至1976年，才重新回到人们的视野之中，开始新的绘画创作。与此同时，一项又一项的荣誉纷至沓来。1980年在日本东京、大阪举行个人画展；1984年升任上海中国画院院长；1986年被列入被英国剑桥国际名人传记中心所编的《世界名人录》；1993年获得上海文学艺术杰出贡献奖；2005年，他的连环画《召树屯和喃婼娜》原稿在嘉德四季拍卖会上，拍出了1100万元的天价，创下我国连环画原稿拍卖的最高纪录；同年，重病

程十发和陈佩秋

在床的程十发获得了人生中最后也是最重的一个奖项——“国家造型艺术终生成就奖”，为他多彩斑斓的艺术生涯画上了一个圆满的句号。

在中国著名的美术理论家卢辅圣看来，程十发是“当代中国画家中最高智慧者”。他在艺术领域涉猎之广、对中国传统美术的钻研之深，在同代人中堪称翘楚。与当时绝大多数的国画家一样，他在很长一段时间将绘画的主要精力集中在了当时十分流行的连环画创作之上，然而与多数画家不同的是，绘制“下里巴人”的连环画作品丝毫没有影响到他创作国画时的情操与格调，他反而大胆地将国画的创作手段巧妙地融入连环画的创作中去，使得他所创作的连环画“通俗而不庸俗”，具备极高的艺术品位与市场价值。

我能与程十发老人结识，这得感谢为我“牵红线”的“媒人”——我独立主持的第一个电视栏目《诗与画》。

通过主持《诗与画》，我在上海绘画界陆陆续续认识了一些朋友。久而久之，便经常跟他们去参加一些美术圈里的活动。那一次，应该是在1993年，我跟着几个绘画圈的朋友参加了马利颜料厂（现在叫作“上海实业马利有限公司”，是中国历史最久，规模最大的画材生产厂商）举办的一次画家笔会。

1993年正好是马利颜料厂改革创新的重要年，公司引进外资和国外先进设备，改制成为中外合资企业。在这种情况下，为了给新企业打打气、做做宣传，公司邀请了一批上海地区的书画家、艺术家，现场作画、题词，为企业进行宣传。这次笔会，就是在这样的契机下办起来的。

那一次笔会，程十发也去了。那时的程十发已经贵为上海中国画院院长，一则是地位高，二则是工作忙，三则年事已高，自然不会亲自执笔作画。记得那天他来得很晚，他一到现场所有的人都“哗”地涌了过去，颇有一种大明星驾到的“派头”。

他到场的时候，别的画家已经把画画好了。主办方便请他在画上题字。他在那边写，其他人就围在边上看着。我当然也凑在人群之中。

他一边题字，一边朝我所在的方向瞟了一眼。忽然，他停下笔说：“你……可是曹可凡？”

我被他问得一愣——他这样的国画大师，竟然晓得我这个“小巴拉子”的名字，着实令我一惊，便赶紧回答：“是是是，我就是。”

“哦，《诗与画》这个节目做得不错，”他又说，“不过我要给你提个意见，你主持的时候太刻板，像在上课一样，不行。这个形式得改一改。”

我赶紧应允：“是是是，您说得对。我一定向导演反映。”

说着说着，他的字也提完了，然后又和边上几个朋友寒暄了两句，便要准备离开。我和其他一群人簇拥着送到他电梯口，向他道别。

照理说，他与我第一次相遇的故事，就到此为止了。却没想到，已经走进电梯轿厢的程先生忽然又转身走了出来，对我说：“给你个电话，你要有空，来我家玩儿。”接着便把他家的电话抄给了我，这才坐电梯离开。

那一瞬间，我着实有一种受宠若惊的感觉——我这一个 20 多岁的小年轻，只不过是照葫芦画瓢般地主持了一个艺术方面的小节目，何德何能，竟能入大师的法眼！我把写着程十发家里电话的纸条小心翼翼地揣在兜里，回家赶紧誊在通讯录上。

（二）从请教到陪聊

过了两天，我给程先生打了电话，怯生生地问他：“明天可有时间，能否登门拜访？”他丝毫没有迟疑，很爽快便答应了下来。

那天中午，我早早地在学校吃了午饭，循着门牌号码找到了程先生的家。程先生见我来了，十分高兴。他把我带到客厅坐下，便与我攀谈起来。

第一次见面，终觉得有一些拘谨。平日里在镜头前做主持人的从容与洒脱，在这位老人面前荡然无存。但老人却始终非常随和，与我聊工作、聊生活、聊学习，亲切风趣、温暖慈爱，使我渐渐从进门时的紧张中走了出来，对话也变得轻松自如了许多。

聊了挺长一段时间，他忽然起身，略带歉意地对我说："接下去我还要出门办点事，今天恐怕只能就此打住了。"顿时我有一种很不好意思的感觉——本以为今天程先生在家无事，才应允我前来拜访，却没想到他是在繁忙的工作中挤出时间来接待我。于是，赶紧与程先生作别。程先生把我送到门口，笑着对我说："时间有限，未能尽兴，改日我们再约，聊个痛快！"

老人虽这么说，可我也不敢贸然再去叨扰。过了一阵子，因为在工作中碰到了一些疑惑无法解决，便借着这个理由，又给程先生打了个电话，希望能够登门向他讨教。

这一次，老人似乎不像上次那般爽气，电话里他有些支支吾吾。听着他的口气，我刚想说"要是您不方便下回再说……"，他忽然改变了想法说："你还是来吧。"

一进家门，我就发现程先生家中的气氛有些不大对劲。那天他家里的人很多，有亲戚，有朋友，有同行，而且时不时有人进进出出，大家脸上的表情都有些凝重。

因为客厅人多嘈杂，程先生把我拉到了偏厅的书房，关上门，与我聊了起来。其间人来人往，他也不出去接待，顶多只是隔着门打个招呼。差不多聊了 20 分钟的时间，我的问题都解决了，他便起身说："今日家中有些变故，着实抱歉，余下的我们下回再聊吧。"

就这样，第二次拜访只进行了短短 20 分钟，便仓促结束了。事后我才知道，原来就在那一天，陪伴了程先生 40 余年的结发妻子张金锜因脑溢血突然离世。

张金锜老人是程十发美专的同学，出身书香门第，画也画得好。他俩在学习的过程中互生情愫，并最终走到了一起，这在那个时代可算是十分难得的自由恋爱。然而即便如此，婚后的张金锜却和普通家庭妇女一样，相夫教子，承担起了照顾整个家庭的重任。

那几天，程先生正为妻子的后事忙得心力交瘁。而即便在这样的情况下，他依然强忍悲伤，陪着我这个毫不知情的年轻人唠了整整 20 分钟。直至今日，当我回想起这件事的时候，依然觉得感慨万千，唏嘘不已。

在程十发晚年，他的子女大多旅居海外，他与妻子两人共同生活，相濡以沫，相依为命。因此，妻子的离世对这位艺术巨匠打击很大，老人心中的寂寞与孤独愈发强烈。虽然画院的同事、圈内的好友时不时地会来看他，但这远不能弥补他失去的亲情。

刚好，程先生的家离我家不远。他那时候住在吴兴路，而我已经从愚园路的锦园搬到了华山路，步行到他家也就 20 分钟的路程。那时候我还没有结婚，工作上时间的安排也还比较自由，于是我便自告奋勇地承担起了程先生身边“心灵保姆”的角色。

如果没有额外的应酬，程先生每日的起居安排几乎是固定不变的。每天清晨 5 点钟，他就会早早起床，洗漱、早餐过后便立即开始画画，整整 3 个小时，差不多到 9 点左右的时候停笔——那段时期，他的创作精力虽已大不如前，但仍然要确保一定的创作数量以备不时之需。例如当时，程十发的画在市场上的价格已经很高了，受利益驱动，坊间充斥着大量冒名的假画。每当有朋友拿着仿品请他来鉴别，他都会拿一副真画与对方交换。这无疑给他造成了巨大的创作负担。9 点后，中国画院的下属准时到他家中汇报工作，他在书房现场办公，处理解决相关事务。差不多 10 点左右的时候，公事基本办完了，画院的下属就此告辞。

这时候，便轮到我“出场”了。每周，我会固定去程先生家两次。大约 10 点 30 分左右，确定他画院的工作全部完成之后，我便去到他家。我陪他聊天，他教我看画，然后一起吃午饭，边吃边聊。吃过饭之后，他要午睡了，我便起身告辞。

这样的生活，一直持续了好些年。后来，我成立了自己的家庭，程先生的儿子也搬到了他的身边，与他同住，但我依然保持着常去他家串门的习惯。特别是在我刚结婚那半年里，家里几乎是从来不“开火仓”——我和我太太工作都忙，也都不怎么会做饭。程先生和他儿子两人同住，保姆也很难给两个人做一桌丰盛的饭菜。于是我和我太太就直接“厚脸皮”地去程先生家里“搭伙”蹭饭。每周总有个三天左右，晚上一下班立刻直奔程先生家，四个人一起吃饭、聊天，其乐融融。

（三）像亲人一般

渐渐地，我与程先生之间仿佛产生了类似于父子一般的情谊。我的出现，帮助他填补了独居的寂寞空虚，他的出现，帮助我在艺术领域、文化领域乃至于思想境界上得到了极大的提升。

在书画方面自是不言而喻。程十发家中的古画，从宋到明清，总共有 200 多幅。每天午饭前这段时间，除了日常的攀谈，我与他做得最多的一件事就是看画。他从不吝惜自己珍藏的古画，只要我有兴趣，无论是唐伯虎、文征明，还是八大山人，他都很乐于拿出来给我欣赏。

虽然我主持了几年《诗与画》，对东西方绘画艺术也有了一定的了解，但教科书上看到的印刷品和程先生家中看到的真品，完全是天差地别的两回事。在程先生家中我可以看，更可以亲手摩挲，用视觉、嗅觉、触觉一同感受笔墨的立体、纸张的细腻乃至历史的厚重。

不仅如此，在我赏画的同时，身边还有一位最优秀的“导师”相伴左右。这幅画好在哪里、不好在哪里，细节上的玩味、画背后的渊源……款款而谈、头头是道。而且，程先生在艺术上的境界，远非普通的绘画教师、美术评论家能比，站在他的高度做出的点评，每一句都是鞭辟入里、匠心独具。能够得到这样的指点，对我日后在美术领域，特别是中国画方面审美能力的提升起到了至关重要的作用。

在程先生的影响下，我开始试着写一些美术评论的文章，起先只是兴趣所至，或是报社、出版社约稿；到了后来，文章越来越多，质量也渐渐上去了，就集结成册，出版了几本与美术相关的散文集、评论集。甚至有些中青年画家，看到我的文章还会有点儿“害怕”，他们都觉得我的眼光蛮“毒”的。

当然，关于美术的能力，始终停留在鉴赏与评论层面，要我自己写、自己画，那是断然不行，也着实不敢的。一方面是因为手拙，恐怕会像当年拿手术刀那样颤颤巍巍、抖抖索索；更主要的还是因为眼高，看见过太多好东西，自己的东西实在过不了自己那一关。

不单单是中国画，程十发更是文化领域的“通才”。他对诗词韵律、电影戏曲、西方艺术，都有着深厚的理解。

程十发是一个十足的昆曲迷，他对昆曲的挚爱程度，远胜于普通的戏曲票友。他在家中成立了“多多曲社”，儿子吹笛他唱曲，一家老小“玩”得不亦乐乎。后来因为“加盟”的名家太多，他儿子程多多干脆去民政局成立了“国际昆曲联谊会”，由程十发担任名誉会长。

不仅如此，发老更与京昆大师俞振飞、昆曲名家张君秋两位老先生交往甚密。在与我交谈时，他时不时就会拿出一台袖珍录音机，一边让我欣赏他在五六十年代录制的唱段，一边细述他和昆曲之间的不解之缘。后来，我还陪同张君秋先生造访程十发的“三釜书屋”，聆听两位老先生畅谈京昆戏曲与书画艺术之间的渊源，兴之所至，两位还一同切磋书画技艺，合作了一幅妙趣横生的绘画作品。

程十发画了一辈子中国画，然而他对西洋画的热情比任何一个中国画画家都要强烈。

刚解放那阵子，他对诞生于 19 世纪中后期，以米莱斯、罗塞蒂和亨特为代表的西方著名画派“拉斐尔前派”十分喜爱，后来在给英文版《儒林外史》绘制插图时，他就大胆借鉴了拉斐尔前派的某些绘画特点。

他还研究德国的丢勒、荷尔拜因，法国的安格尔……对丢勒的铜版画尤其感兴趣。他一方面赞叹欧洲铜版画的线条精美，一方面又觉得颇不服气，认为中国画也能画出同等的效果。于是，他就用毛笔来临摹铜版画。铜版画的线条，都是用刀子刻上去的，一条一条的刻痕细若游丝、密密麻麻，可他偏要用粗软、厚实的毛笔去画，一根一根，和铜版画一样细腻，有层次。后来他特地用铜版画画风绘制了一本连环画《幸福的钥匙》，可谓独树一帜。

他擅长画连环画。连环画不同于单幅画作，是有故事、有情节的，这和电影、电视剧有些许相似。于是乎，为了画好连环画，他又开始研究电影，特别是爱森斯坦的名作《战舰波将金号》，把电影里面的每一个镜头、每一个镜头与镜头的连接全部拆分开来，把里面的门道一个一个分析给我听。他说，连环画和电影一样，在场景切换、情节推进的时候，也是要用到蒙太奇的。研究这个，能让他把画画得更好。

备注：

爱森斯坦（1898~1948），全名为谢尔盖·米哈伊洛维奇·爱森斯坦。苏联最优秀的电影导演、电影评论家、教育家。他对电影界最大的贡献在于开创了电影“蒙太奇”理论。

“蒙太奇”是法语词汇的音译，原意为“剪辑、组合”。电影蒙太奇的大致意思，就是要根据影片所要表现的内容以及观众的心理顺序，将影片中的镜头进行重新排列、组合。

1923 年，爱森斯坦发表论文《吸引蒙太奇》，首次在电影理论中提出了“蒙太奇”的概念。随后他又陆续发表了《水平蒙太奇》、《垂直蒙太奇》等一系列的论文，构建了一套具有完善体系性的“蒙太奇理论”。

《战舰波将金号》拍摄于 1925 年，是导演爱森斯坦为纪念俄国 1905 年革命 20 周年所拍摄的献礼影片。该片重现了俄国 1905 年革命中的标志性事件——海军战舰波将金号起义的前因后果。在片中，爱森斯坦使用了大量有别于欧美电影的蒙太奇剪辑手段，使电影的视觉效果极具冲击力和煽动性。

在世界电影百年进程中,《战舰波将金号》占据着极其重要的历史地位。1929年，美国“全国电影评议会”将该片评选为自1909年（电影诞生）以来四部最伟大的电影（第三名）；1952年、1958年，该片连续两次在欧洲权威机构组织的“世界电影12佳”评选中排名第一；在英国《视与听》杂志每隔10年举行一次的“世界电影十佳”评选中,《战舰波将金号》几乎每一次都能入选。

不仅如此，在中国,《战舰波将金号》更是激励了一批又一批有志青年投身于电影事业中来。该片是中国电影人，特别是左翼电影人对电影理论、创作态度与创作方法的启蒙之作。

与程先生在一起，他说他的，我便在一旁听，偶尔也能应两句。他的脑子特别好，本事特别大，社会上时兴什么、流行什么他都知道，与时俱进。他说美术、说文学、说昆曲，我有的能听懂，有的一知半解，有的完全不懂。他的境界很高，什么东西，从他嘴里说出来都成了学问。和他在一起，每一刻我都在接受知识的启蒙。

就这样，在那些年里，程先生几乎成了我生命中的一部分，成了我知识和眼界的来源。而我也似乎成了程家的一分子。

2005年，程先生又一次因病住进医院接受治疗。院方组织了大批专家对他的病情进行了会诊，针对程先生的病情度身定制了一整套完善的治疗方案。然而，最关键的问题——究竟做不做手术——还得由家属共同商议决定。

尽管当时负责手术的外科专家们信心满满地表示一定能圆满完成手术，但我仍对手术治疗持保留态度——手术能否完成，我相信外科专家的判断，作为程先生身边的熟人，我比医生更了解他的身体状况。程先生虚弱的身体能否撑得住手术的消耗，这是我最为担心的事情。

最终的结果，不幸验证了我的顾虑。虽然手术完成得非常顺利，但术后程先生的身体状况却大不如前，只能长期住院治疗，直至2007年7月，因多处脏器衰竭，不幸离世。

程先生的离世，让我再次感受到了至亲离去的那种悲伤。因为在十余年前，我们便已将彼此视为亲人。

（四）大爱大恨黄永玉

如果说我与程十发的交情，犹如亲人一样，那我与黄永玉的交往，则是典型的“忘年之交”了。建立在尊重与欣赏之上的这份感情，不似我与程先生那般亲近，反倒有一种“淡如水”的味道。

备注：

黄永玉，湖南常德人，祖籍凤凰。出生于1924年，现年90岁。中国当代知名艺术家，擅长版画、木刻、国画，同时在文学方面也颇有造诣，著名文学家沈从文是他的表叔。现任中央美术学院教授、版画学院院长；中国画院院士、中国美协副主席。

黄永玉自小家境贫寒，12岁离家在外谋生，当过小工，当过教员，也做过剧团美术员、报社编辑；14岁开始创作美术作品，除国画外，版画、木刻均技艺精湛。

黄永玉一生漂泊，离开老家湖南后，在江西、上海、台北、香港……都留下过他的足迹。1952年，在新中国的召唤下，他从香港回到北京，开始在中央美术学院任教。

没过多久，“文化大革命”开始。从海外归来的他成了所谓“反动学术”的权威，遭到“四人帮”的迫害，最后被“赶出”北京，“遣返”祖籍湖南凤凰。直至“文革”结束，“四人帮”垮台之后才又重新返回北京。

黄永玉从未接受过专门的艺术学习，美术、文学均为自学成材，风格独树一帜，别具一格，故被世人称为“一代鬼才”。他的作品中被世人广为知晓的，一个是1980年发行的我国第一张生肖邮票——猴票；另一个则是湘西代表之一的“酒鬼酒”全套包装。

在艺术以外，黄永玉泼辣的性格同样为世人所称道。他的童年正处乱世，成年后又屡次在动乱中受到伤害。四处漂泊、摸爬滚打的经历加上湘西人泼

与黄永玉合影

辣、彪悍的民风造就了他性格中放荡不羁的“野性”以及骨子里的“流浪气质”。这一切，共同造就了黄永玉极具传奇色彩的人生。

黄永玉一生情系凤凰。在他成名之后，他为凤凰古城的建设与发展做出了巨大的贡献。从修房、铺路、搭桥这些基础的市政建设，到凤凰古城的文化宣传与推广，处处都离不开黄永玉的身影。现在，他与沈从文、宋祖英一同，已经成为古城的文化标志。

黄永玉是一个蛮“疙瘩”（上海方言，意为“对人、对事挑剔，要求高”）的人，性情中人。如果他喜欢一个人，他会用一切的力量去喜欢他；如果他讨厌一个人，他会用一切的手段去讨厌他。

他还是很喜欢我的。当然，我也非常喜欢他。

我为什么能入他“法眼”？这个问题我从没有问过他。答案自然不得而知。但我想，主要还是因为他觉得我有一点点“才气”，更主要的是，我的知识背景能让我听懂他在讲些什么，我能成为他身边一个很好的听众。

我为什么愿意亲近他？那是因为，我无比钦佩他的风骨。无论是他的才情、他的怪诞、他的气度、他的痞性、他的大爱大恨、他的特立独行，都给我留下了极其深刻的印象，都令我产生了无比钦佩的崇敬之情。

总而言之，我与他之间，非常“有缘”。

关于黄老的风骨，他给我讲过两个故事。

一个是在“文革”的时候，有一次，他与他生命中最为敬重的表叔沈从文在路上迎面而遇。当时黄永玉在中央美院被批斗得非常厉害，沈从文的情况则更为恶劣，两人走在路上，彼此却不敢与对方说一句话，甚至连互相对视、用眼神打个招呼都做不到——在那个特殊时代下，两个站在人民群众对立面的“坏分子”，还有着血缘关系，若是在大街上旁若无人地攀谈，可是后果不堪设想的事情。

然而，就在两人擦肩而过之际，表叔沈从文忽然说了一句：“要从容。”

虽然说话的声音很轻，很低沉，但却是如此的沉着坦然，坚定有力。黄永玉瞬时就从这简简单单的三个字中获得了无限的力量。

后来有一次，在中央美院，那些原本是他学生的“红卫兵”们把他绑起来，使劲儿用鞭子抽打，抽得特别狠。他无力反抗，却又坚决不求饶，甚至强迫自己连一丁点儿呻吟的声音都不能发出。

至于原因，他对我说：“要是发出一丁点儿的呻吟，就等于是满足了施暴者的内心欲望。我决不能让施暴者获得丝毫的成就感。”

另一件事情，他告诉我说：之前在画界，有一个画家——和他一样也是年纪一大把的老头儿——长年对他存有敌意，而且还多次使用非常低劣的手段来攻击他。那个画家曾经多次写信，捏造编纂黄永玉的不端行为，向上级部门举报揭发。

这件事，让黄永玉无比气愤，他下定决心，一定要找机会好好教训教训这个老头儿不可！

终于，在全国美术家协会改选的时候，他和那个老头儿一同被邀请参加会议。与会期间，所有的参会人员都是住在同一幢宾馆里的，于是黄永玉便悄悄打听到了那个老头儿住在哪一层哪个房间，然后他径直跑去那人屋里，二话不说把门反锁，接着便是一顿老拳，把那个家伙胖揍一顿。打完了，解气了，便扬长而去，至于这事儿接下来会产生什么影响，造成什么后果，给自己惹什么麻烦，他才懒得去管呢！

还有一件事情，是我亲身经历的，在我看来，更能反映出黄老爱憎分明的真性情。

上海美术界有一位“江湖艺人”，比黄老年轻将近20岁，曾经做了件不入黄老法眼的事儿，开罪了他。那阵子黄老住在香港，但他依然决定要好好教训这个家伙。他向上海美术界放言：“我一个人揍他，没意思！我打算在上海锦江饭店订上10桌，让大家一块儿来教训他！”

听说这事儿以后，圈里的好友们都吓了一跳，赶紧跑来劝他——您老也一把年纪了，保重身体要紧，何必跟这么一个后生小辈一般见识呢？好不容易，才算把他劝下了。

但他还是不解气，便说：“酒席可以不办，但我还是得好好批评和教育他一下，教教他怎么做人！”于是他取了一张长卷，用毛笔洋洋洒洒地写了一封“惩戒书”。刚巧那阵子我在香港，他便把我叫去，将长卷交给我，让我转交给他。

看着那封信，我真叫哭笑不得。只得跟黄老说：“您交代我转交，这没问题，我一定办到。可起码，您把这信封一下吧，里面的内容，我权当什么都不知道，要不然多尴尬呀。”

他听了，觉得也有道理，这才把长卷封了起来，再交给我。

对不喜欢的人，黄永玉就像是秋风扫落叶一般丝毫不留情面。而对喜欢的人，哪怕那是个素未谋面的陌生人，只要能打动黄老，他都会用最大的善意来回应。

下面的这个小故事，也是发生在上海，他曾经对我说过无数次。

有一次，黄永玉坐出租车外出，闲来无事，便与司机攀谈起来。司机是个中年妇女，她问黄老是做什么工作的，黄老回答是画画的。司机顿时来了精神，她说：“画画好啊，我老公也特别喜欢画画，他很有天赋。因为他喜欢，我就让他不要工作了，一心在家里画画，我开出租车养他！”

这话听得让黄永玉特别感动，等车到家之后，他让司机先别走，有东西要送给他。他问清了司机丈夫的名字，便上楼拿了本自己的画册，用毛笔落上赠款，又署上自己的名字，盖上自己的印章，拿去送给司机。

司机拿到后，特别高兴，边看落款边说：“谢谢谢谢！您叫黄永玉是吧？您是哪个单位的呀？”即便看了名字，她依然不认得黄永玉是谁。黄老听后哈哈大笑，他一次又一次地对我说，这是他在上海碰到过的最感动的事情。

（五）黄永玉的老朋友

我第一次见到黄永玉，是在 1995 年的上海。在那之前，他已经有整整 20 余年没来上海了。一到上海，他也不住宾馆，而是住进了位于陕西南路淮海中路的陕南村——那里是他的好朋友，著名电影演员王丹凤的旧宅。每天来往宾客络绎不绝，我也跟着几位书画圈的朋友登门拜访。

虽说第一次登门，难免有些拘谨，但在黄老爽朗的谈吐下，现场的气氛很快便活跃了起来。黄老经历丰富，无所不谈，从凤凰、张家界到巴黎、佛罗伦萨；从达·芬奇、罗丹到齐白石、张大千；从莫扎特、普切尼到弘一法师、沈从文……一瞬间，老人身上独特的魅力便彻底征服了我。

那一次他来上海的目的，是为了看看老朋友。

他在上海的老朋友已经不多了，他说，自己再不来，很多人恐怕以后就见不到了。而且在他看来，上海的老朋友们差不多都走不动了，而他身体尚硬朗；上海的老朋友们也都没什么钱，而他手头富裕，所以有必要亲自跑一趟。

他想看望的朋友，主要有这么几个——方平（著名作家、翻译家，在莎士比亚作品的翻译和研究领域享有盛誉）、黄裳（著名散文家、高级记者，中国藏书界的泰斗）、谢蔚明（国民党时期军人、战地记者，《文汇报》《文汇周刊》记者、编辑）、殷振家（上海人民滑稽剧团著名导演，滑稽戏《七十二家房客》导演）以及张乐平（当代最杰出的漫画家，“三毛”形象的创造者）的遗孀冯雏音。

黄永玉的这些朋友，其中有不少都是他在江西从事抗战宣传工作时的至交好友。当时蒋经国在江西主政，花大力气重点打造“新赣南”，在当地做出了不小的成绩，那里的宣传队、剧团也聚集、培养了一大批的有志青年。关于他与这些好友的故事，在黄永玉 2008 年出版的散文集《比我老的老头》中有着不少记述。

有人觉得黄永玉很有钱，他在中国近代众多书画大师中的确属于少有的大富大贵之人。只不过他的每一分财富，都是一笔一划地画出来的。

他的画洛阳纸贵，然而当对象变成他的朋友时，钱或画，就变成毫无价值的身外物了。

像张乐平，他是黄永玉自小的偶像。在江西相遇后，黄永玉就像是小跟班一样天天待在张乐平身边，陪张乐平喝酒，帮张乐平接送孩子。张乐平去世后，黄永玉就持续不断地给张乐平家送画，照顾冯雏音老师生活。

备注：

殷振家，上海市人民滑稽剧团著名导演。

殷振家自小接受良好的私塾教育，高中毕业后考入国立戏剧学校，成为第二期生。抗战后先后在陈诚、周恩来统帅的政治部抗敌演剧七队、蒋经国管辖的教育部抗敌演剧二队从事抗日救亡宣传，是 20 世纪 30 年代中国戏剧界极具才华且心高气傲的一位明星。在抗日宣传过程中，他与同在宣传队工作的黄永玉结为好友。

解放后，殷振家曾短期从事戏剧教学工作，但因为性格上的狂放不羁以及生活上的不拘小节，他先后遭到中央戏剧学院和上海戏剧学院的除名，断送了在学术界的大好前程。幸而，在他最落魄潦倒的时候，他在上海的大街上遇到了20年前的革命旧友、滑稽大师杨华生。在杨华生的举荐下，他进入当时的大公滑稽剧团，随后改名为“般迅”，潜心从事滑稽戏编导工作，先后执导了两部载入中国滑稽戏史册的经典大戏《七十二家房客》《苏州二公差》。

黄永玉与殷振家，因彼此欣赏对方的才情而结为至交。后来有人要“对付”黄永玉，正是殷振家及时通风报信他才能顺利逃脱。却未曾料到，1943年赣南一别，整整半个世纪两人都未能重逢。后来黄永玉到了香港，托友人帮忙打听他的近况。怎料友人告知，他亲眼看到了殷振家的生活，“再没有一个人在解放后的生活还是这么惨的”。

听闻这个消息，黄永玉立刻拿起了纸笔给殷振家写信，为了缓解殷振家困窘的生活条件，他每年都会送殷振家几幅画，让他“在没钱的时候卖了换酒吃”。

这一次黄永玉来上海，自然要去探望这位挂念了半个世纪之久的友人。 见面除了叙旧，还是送画。那一次他一口气送给殷振家十余幅画，当然他也知道殷振家没什么理财能力，怕他将画贱卖，便让张乐平的儿子帮他代理售画事宜。

后来殷振家病重，住进医院接受治疗，黄永玉来不了，又托张乐平的儿子给他买了手机，以便随时能和他联系。最后他快要病危了，便打电话给黄永玉，问他能不能赶来上海见最后一面。

此时的黄永玉又展现出了他性格中“霸道”的一面。他在电话里对殷振家说：“我最近在北京办画展，很忙的，没办法来看你。你千万不要死，要死也等我来了再死……”听着黄永玉的话，殷振家也只能一边苦笑，一边回答：“我听你的……等你来了我再死……”

最终，黄永玉还是没能见到殷振家的最后一面。得知好友过世的消息后，黄永玉打听了追悼会的具体日期，然后从北京飞到上海，直奔龙华火葬场。可到了火葬场之后，他却不进吊唁厅，而径自跑去了停尸房，绕着殷振家的尸体转了一圈，告别仪式也不参加，就回去了。

回到北京后，黄老曾说过这样一段意味深长的话：“在上海能见到老朋友，心里的踏实快慰是难以形容的。在这里，说句老实话，‘友谊’都让‘运动’耽误了，临老才捡拾起来，身心不免有些温暖中的萧瑟。”

（六）爱热闹的老人

黄永玉有个“坏毛病”，喜欢盖房子。在北京、凤凰、香港、意大利陆续造了 5 处宅邸。这些“豪宅”全部由他自己设计，建造的经费全是他一笔一笔画出来的“血汗钱”。除了少数几次在上海见着黄老，多数见面的机会还是我去他各处的家中拜访。

大多是在北京，少数是在凤凰，但我和他的第二次见面，却是在香港。

那是在 1997 年农历春节前后，我去香港录制东方电视台的新年特别节目。虽然日程排得很满，我依然抽空给黄先生打了个电话。原以为时隔两年老人家早就把我忘了，没料想电话那头却传来爽朗的笑声，“你来香港啦，来玩儿啊！”

于是，在离港前的一个晚上，我专程前去拜访。没想到司机不认路，赶到黄老家中都将近 10 点钟了。一进门，我连连向黄老致歉，可他却哈哈一笑，“没关系，反正我睡得晚。只不过，茶凉了。”

就这么一来二往，我和黄老便熟识了起来。我打从心底尊敬他，乐意听他给我讲故事；他也愿意给我讲，因为他觉得我是年轻人里少有的能听懂他故事的人。

黄永玉在凤凰造的宅子，先前是“夺翠楼”，后来又沿山坡造了一所更大的“玉石山房”，在里头可以俯瞰整个凤凰的全貌。我每次去凤凰探望黄老，都会在那里住上一阵子。

最早的一次，是在“玉石山房”刚建成的时候，应黄老之邀，与友人同往，小住了一段时日。一接到他的电话，我俩便立刻订机票飞到凤凰。看到我们如约而至，老人就像孩子一般高兴，拉着我们陪他聊天。

所谓聊天，更严谨的说法应该是他说，我们听。听他讲他的经历、他的故事、他的见闻、他的好恶。

也有些时候，他不想多说话，我们便静静坐在一旁陪着他。他一边抽烟斗，一边看电视，我就和他一起看电视，这么一坐就是几个小时。

吃饭的时候，情况也差不多。他请我去他家吃饭，大家坐在一块儿，他就说一句“吃饭啦”，然后就自顾自地吃。席间也不说话，吃完就自顾自走了，也不寒暄，也不敷衍。

但无论如何，只要你在他身边，他就会觉得非常高兴，从他的眼神之中就可以看出他的快乐——只是他不会用嘴说出来而已。

住了好一段时间，不知不觉便到了该启程返沪的时候了。最后一日，我们向他告辞，他像变戏法似的从身边掏出两个信封，交给我们——他给我们每人准备了一幅他画的画，当作礼物送给我们。

还有一次，我和我妻子同游凤凰，在黄老家中住了 10 天。

在那 10 天里，有 3 天的时间，是他亲自陪着我们逛的。那时候他已经 70 多岁了，但身体却依然硬朗，他陪我们在山林间穿行，我妻子已经累得喘不上气了，他却依然走得从容。他带我们看了他小时候读书的学校、沈从文的故居……我们都说，不用你陪，让佣人陪着就行了——他在凤凰有很多佣人帮他做事。他却说：“我现在还走得动，你们下次来的时候，就不一定了。”

后来我们要离开的时候，他一直不舍得我们走，默默地把我们送到村口，眼见我们上了车，快要走了，他忽然对我说：“可凡，我在上海的老朋友，已经所剩不多了，新朋友，也就只有你和陈鹏举两个，我希望我们每年都能见，你们每年都能来看我一次。”

只可惜，因为工作和各种俗事的牵绊，“每年都去看他一次”的愿望终究未能兑现。

除了喜欢造房子，黄老还喜欢养狗。他在北京通县的宅邸叫作“万荷堂”，里头养着整整 19 头大犬。造完后，我和我妻子曾去住过一阵子。每次打开大门，19 条狗就一齐冲过来，一阵吠叫，看着还真有点儿吓人。妻子怕狗，见这阵势赶紧往我身后躲。

后来妻子发现，原来黄永玉有一条鞭子，专门用来驯狗的。所有的狗见到这根鞭子都害怕得很，不敢靠近。于是，妻子便天天拿着鞭子在屋里晃悠。

黄老十分奇怪，问她：“你为什么会怕狗呢？”

妻子回答：“因为狗长毛，有毛的我都怕。”

黄老依然满脸不解地说：“那牙刷也有毛啊，你为什么不怕呢？”

一言一行，无一不透着老人独一无二的幽默与情趣。

另一次，我和朋友一起去北京看望冯其庸先生，正好也是在通县，便顺道拐去黄永玉北京的家里看看。见我们来了，他特别高兴，临别的时候又显得特别不舍。

他说：“最近我做了好多对联，我拿出来给你瞧瞧吧！”当时，已经很晚了，我实在不能多留，但又不好违背老爷子的意愿，只好说：“要不，我们明天再来吧。”

他一下子变得好高兴，“那么说定咯，明天一定要来哦！”

又有一次，还是在北京，我们去他家拜访，发现他家来了好些人。原来是他怕我们无聊，把黄苗子、郁风夫妇以及丁聪、沈峻夫妇等一干北京老友都请了过来，让他们一起来陪我们。

在北京，他每隔几个月，就会把他的那群老朋友接到自己家中一聚。后来还把他们接到凤凰去玩儿。他们其中，郁风爱唠叨，黄永玉就专门给他画了一幅画，下面题了这么一句——“鸟是好鸟，就是话多”。

直到 2004 年的时候，他过 80 大寿。虽然那阵子单位的事情特别多，但我想，无论如何都要去看他一趟。那次我下午 3 点上的飞机，5 点飞到北京，然后直奔他通县的家。

黄老不知道我要晚来，从上午开始，就问佣人："曹可凡什么时候到？"过一会儿又问："曹可凡什么时候到？"一天里接连问了三遍。

北京路堵，我直到 6 点半才赶到"万荷堂"。他见我来了，却又不是很热情，"哦，你到了啊。今天客人多，我就不陪你了。"又自顾自地离开了。他总是这样，从不把关心与爱摆在表面上，在心里，只要有就行了。

那一天，来给他祝寿的，有 500 多个客人，甚至有好些个国家级、省部级领导人。我在那里待了一个多小时，差不多 8 点的时候，又匆匆地赶去机场搭 9 点的飞机回上海了。临别之际，也没有和他打上个招呼。人实在是太多了。

古来圣贤皆寂寞。正像有人所说的那样，历史上的一切伟人在登上事业的巅峰，完成自己的纪念碑后，必然走向寂寞与孤独。曹禺曾向黄永玉坦承，自己在成为"文学巨匠"后的孤独，并对年轻时的黄永玉身边总是高朋满座、不缺热闹羡慕不已。

然而，高处不胜寒。随着黄老逐渐攀上艺术的巅峰，他的同龄好友们却一个个先他而去。他财富越多，他的名望越高，他的寿宴越热闹，他所遭遇的寂寞与曹禺便越相似。

我曾请他来《可凡倾听》做访问，他欣然接受。结束之后依照惯例请他给栏目组题一句话。他题的和别的嘉宾都不一样。他写的是："上海过去是冒险家的乐园，如今是艺术家的天堂，谁不信，我揍他。"

他就是这么一个好玩儿的人，才华横溢，高清远致。

我让他帮我写个对联，把我名字中的"可凡"二字放进去，他想都不想，信手拈来——"可无不可，凡亦非凡"。

还有一次，我给他看了张我演京剧反串孙尚香的滑稽照片，他觉得有趣，便又用毛笔把那张照片画成了画，看着着实滑稽，还在边上题词：

“可凡演孙尚香剧，非可凡，无此规模，玄德焉能不怕？”

当然，在“好玩”之外，更深远的，是他的智慧与情怀。

他一生中，最喜欢这么几句话：一句是俄国诗人巴尔蒙特的诗句——“为了看太阳，我来到这个世上”；另一句则是镌刻在表叔沈从文墓碑上的墓志铭——“一个士兵，要不战死沙场，便是回到故乡”。

2013 年，他在中国古家博物馆举办了他的“九十画展”。现场展出了一幅长达三米的书法作品，那是他在 2009 年的时候写的——“世界长大了，我他妈也老了”。

何等豪情，何等狂放！

（七）陈逸飞带我看世界

在程十发、黄永玉之外，还有一个年纪更小一些，但艺术造诣却同样高超的美术大师与我交情不浅。

他长我 17 岁，按年纪来说，也算是个长者了。但他在我的眼里，在所有人的心中，却从来没有老过。因为他尚未老去，便已离去。他就是视觉艺术大师——陈逸飞。

关于我是怎么认识陈逸飞的，第一次见面在哪里，谈了些什么，我似乎已经有些记不清了。只是在我的印象里，他永远都是一个值得信赖的兄长。我有委屈，便会去向他倾诉，他会静静地聆听，为我排忧解难；我遇到开心的事，便会同他分享，他更会因我的喜悦而感到无比快乐。

在我们的朋友圈里，他永远都是最受欢迎的人。每次朋友聚会，大家都喜欢把他叫上，他一接到电话，便会立刻停下手中的活计，用最快的速度赶来捧场。对一般人来讲，朋友一多难免就会顾此失彼，可他却有这样的能力，从容不迫、面面俱到，绝不怠慢任何一位。尤为可贵的是，无论是达官贵人，还是布衣寒士，他都会用同样的姿态去对待，既不轻蔑，也不

与陈逸飞合影

谄媚，内心的平实与坦荡，令每一个人为之钦佩。

当然，应酬各方的朋友，占据了他日常过多的时间，因此他只能将艺术创作放在夜深人静之后。有时灵感来了，一画，便是一个通宵。肚子饿了，就从冰箱里拿一些速冻食品充饥。我曾经问他："为何不叫保姆给你做点儿宵夜吃呢？"他却答道："太晚了，也就不麻烦他们了。再说，平时他们的工作也挺忙的。"

他永远是用这样真诚而又体贴的心去待人、爱人，却最终拖垮了自己的身体。

备注：

陈逸飞，浙江宁波人，生于1946年，逝于2005年。中国著名导演、油画家、文化实业家、视觉艺术家。中国改革开放后最受西方世界欢迎的画家之一。

陈逸飞生在浙江，长在上海。1963年，他考入上海美术专科学校油画专业。凭借着过人的天赋与勤勉的精神，他只用了短短两年时间便从美专提前毕业，分配到上海画院从事油画创作。

没过多久，陈逸飞就成为上海油画界的青年领军人物，创作的作品也在圈内广受好评。然而，受制于当时中国特殊的社会大环境以及美术圈内派系斗争的影响，他的作品始终未能参加各项奖项评选，甚至连公开展出都无法实现。

1980年，陈逸飞怀揣38元美金赴美留学，在纽约亨特学院攻读美术硕士学位。留学期间，陈逸飞在画家杨明义的建议下，创作了一系列以周庄为主题的反映中国江南水乡风光的油画作品，一举获得美国西方石油公司董事长阿莫德·哈默博士的赏识。

1985年，哈默博士访华，他将陈逸飞的油画《家乡的回忆——双桥》作为礼物赠送给邓小平。以此事件为契机，陈逸飞成为全球最炙手可热的中国油画家。

1993年，陈逸飞带着百万美元回到上海，创建“陈逸飞工作室”。除了画油画以外，他大胆涉足各类艺术领域，拍电影、办杂志、搞服装品牌、办模特公司，创办了规模庞大的逸飞集团，逐步建立起了自己的“视觉帝国”。

2005年4月，正在拍摄电影《理发师》的陈逸飞因胃穿孔而紧急返沪治疗，住院两天后又不顾医生劝告再一次投入拍摄工作中去，终因病情复发抢救无效，病逝于上海华山医院。

在家中，我是独子。这在我这代人中似乎并不多见。而陈逸飞给我的感觉，就像是一个可靠的兄长。我不懂的东西，他会教我；他觉得好的东西，也会与我分享。特别是在他所擅长的艺术领域，他给了我无微不至的指引与教导。

在90年代初期，我对西方美术的了解，仅限于主持《诗与画》那时买回来恶补的《简明西方艺术史》。真正带领我走进西方美术的天地，深入了解西方的绘画艺术的，正是陈逸飞。

首先，他帮助我将西方美术史重新梳理了一遍。不是按照课本上的顺序，而是按他在美国所见、所闻，感受消化之后的理解和认识——陈逸飞自己的美术观。接着，他又陪我去全世界各大美术馆参观。

去西班牙马德里，他便带我一同去普拉多博物馆；去法国巴黎，他便带我一起去卢浮宫博物馆、奥塞美术馆；去意大利佛罗伦萨，他便带我去德乌菲兹博物馆……虽说这些对外开放的艺术圣地，我一个人也能去参观，可身边有一位大师陪伴，所能获得的体验与感受，是截然不同的。

记得在德乌菲兹博物馆，他带我看了两幅同为文艺复兴时期创作的圣母像——其中一幅是达·芬奇画的，另一幅是丁托列托画的。在我看来，那都是极好的画作，但他却会告诉我，为什么达·芬奇的作品要比丁托列托的高一个层次，两者的差别到底在哪里，又该如何分辨优劣。

我们在普拉多博物馆看卡拉瓦乔的作品。他会告诉我：卡拉瓦乔是文艺复兴时期最后的一个大师，也是开启巴洛克时代的第一个大师。因此看他的作品，只需要看《微醺的酒神巴克斯》这一幅就可以了，因为那是他文艺复兴画风向巴洛克画风转变的分水岭。那幅画就在博物馆的什么地方，怎么走过去最方便、最近，这样你就不用兜圈子，也不会受到他其他风格作品的影响，你能花最短的时间，最准确地去了解这个画家。

陈逸飞是一个艺术方面的完美主义者。不仅是绘画，任何艺术他都追求最好、最完美的表现。他带着我去欧洲旅行，在意大利佛罗伦萨街头，我们忽然看到佛罗伦萨歌剧院正在上演普契尼的歌剧名作《波西米亚人》。这顿时引起了陈逸飞的极大兴趣。

陈逸飞作为一名视觉艺术家，他对鲁道夫与咪咪的爱情悲剧一直是痴迷不已，早在几年前就开始酝酿制作中国版的《波西米亚人》。他告诉我，意大利是欧洲歌剧的发源地，而世界上的第一部歌剧正是从佛罗伦萨诞生的。能够在佛罗伦萨看到《波西米亚人》，那种原汁原味的感觉是哪里都享受不到的。于是，在原定的行程之外，我俩临时决定加看这场歌剧。

他又说，既然要看，就一定要买最好的票。欧洲也不是说来就能来，刚巧来意大利又刚巧碰到这出名剧上演，如果不是坐在最好的位子上欣赏，回去之后肯定会感到遗憾的。于是我们立刻托人买头等包厢的票，为了能确保买到，还多付了100美元的小费。

终于，当我俩坐在佛罗伦萨剧院头等包厢欣赏《波西米亚人》的时候，那种直击灵魂的感动，实在无法以言语来形容。顿时，我们都觉得，再昂贵的票价都值了！

不仅如此，在那一回，我们还偶遇了世界上最伟大的盲人男高音歌唱家——安德鲁·波切利——他就在我们隔壁的包厢。更巧的是，在陈逸飞筹划中国版《波西米亚人》的时候，波切利正是他心目中男主角的第一人选。于是，陈逸飞赶紧上前向歌唱家致意，并简要介绍了中国版《波西米亚人》的制作构想。波切利听后大喜："这是一个前所未有的绝佳创意！"并当即表示对合作充满兴趣。

只可惜后来陈逸飞早逝，与安德鲁·波切利的合作也最终未能如愿。

后来在2010年，受上海世博局之邀，波切利参加了世博会开幕式晚会和宋祖英的演唱会，我也正好参与了这两次活动的主持。在彩排期间，再次谈及陈逸飞和他的中国版《波西米亚人》，波切利亦感唏嘘不已。

要，就要最好的。这样，眼界才够高，本领才够大。这就是陈逸飞所教会我的成功之道。

（八）无法接受的离去

点点滴滴的交往，令我与陈逸飞积累下了十分深厚的情谊。那时候，大家的工作都不算太忙。他在工作室里画画，我便会去看他画画。他觉得一个人画画太闷，喜欢一边画画一边聊天，我便在边上陪他聊天。他的太太和儿子也经常会来探班，久而久之，我和他全家都成了非常要好的朋友。

他还把他的朋友介绍给我认识。那些他的朋友，每一个都是当代知名的艺术家。每次他请朋友吃饭，或是参加朋友的聚会，只要有条件一定会把我带上。大家谈得拢，便逐渐熟络起来。通过他，我在美术圈里又认识了好多新朋友，而这些新朋友又会为我介绍更新的朋友……

陈逸飞是一个完美主义者，对每一件事情都务求做到最好。不能容忍任何一件不美的事物进入自己的生活。

有重要的外国友人来访，他会和司机反复商量从机场到酒店的接送路线，只是为了避开杂乱无章的街景，不让对方留下对上海不好的印象。别人不在意的事情，他事事上心；别人不稀罕的事情，他亲力亲为；别人花一个小时做完的事情，他要花上一整天的时间确保万无一失……

然而，随着事业越做越大，巨大的压力让他的身体变得逐渐衰弱，更让他的人际关系变得紧张。2001 年，他创办了杂志《青年视觉》，不到两年便不幸夭折；2002 年，他开始筹拍电影《理发师》，同样碰到了许多麻烦。

2004 年，我请他到《可凡倾听》来做节目，采访结束后，他在留言簿上写下了“好运”二字。当时看来，这两个字似乎显得过于直白，可那不正是他彼时彼刻内心最真切的情感流露吗？他希望能尽快摆脱当下的厄运，同时祝福好运能常伴每一个人的左右，可万万没想到，等待他的却是生命的终焉。

2005 年 4 月 10 日清晨，当我还在床榻熟睡之时，忽然接到了香港好友的电话。她告诉我：“一个多小时前，逸飞走了。”当时的我仿佛完全没有听懂她的话，在电话前发愣了好一阵子。我实在无法想象，那个就在几周前还神采飞扬地与我谈论拍摄《理发师》的点点滴滴的陈逸飞，在还没有完成自己最大的梦想之前，怎么就这样走了呢？

我立即将这个噩耗告诉了身边的妻子，身怀六甲的她顿时血压飙升，神情恍惚。随后，又与好友联络。杨澜唉声叹气，谭盾的心口好似被大石压得喘不过气来，程十发难受得几乎支撑不住，邬君梅更是哭成了泪人……

后来，关于陈逸飞的死因，坊间流传着各种各样不切实际的猜测。记者问我，我回答说：“那是因为多数人实在难以接受陈逸飞的离去。”

（九）读懂老人

除了程十发、黄永玉、陈逸飞这三位忘年好友，在我的人生中，我更有幸结交了许许多多与他们同等优秀的艺术大师、文化名家。这些都是我在主持以外，整个人生轨迹中所积攒下的宝贵财富。

周有光、孙道临、秦怡、吴冠中、启功、周小燕、周采芹、潘迪华、叶浅予、丁聪、王文娟、余光中、施蛰存、黄宗江、李敖、余秋雨、白先勇、傅聪、郁风、黄苗子、谢稚柳、吴祖光、叶永烈、陈村、何占豪、吴君玉、梅葆玖、陈凯歌、

与李敖合影

刘诗昆、袁雪芬、魏明伦、张君秋、柯灵、谭盾、陈丹青、陈其钢、蔡国强、王家卫、姜文、余华、王安忆……

何其荣幸，这些在中国近代文化艺术历史中响当当的名字，都曾经在我的人生留下过难以磨灭的印记。在这其中，有的年纪与我祖父相仿，也有的同我差不了几岁；有的是我孩提时的偶像，有的则与我志同道合、惺惺相惜；有的同我相交甚密、往来频繁，有的只是萍水相逢，却也留下涟漪点点；有的是我正儿八经的老师，有的则是在潜移默化中为我指引了方向……

有人或许觉得不可思议。那么多文学界、音乐界、美术界、曲艺界、电影界的文化名人，你小子何德何能，非但能够见全，还能与之攀交？这可不是一句“老人缘”可以解释的。

这话说来，也有道理。

这些文化老人，虽是泰山北斗、人中翘楚，但若只是求得一见，也未必是件难事。特别是像我这样，挂着电视主持人的名衔，又认识一些圈内的朋友，互相介绍引荐，兜几个圈子，终是可以实现的。

只不过，老人们境界高，往往眼界也高。只有入得他们的“法眼”，他们才会愿意和你聊天，愿意和你交心，愿意将他们一生的智慧和经验与你分享。

至于如何才能得到他们的认可，说难也难，说简单也简单。就像黄永玉那样，他既需要在艺术上与他具有同等地位的同志，也需要在心灵上能够给他情感慰藉的知己。就算我们小一辈的做不到前者，至少还可以做后者。

在这方面，我的“法宝”便是——与老人们攀交，先从“读懂”老人开始。

对于那些文化大师而言，读懂他们的作品是与他们交谈的首要条件。只有在艺术上具备平等交谈的能力，他们才会愿意与你建立私人的情谊。

在我采访这些名家的时候，我会在制作采访提纲的同时，将每一个人的作品都拿过来仔细学习一遍。对画家来讲，便是了解他的画作；对作家来讲，便是了解他的文章；对表演艺术家来讲，便是了解他们的作品……以此表示对长者的尊重。虽然这么做很辛苦，压力很重，但当这些名家大师感觉到你对他们的敬重时，他们也会拿出同样的尊重来对待你。

我第一次采访白先勇，正好是他回内地排演青春版《牡丹亭》的时候。在那之前，我俩并不相识——作为一个台湾地区的作家，他的名字我听过，他的作品我看得却并不多；而作为一个上海的主持人，他完全不知道我的存在。

然而，为了采访他，我买来了当时市面上能够买到的所有白先勇的小说，从头到尾认认真真地看了一遍。于是，在访谈的时候，他感到非常高兴——因为他觉得这个主持人做了很多的功课，他在节目中得到了巨大的尊重。

与白先勇、林青霞和金圣华合影

在那之后，他便十分乐意与我往来。他来上海，或者我去台湾，或者我俩一块儿去香港，只要有机会，我们都会见面。在上海，我们在由李鸿章、杜月笙宅邸改建的饭馆品尝地道的上海菜；在台北，我们在忠孝东路一家老上海模样的咖啡厅喝咖啡。

就这样，渐渐地，彼此间的情谊愈发深厚。后来，我为了写《白先勇回家》这篇小文章，又将整整12册的《白先勇作品集》买回来，从头到尾看了一遍。不仅如此，我还找了几乎所有能找到的别人写他的文章，同样一篇一篇看完。那篇文章我才写了3000来字，但之前的阅读量却有数百万之多。我觉得这样才算有意义，要不然只是录个节目，既是对嘉宾的不尊重，也是对我自己的不负责任。

类似的经历，也出现在我和余光中身上。在接受完《可凡倾听》的访问后，余光中曾经对朋友说："这个年轻人看我的书还挺多，挺明白的。"这算是对我最高的褒奖了。

与余光中合影

当然，读懂一个人，单单了解他的作品是远远不够的，更需要了解他的为人，了解他所生活的那个时代。

受父亲影响，我从小喜爱读书，特别对"民国范儿"的文学作品十分痴迷。除了那一代教科书里常见的鲁迅、巴金、老舍、冰心、朱自清，我同样爱看胡适、林语堂、徐志摩、梁实秋、郁达夫、张恨水。通过这些巨匠的文字，我在脑中对民国有了一个朦胧的印象。

长大之后，有了更多的机会，我开始阅读更多有关民国的东西。比如文化名人的传记、家书、回忆录，以及一些更加官方的史料、文献。通过这些文字，我逐渐发现，原来民国的历史就是一张人物关系网，那些各领风骚的政客、文人、艺术家，都能用各种各样不同的形式联结到一起——或是血缘亲情，或是同窗友谊，或是情感爱恋，或是机关同僚……无论是政界、文学界、科学界、艺术界，民国时期那些赫赫有名的人物，彼此之间千丝万缕的关联，共同织成了一张巨大的网。

然后，我开始有意识地寻找其中的关联，并将它们逐一整理下来，记在脑中。当我接触过的人、阅读过的书、了解过的故事达到一定数量之后，它们就会自动连成一个整体，形成一张巨大的人物关系网，这时候，所有原本静态的信息瞬间都“活”了起来，并且不断向外延伸，牵引出更多原先我并不认识的新名字。

这张网，便是我与文化老人交往的基础。有了这个基础，纵然我没有经历过老人所经历的那个时代，也依然能够听懂老人口中的掌故。而当老人意外地发现，面前的这个年轻人竟然能够涉猎到那么多发生在自己那个时代的故事，他必定会对你青眼有加，刮目相看。

我采访梅葆玖，与他谈他的父亲梅兰芳。我特别为那次采访定了个主题，就叫“梅兰芳在上海”。我与他谈他父亲去美国，和卓别林之间的友谊；去苏联，和爱森斯坦之间的关联；在上海，蓄须明志，甚至打伤寒针诱发自己生病的事；还提到了白先勇口中的梅兰芳……这一切都让他非常吃惊，他完全没想到我竟然那么了解他的父亲。

后来有一次，有个大集团要给梅葆玖颁一个奖，现场需要有两个熟悉他成就的“举荐人”。集团找了好些社会名流让他选，他都觉得不满意。最后还是他专程点了两个人，一个是陈凯歌，一个是曹可凡。说实

与梅葆玖合影

与周有光合影

话，其实我和梅葆玖走得并不是很近，彼此见面的机会也不是很多，但是他就觉得我熟悉他们梅家的事儿，所以也愿意把我当作他们梅家的人。

同样的例子，还有周有光。这位中国汉语拼音之父，在我见到他的时候，他已经 104 岁了。这位年轻时曾经与爱因斯坦面对面谈过话的老人，想要与他聊得自在，聊出内容，不了解他所身处的那个时代，是万万做不到的。爱因斯坦老了，周有光是他的听众；周有光老了，我便是他的听众。

去年夏天，周有光的一个亲戚给我打电话，说他们家打算给老人办 110 岁寿宴。老人的意思，不要太过铺张，主要还是家里人一起聚聚，原则上不请外人。但他又觉得在所有采访过他的人里面，曹可凡是比较懂他的人，所以希望我也能参加他们为老人办的家宴。对此我自然是非常乐意的，我把这个看作是对我最高的认可。

还有被称为“钢琴诗人”的傅聪。他是大翻译家傅雷的儿子，从小便被誉为是音乐神童。他是一个眼界非常高的人，

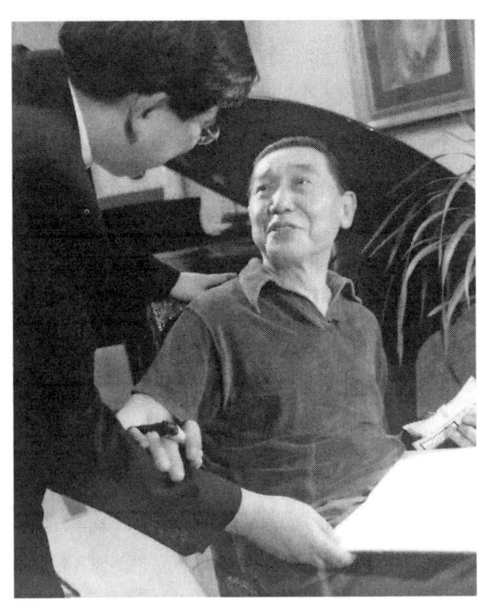
与傅聪合影

能够被他接受、被他认可的人并不是很多。我在同他访谈的时候，谈及他的父亲，忽然他非常不解地问我：“我父亲的那些朋友，你怎么会认识？”

哈哈，傅雷乃是1908年生人，他的那些朋友，哪是我这个“60后”可能认识的。只不过，这些人都存在于我所看过的书中。书籍，传授给了我间接的生活经历。

（十）“糖葫芦”与“风筝”

当然，与老人们结识，少不了他人的引荐。因为能得到老人们的认可，他们往往都愿意为我介绍新的朋友。借助书本上读到的老人，去结交现实生活中的老人，再借助现实生活中的老人，去认识更多原本只能在书本上读到的老人……再这样的良性循环之下，我的交友圈自然就会变得越来越广。

我初次拜访大画家叶浅予的时候，几乎是被老先生撵出家门的。

叶公自称“倔翁”，脾气倔是出了名的。当年他曾受到某电视台的“愚弄”，在那之后，他对媒体人的态度便极不友好。那次拜访虽有好友陪同——好友可是叶公的忘年之交——可当他听说我是来采访的主持人时，顿时便没了好脸色，大喝一声：“对不起，我不欢迎！”吓得我通体透凉、满脸通红，不知该如何是好。

幸而，我原本就结识的那些前辈们帮了我大忙。一觉睡醒，当叶翁得知我是程十发、贺友直、戴敦邦的好友，身上还带着石伽先生亲笔书写的“介绍信”时，他的表情立刻变得慈祥了许多。石伽先生是叶翁中学时的同窗好友，两人有着超过半个世纪的友情；而程、贺、戴三位先生同样也与叶翁有着深厚的情谊。同为书画界的翘楚，叶翁相信，既然我能获得这些老先生们的赏识，便有资格得到他的礼遇。

老先生们不好“伺候”，但只要你真正走进他们的圈子，你就会发现，他们就像是“糖葫芦串儿”一般，彼此之间的关系都是可以连接在一起的。只要你拽住了其中的一颗，便一定能把“整串”拿在手上。

最后，与老人们相处，一定要“风筝不断线”。

在我家，存放着厚厚一叠档案袋。这是我多年来为老先生们做的积累。只要是我认为品德高尚、艺术上有造诣的人，

与贺友直合影

每一个我都会有意识地收集他的资料，然后一个一个档案袋，把这些资料分档管理。把每一个人都放在心里，时刻留意他们的点滴，才能将彼此的关系经营得更加亲密。

在程十发晚年，他的儿子实在不放心他一个人在上海生活，便提议把他接去美国共同生活。程先生不愿意，觉得在美国语言不通，老朋友也都见不着，一直不肯去。后来没办法，他的儿子便对他说：“你要觉得一个人在美国不方便，干脆让曹可凡陪你一起过来吧。”

他觉得这个主意不错，便说，可凡若去，我就去。那时候正好是春节，单位里也不碍事，我便陪他一块儿坐飞机去美国，我也在他儿子家住了一段时间，还一起过了农历新年。在那之后，程先生几乎每年都要去美国住上一阵，而我只要有时间，就会陪他一起过去。

陈逸飞在美国开画展的时候，邀请我过去捧场。虽说跑一趟美国的花销着实不小，我却丝毫没有犹豫，立刻自掏腰包直飞纽约。他住在纽约最贵的宾馆，我便订下他边上的房间，只是为了能在他忙完画展的事情之后，我能陪他聊上几句。

白先勇出了一本书，叫作《父亲与民国》，里面记叙了大量他和父亲白崇禧在广西生活的经历。借着这个机会，我便提出陪他一同回一趟老家桂林，看看在那里留下的白家的印记。我们住在由原先的“白公馆”改建而成的宾馆，一起去吃广西最正宗的米粉。他给我讲述父亲当年在广西的卓越功绩以及同蒋介石之间的恩怨情仇……

这些事情，或许别的人不愿意做，觉得没必要去做，但我却十分乐意，并从来不觉得麻烦。

（十一）补丁人生

我觉得，我的人生可以被称为“补丁人生”。

每时每刻，我都在充满好奇地将不同颜色、形状、面料的补丁打在自己身上。它可能是随处听来的一个小故事，可能是书上看到了一段史实，可能是一张古老的黑白照片，也可能是一部冷门的即时电影。上面贴一块历史，下面贴一块文学，左边贴一块美术，右边贴一块音乐……即使补丁会遮掉原本衣服上漂亮的图案，我也毫不在意。

乍一看，凌乱的补丁可能会令我身上的衣服丑陋不堪，但当我全身都被不同的补丁贴满时，我忽然会意外地发现，原来叠在上面的那篇“史料”和垫在下面的那段“传说”颜色是一样的；缝在袖口的那首“乐曲”和领子上的那篇“科研”出自同一块布料，前胸口的那本“传记”和后背上的那部“小说”非但有着相同的形状，就连缝接的位置都能完美贴合……

把全身的血管逐一与心脏相连，造血系统便会开始工作，人的生命便能生生不息地延续下去。把人生的“补丁”逐一与时代相连，智慧的光辉便会开始闪耀，我的人生便能呈现出更加璀璨的魅力。

当然，在最后，不得不说一句。

在我的一生中，我觉得最幸福的事，就是能够和这个时代几乎所有的艺术大家、文化大家有过接触，并与其中的不少结下了深厚的友谊。而这不得不感谢我所出生的那个时代。站在历史洪流交汇口的“60后”，既看到了上一个50年的博大精深，又看到了下一个50年的朝气蓬勃。

相比“30后”，我们没有经历战争的残酷；相比“40后”，我们没有经历“文革”的伤痛；相比“50后”，我们没有经历“知青”的苦涩。站在历史拐点的我们，既和“70后”“80后”们一起体验了高考的福祉、改革的春风，又和“50后”“40后”们一同收获了历史的财富、文化的瑰宝。

我们赶上了历史的“末班车”，见到了中国最后一批民国文化的亲历者与继承者。当这些佩戴着“文化活化石”标签的老人们像秋天的树叶一样逐渐枯萎凋零的时候，作为“60后”的我们至少还能欣慰地对自己说，我们曾经抓住了那段历史的尾巴，收获了一些足以让我们受用终生的精神财富。

回想我与老人们交往的历程，有很多次的相识都并不是我的刻意为之。例如程十发主动与我搭话，又主动邀请我去家中做客；又如孙道临无私地传授我知识与本领，却从不考虑获得任何回报……一切的一切，只因他们都有着高尚的人格与文化传承之心。

虽然从他们身上继承的，仅仅是那个时代伟大文化中的九牛一毛，但无论多少，我都愿意把它牢牢刻在记忆中最重要的位置，并尽我所能，将其原汁原味地传给后人。

后记

崔永元曾说过一句略带“刻薄”的话：“并不是每一个老人都值得尊重。”虽然曹可凡对这句话也表示赞同，但却多少显得有些“口是心非”。

在曹可凡的“老”朋友中，也有一些社会地位不是很高、人格魅力不是很强、社会名气不是很大的人，但只要与他结交，他都会发自内心的接受对方、尊重对方。

在这方面，我在采访曹可凡的好友王群教授时，听说了这么一个感人的故事。

有一位老先生，算不上是什么文化老人，顶多只能算是个文化界的边缘人。最初他是王群教授的朋友，得知王群教授与曹可凡相熟，便希望王群为他引荐。于是，王群教授便把那位老先生介绍给曹可凡。双方见了面，互留联系方法，便也算是认识了。

这位老先生有个不是很好的习惯，三天两头会转发一些稀奇古怪的短信给认识的朋友。因为是连续不断的转发，加之有些短信实在毫无意义，收到消息的人起初还会碍于情面回复两句，到了后来也就越回越少，甚至不再理睬了。可即便收不到回复，老先生依然兴致勃勃地不断转发，仿佛把这当作了一种消遣方式。

当老先生存下曹可凡的手机号码之后，曹可凡便理所当然地成为他“短信轰炸”的对象之一。然而，每次曹可凡收到他的短信，都会很有礼貌地回复一条，与他互动两句。即便有的时候短信内容实在无聊，以至于完全不知道回复些什么好，曹可凡仍旧会“哈哈”一声，以示呼应。

过了一段时间，王群教授又与曹可凡谈起此人。当得知曹可凡依然对他的短信转发每条必回，王群教授不禁感慨地说：“明明是我的朋友，连我都做不到每条都回，你竟然能够一直坚持，实在了不起！”

这样普普通通的“老”朋友，在曹可凡的朋友圈中，一定还有很多。所以我想，其实很多时候，老人同曹可凡聊天，并不是因为他是所谓的“大腕儿”、名人，而只是单纯地想找一个愿意听他絮叨的倾诉对象；同样，曹可凡同老人聊天，同样并不是因为他们是大师、泰斗，而只是单纯地愿意聆听老人絮叨的倾诉。

七
用电视留住历史

2004 年，曹可凡推出了他人生中最重要的一个电视栏目——《可凡倾听》。

做《可凡倾听》的原因，如他所说十分简单，因为文化老人们一个一个都走了，他希望用某种方式，把他们最后的音容笑貌保留下来。也就是说，《可凡倾听》既是一档电视访谈节目，更是一档历史纪录片。

在刚刚推出《可凡倾听》的时候，或许曹可凡本人都没有想到，这个“清淡”的节目竟然能够延续这么长时间，甚至能够成为他主持生涯中最重要的栏目，没有之一。

整整十年，《可凡倾听》记录下了一个又一个文化巨匠、艺术大师的精彩人生，用一个又一个高尚而质朴的故事，与残酷的收视率竞争；用影像与声音的通俗艺术，与无情的时间赛跑。

在这过程中，栏目曾经历过各种各样的调整，受访者的范围越来越大——最早采访即将逝去的文化老人，然后将范围扩大到各行各业的领军人物，现在还包括各种能够感动人心的文化名人。但无论内容如何改变，其蕴藏的精神与追求却始终如一。

每个人都知道，做访谈节目是一件“吃力不讨好”的事情，特别是像曹可凡这样，背后没有强有力的团队支撑，各方面都是捉襟见肘、举步维艰。在当下的商业环境下，看不见“钱途”，便很难看见“前途”。而谈话节目，往往与金钱无关。

关心电视的人或许会发现，近些年，电视机前的谈话节目，似乎越来越少了。取而代之的则是令人疯狂的“真人秀”。嘉宾危机、经费危机、收视危机如同三座大山，压垮了一个又一个高品质的谈话节目，《可凡倾听》可顶得住?

这是一场高尚与世俗的较量，更是一场错过与挽留的斗争。

面对充斥拜金与世俗的媒介环境，《可凡倾听》能够坚持多久，曹可凡又想要坚持多久?

面对“刀刀催人老”的岁月流逝，《可凡倾听》究竟赶不赶得上，曹可凡又能够留得住多少?

可凡如是说…

（一）逐渐消逝的历史

时光飞逝，转眼间世界送别了一个旧的世纪，迎来了一个新的百年。

那时候，身边的小朋友们都在热烈地争论，到底该把 2000 年当作新世纪的开始，还是 2001 年。无论哪一种观点，他们对 21 世纪的无限期待，都是一样的。

然而，对老先生们而言，新世纪的到来却有着另外一种感触。就像黄永玉先生所说的那样——世界长大了，我他妈的也老了！

无论拥有多么了不起的才华，无论做出过多么伟大的功绩，无论被多少人崇拜、敬仰，老人们逐渐老去，逐渐离开，这是这个世界亘古不变的自然法则。

其实，在 90 年代末的时候，我身边的文化老人就已经越来越少了。和老人们攀谈起那些逝去的老朋友，他们总是那样感伤，却又那样无奈。只是，刚一踏进 21 世纪，这股不祥的气息愈加浓烈，特别到了 2003 年的时候，一股脑儿地向我扑来，瞬时让我压抑得有些喘不过气来。

1 月 2 日，作家黄原逝世；

1 月 18 日，诗书画家施南池逝世；

1 月 27 日，越剧表演艺术家戚雅仙逝世；

1 月 28 日，沪剧表演艺术家王雅琴逝世；

2 月 11 日，相声大师马三立逝世；

2 月 16 日，沈从文先生的夫人张兆和逝世；

3 月 4 日，口技表演艺术家孙泰逝世；

4 月 9 日，剧作家吴祖光逝世；

4 月 22 日，社会学家李慎之逝世；

6 月 5 日，女作家菡子逝世；

7 月 19 日，评弹表演艺术家秦纪文逝世；

7 月 29 日，出版人贺崇寅逝世；

8 月 31 日，作家周劭逝世；

9 月 22 日，昆曲研究专家陆萼庭逝世；

9 月 29 日，清史专家朱家溍逝世；

11 月 16 日，藏书家潘景郑逝世；

11 月 19 日，文学家施蛰存逝世；

12 月 2 日，评剧表演艺术家羊兰芬逝世；

12 月 4 日，古诗词家钱仲联逝世；

12 月 6 日，文献学家杨明照逝世；

12 月 13 日，电影艺术家谢添逝世；

12 月 27 日，表演艺术家英若诚逝世；

……

2003 年，就在那个美伊战争与 SARS 肆虐的年头，文化和艺术也正悄然离去。我一次又一次地听到前辈辞世的噩耗，一次又一次地怀着无比沉痛的心情走进他们的追悼会现场。这或许就是与老人结交最大的苦楚吧。

这些老人，多是民国前后出生，伴随着新中国成长的文化、艺术大师。他们中有不少都居住在上海，有的与我仅有几面之缘，有的则是与我相识多年的忘年交。无论如何，他们在我的心中，都是无与伦比的文化大师。对于他们的离世，我虽知这是无法改变的自然规律，但每一次依然愤感命运的无情。

不仅仅这些老人，在2003年，还有几位同我年龄相仿的文艺界名人离我们而去——4月1日，张国荣；12月9日，柯受良；12月30日，梅艳芳……

对于他们的离去，甚至比文化老人的辞世更令我心痛。他们的辉煌才刚刚开头，却在无数人期待的目光下戛然而止，只留下生者呜呼哀叹天妒英才。

然而，比起无可奈何的离别，媒体对文化老人们的冷漠与功利更令我感到心痛。正如温可铮对我说的那样，在过去的十年、二十年，甚至更长的时间里，媒体一味地追赶那些时髦的、流行的快餐文化，对于那些真正代表着中国精神与文明的正统文化的老一辈文学家、思想家、艺术家们确实熟视无睹。即便偶有联络，也往往欠缺起码的尊重，像叶浅予老人那般被目无尊长的媒体人利用而又背诺的情况并不少见。

尤其令我心寒的是，面对文化老人的辞世，部分媒体姑且不说哀悼，甚至缺乏起码的严谨——施蛰存先生过世后，多家媒体将老人的名字写成了“施蜇存”；在报道张中行先生的讣闻时，甚至错误地刊登了南怀瑾先生的照片！

在痛惜与愤慨之余，同样作为媒体人的我开始思考这样一个问题：中国传统的精英文化，在经历整整一个世纪的风雨涤荡之后，究竟给21世纪的我们留下了什么？中华民族的善与恶、精华与糟粕，在经历了20世纪一次次的政权更替、群众运动之后，哪些被我们荒唐地继承，又有哪些被我们错误地遗忘？当文化传承的接力棒在我们这一代的手中跌落，那我们还能拿出什么交给我们的子孙?

正是在这样的痛苦思考中，我忽然想起了十年前曾经做过的一档节目——《名家专列》。

在那档十年前的谈话节目中，我们曾经采访过许多社会名人，其中也不乏在中国的文化艺术史中占据重要分量的老人。通过访谈，记录下名家成长、成熟、成功的历程，并将这些传递给电视机前的观众，这便是我们媒体人传承文化、保护历史行之有效的手段。

然而，遗憾的是，《名家专列》开办不到两年便告终结。其中的原因有很多，当时人们对明星故事的兴趣程度不如现在那么高涨；观众对清谈节目的接受程度也十分有限；作为主持人的我欠缺历练与沉淀，同样也是原因之一。

现在的情况完全不一样了。经过近十年的积累，我已经具备了做好一个谈话节目主持人所应具备的内外条件；观众对谈话节目的兴趣和接受程度也已大大提升；同样，对历史、文化的保护与传承，也已越来越多地得到社会舆论的关注……

于是，我决定重新创办一个与《名家专列》相类似的电视访谈节目。

（二）“倾听”的由来

2003年末，我找到我的“上司”滕俊杰，把我的思考与想法告诉了他。第一时间得到了领导的认同——既然电视能够记录声音与图像，那么我们就应该用它来保存那些代表着中国近代文化的老人们的音容笑貌，并通过他们的口述，记录下中国过去一百年来的风云历史。在大师陆续凋零的时代，用一档电视访谈节目来传承他们留给下一个时代的智慧与精神，这是电视媒体对这个社会应尽的义务。

起初，在我的策划书上，我为栏目取名《与大师对话》，但这并没有得到滕俊杰的认可，他从更宏观的层面表达了他的意见。

首先，“大师”是一个很难定义的概念。我们可以说南怀瑾是大师、孙道临是大师、吴冠中是大师……但除却这些为数不多的能被全社会认可的人物以外，再下一代有哪些人该被称作大师、能被称作大师，这似乎很难界定。

相对而言，十年前的节目，叫作《名家专列》。“名家”就是一个相对宽泛的概念了。我们可以说余秋雨是名家、陈逸飞是名家……这些人都是《名家专列》的邀请对象；但这些人算不算“大师”或许在社会上会有不同的认知。因此，如果要把栏目名称定为《与大师对话》，或许在嘉宾的选择上会出现比较大的争议。

退一万步说，即便上述所有文化名人，都可以作为“大师”被请上节目，所谓“大师”的数量照样是有限的。作为一档周播节目，每年需要采访 50 个嘉宾，即便你把全中国所有 1949 年以前出生的文化老人全部请来，又能有多少个人，能让节目坚持几年呢？

此外，“对话”也是一个很“微妙”的词汇。它给人的印象往往是两个人平起平坐，在一个完全平等的平台下，互相进行观点的探讨、思想的碰撞。虽然经过十多年的历练，无论在语言能力、媒体资历、文化学识、素养底蕴都具备了一定的水平，但与真正的文化大师、艺术大师相比，依然是有着云泥之别的差距。“对话”这个词，若是从大师口中说出，那是大师们的自谦；从主持人口中说出，会不会给人一种自抬身价的感觉？

总而言之，滕俊杰认为，这个栏目的设想，很好；但《与大师对话》这个名字，得改。

那么到底该取个什么名字呢？关于这个问题，我实在是纠结了好久。最后，还是我的好朋友、好搭档王群教授灵光一闪，想出了《可凡倾听》这个名字。

“可凡”是我的名字，在当时中国电视圈中，用主持人的名字来命名栏目尚不多见，但这确实能体现出主持人在这档清谈栏目中的主导地位，同时，主持人的知名度也有利于栏目在全国范围的推广，在邀请嘉宾等方面都有着更加直观的效果。

“倾听”则是其中最具智慧的一笔。相比于“对话”，“倾听”更能体现出栏目“以嘉宾为主”的制作理念——制作这个节目的目的并不是让观众听曹可凡喋喋不休，在节目中，镜头前的主持人和电视机前的观众一样，都是“倾听者”，只有接受参访的嘉宾才是节目真正的主人。通过节目，嘉宾将自己丰富的人生经历、珍贵的人生感悟告诉大家，其他所有人所要做的唯一的事情便只有静静地“倾听”而已。

后来，我邀请王群担任《可凡倾听》栏目的策划，他欣然接受。因为他在学校还有教学、科研工作，所以常规节目只是请他做一些宏观性的指导，比较大型的专题，比如每年的新春特别节目，就需要借助他的力量来整体策划了。我们合作到现在整整 10 年，大家的关系非常好，他也成了我在工作、生活中重要的伙伴。

备注：

关于“倾听”，在 2008 年出版的《访谈节目经典案例——曹可凡与〈可凡倾听〉》一书中，编者曾有如下的解释。

在电视访谈类节目中，“倾听”主要有着以下三方面的价值：

其一，“倾听”是对被采访者的一种自觉尊重。

在和谐社会气氛的营造中，尊重他人是一种社会公德，而“倾听”就是主持人亲近心态的准确体现。倘若主持人只顾喋喋不休地表现自我，就会搅乱嘉宾的心境，灼烧嘉宾的自尊心，彼此的对话将在陌生和反感中变得困难，节目的顺畅、生动、深刻便无从谈起。

其二，“倾听”是激活采访对象讲述欲的唯一方法。

受访嘉宾会从主持人的神态、肢体、眼神中感受到对方的真诚。当受访者从主持人那里获得了信赖、被认可的感觉，他的紧张情绪可以得到缓解，他的戒备心可以得到释放。有道是：任何东西都可以被拒绝，唯独诚恳无法拒绝。面对诚恳的主持人，无论什么样的嘉宾都愿意讲出自己的真心话。

其三，“倾听”是确保谈话节目主动性的必要前提。

访谈节目大多是在同一种语言下进行，因此在交谈时似乎不会存在听力困扰。但其实，面对不同经历、不同行业、不同理念的精英人士，其话语中流露出的认知差异和理念差异同样会对语言理解构成障碍。这时，唯有用心“倾听”才能捕捉到对方话语中的深意，使交谈充实、流畅、有质地进行。

总而言之，重新定义电视节目中的角色主次关系，主持人从倾听着手，先“听”后“说”；将倾听作为节目第一要素，以“听”为主。这才算是搭准了谈话类节目的主脉。

此外，曹可凡本人也在上海图书馆的讲座中称——倾听，是一种文化姿态。

（三）重拾精英文化

就这样，2004 年 2 月，《可凡倾听》在东方电视台文艺频道正式播出。栏目为周播，刚开始的时候，播出时间定为每周日晚间 21：40，播出时长为 30 分钟。后经历多次频道改版，栏目的播出时间和节目时长都曾多次调整。2006 年，栏目移至东方电视台新闻娱乐频道播出，时间定为每周日晚 22：00，节目时长缩短为 24 分钟；后来有一段时间在娱乐频道和艺术人文频道两个平台播出，还曾经在东方卫视播过；从 2014 年 7 月起正式移入艺术人文频道播出，播出时间和时长保持不变。

《可凡倾听》创办之初，频道对栏目的定位是：以精英文化为基石的高端文化名人访谈类栏目。主要收视群定位于有一定经济实力和文化品位，年龄在 25 岁到 50 岁之间白领阶层。这样的定位听着似乎有些阳春白雪，其实也并不是那样的曲高寡合。

所谓“精英文化”，是相对于电视上常见的所谓“大众文化”而提出的。它不是歌舞曲艺、娱乐八卦之类的快餐型、消遣式文化，而是能够对人的行为起到指导性作用，真正构筑国家、城市文化体系的精神支柱力量。

而所谓“高端访谈”，同样也是相对于电视媒体中常见的“休闲式访谈”而提出的。在嘉宾的挑选、话题的筛选方面，栏目偏重于主流层面的传统人文话题，不以猎奇、哗众取宠的方式宣传低俗、非主流的内容。

在我们现在的电视荧屏上，有许许多多愉快的、热闹的、刺激的电视娱乐节目。这些节目能够在茶余饭后，带给观众更多的放松和愉悦，在一定层面上满足大家的审美情趣。但就像是吃饭一样，光吃浓油赤酱、大鱼大肉是不利于身体健康的，适度补充一些清淡的素食，荤素搭配才能做到营养平衡。对于观众而言，并不是每一个人都喜欢娱乐性很强的节目，喜欢娱乐节目的人也未必不愿意看一些不太一样的节目。因此，除了中青年白领阶层，知识分子、中年群体以及其他收视群体同样也是栏目关注的对象。

栏目的受访嘉宾主要集中在两大类。

其一，是国内外文化领域的大师级人物。

这也是我开设《可凡倾听》栏目的初衷所在。把文化老人们日常生活中的一言一行，艺术、学术生活中的每一个细节都用电视的方式记录下来，按照专业的说法，这叫“口述实录”或者“口述历史”。这样的访谈，不仅能“播”，而且还能“留”——作为当代重要的历史信息，长久地流传下去。

当然，做文化老人的访谈，我们是充分做好收视率不佳的思想准备的。在这方面，台领导也给了我绝对的支持。“鱼和熊掌不可兼得”，既然决定了要做一些不庸俗、不浮躁，能够承担社会使命，引领文化方向的东西，在经济效益上做出一些牺牲也是理所当然的。

其二，是与当下社会热点相关的文化人物。

这种类型的嘉宾，其实是栏目组“妥协”的产物。起初我们只想采访大文化家、大艺术家，其他人一概不做。但后来发现，这样下去节目是无法生存的。

文化老人之所以珍贵，就在于其稀缺性，而电视节目却是量产型、消费性的作品。作为一档周播节目，想要每周都请来一位有“分量”的老先生，且不说请人得有多难，就算你每周都能请到人，可能不到三年，中国的大师们就全部请完了。这样的话，节目没有持久性。

同样，在收视率方面，一次垫底无所谓，三五次“黄牌”也可以忍忍，可倘若连续半年收视率不佳，下一年度栏目还能否生存就存疑了。再者说，节目是做给观众看的，如果我做的节目只有我喜欢，观众都不买账，这同样也是不负责任的表现。

“酒香也怕巷子深”，经过一段时间的研究、讨论，我们决定对原本的思路进行调整，在采访文化老人的间隙，也邀请一些观众认知度高的文艺界“风云人物”。这既能为栏目打响品牌，又能提升收视率，对栏目的长期发展是有好处的。

（四）特殊的系列

当然，在这两种类型之余，还有一种特殊的类型——“特别节目”。

《可凡倾听》中的“特别节目”有两种。一种是主题式的。通常围绕着某一个社会热点话题，邀请相关人物，以“拼盘”的形式或者“系列”的形式录制、播出。

“拼盘”式的代表，当属2013年制作的“纪念张国荣逝世十周年特别节目”。说到这个节目，有一段跨越整整二十年的深厚渊源，值得一说。

20年前，我作为《名家专列》的主持人采访张国荣。那是我严格意义上做过的第一个人物访谈。短短时间的接触，我便被他的个人魅力、职业精神所折服。

10年前，听闻他因抑郁症离开人世的消息，我心中的震惊、伤痛与任何一个他的影迷、歌迷一样强烈。这也成了刺激我制作《可凡倾听》的因素之一。

5 年前，陈凯歌拍摄《梅兰芳》，我和卢燕老师前往探班。忽然我问："如果让张国荣来演会是什么样？"陈凯歌没有回答，画面太美，问题太残酷。

于是乎，一个想法在我心头萌发：每当我采访一位与张国荣有交集的嘉宾，我都问他几个有关张国荣的问题，这样慢慢积累，如果《可凡倾听》能坚持十年，到时候，给张国荣做一个"十年祭"，如何？

在那之后，我采访陈凯歌、何赛飞、谭咏麟、张丰毅、曾志伟、王家卫、尔冬升、关锦鹏、徐克、梁朝伟、杜可风、吴君如、陈可辛、沈殿霞……每一个人，我都会请他们谈谈他们眼中的张国荣。

就这样，到了 2013 年，张国荣逝世的第 10 个年头，我将我 20 年前采访张国荣的画面和他的这些好友、同事们对他的感言重新拿出来，制成了上下两集的特别节目。可以说，这是《可凡倾听》策划、制作时间跨度最长的一期节目。

"系列"式的代表，当推就我在《可凡倾听》第一年做的"经典声音系列"。

我从小就喜欢译制片配音，也和不少著名的译制片配音演员相熟。在我做《可凡倾听》的第一年，我便想着要把这些完美的声音保留下来。这既是我个人的心愿，也是几代译制片爱好者们共同的心愿。

于是，我请来了李梓、赵慎之、苏秀、童自荣、尚华、富润生、曹雷、乔榛、丁建华这些上译厂的老前辈，分四期节目来采访他们对上译厂、对译制片配音艺术的爱。

上述两种"特别节目"，从节目主题、节目内容、节目形式上与普通访谈都有所区别，但仍属于常规节目中的一部分。而《可凡倾听》以"团圆"为主题，每年春节期间在东方卫视播出的新春特别节目，就完全是另外一种节目样式了。

配音艺术家苏秀、赵慎之和戴学庐

既然是“团圆”，那么“热闹”是必不可少的。而《可凡倾听》传统的清谈形式，显然是热闹不起来的。因此新年特别节目完全摆脱了常规节目的样貌，采取大舞台录制、多嘉宾同台、现场观众参与的全新形式，有点像《实话实说》《有话大家说》这类座谈式的节目，但又保留着《可凡倾听》以人物为脉络的谈话风格。比较有代表性的有这么几期：

2005 年，我们制作了“红楼梦圆——越剧《红楼梦》的故事”。将拍摄于 20 世纪 60 年代的越剧电影《红楼梦》的主创演员重新在舞台上团聚，导演岑范，编剧徐俊、主要演员徐玉兰、王文娟、金采风、吕瑞英以及作曲顾振遐、舞美苏石风等老前辈们汇聚一堂，堪称是上海越剧界的一次“小团圆”。

2008 年，我们制作了“电视：时代的共同记忆”。将 20 世纪 80 年代至今，曾在上海电视荧屏给观众留下深刻印象的主持人都请了过来，从比我更早的叶惠贤、小辰、陈燕华，到和我同一代的袁鸣、印海蓉、陈帆、张颖，再到稍年轻一些的林海、程雷、陈蓉、吉雪萍、倪琳、豆豆以及更年轻一些的如王冠等总共 50 位主持人请到现场，共同回忆上海电视 30 年的风云变化。

2010 年，我们制作了“阿拉全是上海人”。这期节目看成是《可凡倾听》新春特别节目中社会影响力最大的。节目请来了卢燕、周采芹、潘迪华、陈冲、邬君梅、潘虹、毛阿敏、杨澜、董卿、孙俪这些充满上海元素的名人，他们有的是从小生在上海，却在海外闯出一片天地的老一代华人明星；有的是在文艺界独领风骚的，堪称“上海名片”的中年实力派艺人；也有身上刻印着上海元素，在全国各地发展的新生代，更有在这座城市初露峥嵘的新上海人。老上海、新上海围坐一圈，共谈自己与这座城市的不解之缘。这期节目的全国收视率在春节各大卫视中排名前列，在全国观众面前展现了上海这座海派都市的人文底蕴和城市魅力。

越剧《红楼梦》

这些节目，作为《可凡倾听》的特别形式，既在栏目的形象宣传、品牌推广上起到了很大的作用，同样也是栏目在整个文化领域的系统性总结。当我们的后代在数十年后再回过头来看我们这个时代，这些节目是可以在某个角度、某个侧面，反映出一些东西的。

（五）“雅”与“俗”

至于栏目创作的原则，我们一直有一个八字方针，叫作“雅人俗做，俗人雅做”。

人们往往会把“雅”和“俗”对立起来。事实上，有一句话叫作“大雅近俗”。举个简单的例子，昆曲在我们现在看来，是高雅的东西，但在明代万历年间，它却是最通俗的曲种。以前，我们提到奥地利维也纳金色大厅，那是高雅艺术的圣地，可近几年去金色大厅“镀金”的国人越来越多，高雅的地方也变得庸俗了。

由此可见，“雅”和“俗”，它既会随着时代的发展而转变，也会因为人们看待的眼光而更改。所以，想在节目中做到“俗中见雅”“雅俗共赏”，也并不是没可能的事情。

有些文化界的老先生，一生醉心于自己的事业，谈起专业来头头是道，但对其他方面的事情，则多少显得有些木讷；也有些老先生，日常谈吐言行高出常人好几个层次，与他对话句句都是学问，可一旦要他在镜头前按照电视节目的叙事方法去“交谈”，就突然变得逻辑跳跃、答非所问；还有一些老人，随着年龄的增长记忆力开始衰退，表达力开始下降，这同样令他们无法顺畅地完成对话。

总而言之，文化老人的访谈不易听，不好懂。

在这种情况下，我们尽量在策划上做文章，避免谈论一些艰涩难懂的专业话题，更多地通过一些生动有趣的小故事，让观众去感受老人身上的独特魅力。比如早期的节目，我们采访漫画家丁聪，他擅长用漫画表现幽默，但一放到嘴边就不易表现了。于是在节目中，有意思的部分倒不是他谈漫画，反而是他与夫人沈峻互相调侃的桥段成了最能展现他内在幽默感的精彩部分了。

后来我采访三大男高音之一的卡雷拉斯，高雅音乐本来感兴趣的人就不多，加上又是双语访谈，我们就把他当年罹患血癌时一些感动的故事作为亮点。那时他接受放射性治疗，每次 20 分钟，十分痛苦。为了能让自己坚持下去，他便在做放疗的时候心中默唱咏叹调，用他最喜爱的音乐战胜对疾病的恐惧……

“雅人俗做”做来不算太难。“俗人雅做”倒是需要一定功夫的。

影视明星、流行歌手、话题人物……这些嘉宾《艺术人生》可以做，《鲁豫有约》可以做，《杨澜访谈录》可以做，《陈蓉博客》可以做，《非常静距离》也可以做……在这过程中，如何才能做得与众不同，特别是如何做出《可凡倾听》应有的风格，那就是一件难事了。

在这方面，首先我们要对嘉宾进行有效筛选。我们采访的明星嘉宾，虽不像文化老人那样可以永久留存，但首先他必须是他所在那个行业的翘楚。比方说在小品界，首先纳入采访名单的是这三个人——陈佩斯、赵本山、赵丽蓉。这三个人在小品界的地位是毫无争议的，即便在 10 年后、20 年后谈到中国小品，照样不能绕过他们。只可惜，赵丽蓉因病去世，采访未能如愿。

其次，他一定要能够感动我，感动观众。比如我采访过的一些香港明星，像曾志伟、刘德华，他们学历未必很高，但他们是有文化的——我很赞同龙应台说过的一句话，“文化和知识无关”。这些明星们虽然读的书不多，但是他们的事业是从最底层摸爬滚打出来的，他们的人生哲学就是在这个过程中感悟出来的。这些东西，虽然做不到流芳百世，但确实能够感动我们每一个人。

此外，采访明星的时候，我会尽力在访谈中营造出一个人文色彩浓郁的环境，并且在用语用词上做到对嘉宾的绝对尊重。例如我在“东周刊”事件后采访刘嘉玲，在“艳照门”事件后采访谢霆锋，既然采访了，他们所经历的那些事情便不能不提。但在这过程中，我所能做到的，是坚决不提“东周刊”“艳照门”这些字眼，用我的措辞让他们感受到我是严肃的、真诚的，没有任何猎奇的色彩。

总而言之，尽量把大众娱乐明星的访谈做得“雅致”一些，哪怕会因为“含蓄”损失掉一些收视率，那也是栏目格调的体现。虽然谈话节目，大家都是在讲故事，但有人讲得刺激，有人讲得露骨，有人讲得含蓄，《可凡倾听》自有它自己的格调。

（六）嘉宾难寻

得知我做《可凡倾听》的消息，圈中有些朋友颇为不解。朱军就曾经问我，你放着好好的娱乐节目、综艺节目——这些能够轻易形成广泛收视群的节目不做，偏要去做一个安静的、收视率长久偏低的、可能被边缘化的节目，何苦呢？

其实在这方面，我还是比较同意崔永元的说法。他认为，现在的电视人，往往是观众喜欢看什么，我们就做什么。可是，观众的品位有时比我们高，我们制作的一些庸俗的节目反而会坏了他们的口味。于是乎，我们开始不知道到底什么是好节目，什么是不好的节目，失去了判别的能力。

那么在这样的情况下，我们能不能去做一个能让观众安安静静坐下来，听一些有文化、有历史、有故事的人说说话的节目呢？尽管我承认，做这样的节目，特别是在地方媒体做这样的节目，很辛苦。

《可凡倾听》的栏目组，不像《艺术人生》，不像《杨澜访谈录》，有一个强大的幕后团队来支撑，我们整个栏目组多的时候差不多是 5 个人，少的时候才 3 个人。因为人少，很多前期的工作必须要由我亲自来完成，特别是与嘉宾的联系。《可凡倾听》栏目采访的嘉宾，绝大多数都是我依靠自己的私人交情“求”来的。

做主持人的这十多年，我结识了不少文化名人，与他们的关系也算维系得不错，其中有一些甚至成了私交紧密的朋友。《可凡倾听》推出之后，我首先将我想要采访的文化老人列了一张表单，其中既有我认识的，也有我未曾结交的，然后根据采访的难易程度，逐一“攻破”。

像丁聪、程十发、黄永玉这些熟悉的，自是比较容易。他们都看过我的节目，也相信我的为人，自然愿意给我的节目“捧捧场”。然后，通过他们的关系，我又能采访到一些他们的朋友。然后，像滚雪球一样，嘉宾积累得越来越多，而且物以类聚、人以群分，大师的朋友往往也都是大师。

那次我去北京，想采访文物专家王世襄，被他拒绝了——不是对我有意见，是他不接受所有人的采访。于是，我找到黄苗子，请他帮忙。他对王世襄说：“曹先生是我的朋友，也是丁聪的朋友，访问会很快的。”这么一说，王世襄便破例接受了我的采访。

采访梁朝伟也是一样，因为在采访之前我和他没有直接的交情，我请他的亲朋好友来帮忙。我找了刘嘉玲帮我去约，然后又请大导演王家卫帮我说话，这些人都是我的朋友，有着很好的私交，这么一来，便很容易地约到了。

也有一些对采访比较谨慎，或是因为某些特殊情况不希望接受采访。那就需要花很长的时间去和他耐心沟通，消除对方的戒心，用诚意感动对方。

像是余秋雨先生，虽然住在上海，从地域上讲采访他似乎是件很容易的事情，但事实上，从发出邀约到最后成功，我和他联系了整整八个月，逐一敲定细节；采访赵忠祥老师的时候，他正处于是非边缘，我在北京、上海来回飞了两次，历时三四个月时间，互相通了五六十个电话；采访张国立也是一样，那段时间他儿子刚好发生了一些纠纷，他不太愿意面对媒体，我们剧组就硬是在北京守了七天，才算把他等到。

也有一些比较难请的，是因为这个人很难找到。那就得看你能不能找到关键的人了。

就像杨振宁，栏目创建之初他就是我“意向嘉宾名单”中的一员，但因为平日里实在太低调，我愣是花了整整三年时间才和他说上话。之前拜托了很多人，都没有效果，拿到的是他秘书或者助手的联系方式；最后我只好“求助”时任教育部副部长的吴启迪教授，她又找了清华大学的一位领导，问有没有可能采访到杨振宁。过了一个月，我在香港忽然接到一个电话，问：“你是曹可凡先生吗？我是杨振宁……”一下子把我高兴的哟！于是赶紧和他约定采访时间。

当然，还有一些嘉宾，特别是一些外国的名人，不是你想请就有可能请得到的，必须要靠机缘，凭运气。他们刚好来上海，刚好有半小时的空闲，那便算是碰上了。

好在在这方面，我还是有很多的优势的。首先是城市优势。上海是一个国际化大都市，每年都会迎来许许多多了不起的国际名人。这些人平常散落在世界各地，我不可能“打飞的”一个一个去找，但只要来了上海，就有可能被我“逮住”。另一个是我个人身份上的优势。我在做谈话节目之前，本身就是大型晚会的主持人，有很多机会能够结识、邀约一些参加晚会的国内外名人。甚至有的时候，就在晚会开演前后，我就直接见缝插针地把访谈录掉了。

最典型的就是三大男高音了。像这样的人物，如果不是来上海演出，你是不大容易见到的，就算你特地去欧洲找他们，他们也不会接受你采访的。刚好他们来中国演出了，也需要媒体来帮他们做宣传，我便候着这个机会，把他们一个一个都访完了。虽然采访他们可能感兴趣的观众不多，但这三人都是能够长久留在历史里的。

多明戈

卡雷拉斯

帕瓦罗蒂

（七）采访前的“功课”

当然，碰到这种“偶遇”的情况，采访前的案头工作就成了困难事。

我做嘉宾的资料整理，通常是这样一个流程：在确定嘉宾之后，我会请组里的编导或是实习生帮忙从网上寻找有关的资料。资料必须要尽可能的翔实，不能只局限于当下的情况，必须要涵括对方从小到大所有的人生经历。如果是网上的报道，直接打印出来；如果是网上的影音资料，下载并刻盘；如果是实物作品，像是著作、CD、DVD，全部买齐或者借到。然后统统打包送到我手里。

收到之后，我便要开始“做功课”了。通常我会从晚上八九点开始工作，晚上找我的人少，没那么多干扰。第一件事就是把所有打印出来的文字材料看一遍。碰到我觉得有用的东西，我会拿支红笔做圈划、做批注。有的采访对象，可能一晚上就能把资料看完；有些资料多的，可能得花好几天的时间。

通常而言，采访政治家、运动员之类的还好办，通常看一本自传加几十篇新闻就能搞定；采访音乐家、戏曲家、书画家什么的稍微麻烦一些，不单是与他有关的文字资料，还要把他的作品全部收集起来，欣赏一遍；最痛苦的莫过于采访文学家，每个人都有几十万、几百万甚至上千万字的作品，想要从头到尾看完那是需要花费相当多的时间的。

最典型的，就是采访白先勇。第一次采访他的时候，和他不是很熟，再加上他是台湾地区作家，平常接触他作品的机会也不是很多。那次为了采访他，我一口气把他所有的作品——加起来差不多有 200 多万字——全部看过。又好比我采访王蒙。王蒙是一个极其多产的作家，从 19 岁开始累计出版了 1000 万字的作品。我当然不可能把这 1000 万字全部看完，但其中具有代表性的几部，特别是采访前他刚刚出版的《青狐》，我是必须要读的。

读完所有的材料之后，我便开始制作采访提纲。根据嘉宾的不同情况，我会设计十几个或者几十个问题，一一罗列下来，然后每个问题会有很多引申的空间，根据现场情况自由支配。万一碰上一些艺人，身边有比较“疙瘩”的经纪人，那我还得另做一份专门给制片人“审阅”的采访提纲——百分之八十的问题是差不多的，但会有百分之二十的预留，避免经纪人对采访有过多干预。

可能，在访谈节目主持人中，像我这样做案头工作的并不算多，因为这么做对于主持人而言，实在需要耗费太多的时间和精力。但我又必须这么去做。这同样是由栏目的特殊性决定的。《可凡倾听》没有庞大的幕后团队，有不少嘉宾都得靠我长期经营的交情去争取，节目现场的访谈效果、播出后的社会反响要由我一个人承担。我的口碑和节目的口碑几乎是画上等号的。

别家的访谈倘若做砸了，嘉宾会讲“某某节目水平有问题”；我的访谈做砸了，嘉宾会直接说“曹可凡水平有问题”。这么一来，非但砸了《可凡倾听》的招牌，我和嘉宾之间的私交也会受到影响。所以，每一期节目，我都是如履薄冰、小心翼翼，务必以最好的状态面对嘉宾。

所以，我从不害怕嘉宾资料太多。只要花时间、花工夫能做好的事情，我都不担心。真正担心的，是找不到资料，或者没时间看资料的情况。

这种情况往往发生在那些突然现身的外国嘉宾身上。有时候是领导安排，有时候是朋友通知，有的是我听到消息主动请缨，但无论哪种都是在采访前一两天才紧急敲定，给你准备的时间也就只有 24 到 36 个小时。

比如 2009 年，采访英国前首相布莱尔的夫人切丽 · 布莱尔。那次她来中国为她的自传《道出真我》做宣传。忽然领导

切丽 · 布莱尔

通知我说，可以去采访她，时间就是明天。于是我赶紧找资料，包括找人赶紧去拿她的自传。等资料到手已经是当天下午了。然后我赶紧回家，从六点开始“闭关”看材料，整本书600多页，我一边看一边做眉批，同时把想出的问题写在边上的空白处。花了差不多六个小时，可算把材料都看完了，从十二点到凌晨两点，开始制作采访提纲，在从凌晨两点到三点，把提问全部翻译成英文。等全部完成了，赶紧闭上眼睛休息一会儿，为第二天的采访积蓄体力。

（八）富有的是感动

除了人员紧张，栏目制作经费也非常紧张，刚开始的时候平均每期节目只有7000块钱，到后来也就10000多，这个数字在很多同行们看来，几乎是不可想象的。也正因为此，上《可凡倾听》的艺人，无论多么大牌，都是没有“通告费”的——不是不肯给，实在是给不起!

《可凡倾听》是没有固定录影棚的。嘉宾在哪里，我们就去哪里录节目。有的时候在我家录，有的时候在嘉宾家录，甚至在外面的茶馆、咖啡厅录，在嘉宾入住的宾馆录。带上两三台摄像机，几盏灯光，便开始四处“打游击”。

还有的时候，为了采访上海以外的嘉宾，我们需要全国各地飞来飞去。去北京、去香港、去台湾……为了省钱，我们历来只坐经济舱，每次外出都要联系四五个嘉宾，在两三天时间里全部采访掉，这样才能把成本拉回来一点。

好在全国各地都有我的朋友。当我出差做采访的时候，总能得到他们热情的款待。特别是在香港、台湾地区，一些商界、政界、演艺界的朋友会直接把自己的司机、秘书派给我，任由我差遣，这么一来，栏目组的开销就小很多了。

朋友们的帮忙，再加上栏目组的精打细算，这十年来《可凡倾听》虽也出现过经费危机，但总算是熬过来了。只是对我们组的编导而言，他们的工作确实清苦了一些，待遇也不如那些大牌栏目的编导。特别是我聘请的策划王群教授，倾心倾力，毫无怨言。好在我们的团队非常团结，有什么事情大家都是随叫随到，以最快的速度集结完毕。这是一种责任感与归属感。

而这份责任感与归属感，很大程度上来源于节目嘉宾带给我们的一次次感动。

《可凡倾听》的工作人员，都是精神上的“贵族”。每天，他们都在和各行各业最优秀的人物打交道，在最近的距离聆听他们精彩的人生故事，品味他们独特的人文情怀，感受他们高尚的人格魅力，铭记他们伟大的人性光辉。

我们采访孙道临，在他人生的最后时刻，他回忆起自己的母亲，说起他在外游学，母亲对他的牵挂与支持。说到动容之处，老人紧闭双眼，面容抽搐，眼角泛起泪光，在场的每一个人无不为之感动。

我们采访周有光，老人当时已经106高龄，却仍然乐观豁达、风趣幽默。问他如何保持“长寿”，他回答：“一是吃得少，二是不生气。所谓生气，就是拿别人的错误来惩罚自己。”其间蕴含的智慧与哲理，值得每一个人学习。

我们采访星云法师，我问他如何分辨损友与益友，他不假思索地回答：“有人把你当作花，你漂亮，他就把你戴在头上，你凋谢了，他就把你踩在脚下；有的朋友如秤杆，你重了，他就低头，你轻了，他就昂首；但也有的朋友像大地，他铺垫你；有的朋友像山，群鸟野兽集中于此。朋友好好坏坏均属常理，君子之交淡如水嘛！”寥寥数语，道出了人生之道。

我们采访庄则栋，他在电话里说：“我身上肿瘤已扩散，来日无多，但仍愿说点儿心里话。”采访完了，收拾器材，却发现几张胶纸粘在了他家的地板上。我们赶紧收拾残局，却怎么也弄不干净。面对我们的窘迫，老先生夫妇俩毫不在意，反而劝我们赶紧启程，别误了飞机。人与人之间的宽容与善意，尽显无遗。

不仅是这些老先生，即便在那些娱乐圈的艺人身上，我们依然能感受到许多难能可贵的闪光点。

我们采访刘德华，提起他当年的好兄弟梁朝伟，他可以坦率地承认自己的不足。“我还只是一个艺人，梁朝伟已经是演员了。”问他为什么要那么拼命地工作，他则把自己比喻成一头牛。“你要一头牛站在那里去享受，看着其他人耕田，那我还算牛吗？”

我们采访谢霆锋，他谈他和张柏芝的夫妻情分，谈他对儿子卢卡斯的爱，不经意间就在镜头前流下了眼泪。在那之前，很多人都不曾想过，那个一生追求自由、浪荡不羁的谢霆锋，竟然也有着这般真实的一面。真性真情，足以感动每一个人。

我们采访陈坤，在最后他这样说：“接下来的目标我用三个成语来代表，学会闻过则喜的气度……找到一个海纳百川的气度……最后我希望无欲则刚吧。”那份成熟，很难想象是从一个三十岁的青年演员口中说出的。

六年后又采访他，说起他唱歌时的高低眉，他说是因为小时候学唱歌没学好，外面使劲儿，随后又说：“这个道理用在人生上也是一样的，当你内在力量很强大的时候，外部是很轻松的；当你内在力量弱的时候，你做人外表也很拙相……所以我的高低眉还代表着我现在还差得很远。”六年间的成长与成熟，令人无限感慨。

（九）挖掘背后的故事

总体来讲，我的访谈是比较温和的。我愿意用更多的背景材料激发出嘉宾内心最真实的情感，展现一个最真的个体形象。

很多人，他的性格习性为什么是这样的，他的事业发展为什么是那样的，他在某一时某一刻为什么会做出那样的决定……其实背后都是与他的成长经历相关的。作为一个谈话节目的主持人，如果不能挖掘出人物背后的故事，不能揭示人物的内在情感，那样刻画出的人物，或许可以做到很“生动”，但往往不够“深刻”；或许可以显得很“完美”，但必定不够“完整”。同样，用这样方式做出的访谈节目，即便能博得当时观众的眼球，但在五年、十年之后，必定是留不下来的。

这也就是我坚持要在每次采访之前，阅读大量有关嘉宾的书籍与文本资料的原因所在。通过对人物的全方位了解，我们的确能在节目中展现出嘉宾更加有血有肉的一面。

比较典型的例子是越剧演员何赛飞。

何赛飞是一个比较特别的受访嘉宾。她与我同年，把她当作越剧名家来访似乎还没到那个高度，而作为一个影视演员，近年力作不多。但很重要的是，她本身的故事是很值得一说的，而且她的讲述能力也很强，因此是个值得一做的人物。

何赛飞是一个成名很早的越剧演员，后来改拍电影、电视剧，发展得也是风生水起。然而让人意外的是，2005 年，功成名就的她竟然加盟上海滑稽剧团。我跟她开玩笑说，你演的戏一点儿都不滑稽，但你加入滑稽剧团这件事情本身倒有点儿滑稽。

何赛飞为什么会加入上海滑稽剧团？其实原因很简单，她是一个非常重视家庭的女人，希望能有更多时间与丈夫、孩子在一起。可问题在于，绝大多数艺人都忙于工作，疏于照顾家庭。像她这么一个大明星、女强人，为什么会有如此浓郁的家庭情结呢？这个问题不解决，她的访问就很难做深，做透。

后来，我们查了大量有关她成长阶段的资料，渐渐把这个问题弄明白了。何赛飞出生在浙江舟山群岛中一座叫作岱山的小海岛上，家境贫困，父母离异。原本何赛飞和她妹妹夏赛丽都是跟着母亲生活，母亲觉得负担太重，就想把她扔给父亲。有一次，母亲和外婆骗她说去拍照，把她打扮得漂漂亮亮的带到镇上，然后就打算把她扔在照相馆门口等父亲来领。从小机敏的何赛飞总觉得有些不对劲，便拼命拉着母亲的手不松开，母亲一连挣扎了三次才好不容易把她的手甩开，和外婆扭头就走。何赛飞号啕大哭。这时她父亲来了，便把她抱回了家。

从那以后，何赛飞与父亲相依为命。父亲为了养活她，辞掉了原来的工作，跑去采石场运石头。他还特制了一辆运石车，边上有个篮子，何赛飞就坐在篮子里，每天陪爸爸一起工作。不仅如此，为了不让何赛飞被后妈欺负，父亲更对她说，你一天不出嫁，我就一天不娶，并且一直践行着自己的诺言。

后来何赛飞有了男朋友，父亲非常难受，眼看自己心爱的女儿快要出嫁了，心中特别别扭，很长一段时间都不肯见这个男人。但其实那时候，她父亲的癌症已经到了晚期了，直到生命中的最后几天，父亲终于与“毛脚女婿”见了面。女婿把岳父伺候得舒舒服服，在确信女儿找到了一个好归宿后，没过几天，何赛飞的父亲便去世了。

所以，当何赛飞到了40岁以后，为什么甘愿把自己的事业放一放，拿出更多精力照顾家庭，也就可以理解了。她经历了太多骨肉分离的家庭悲剧，对于家庭，她再也输不起了。

还有一些情况，作为主持人的我通过大量资料的调查，帮嘉宾总结出了很多的点，挖出了很多东西，但嘉宾自身却未必注意到。这就需要你慢慢地陪嘉宾聊，抽丝剥茧般地把这些藏在嘉宾心中的东西挖出来。

例如，我们采访音乐教育家周小燕教授。老先生88岁高龄，精神却非常好，一直沉浸在自己的辉煌之中。我问她：“在您人生中，有没有遗憾呢？”周教授不假思索地回答：“没有的，我这一生从来就没有遗憾！”

一个人一生，怎么可能没有遗憾呢？这显然与我们的前期调查不同。当然，这也不是周小燕故意要回避些什么，只是真的把一些久远的事情淡忘了。于是我就慢慢和她聊，慢慢地帮助她重新唤起昔日的记忆。

周小燕出生在武汉的一个大家族。她在武汉读书的时候，日本纳粹攻陷武汉，她的一个弟弟在抗战中死了。当时她的母亲几乎发疯，赶紧把她和另一个弟弟送去法国留学。没想到刚到巴黎，德国纳粹攻陷巴黎。按一个美国记者的说法："The war follows you."（战争总是跟着你。）然后她和弟弟开始逃难，逃到一半又被德军抓了回来，软禁在巴黎。这时她弟弟忽然阑尾炎发作，去医院动手术，她也不懂，拿没有消毒的冰袋给弟弟冰敷，最后导致弟弟伤口感染，离开了人世。

后来虽然她在国际音乐会上一炮而红，被誉为"东方之莺"，衣锦还乡。作为一个艺术家，她的青春是完美的，但作为一个姐姐，就这么把弟弟丢在了法国，怎么会没有遗憾呢？

还有一件事，周小燕唱的是美声，他们那一代唱美声的歌唱家，最大的心愿就是演歌剧，她也是一个对歌剧很有追求的艺术家。但是，因为各种主客观的原因，她一生没有演过歌剧，他们整一代人都没有演过歌剧。所以，她只能把自己的梦想寄托于自己的学生。一见到学生就精神百倍，学生一走她整个人累到瘫倒。

就这样，她将学生的成就视为自己的成就。到了晚年她桃李芬芳，学生活跃在全世界各地的歌剧舞台上，获奖无数，她自己也在上海音乐学院成立了"周小燕歌剧中心"，排演歌剧获得成功。作为一个老师，她的事业是圆满的，但作为一个歌者，无法实现歌剧之梦，又怎么会没有遗憾呢？

周小燕教授说，她一生从无遗憾，那是源于她对人生的乐观与宽厚，我在节目中展现出她的遗憾，则是希望展现出一个有血有肉的周小燕，展现出一个伟大艺术家背后的甘苦与悲欢。

（十）冷火爆出热栗子

当然，总体上的温润并不意味着《可凡倾听》没有锋芒。在经过充分的调研、论证后，我也会偶尔在节目中“锐利”一下，就某一话题向嘉宾提出质疑。在这个过程中，观点间的交锋同样也是非常好看的。

在《可凡倾听》十周年之际，我们也是做了一系列的特别节目，其中有一期叫作“冷火交锋”，搜罗了十年来我向嘉宾提出的比较有代表性的质疑，以及嘉宾在现场的率真表现。

采访余秋雨那次，属于比较温柔的“质疑”。

那些年余秋雨在社会上的争议很多，我便借他的自传性散文集《借我一生》问他：“这本自传体的散文集，它的可信度是多少？”余秋雨很自信地回答：“百分之一百。我把自己灵魂深处的，和我灵魂有关的，我感到有价值的那些片段留了下来，就我讲的片段的内心真实而言，那是无与伦比的。”

然后我便继续追问，“既然如此，为什么有所谓你当时的同事，提供了关于你同一件事的不同记忆的文本，为什么会造成这种记忆上的不相同或偏差呢？”对此，余秋雨表示，他也看过那些文章，“其中并没有任何记忆的偏差，他们也没有说我这里写错了，只是不了解那段历史的人会觉得，有人说了另外一种话……”

余秋雨也用一种含蓄内敛的方式，向外界表明了他对某些正义的态度。

采访袁雪芬，可以称得上是亲切的“质疑”。

当时在越剧圈，有些人对她颇有意见，我便开门见山地问她：“有人认为你特别‘左’，特别‘革命’，甚至在越剧界有些‘霸道’，你都听到过这些议论吗？”

她听后一笑置之：“我又不去霸什么东西，既不霸名，又不霸位，什么都不霸。”随即她也反思：“过分率直以后，可能尊重人家不够吧。”但即便如此，她依然表示："人家要我圆滑一些，说你内方外圆不好吗？我说我圆不了，绝对圆不了。"听她这么一说，我不禁和袁老师开玩笑："你姓'袁'（圆），做人却一点儿也不圆（袁）。"老太太连连点头称是。

寥寥数笔，袁雪芬率真而耿直的性格便勾画得入木三分了。

采访茅威涛，算得上是十分学术的"质疑"。

我与她多年老友，谈起越剧，既有诸多共同的看法，又有针锋相对的观点。

茅威涛认为，经典版越剧《梁祝》在情感表达上已不适合现代观众需求，因此期待自己的新版《梁祝》能成为"新世纪百年越剧承前启后的开篇之作"。我则认为，《梁祝》和《红楼梦》一样，早已成为越剧经典。至于新《梁祝》能否成为经典，还是要靠观众和历史来检验。

关于流派创新，茅威涛虽然没有正面提出"茅派"的概念，但依然从"声腔、表演、演剧理念"这个结构体态的角度暗示了"茅派"诞生的可能性。而我认为，流派的诞生第一还在于声腔，要形成新流派，就必然要创立一种基本曲调。但在这一方面，茅威涛并没有离开原来的"尹派"太远。

当问及对自己艺术影响最大的人是谁，茅威涛提到了梅兰芳和林怀民，独独缺了恩师尹桂芬。茅威涛给出的解释是，尹桂芬带来的更多是技术层面的支撑，是传统的；而梅兰芳和林怀民是引发其精神与思想层面的思考，属创新范畴。在这一方面，我同样不能认同——尹桂芬在声腔与表演上自创一格，忽视她的艺术价值与历史贡献，本身就是对越剧艺术史的割裂与误读。

这一系列的交锋看似严肃、敏感，但始终围绕在越剧与越剧改革的范围之内，而这些正是茅威涛需要在荧屏前向观众展示的观点与理念。

我对王蒙的"质疑"，似乎有种"初生牛犊不怕虎"的意味。

当时年届七旬的王蒙发表了新小说《青狐》，再度引发关注。在我与他的交谈中，我对他的小说提出了几点我“不太满足”的地方。例如：小说的主题相对单一，基本围绕反官僚，且有重复倾向；小说在人物或器物的描述上缺乏工笔画那样的细致入微。

面对这么个后生小子的“咄咄逼人”，王蒙或许多少会有一些意外，但他依然展现出了一贯的从容与淡定。

对于主题单一，他毫不避讳：“这个是很可能的。一个人不管写了多少东西，实际上反映的还是自己灵魂里最关切的那一点，这方面的不足我相信是会有的。但比较起来我还是注意的，自己不断‘翻案’。作为一个写作人来说，我算够多种多样的。”

对细节的描写，他也表示：“有可能。”但同样解释说每一篇小说都有不同的特点，有的会重视器物的描写，有的更侧重于心态的变化，总之是“有粗有细嘛！”

作为文学大家，王蒙的豁达与坦荡着实令我佩服。

另外，我对张铁林的“质疑”，似乎令他的情绪有些激动。

我问：有人把学校聘请名人分为两类，一类是像王安忆去复旦大学那样全身心投入的，另一类是像周星驰那样有作秀意义的。你去某学校做艺术学院院长算哪类？他听后，对这个观点大为不满，并称这两种分类是“完全不负责任的”。对于“周星驰当教员”所存在的诸多商业因素，他表示：“如果今天的社会变得很商业了，那么学校也应该要和社会一致地去调节。”

我又换一个思路问他：“当拍戏和教学发生冲突，会怎么处理？”此时，他还是很干脆地给出了明确的答案：“没什么怎么办，少拍四五个月的戏，没有这个思想准备不能去做这个工作。”

言语间，依旧展现出了他对于投身教学工作的坚定觉悟。

而我对台湾画家幾米的“质疑”，更让他对自己的作品产生了新的思考。

我问他：“我在读《向左走，向右走》的时候，就会想起桑贝的《马塞林为什么脸红》。这个故事和《向左走，向右走》的故事非常接近，而且你们俩的某一些画风也很接近，这是一种巧合，还是你冥冥之中受到了潜移默化的影响？”幾米的回答是：“当别人说我和桑贝接近的时候，我就开始不要和他接近，所以在后来的作品里就努力去摆脱。这两个故事在构思上还是蛮相近的，但是当我用爱情去包装的时候，就产生了非常大的变化。”

我继续追问：“就这两个故事本身而言，你是否会让人产生一种拷贝的嫌疑？”听到这个问题后，幾米意外地说：“这是第一次想到这个问题。我想不会……我想一想……”然后，他停顿了好一阵子，深吸一口气，然后才开始解释：“我这个故事最强悍的部分是‘向左，向右’。任何人看过这个故事都无法忘记这个概念，这也是故事中最棒的地方，太符合一本书的结构形式。所以我很喜欢这本书是因为我再也不可能再做一本书是讲这样的故事，而今后如果任何一本书做‘向左，向右’都会和我相似。所以，这个概念已经强过了其他的形式。所以，我觉得应该不是拷贝桑贝。”

在我的访谈中，我从不避讳观点上的争鸣，只是一切都必须建立在如下基础之上：其一，我必须要对质疑的内容充分了解，有调查才有发言权；其二，争鸣需在和平友好的前提下进行，不应超出学术争鸣的范畴；其三，交锋不是自我炫耀，根本目的是为了更完整、更全面地展现嘉宾的思想。

一言以蔽之，“冷火中爆出个热栗子来”，这便是我在节目中追求的争鸣之道。

（十一）遗憾终难避免

到今年为止，《可凡倾听》已经办了整整十二年时间了。起先，我们做文化老人；然后渐渐开始做一些在文艺领域具备标杆地位的旗帜性人物；再到后来，我们发现以上两类的可选范围越来越小了，便又将目光聚焦在了一些有故事、有内涵、有趣味的文化名人身上。

十年间，我们点点滴滴做了超过500期访谈节目。站在十年后的今天，回看十年前《可凡倾听》刚诞生时的模样，不得不承认，这个栏目在坚持传统制作理念的前提下，其内涵、外延、规模、影响都已远远超出了十年前的预期。

作为一档夜间播出的清谈类栏目，能够连续十年保持稳定的收视率、健康的口碑、稳固的市场地位、良好的社会效益，可见每一期节目的品质还是经得起考验的。

当然，在这十年总计500多期谈话节目中，会产出一些“遗憾”作品。毕竟，电视节目录制不同于电影、戏剧、曲艺创作，每周一期的“产量”要求决定了电视节目只能以“批量化”的方式生产，不具备慢工出细活儿的条件。天时、地利、人和，任何一个因素的不到位都会令节目留下遗憾。

造成节目“遗憾”的主要原因之一，是采访前案头工作不充分。

通常而言，我对案头工作的准备还是非常细致的，然而一旦碰上了突发情况，那就没有办法了。就如之前提到的采访布莱尔夫人，一天准备，和一周准备出来的节目效果肯定是不一样的。更有甚者，连一天的准备时间都没有。

典型案例就是我“临时”采访以色列小提琴大师帕尔曼。那天晚上，我已经在家睡着了。忽然在十二点多的时候被一个电话吵醒。电话里领导通知我，明天中午去采访帕尔曼……顿时我就在床上愣住了。

无奈，只得很不人道地逐一通知相关编导——好在这种状况对电视人来说，早就已是见怪不怪了。大家都没有抱怨，觉也不睡就开始分头准备。一早我就拿到了帕尔曼的资料——薄薄十来页，跟没有差不多，只能说，聊胜于无吧。匆匆看了几眼，再结合自己对古典音乐的积累去设计问题、构思提纲，临阵磨枪，便直接上场了。

采访小提琴大师
帕尔曼

那次节目，做得着实心里没底。后期剪辑的时候，越看越不满意。可这种情况也没办法，人家难得来上海，能给你采访到已经够幸运的了，哪还有什么好遗憾的。

另一种情况，是采访时间过短。

可凡倾听的节目播出时间是 24 分钟，去掉片头片尾以及中间的一些资料画面，实足的访谈画面怎么也有 20 分钟。按照我们常规的制作手法，谈话节目的“片比”怎么也要达到 2∶1，也就是 40 分钟素材剪成 20 分钟整片。这样做出来的节目，才会比较丰满。

这对于普通嘉宾来说，完全不是问题。既然接受了采访，那么拿出半个小时、一个小时甚至更长的时间坐下来聊聊，既不费神又不消耗体力，这是谁都能做到的事情。

然而，面对一些来也匆匆、去也匆匆的国际一流明星，也就是我们所谓的“VVIP”，情况就完全不一样了。他们到中国后档期就被排得满满的，采访一个连一个，你能轮得上已经很好了，在时间上轮不着你讨价还价。

就像大魔术师大卫·科波菲尔来华，短短一天时间要应付30多家媒体单位。经纪人只好规定每家媒体15分钟，像割韭菜一样一波连着一波。这显然是不符合正常电视节目制作规律的。即便是娱乐专访，15分钟也是不够的，更别说是《可凡倾听》这种人物访谈了。但没办法，对方名头太大。有条件得上，没有条件创造条件也得上。

同样只给15分钟的还有贝克汉姆的妻子辣妹维多利亚、法国国宝级演员凯瑟琳·德纳芙。韩国明星李英爱给的时间更短，还不到15分钟。

在这样的情况下，即便你资料准备得再充分，人物挖掘得再深刻，也很难付诸实践。作为主持人，我唯一需要考虑的就是如何在最短时间内把最关键的问题提出来，完成采访的任务。至于质量，就不能奢求太多了。

采访辣妹维多利亚

还有一种情况，就是嘉宾的个人状况超出了我的预判。

这比较多地会发生在一些我并不是很熟悉的嘉宾身上。这些嘉宾自身的性格特别鲜明，我按照常规方式去准备，到现场发现完全搭不住他的“脉”，那就糟糕了。

比如我采访周星驰。之前

我也知道周星驰是一个内心火热，但极度不善言辞的人。但究竟有多不善言辞，显然我还是“失算”了。做文案的时候，我充分考虑到了他的性格，破天荒地设计了 40 个问题——这几乎是普通受访嘉宾的 2 倍。心想着你再怎么不爱说，40 个问题也够你应付一阵子吧？

采访周星驰

没想到，不到 15 分钟，他全部解决，然后眨巴着眼睛看着我，仿佛在说：“还有什么问题吗？要是都问完了，我就走咯？”急得我心急火燎的，简直连跳楼的心都有了。

当然事后想想，嘉宾的个性习惯千人千面，关键还是在主持人的掌控。之所以没能做好周星驰的采访，主要还是我的准备工作没有到家。采访周星驰，纵然没法把节目做出采访曾志伟的效果，但如果能在所有采访周星驰的节目中做到最好，那也是一种成功。

还有一种嘉宾，不是不善言辞，相反他们伶牙俐齿、出口成章；也不是不愿意说，相反他们对答如流、谈笑风生。可请他们来录节目，就是觉得别扭，因为他们有着很强的自我保护意识，不愿意在镜头前吐露真心话。

这种嘉宾通常都是聚光灯下的“老江湖”。我遇见过最典型的就是台湾名模林志玲。那次我采访她，现场感觉非常舒服，对话行云流水、妙趣横生，可放到编辑台上一剪，什么实质内容都没有。

后来我又看了港台地区其他几个栏目请她来做的节目，说的内容基本上都差不多。终于我发现，林志玲做访谈其实是“有备而来”的，我把这个称为“抽屉式”。她精心准备了许多可能被问到的话题，分门别类地装进“抽屉”，上节目之后，谈到哪一方面，就打开装有那方面内容的“抽屉”，把里面的东西“倒出来”。所以内容都很精彩，但因为准备得太过充分，主持人很难攻入她的内心。

后来，我也曾在台湾媒体面前提起过林志玲的这个习惯，引起了台湾好些主持人的共鸣。林志玲还专程为这个事情进行了解释。但无论怎么说，这类媒体经验丰富、自我保护意识强的艺人，在访谈节目的平台上，这对主持人是极大的挑战。

还有一种状况，就是嘉宾临时反悔。聊的时候好好的，回过头来却说：“咱能不播吗？”

碰到这种情况，我们一般都会选择尊重嘉宾的意愿。

我在采访巩俐的时候，她说张艺谋的《英雄》《十面埋伏》拍得不好，只有画面，没有故事。“所以这两个故事我觉得差不多，剪剪能变成一部片子，叫《十面英雄》。”这其实是很好玩儿的一个说法。可到当天夜里12点多的时候，她忽然打电话来说，还是把那段剪掉吧！后来在播出的时候，这么好玩儿的一段东西就没了。但网上的文稿还是有的——因为在我和她交谈的同时，边上的速记就已经记下来了，没过一个小时就上网了。

我在采访章子怡的时候，也碰到一样的情况。她说：“黎明其实挺好玩儿的，我们都觉得黎明有点‘二’。”按照惯例，我们同样先把文稿发到网上。没想到第二天，全国一百多张报纸都写——章子怡说黎明有点“二”！一下子把章子怡给吓坏了，赶紧打电话说这段千万别播了。后来我采访黎明，特意把章子怡的这个段子告诉他，黎明听了哈哈大笑，连声说“没关系，没关系”。

张小燕和哈林

这些好玩儿的段子，我倘若硬要播，也是完全没问题的。但在这方面台湾主持界的大姐大张小燕的一句话，我一直牢牢记在心里——不要“赚了一小时便宜，断了这个路”。做访谈的目的并不是为了博人眼球，比起尊重嘉宾的“大义”，一两期节目的“小利”我们还是牺牲得起的。

除此之外，还有一些节目，因为受访嘉宾年事已高、身体抱恙、听力和口语能力下降等原因，也会录得不是太好。但对于这些嘉宾，我们实在不该提出更奢侈的要求。对我们而言，只要能把嘉宾的音容笑貌保留下来，便已足矣。《可凡倾听》原本就是为此存在的。

（十二）留给未来的时间不多了

对于那些有些遗憾的采访，除了极少数实在不合适的，多数节目我们还是会播出，这也是尊重嘉宾的表现。只不过在播的时候，我们会适度地讲究一些“策略性”。

比如像采访孙道临老师那次。当时他的身体已经非常衰弱了，记忆力的衰退也变得非常严重，无法坚持完一档节目的录制。但即便如此也没关系，我依然将素材完整地保留下来。2007 年，老先生去世，全中国都沉浸在伟大电影人离去的痛苦之中，我请来了黄宗江、谢铁骊、谢芳、张瑞芳、秦怡、陈凯歌、乔榛、丁建华、陈虹、梁波罗……许许多多与他有过交集的电影人，请他们共同追忆心中的孙道临。然后把他们的采访素材与之前采访孙道临老师的素材放在一起，剪成了上下两集的“缅怀艺术家孙道临特别节目”，一下子引起了社会上的巨大共鸣。

这也成了现在《可凡倾听》采访文化老人的一种惯用方式。滑稽大家姚慕双、舞蹈家戴爱莲，我们都是在他们去世前一两年完成了录像与播出，然后在他们去世后又再次作为特别节目播出。这种带有历史节点色彩的时候播，往往形成媒体舆论的集群效应，人们会更关注这期节目，更深刻地把节目中这位老人的精彩人生记在脑中。

此外，还有一些播也能播，但算不上太有价值的节目，我们也是会选择“缓缓再说”。等到一个人物价值最大化的时间节点，再把他的访谈隆重推出。比如说，我们在电影《无极》上映的时候采访了美术指导叶锦添，但因为那段时间还要做陈凯歌、陈红等更加主要的主创人员，等要播叶锦添的时候，已经错过那个节点了。

于是我们决定把片子先压着，等到《夜宴》热映的时候——《夜宴》的舞美造型也是叶锦添做的，我们再把叶锦添的采访拿出来，和冯小刚、周迅、章子怡等组成一个系列，一块儿播出。找准一个播放的时机，能够在很大程度上提升节目的质量。

也正因为如此，我在做《可凡倾听》的时候，一直都比较从容，从没出现过节目断档的问题。因为我平常留着的“存货”多，觉得有什么好的人物，就先请来录了再说，一旦出现了与之相关的社会热点事件，我便把预先录好的节目拿出来播，要是一直没有特别好的时机，那就作为备选节目放在采访“淡季”播。这也是《可凡倾听》能够连续十年保持稳定的秘诀之一。

近些年，电视谈话节目似乎越来越少了，特别是在“真人秀”的强势出击之下，似乎人们很难静下心来，听一些需要细细咀嚼才能品出味道的“心灵鸡汤”。坚持做一档高品质、有良心的电视谈话节目，越发需要毅力。这种毅力，在许多原本非常优秀的谈话节目陆续关闭之后尤其显得可贵。

就在前几个月，中国最优秀的二胡表演艺术家，曾经让小泽征尔感动到落泪的大师闵惠芬因病逝世。自此，中国二胡再无大师。一直以为，这位年仅 69 岁，当初连癌症都打不垮的老人远没有到上《可凡倾听》口述历史那般老迈，但只有在她真正离开之后，我们才能感觉到她对这个时代有多么重要。

我最怕速度赶不上。既怕《可凡倾听》赶不上文化老人们老去的脚步，又怕我赶不上《可凡倾听》老去的脚步。究竟还有多少值得记录的老人没有记录？到底还有多少需要挽留的历史没有挽留？这些工作，能否在《可凡倾听》从荧屏消失那一天之前完成？

我不知道这些问题的答案，唯一清楚的是——我一直在向我的目标前行，也没有忘记出发时的梦想。

备注：

2014 年 6 月 30 日，由国家新闻出版广电总局主办的中国广播影视大奖·广播电视节目奖（暨第 23 届“星光奖”）颁奖典礼在北京隆重举行，开播第十年的《可凡倾听》首度获得“星光奖”电视文艺栏目大奖。这也是中国广播电视节目最高奖。

在此之前，主持人曹可凡曾经凭借《可凡倾听》栏目获得过第 18 届“星光奖”最佳主持人奖等多个奖项。《可凡倾听》栏目也曾经被中国电视艺术家协会授予“中国电视十大栏目”称号，并于 2012 年获得“星光奖”提名奖。

八
好奇心，求知欲

正当高端访谈《可凡倾听》做得风风火火之时，2006 年，曹可凡忽然进入另一个完全不同的节目领域——电视真人秀，在 2006 年到 2008 年的时间里接连主持了《舞林大会》《加油！好男儿》《加油！东方天使》三档不同类型的真人秀栏目。

一时间，人们对于这位“文化型”主持人的职业发展方向变得模糊了。一边是安静的、沉稳的、文化色彩浓郁的人物访谈，一边是喧闹的、年轻的、娱乐色彩浓重的真人秀，面对这两种极端的节目形态，这位曾经在主持道路上坚持“两只脚走路”的名主持真能将“两只脚”扯得那么开？他未来的发展究竟该向左走，还是向右走？

正在人们众说纷纭之际，2011 年，又传来了曹可凡加盟张艺谋团队，拍摄电影《金陵十三钗》的惊人消息。于是，坊间再度一片哗然。关于曹可凡有意进入影视圈的说法不胫而走。

然而，喧嚣过后，曹可凡依然是原先那个曹可凡。他依然坚守在《可凡倾听》这个清苦的栏目组，为那些在文艺事业上做出过卓越贡献的人们记录历史；他依旧在新的电视真人秀《顶级厨师》中担任主持；倘若有合适的电影剧本，他同样不会介意再度“触电”。刚到“知天命”之年的曹可凡，在影视舞台上似乎早已进入了“从心所欲不逾矩”的境界。

有的时候，会觉得曹可凡像一个小孩子，只要与艺术相关，他对一切事物都有着无穷的好奇心，总想要尽可能地去尝试一把，一不小心就陷入其中，不能自拔；在这时，他旺盛的求知欲又会让情况变得更为“复杂”，想尽一切办法，用尽一切手段去搞懂它，一不小心，又成了这方面的“行家”。

那么究竟是什么驱使着他一次又一次地挑战新的事物，研究新的事物；在一件又一件新事物的面前，他又付出了些什么，收获了些什么。他未来的方向又将何去何从呢？

可凡如是说…

（一）“超女”改变电视

2004年，正当我将所有的精力投向《可凡倾听》之时，却没有发现，在距离上海1000公里之外的湖南长沙，一场即将颠覆中国电视传媒的革命风暴正在酝酿。

就在那一年，《超级女声》在湖南电视台先行试水。第一届的赛事虽然没有在全国范围内产生多大的影响，但却为之后该品牌在卫视平台上的大放异彩积累了经验，奠定了基础。

果然，2005年，在湖南卫视播出的《超级女声》第二季在一夜之间席卷全国电视荧屏，节目除了打造出李宇春、张靓颖等多位一流歌星，更在社会上引发了一波又一波的轰动与争议。在那以后，《超级女声》便已不单单是一档电视栏目，而是中国电视界乃至中国社会的一个文化现象，是非利弊，众说纷纭。

然而，不得不说的是，尽管在此之前中国各地媒体也曾做过不少选秀类节目，但真正具有划时代意义的，仍只有《超级女声》。以它为标志，中国电视正式进入“真人秀”时代。

《超级女声》
资料照片

备注：

《超级女声》，简称《超女》，是湖南卫视（最初为湖南电视台娱乐频道）在 2004 年至 2006 年期间着力打造的一档针对女性群体的电视歌艺选秀比赛。该项赛事每年举办一次，除性别以外，对报名参赛选手不做任何限制，并大胆颠覆传统歌唱比赛的竞赛规则，将选手的人生故事、成长历程与歌艺竞技有机结合，创造出了一套全新的、适合电视媒体呈现的赛程赛制，一举吸引了无数观众的疯狂追捧，成为当时全国最有影响力的电视节目。

《超级女声》的赛程赛制主要由以下四部分组成。

海选：不设门槛的大规模选拔。参赛选手按赛区进行比赛。每位选手清唱一首歌，由评委打分选出前 50 名，晋级下一轮。

复赛：第二轮筛选。同样按赛区进行比赛。50 名选手第一轮先淘汰 10 人，第二轮再淘汰 20 人，最后留下 20 人晋级下一轮。

分区晋级赛：第三轮筛选。同样按赛区进行比赛。20 名选手依次参加 20 进 10、10 进 7、7 进 5、5 进 3 四轮竞赛，最终选出赛区冠、亚、季军。

全国总决赛：各赛区冠、亚、季军参加的比赛。先从各赛区亚军、季军中淘汰一半选手，再与冠军进行组团赛，并最终决出全国冠、亚、季军。

《超级女声》的评委由三类构成。

专业评委：由演艺界明星或电视媒体人组成，承担海选、复赛环节的选拔任务。

大众评委：由落选选手及普通人构成，通过投票在晋级赛 PK 环节决定选手去留。

短信投票：在分区晋级赛中决定 PK 赛选手；更为重要的是，分区及全国前三名评选全部由短信投票决定。

2005 年，《超级女声》第二季在全国引起了巨大的轰动。节目收视率在全国同时段节目中遥遥领先，短信投票更为湖南卫视带来了巨额收益。不仅如此，冠军李宇春甚至登上了美国《时代》周刊亚洲版的封面，并被美国媒体赋予了更多超出文化层面的政治意义。

然而，随着栏目被赋予了更多文化以外的意义，“超女”赛事背负了来自社会的诸多压力。参赛选手的众多负面报道令栏目组颇为难堪；大量未成年少女因“超女”而厌学、旷学，使其受到了众多家长的指责；短信投票造假现象的出现又令它承受了不当谋利的批评；文化部原部长、全国政协常委兼教科文卫委员会主任刘忠德“三批超女”，更是将这一项全民赛事推到了舆论的风口浪尖。

然而，再大的争议也无法阻止真人秀节目在中国电视媒体发展的脚步。在 2005 年后，各大省级媒体卫视频道大量推出综艺类真人秀节目，自此拉开了中国电视“真人秀”时代的序幕。

自 2007 年起，国家广电总局针对由《超女》引发的“真人秀”大潮，陆续出台了一系列限制性文件，例如，单季节目播出时间不得超过两个月；不得在卫视黄金时段播出；不得设置短信投票；甚至对主持人的言语、选手的着装都做出了严格要求。

同年，已经连办三届的《超级女声》终于在总局制约和外界争议的双重压力下宣布停播，取而代之的则是“换汤不换药”的同类型歌艺选秀——《快乐男声》。

2005 年《超级女声》一炮而红，给上海电视媒体带来的压力，是显而易见的。在这之前，虽然湖南卫视的娱乐节目做得很火，但它一直没有真正进入过上海主流市场，上海媒体人做的节目虽然在全国没什么影响，但在本地日子过得还是很不错的。

可《超级女声》那么一来，完全不对了，全面占领全国荧屏。同一时期上海本地播出的《我型我秀》，虽然也捧出了像张杰这样的知名歌手，但节目影响力完全不能同日而语。痛定思痛，东方卫视决定推出一个能够在全国范围形成影响力的，能够和《超级女声》以及各省推出的其他真人秀节目分庭抗礼的才艺真人秀——《加油！好男儿》。

（二）请缨“好男儿”

从策划来看，这个节目还是比较巧妙的，它和《超级女声》完全形成了错位竞争。“超女”是针对女孩子的选秀，那么“好男儿”就以男生为参赛对象；“超女”是纯粹的歌艺选秀，而“好男儿”则宣称是综合才艺选秀。

大方向定下来之后，主持人的选择却迟迟没有眉目。特别是男主持，当时领导们考虑了好多人选，没有一个能达到李湘、汪涵这种“气场”。于是，主持人的问题，就在那儿搁置了好久，没有个答案。

当时，在领导考虑的人选中，是没有我的名字的。这也是再正常不过的事情，那时我的《可凡倾听》才开张一年多，也正处于栏目关键的“创业期”，而且很多人都把我做《可凡倾听》看作是从文艺舞台上逐渐“隐退”的一个标志，现在要搞嘻嘻哈哈的真人秀，让一个去年才刚刚转型，着力打造“高端人文访谈栏目品牌”的曹可凡来主持，怎么也是不合适的。

但那一次，也是我从业近 30 年来唯一一次主动向领导请缨，希望主持《加油！好男儿》。我对领导说，干主持干了二十来年，也没玩儿过这个真人秀，我对这个栏目很感兴趣；再说，反正你们也没找到更合适的人选，那就试试呗！

后来一试，还真就试成了。最终，经过反反复复的权衡，我和陈辰成为《加油！好男儿》的主持人。

就这样，我们开始了在真人秀这条神秘道路上的艰苦摸索。

当时做《加油！好男儿》的时候，客观条件是非常艰苦的。现在做真人秀，相对比较容易，一则是因为有过去10年积累的经验，二则是可以从国外购买“制作宝典”——所谓宝典，就是你在购买国外真人秀节目版权的同时，他们就会给你一本厚厚的书，把做这个节目所有的要点、细节全部写得清清楚楚。舞台该怎么搭、机位该怎么放、主持人说些什么话、嘉宾做些什么事……事无巨细一应俱全。你只需要严格按照他们写的来操作，基本都能八九不离十。而《加油！好男儿》的制作，完全是走一步算一步的。

备注：

《加油！好男儿》是东方卫视在2006年、2007年4月至8月间着力打造的一档全国男性选秀节目，旨在选拔具有较强综合素养的新一代男性青年形象。与湖南卫视的《超级女声》非常类似。但节目并不只注重于选手的歌艺，而是以全面素养来确定名次，包括歌唱、演技、机智、人气等。

此外，除了设立冠、亚、季军外，该项赛事还设立了最佳团队精神奖、最佳上镜奖、最佳人气奖、最佳体魄奖、最佳才艺奖、最佳睿智奖等单项大奖，体现出了其不同于《超级女声》《我型我秀》等歌艺选秀节目的综合性。

通过连续两年的选秀比赛，《加油！好男儿》选拔出了一大批极具潜力的演艺新人，蒲巴甲、宋晓波、马天宇、吴建飞、井柏然、乔任梁、柏栩栩、李易峰等年轻一代艺人均是通过这项赛事正是走上演艺舞台的。

首先，在节目策划过程中，最令我们感到痛苦的问题就是：什么叫好男儿？它的概念是什么？评判标准又是什么？怎样通过比赛来选拔“好男儿”？为了弄清楚这些问题，在“好男儿”海选初期，我们还专门扛着摄像机到外面去采访上海市民，问他们是如何看待“好男儿”的。得到的答案千奇百怪，无所不包。那时候我们出去外采，不单单是给这个节目宣传造势，我们也希望通过市民的头脑，来帮助我们一起思考这个问题。

然而即便如此，在我们制作“好男儿”的初期，我们对这个节目依然是一片模糊的。一直到后来第一季快要完结的时候，我们才明确才艺选秀必须是单一才艺比赛，不设边界的综合才艺比赛是没办法评选的，做不出好的效果。这是我们花了整整一季时间才摸索出的结论。

（三）重新学习讲故事

听说我竞争《加油！好男儿》主持人，台里的同事、同行都觉得很奇怪，为什么我那么想去做这么一个在外人看来完全不适合我的节目，而且还是一反常态地主动请缨。这与我之前同美国传奇主播，《60 分钟》的制片人唐·休伊特的谈话有很大的关系。

备注：

唐·休伊特，美国 CBS 传奇主播。1923 年出生，2009 年去世。

作为世界电视新闻史上具有里程碑意义的人物，唐·休伊特曾在美国电视界实现了许多惊世创举。他在 1948 年打造了全球第一档新闻直播节目；在 1960 年主持了美国历史上的首次总统选举辩论；1968 年打造了美国最成功的新闻节目《60 分钟》；2004 年劝服克林顿在《60 分钟》中承认了与莱温斯基的不正当关系，为震惊世界的“拉链门事件”画上了句号。

在这其中，《60 分钟》的创立可谓是他一生中最大的成功。该节目在美国连续播出长达 36 年，连续 22 年高居美国节目收视率排名前十，5 年收视率排名第一。1999 年更是创下了同时在 1423 家电视台黄金时段转播的纪录。

此外，美国历史上另一位伟大的新闻主播克朗凯特也正是在唐·休伊特的慧眼之下才登上了《60 分钟》的主播台，成就了日后的巨大辉煌。

那一次正好唐·休伊特来上海参加中国电视艺术家协会等单位举办的“国际电视主持人论坛”。论坛是由杨澜主持的，后来《杨澜访谈录》还给他做了一次专访。

我虽然没机会采访他，但与杨澜的关系请他吃了一顿饭。在饭桌上我问休伊特，电视的真谛究竟是什么？这个问题，我觉得对我做好谈话节目有很大的关系。他告诉我说，电视的本质，就是讲一个好听的故事。这也是他做《60分钟》所遵循的基本原则。

那一次的对话给了我很大的启发。所谓“讲故事”，它本身是没有什么雅俗之分的。所谓严肃的电视新闻节目在讲故事，活泼的电视娱乐节目在讲故事，深沉的谈话节目也在讲故事。无外乎是彼此故事讲述的方法不同。

那既然我能把《可凡倾听》的故事讲好，为什么就不能讲好《加油！好男儿》这样的故事呢？再者说，我过去主持《诗与画》《快乐大转盘》《共度好时光》这些完全不同类型的节目，都能把故事讲好，拥有这20年积累下来的经验，我相信在真人秀的领域，我起码能够做得“不差”。

于是，当我们这群彻头彻尾的真人秀“新人”第一次踏入这个陌生的领域时，我们的头脑中只有一个原则是明确的，那就是：我们要回归电视的本质，讲述“好故事”。

事实上，通过实践我们发现，“真人秀”是一个极好的讲故事的平台。因为每一个未经雕琢的选手，都是一个真实的、精彩的故事素材，只要你能把这些样本用好，你的节目就能够成功。

我们收获的第一个故事就是蒲巴甲。

蒲巴甲最早是胡雪桦发现的。当时胡雪桦打算拍西藏版“哈姆雷特”——《喜马拉雅王子》，剧中的主要角色都是藏族人，这样的演员圈里很少，于是他就去西部挑选，在九寨沟的一个娱乐场所里遇到了蒲巴甲。胡雪桦一眼就看中了他，把他带回上海，先在上海戏剧学院进修表演。

后来东方卫视做“好男儿”，当时担任SMG综艺部总监的田明去上戏挑人，刚好在饭厅里和蒲巴甲撞了个满怀。田明一看，不错，便让他去重庆赛区比赛。在重庆赛区的比赛中，我对陈辰说，你记住这个孩子，他一定有戏！因为当时他的眼神是澄澈的，没有丝毫杂质的。这与那些怀揣着明星梦，早早地就被社会染上颜色的孩子完全不一样。果不其然，一下子就拿了重庆赛区的第一名；再到后来，又拿了总决赛的第一名。

在这个过程中，我和陈辰亲眼看着他一步一步地成长起来，从一开始什么都不会，到最后拿到冠军，这个过程真的是非常感人的。我们的镜头把它记录下来，在电视上播出，我相信观众也会和我们一样，被他感动的。

在比赛结束之后，我和蒲巴甲依然保持着非常好的关系。2007年，他很不容易考上了上海戏剧学院，我和胡雪桦送他去报到。我送给了他一本冯友兰《中国哲学史》——老版的，很有珍藏价值，后来我自己还去买了本新版的，希望他能多读书。现在他发展得也很不错，看着他在你面前慢慢成熟，我也觉得非常欣慰。

到了第二季，我们也挖掘出了一些非常好的故事素材，比如说井柏然。井柏然这两年发展得很不错，演的戏很多，他就是一个特别聪明的孩子。

那时候“好男儿”在沈阳做海选，栏目组的一群工作人员在外面烧烤摊儿上吃宵夜，忽然有个剧务发现边上一桌有个小孩儿，各方面条件都很不错，就跑上去给他名片，说：“我们是东方卫视的，现在有这么个比赛正在海选，你各方面都挺合适，愿不愿意来参加……”井柏然说好的，我明天来。

过了一会儿，井柏然他们吃完了，他又跑过来和那个剧务打招呼，“老师再见，我们先走了”云云，表现得也挺有礼貌的。等我们工作人员吃完了，要去结账的时候才发现，原来井柏然走之前，把我们工作人员吃饭的账单也结掉了。一下子搞得我们工作人员很不好意思。同时也觉得，这个孩子非常聪明，为人处世很有一套。

然后我们就开始关注他，一步一步走上来，天分不断地被挖掘，闪光

好男儿合影

点被越磨越亮，最终走上第二季冠军的宝座。

在舞台上，面对这些孩子，我必须要非常小心。因为我既是主持人，在某个层面上又是评审，又有可能是他们成长过程中的人生导师。虽然我们不会在节目里教他们些什么东西，但我们会引导他们懂得一些人生的道理。作为一档真人秀节目，一档综艺节目，能从中看到年轻人的成长，从他们身上看到自己当年的影子，这是非常有意义的事情。

包括李易峰、马天宇，都是一样的，一开始都是一个很普通的孩子，但是有天赋，有特点，然后通过我们的节目，把他们从“素人”打造成“能人”，成为一个能在演艺圈自由打拼的人，真的是很有意思的事情。宋晓波出了一本书叫作《天使展翅》，里面还专门提到了我。他一直叫我曹爸爸，虽然这些孩子现在都有了自己的事业，与我平常的联系不多，但每次见面，和我都很亲切。

《加油！好男儿》让我明白，真人秀节目中“讲故事”是一种非常有效，也是非常出彩的制作手段。有的人号称不爱听故事，其实并不是他真不爱，只是觉得有些故事太假，太过分，只要是真实的故事，能够打动人心的故事，没有人会不欢迎。

（四）明星与“草根”

与《超级女声》一样，《加油！好男儿》属于才艺真人秀里一种非常典型的类型，我把它称作草根“明星化”。通过选秀，把原本属于社会平凡阶层的普通人打造成星光璀璨的超级偶像。而我从 2006 年下半年开始做的另一个真人秀节目《舞林大会》则是与之相对的另一种典型，明星“草根化”。

原本是高高在上、受万人追捧的演艺明星，在《舞林大会》的舞台上，成为一个普通的参赛选手，在专业舞蹈演员的协助下完成一段又一段自己并不擅长的舞蹈演出，接受舞蹈界专家的点评、指摘，由普通观众决定他们的去留。这种把明星拉下“神坛”变成“草根”，重新在一个新的舞台奋斗的创意，在当时国内真人秀中独树一帜，很快就得到了全国观众的喜爱。

主持《舞林大会》

备注：

《舞林大会》是东方卫视2006年8月隆重推出的一档以明星舞蹈竞技为主题的电视真人秀节目。节目口号为“让心灵起舞，让梦想高飞”。

作为东方卫视的王牌真人秀之一，《舞林大会》自2006年第一季播出以后，凭借其独树一帜的节目形态风靡全国，随后又在2008年、2009年、2011年、2012年陆续制作了四季（其中2009年第三季为“主持人版”，所有参赛嘉宾均为全国各省市的电视节目主持人），成为东方卫视延续时间最长的电视真人秀品牌栏目。

借助《舞林大会》的舞台，一批又一批当红、曾经当红、尚未走红的艺人展现了自己的舞蹈才艺，更通过舞蹈展现出了自己在台下幕后的真实面貌。此外，《舞林大会》还打造出了金星、方俊等多位极具性格的评委。

有了《加油！好男儿》第一季成功的主持经历，《舞林大会》第一季的主持任务也就理所当然地交到了我的手中。当时的主持人，由我与陈蓉、陈辰组成了一个三人组合。后来到了第二季，台里培养新人，便由我和王冠搭档主持。

无论主持人是谁，无论是草根“明星化”还是明星“草根化”，节目的大方向永远是一致的，那就是讲好听的故事，展示嘉宾真实的一面。

在舞台上，我首先要消去艺人们原有的光环，把他们从一个“名人”打回原来的“素人”状态。刚好舞蹈表演是一个很好的载体，反正在这个平台上，无论是歌手还是演员，无论跳探戈还是恰恰，他们都是不专业的，跟普通老百姓一样的。在这个前提下，我们的故事便能够自然而然地说出来了。

最令我印象深刻的有两个故事，一个是罗家英，一个是孟广美。

罗家英大家对他的印象，基本上就是《大话西游》里的唐僧了，他原本是粤剧演员。而他的妻子汪明荃，却是TVB的“镇台之宝”，香港家喻户晓的大明星。他们两人之间的故事，是非常精彩的。两人在1988年的时候因工作相识、相爱，但汪明荃是红透半边天的大明星，罗家英是香港粤剧演员，身份地位上是有差别的；然后汪明荃是圈中出了名的脾气大，罗家英则是有名的好好先生，20年来一直对她千依百顺，但汪明荃始终不愿下嫁罗家英。后来，两人先后得了癌症，罗家英险些因此而丧命。经过这么一场生死边缘的考验，两人后来终于走到了一起，在2009年结为夫妻。

参加《舞林大会》那一年，正好是罗家英刚刚跨过“鬼门关”重新回归舞台的时候。于是，在他表演结束后，我把这段故事在现场告诉了观众，然后问他：“当你得知（自己患了癌症，被医生宣判死刑）这个消息后，你告诉阿姐（汪明荃），她是怎么说的？”接着又问：“2002年汪明荃全身麻醉被推进手术室的时候，从来不哭的你流下了眼泪，当阿姐对你说这番话的时候，有没有哭过？”他回答：“我没有哭，因为我很坚强。她生病我为她哭，我自己生病为什么要哭呢？死不可怕，一点儿都不可怕，来到我面前，来就来吧。人生，求生，不是求死的！”

一席话一出，全场雷动。两人之间坚韧的爱情成为那场节目中十分精彩的一个亮点。

罗家英的故事是一条线，贯穿人生20年；孟广美的故事则是一个点，是她演艺事业中的一个标志性事件。

2006年，孟广美在台湾一个叫作《红色风暴》的综艺访谈节目里，说了一些令内地观众不悦的言论，随后便有人把视频片段传到了网上，一时间内地网友骂声一片，孟广美在内地的事业遭到了巨大的打击。

请孟广美参加《舞林大会》，其实是在“红色风暴事件”之前的事情。但出了这个事情之后，《舞林大会》还请不请她，就成了十分微妙的事情了。在这种情况下，我们还是顶住压力，坚持把她请来。但同时，我也在后台对她说了我个人的想法——有人组成“反孟广美联盟”，反对你来参加节目，显然你当初的表述是有问题的，所以我和你私下沟通，如果你有勇气承认自己说错了，那也算借助我们节目给你找到了一个“停损点”；如果你有抵触，也可以不说，但倘若你心里默认这事情确实是欠妥的，只是没勇气表达，那你在台上深深鞠一个躬，这事儿也算结束了。你看怎么样？

后来在台上，我和陈蓉就很隐晦地提了这个事情，一开始孟广美还有一些纠结，她说："我在处理这件事情上并不是处理得很好……所以我觉得，我到底做错了什么东西呢？"接着陈蓉又说："今天是一个非常好的机会，广美应该用你觉得正确的方式去面对全国的观众朋友们，你想说明什么？"然后渐渐地，孟广美就把自己真实的想法都说出来了，她说："我没有想到进入内地工作十年后会摔了这么一跤……这两个月来有人写信骂我也有人支持我，我在这里面学到了很多，所以我在这里保证，今后广美一定会变得越来越好……"她又说，知道自己是所谓的"黑名单"，但非常感谢东方卫视依然能坚持邀请自己……能感觉出她的情绪越来越强烈，越来越真实，情到深处，真的在舞台上深深鞠了一躬。

这时候陈蓉立刻来给孟广美打圆场。但我觉得，相对她的真诚的情绪，她的话语还是不够的，她说了她自己，说了对东方卫视的感谢，但仍然欠"一口气"。于是我便接着说："你是不是对那些质疑你的朋友，对他们说几句话？"然后孟广美思考了一下，说："我相信你们批评我是……也许我真的说错了些什么……我是一个所谓的'硬颈派'，我不该不认错，我是无心，但即使是无心但我可能真的伤害了人。如果你真的被我的言语伤害，那么我在这里郑重地向你们道歉。"然后，她再一次深深地面对观众鞠了一躬。

到这时候，我觉得，该说的都已经说了，所有的误会、所有的争议、所有的质疑都得到了很好的解答，便做了一个简短的总结："刚才广美的一番言语当中，我们可以看到一个更为真诚、更为真实、更为透明的广美。相信所有质疑她、反对她的人也会通过她的言语、她的表现来重新认识广美。也希望广美从今天开始能够重新站回我们的舞台上，给大家一个新的惊喜。"

像这样的真情故事，在《舞林大会》的舞台上还有很多。

像“大傻”成奎安得了鼻癌，我和他谈怎么“抗癌”，我看到他永远随身带着一瓶矿泉水，问他为什么。他说自从做了化疗之后，把唾液腺杀死了，随时都会觉得口渴。还有徐锦江，他谈当年拍“三级片”对自己性格造成的伤害，导致自己后来得了忧郁症，在这时他的妻子如何关心他，让他重新恢复。这些东西都是非常感人，非常有感染力的。

包括黄圣依的那一次退赛，她先参加第一场的比赛，后来说脚受伤了，不比了；然后第三场又上场，最后和孙兴 PK，评委也给了她一些批评，她有些不大高兴，就直接在毫无征兆的情况下说退出比赛。虽然那是一个非常意外的突发事件，但从讲故事的角度来说，确确实实是一个非常有悬念的、跌宕起伏的真实故事。

后来湖南卫视重磅推出了《我是歌手》，也是明星“草根化”的典型。只是《我是歌手》更多展现歌艺上的比拼，节目故事性似乎不是很强。当然，这也和真人秀节目成熟发展，艺人们应对真人秀的经验逐渐“丰富”有关。他们越来越擅长在舞台上“自我保护”，要挖掘真实的故事就越来越难了。

于是后来便有了《爸爸去哪儿》，让明星带上孩子，拉去荒郊野外，那样的环境，显然比舞台更容易挖掘出明星真实的一面，挖掘出更吸引人的故事。

（五）把自己“归零”

到了 2009 年，我离开了《舞林大会》的主持舞台，转而主持东方卫视新开设的一档真人秀节目，《加油！好男儿》的姐妹篇——《加油！东方天使》。整个节目的模式和“好男儿”几乎是一模一样的，仅仅是参赛者由男生变成了女生。

那个节目，由于各方面的原因，最后办得不是很成功。一方面是收视率和全国的影响力都不如“好男儿”，另一方面推出的那些女孩子也没有特别优秀的，现在总体发展一般，和“好男儿”也有很大的差距。

2010 年、2011 年这两年，是我在真人秀舞台上的“蛰伏”期。但在这两年里，有一个节目大大改变了中国真人秀节目，那就是由东方卫视推出的《中国达人秀》。

“达人秀”的划时代意义在于两点。

其一，它是首个由国内媒体斥巨资购买版权，并严格按照制作宝典进行操作而获得巨大成功的真人秀节目。在这之前，中国虽然也有过购买西方真人秀版权的案例，但无论是项目规模、制作水平、节目效果都远不能和“达人秀”相提并论。“达人秀”正式开启了中国真人秀节目的“宝典”时代。

其二，它引领了真人秀节目的新的节目形态——传统意义的主持人从台前走向幕后，将舞台全部交给评委和选手。在“达人秀”之前，几乎所有真人秀节目都沿袭传统主持方式，由主持人掌控舞台；“达人秀”之后，所有成功的真人秀节目都把主持人送到了幕后，台前的串接全部交由评委席完成。

在这样的大背景下，2012 年，我又参与了一档极具新意的真人秀节目——《顶级厨师》。

《顶级厨师》并不是一档绝对收视率很高的真人秀节目。但它的社会知晓度却很高，它也有着很多特殊的意义。首先它的内容非常好。按照评审之一李宗盛的说法，吃饭是人生中最重要的事情，给别人做饭是一种情感，对他人的爱，所以这个节目呈现的是一种爱与被爱的关系。这是一件很有意义的事。其次它将选秀的舞台从剧场摆到了室外，这也是一个很有创新意义的事情。过去中国的室外真人秀，要么是冒险要么是闯关，作为一档才艺选秀出现在室外的，它有它的独创性。

《顶级厨师》的舞台就是“厨房”，“厨房”是没有后台的，所以《顶级厨师》没有严格意义上的节目主持人。我和李宗盛、刘一帆三人组成评

与李宗盛和刘一帆
主持《顶级厨师》

审团，同时承担节目主持人的工作。

《顶级厨师》对我而言，又是一个挑战。我的角色变了，从一个纯粹的主持人，变成了一个评审者，顺带干干主持人的活儿。于是我必须要重新去学习，如何去做一个美食评审。虽然我平时在“吃”的方面也算有本“美食经”，可真要作为一个专业的美食评判，那是完全两码事。于是我要不断去看书，向专业人士讨教，从理论上学习如何成为一名美食评论家。

好在我们这个栏目组的三个评审都是“外行”。我擅长主持，在美食评论方面是外行；李宗盛大哥在综艺方面是老手，但从来没有做过选秀节目评审；刘一帆是专业的大厨，但对电视节目还相对陌生！

于是，我再一次回到当年制作《加油！好男儿》的状态，把自己重新“归零”，和新的团队重新磨合，重新学习，重新探索。

备注：

《顶级厨师》是东方卫视2012年推出的中国首档美食类真人秀节目，也是东方卫视继《中国达人秀》《梦立方》后又一档引进国外版权制作的真人秀节目。

节目原版为英国1990年首播的烹饪竞技节目《Master Chef》，该节目模式在2005年起在英国BBC恢复，随后远销全球25个国家200多个地区。

节目邀请全国各地对美食烹饪有兴趣的非专业人士参与厨艺PK，在经过“神秘盒挑战”“创意菜比拼”“团队赛”“技能测试”“压力测试”等多种形式的竞争后，决出最后的优胜者。每季比赛冠军将获得百万梦想合约，前五名选手将获得蓝带进修资格。

中国版《顶级厨师》第一季由曹可凡、李宗盛、刘一帆担任评委，冠军由来自四川的85后导游魏瀚获得；第二季由曹可凡、刘一帆、梁子庚担任评委，冠军由来自沈阳的自由职业者赵丹获得。

《顶级厨师》的三个评审，最初是完全不熟的。我和李宗盛的朋友——周华健、任贤齐——都很熟，但和他本人只能说是认识，平常见面互相打个招呼的程度。所以，这一次合作是第一次有实质性的交往。刘一帆和我俩更是完全两个圈子的人，完全不认识。

我们三个，李宗盛肯定是最大牌的。起初栏目组担心影响我们，给我们三个人每人准备了一个休息室，不录节目的时候各自在各自的房间里吃饭、休息。后来李宗盛大哥觉得有问题，觉得缺乏交流会影响彼此在节目中的默契，于是提议一日三餐一块儿吃，渐渐大家的感情就在饭桌上熟络起来了。这件事，是李宗盛团队做的大好事。

（六）厨房里的两三事

在节目团队里，李宗盛是我们的老大，我位居第二，刘一帆就是老三。李宗盛作为一个纯粹的艺人评审，他是我们三个中相对比较和善的；

与李宗盛和
刘一帆合影

我是媒体一方的代表，就要比他更严厉一些；当然最严厉的肯定是作为职业大厨的刘一帆。三个评审从某种程度上就是三个主持人，我是专业主持自然做得多一些，同时稍微带一带他们两个。起初李宗盛的合同只签了半季，后半段节目他是没空参加的，但后来却一直坚持到了最后，他的整个团队都认为，我在其中起到了非常积极的作用：一是作为媒体方的代表非常尊重他；二是把这个三人小组组织得特别好。

同样在节目的制作过程中，我们依然坚持讲故事的原则，把参赛选手身上精彩的、有价值的故事挖掘出来。第二季的冠军赵丹就是一个典型。虽然有些人觉得她的故事太煽情，但关键是这些故事都是真的，她的人生经历就是那样复杂坎坷。而且事实上她已经在节目中尽量节制、收敛了，还有很多更“煽情”的故事并没有讲出来。

她的父母在她很小的时候就离婚了。她母亲是个非常有骨气的女人，硬是带着她离开了富裕的家，寄人篱下，借住在亲戚家。她说那时候是冬天，住的房子是没有暖气的——东北房间没有暖气，那根本是没法住人的。睡觉实在太冷，就在脸上捂一条毛巾，早上起来，毛巾上都是冰渣子。

第二个故事，是她在节目里说过的，结婚后，但婚姻存在诸多问题。而她参加这次比赛，就是为了能找到自食其力的方法，靠自己的力量活下去。

这样的故事，我们相信观众一定是喜欢的，起码我们三个评审都很喜欢。李宗盛个性鲜明，对做节目和结交朋友比较挑剔。他以前从不担任任何选秀节目的评委，也从没在任何一档选秀节目中付出过这么多的心力。但到了后来，他非常难得地把自己的手机、电子邮箱全部告诉了选手，甚至说“爱死这些选手了”。对于像他这种性格、这样江湖地位的人来说，是非常不容易的。

早在做《加油！好男儿》的时候，观众就说我对选手太严厉。而在做《顶级厨师》的时候，这种严厉似乎变得更严重了。这与我在节目中的角色定位还是有一定关系的。“好男儿”我和陈辰搭，陈辰在选手面前是大姐姐的形象，我年纪更大一些，自然要比她更加严肃；《顶级厨师》我从主持人变成了评审，身份又不一样了，和选手走得太亲有时反而会影响判断。

所以，在做《顶级厨师》的时候，我尽量和选手保持一定距离。他们工作人员时不时会和选手一起吃饭，我基本上都不参加。只有这样，我才能确保自己做出的决定不受到主观情感的影响。

当然，在比赛结束以后，其实我和他们的关系都还是挺不错的。汕头“粥王”纪晓光进了前五名，拿到法国蓝带进修的资格。他对我说，我们是他的“再生父母”，彻底改变了他的人生。现在每到逢年过节他都会给我发短信，天热了提醒我注意防暑，天冷了提醒我记得添衣。

其实有很多次关键性的评判，我都把票投给了他，但那纯粹是因为我看到了他在节目中的变化，看到了他未来的潜力，而不存在任何情感上的倾斜。正因为此，我才能很坦然地接受他的好意。这是一种很纯粹的友情。

从2006年的《加油！好男儿》，一直到2013年的《顶级厨师》第二季，我在这些年中总共主持了4档7季真人秀节目。这些节目有的成功，有的稍微差一些，但都对真人秀节目的整体发展起到了一定的推动作用。

很多主持人会觉得，转型很难，一旦做了某一类型的节目，就没办法再去做其他类型的节目。从我的经验来看，其实转型难不难，关键得看主持人敢不敢把自己重新“归零”，从头开始。而我恰恰就是这么一个充满好奇心的人，只要是感兴趣的，都愿意从头学起。人生处处是学问。每触及一个新的领域，都能学到新的知识，这着实是一件激动人心的事情。

刚开始做“好男儿”的时候，我对真人秀什么都不懂，什么都不会。但我不怕，我愿意从头开始去学习，去尝试。后来做《顶级厨师》，又是一种全新的形态，一个全新的内容领域，那我又要重新去学。到现在，无论是我还是东方卫视的团队，都已经深谙真人秀之三昧，能够从容应对每一种类型的节目，这些都是不断学习、不断积累的结果。

而我也非常荣幸，因为在21世纪中国电视的第一次“革命”浪潮中，我这个80年代出道的“老主持”也和那些年轻的弄潮儿们一起，尽兴地玩儿了一把！

（七）大荧幕上出了丑

回顾2006年到2012年这7年间，《可凡倾听》的记录从未间断，真人秀也做得不亦乐乎，其间还夹着2010年的上海世博会，这么一算，似乎也只有2011年算是相对空闲的一年。

当然，所谓的空闲仅限于在电视屏幕上。2011年，有一件比主持节目更加“爆炸性”的事件，那就是我受张伟平之邀，作为主要演员参演了张艺谋导演的大片《金陵十三钗》。

一时间，坊间哗然一片。各种惊异、质疑、吐槽接连不断。“曹可凡不做主持人了？”“曹可凡会演戏吗？”“电影里看到曹可凡笑场怎么办？”甚至连网络媒体的新闻标题都是《金陵十三钗》男主角曝光，曹可凡佟大为加盟，似乎我演电影的新闻性，特别是娱乐性已经超过了剧中最大牌的奥斯卡得主克里斯蒂安·贝尔。

其实，在《金陵十三钗》之前，我也是拍过电影的。

我第一次“触电”是二十多年前，陆英姿拉我去拍过一部轻喜剧片《蜜月再来》，2006年王小帅拍摄电影《左右》，里面有一个医生的角色，找我来演。我在做主持人之前就是学医的，无论是在上学期间还是后来当了老师，巡诊、查房、看病历这些事情，那是再熟悉不过的了。既然是“重操旧业”，相对难度也不会有多大，便爽快地答应了下来。

整部电影110分钟，跟我有关系的就三个镜头，加起来不过1分钟左右。事后想来，王小帅导演为了让我“安全过关”还是花了些功夫的。除了第一个镜头有我翻看病例的细节描写，后面两个全部是远景拍摄，只听得到声音，看不清肢体和表情。这显然很好地掩盖了我可能存在的表演缺陷。

电影最后，演职员名单中，我和高圆圆、田原一块儿出现在了“友情出演”的名单里面。

第二次演戏，便是纪念中华人民共和国成立60周年的献礼大片《建国大业》了。这部拍摄于2009年，由韩三平、黄建新执导的鸿篇巨制破天荒地邀请到了百余明星友情出演，写下了中国电影史上的一个纪录。

十分荣幸，我也收到了黄建新导演的邀约，请我来扮演国民政府时期的上海市市长吴国桢。在这部电影里，我几乎只有一个镜头，一句台词——“大公子，上海各界委托我在锦江饭店为您的到来摆酒接风，一会儿我来接您。”不过就这一句话，能参与到这部电影中去，能和陈坤演场对手戏，我觉得也是一件有趣的事情。

拍摄的时候，自我感觉还是挺不错的，也没有太多反复，一下子就录

《建国大业》剧照

完了。等到了电影上映的时候，我特意乔装打扮，找了个冷门时间段去电影院观影。好不容易等到了我出场的那场戏，第一个镜头就是我的脸部特写。还没等电影中的我张口说话，观众席上“哗——”地笑成一片。

我顿觉耳根通红，赶紧跑出电影院。

后来我又买了 DVD，把这部电影从头到尾看了一遍，觉得自己的表现确实不大好。虽说只有一句台词，但从我口中说出总觉得像朗诵一样，表情也比较僵硬，不松弛。显然观众笑我，除了在电影屏幕上看到我的好奇感之外，我演得不好也是原因之一。

至于演得不好的原因，我分析下来，主要有两点。第一是没有充分认识到主持与表演之间的差异。之前误以为两者在语言表达方面是非常近似的，但真正尝试之后才发现，这是两种截然不同的艺术形式。第二是没有做好人物角色的分析。平常我主持节目前会认真地去做案头工作，但这次在饰演吴国桢这个角色之前却没有认真地去研究这个人物，这是非常失策的。

于是，我决定要把这个不足弥补回来。虽然电影不会重拍一遍，但这并不妨碍我去研究这位我所饰演过的伟大的历史人物。

在那之后，我查阅了大量与吴国桢相关的资料，既包括他在国民政府时期的经历，也包括他后来到了台湾之后的生活，林林总总积累了好多资料，努力通过历史的转述在我脑海中拼凑出一个相对完整、鲜活的吴国桢的形象。

或许在有些人看来这些都是没有意义的事情，但我就是这么一个对什么都好奇，都喜欢去研究的人。而且出人意料的是，才过了没多久，我针对吴国桢所做的研究和积累，竟然全都派上了用场。

（八）意外的收获

那次，我去访问美国纽约中文电视台。他们台长很热情地请我吃饭。席间偶尔说起我曾在电影《建国大业》里演过吴国桢。忽然他们的一个编导说，吴国桢的女儿不就住在这附近么。我一听，赶紧就问，有没有可能帮忙联系一下，结果还真就联系上了。

我先给吴老太太打了个电话，向她说明我的来意。在电话中老太太非常客气，还告诉了我她家的地址，主动邀请我第二天上午十点去她家共进午餐。第二天我准时前去拜访，她非常热情地接待了我。

老太太住的房子很旧，但从房内的布置陈设能够看得出主人的风范气派。房间里放着她结婚时拍的照片——老太太说那些照片在美国《时代》周刊都登过。她还告诉我《芝加哥论坛报》的创始人还是吴国桢的好朋友，就她当年结婚的婚礼都是在卢斯家中举行的。

老人家中墙上还挂着吴国桢写的书法以及他爱人黄卓群为女儿画的国画。我一下子就被那幅画吸引住了。吴老太太解释说，她母亲年轻时曾学会绘画，师从红薇老人——张光。

与吴国桢长女吴修蓉女士合影

说起红薇老人我是知道的。这位女画家与张大千、徐悲鸿、吴湖帆、谢稚柳等一大批画坛名宿都有着密切的往来，她的画作更是得到过蒋介石夫妇的赞赏。只是在 1970 年过世之后，盛名未能在后世流传。老太太见我这个年纪竟然知道红薇老人，十分意外，又与我说了许多她母亲的故事。

到了中午，便一起午餐。老太太让管家去唐人街买了一些烧卖、虾饺之类的小点心，热一热，再倒上两杯饮料，一边吃一边继续聊。饭桌上，老人说我和她父亲吴国桢真的有点儿像，说话嗓门很大，笑起来也很爽朗，吃饭也是大口大口。还有，老人说吴国桢不爱吃鱼，我说真巧，我也是。

聊着聊着，老人忽然对我说，有一件事情想拜托我帮忙。说是吴国桢当年有一个副官，跟他去了台湾，在吴国桢得罪蒋介石去了美国之后，两人便失去了联系。后来那个副官晚年回到天津和侄子生活，临终前交给侄子一个相册，里面有他给吴国桢拍的 120 张相片，希望侄子将来有机会能交给吴国桢的后人。后来上海某家报社报道了这件事情，恰巧这份报纸吴老太太也看到了，所以想请我帮忙打听一下，现在这位副官的后人在哪里，能否取回照片。

刚巧，在我之前收集有关吴国桢的史料时曾经见过这份报道，于是我回到上海后，立刻托人找到了那份报纸的编辑。原来那位副官的侄子今年已经86岁了，他有个孙女在上海工作，发微博说想要寻找吴国桢的后人。刚巧被那个记者看到了，觉得很有价值，就把这事儿在报纸上报道了。于是我顺藤摸瓜，找到了那位副官的侄子，把吴老太太的电话给了他，接下来就让他们自己去联系了。

后来又有一次，在一个海派绘画研讨会上，我把这事儿在会上一说，立刻引起了文汇报一位编辑的兴趣。他让我赶紧写一篇“访吴国桢后人”的文章，我便按他的要求写了一篇。然后这事儿传着传着，又传到了人民出版社社长的耳朵里。

能收到这样的邀请，我非常高兴。于是再一次对吴国桢的历史进行了长时间的研究，从他当年和周恩来结拜兄弟，到后来双方因政见不同而决裂，最后邓颖超亲笔写信请他回大陆，却在启程前心脏病发作……整一段人生历史都了解了一遍。在这个过程中，我又意外地发现，原来吴国桢和宋美龄之间还有很深的交情，吴国桢更与当年震惊台湾朝野的“江南事件”有着重大的关联，更是直接导致了蒋家王朝的完结……包括与之相关的一系列历史事件，通过这一个人物，都能够联系起来。

这些事情，虽然和主持完全没有关系，但我真的特别感兴趣，也特别愿意去花工夫研究，把这么一段历史了解清楚。

（九）为“十三钗”减三十斤

话说回来，依然谈电影。

当我通过《建国大业》的拍摄了解到影视演员与节目主持人之间巨大

的不同之后，很长一段时间，我对拍电影这事儿有点儿抵触。期间也有影视圈的好友找我客串几个角色，但都被我婉言谢绝了。主要原因，就是对自己的演技没有信心。

直到张伟平向我发出了《金陵十三钗》的邀约。这样一个机会，对我来说，实在太有诱惑力了。

备注：

张伟平，北京新画面影业公司董事长，著名电影制片人，监制。

他曾经投资张艺谋拍摄电影，1996 年至 2012 年这 16 年间，张伟平投资了《有话好好说》《一个都不能少》《我的父亲母亲》《幸福时光》《英雄》《十面埋伏》《千里走单骑》《满城尽带黄金甲》《三枪拍案惊奇》《山楂树之恋》《金陵十三钗》共计 11 部电影，每一部都在市场上引起巨大反响，堪称中国电影制片团队中的领军人物。

2012 年，在完成与张艺谋的最后一次合作《金陵十三钗》后，张伟平突然宣布与张艺谋终结合作关系。这一消息在圈内掀起轩然大波，令众多电影爱好者嗟叹不已。

张伟平和我是多年的朋友。投资电影 20 年，拍一部火一部，一手将张艺谋捧到了“国师”的地位。也不记得是哪一年的事儿了，我曾和他开玩笑说：“下回要有机会，你给我在你投资的电影里安排个角色，再小的角色都可以，我也就当是过把瘾了。”这话说完也就完了，我也没多想，没料到他却记在心里了。

2010 年，张伟平开始着手《金陵十三钗》的拍摄事宜，其中有一个“孟先生”的角色，让谁来演一直有些疑虑。原本定的是一个北方演员，但“孟先生”是南方人，剧中有大量英语、日语甚至是方言对白，似乎找一个南方演员更妥。他俩想了一个又一个人选，都不合适，忽然张伟平随口一说：“要不找曹可凡演吧。”但张艺谋坚决反对：“你开玩笑吧？曹可凡能演戏？”“为什么不能？年龄、籍贯、语言能力各方面都适合，就是胖了一点，找他来试试呗！”

就这样，在2010年秋天的一个晚上，我接到了张伟平打来的电话。

“可凡，《金陵十三钗》中‘书娟’的父亲‘孟先生’这个角色，归你了！”

严歌苓的小说《金陵十三钗》我看过。书中“孟先生”戏份虽然不多，但却是后半部分的灵魂人物，一言一行都影响着剧情的走向。这次张伟平大手笔投拍，必定是一部荡气回肠的大作。更何况这个角色与男主角——好莱坞大牌明星克里斯蒂安·贝尔有着大量的对手戏。能够在这样的大片里和奥斯卡得主演对手戏，这样的机会打着灯笼也找不着啊！

可是，还没等我向张伟平表示感谢，他就话锋一转：“但是导演说了，电影和电视不大一样。在电影屏幕上，一个脸部大特写整整有两层楼那么高，你的脸太胖，拍出来实在不好看，能不能减个十公斤？”

关于减肥这件事，我可是“屡败屡战”了好多年。吃过西药，吃过中药，也试过圈内流行的“针灸减肥法”，到头来仍旧是功败垂成，体重从90公斤扶摇直上，一直蹿到了105公斤都不见停。有机会就会有压力，有压力就会有动力。或许这次千载难逢的机会能成为我减肥成功的契机呢！于是我斩钉截铁地回答：“没问题！”

这回减肥，我再也不相信什么捷径了，奉行自古以来的减肥真理——“管住嘴，迈开腿”。饮食上严格按照高蛋白低热量食谱来吃，让肚子咕咕叫的声音伴我入眠；运动上采取最原始的方式“走路”，每天风雨无阻坚持快走40分钟。经过三个月的努力，成功“掉肉”15公斤，衣服宽松了，人也变得更加清爽，更加精神，工作效率大大提高。就这样，通过了张伟平和导演组的第一次考核，顺利加盟《金陵十三钗》剧组。

进剧组前，我曾在采访好友吴秀波时，向他讨教过拍戏的心得。他对我说：“第一，要抛除杂念。当导演喊‘camera’的时候，演员脑中会闪

《金陵十三钗》剧照

过500条杂念，成败的关键就在于你能不能尽快把这些杂念抛空。第二，当你刚开始演的时候，你什么都不会，这反而能演得很好；当你演到第2场到第5场的时候，往往是最糟糕的。因为你自以为会演了，这时候你的状态还不如什么都不会。”

带着朋友的建议，我进了剧组。开拍前一天，我特别紧张，导演好像比我更紧张，而且他还一再地劝我不要紧张。他跑到我休息的帐篷里，花了整整50分钟给我说戏，用启发式的方法为我分析剧情背景，分析人物性格。他说，演这个人你一定要突出他性格中的“苦”。孟先生救女心切，被迫委身日寇，日本人把他当狗，女儿和同学们把他当汉奸，里外不是人。他心里的那种苦涩、委屈、无奈、焦虑没有人能理解。所以，在表演的时候，人物的语言一定要短促、急切，动作则要干净、利落。

最后，他告诉我：“表演最忌讳刻意，用力过度反而会适得其反。只要体会出人物的心境，打开心扉，一切都可以迎刃而解。越放松自然，人物形象越真实生动，那也就是表演的最高境界。不要做任何的准备，因为你准备的肯定是错的；不要做任何设计，那些都是你看电视留下的坏东西。看熟剧本、记住台词，然后排空一切，把自己‘归零’就可以了。”

（十）归零

归零！又是归零！

这时我才发现，原来拍电影和主持真人秀是一样的道理。刚开始主持真人秀的时候，我对真人秀什么都不同，但我有这份好奇心，并且有这份钻研的精神，摸爬滚打一阵子，便什么都明白了。拍电影其实也是一个道理。不要去想自己是主持人，把自己当作一个对电影充满好奇的“素人”，用心去学、用心去演，只要心无旁骛就能把角色演好！

在剧组主创团队的耐心教导下，我渐渐找到了人物的心理节奏和动作基调，演起来也就不怎么费劲儿了。第一天拍完之后，我问他怎么样。他把我拉到边上说："可凡，非常好，我要的都有，我相信我能剪出很好的片子。"这么一来，我半悬着的心也算是放下了。

剧中我和男主角贝尔的对手戏是最多的，也是我最期待的。然后，真在演的时候就发现，对于我这么一个用母语演戏都不怎么样的"菜鸟"来说，用非母语演戏实在是太难了。虽说我的英文水平还凑合，但又要想着情感，又要想着台词，经常会感到左支右绌。而且贝尔还是一个非常有想法的演员，时常会根据剧情的需要调整剧本，等他改完了台词，我便要在他化妆的 40 分钟里将新的台词全部记熟。

这时候，我作为主持人的优势就体现出来了。我能够在最短时间里把台词全部记住，这一点令导演相当满意。他曾说："目前中国演员，能像你这样那么快把英文台词记下来的，凤毛麟角。"虽然演技不怎么样，至少能在台词上得到大导演表扬，也算是一件值得骄傲的事情。

与高手过招，果然不同凡响。贝尔平时不苟言笑、沉默寡言，但只要是与电影有关，他都能显出无比的热情与友善。他是我接触过的欧美大牌明星中唯一一个拍戏不带经纪人，不带助手，一个人背个包就来的。

记得在拍摄"孟先生"被日寇杀害的那一幕前，他特地跑到我面前嘱咐："记住，额头中枪会立刻毙命，不要故意演出痛苦的样子，那样是有悖常理的。"他还亲自为我检查枪支。他说，好莱坞曾发生过很多起枪械事故，李小龙的儿子李国豪也是这么死的，所以一定要谨慎小心。

与女儿"书娟"的那场对手戏是我剧中仅有的一场说中文的戏。本以为演起来会轻松一些，没想到张艺谋突然问我："可凡，这场戏能用上海话演吗？"看来在这部戏里，我的台词是轻松不了了。

我说："行，但三四十年代的老上海话和现在不一样，我得找人帮忙。"于是，我拿着剧本找到了上海作家程乃珊，请他为我逐字逐句改成上海话。对于一些古沪语中的用词，包括读音的变化，我俩都做了具体的研究，确保万无一失，才拿去拍摄。

上海话的问题解决了，但感情戏对我而言实在有些难。演“书娟”的小演员是个天生的演戏胚子，拍感情戏流眼泪像开关水龙头一样收放自如。我在这方面就完全不行了，把一辈子几十年的伤心事都想一遍，也才能勉强挤出几滴。

还有两段戏，是要用日语来演。日语虽然学过一点，却早已抛到九霄云外去了。好在在这方面，我也有我的经验和妙招。

当年我去德国汉堡为世博会做宣传。当地电视台说，我只要说中文就可以了，他们的主持人会帮我翻译。可我总觉得我说中文再由德国主持人翻译，效果不是很好。一则表情达意未必到位，二则也不是特别尊重德国观众。于是我，在出发前花了整整两个月时间，请同济大学德语系的教授教我说德语。

我一边学德语，一遍写中文主持词，再请教授帮忙翻译成德语，注上音标，并且全部录音录下来。接着我就跟着音标反复听，反复跟读，真的在两个月时间里把长长一段开场白用德语背了下来。

那一次宣传，在德国反响强烈。当地电视台工作人员很奇怪，问我怎么能把德语说得那么好，一个语法错误都没有。我笑着回答说：“都是死记硬背，怎么可能出错。”

还有一次，我去希腊主持。因为之前曾经去过一次希腊，用英语主持的，效果不错，第二次我就想能不能与众不同一点儿。我就让希腊导游教我一句希腊语——“希腊的女孩子真漂亮”，希望能在节目里把大家逗乐。

没想到，希腊语属于印欧语系中一个独立的语族，和属于日耳曼语族西支的英语、德语完全不同，非常难学。好在只有一句话，我就天天跟着导游录下的录音，拿着音标跟读。时不时去宾馆大厅对着当地女孩子说——要是我说得准，对方听懂了，表情一定有反应；要是念得不准，对方听不懂，肯定一脸茫然。我就以这个作为评判依据，练好了这么一句希腊语，在节目中一说，效果确实不错。

这次拍日语戏，我依然是请来日本翻译，教我怎么念，帮我逐字正音，还在台词本上标注音标。过了两天差不多意思都明白了，就请他帮我录音，我就拿着录音对照着台词一直听一直背，确保每天 200 到 300 遍，一直练到条件反射，张嘴就来为止。

所以我一直很自豪，在拍这两段日语戏的时候，从没因为语言的问题吃过“螺丝”，被导演叫过 cut 或者 NG。这依然是主持上的经验帮助了我。

我在剧组拍的最后一幕戏，是“孟先生”把修车工具和通行证交给“约翰”，并请求他无论如何把女儿带出南京。那也是整出戏中最感动人的情节之一。原本这幕戏的设计是这样的：“孟先生”带着工具走进房间，“约翰”喋喋不休地向他询问可有救人的良策。但贝尔看过之后觉得不好，他认为应该着重表现“孟先生”的紧张心情以及当时风声鹤唳的情形，所以建议改成“孟先生”絮絮叨叨地向“约翰”交代逃离的细节。导演欣然同意。

但这样一来，原本属于贝尔的大段台词一下子就转移到我这里来了。我顿时大窘，而贝尔却毫不在意。他认为台词多少必须要符合人物与剧情。同时导演也对我说，这幕戏必须要把“孟先生”哀婉、悲戚甚至是绝望的情绪推向高潮。按照设计，这一场戏必须一个镜头完成，从动作到语言到情绪必须一气呵成。这更是增加了这段戏的难度。

正式开拍前，我先和贝尔预演。一连好几遍我就是进不了那个情绪里。好在贝尔虽然是大牌明星，却一点点埋怨都没有，反反复复地陪我排练，还不断地引导我进入状态。到正式开拍——我进门，放下工具，给他通行证，告诉他离开的方法，出门……他忽然一把抓住我的手，双眼直勾勾地盯着我。那个表情和动作犹如一股强电流穿过我的身体，瞬时间我进入了“孟先生”的世界，当我说出：“约翰，我把女儿交给你了，我答应过她母亲，要好好照顾她，拜托了……”说那句台词时，顿时鼻子一酸，眼眶通红，泪水在里面不停打转。

这一幕拍完后，导演站起身来，先问：“各工种可以吗，摄影有没有问题，音响有没有问题？”大家都说没问题。然后，他面带微笑走过来，问我感觉怎么样，我说还不错。接着他又问贝尔，他也说 OK。最后他长叹一口气——“过！”

那是我唯一一遍过的一场戏。导演是一个非常严格的人，拍戏极少一条过，而那场戏难度又那么高，连我都无法相信竟然一遍就过了。当我向他寻求确认的时候，他很自信地告诉我：“没问题，再拍也拍不出来了。”

（十一）收获喜悦

电影拍完之后，我的心中还是有一些忐忑。直到公映前一天我还在担心我的表现是否会拖大导演的后腿。好在朋友们对我的评价，令我拾获了信心。

电影放映后，第一个给我发消息的是姚晨。她说：“哥哥，我刚看完戏，你的戏份虽然少，但极其复杂。”接着闫妮又发短信说：“没想到哥哥你是个实力派啊！”吴秀波看完则说：“你演得好，我不是忽悠你，因为你不会演，你是最不像在演戏的。”

面对圈中朋友们的感言，我本以为是朋友们的恭维，但后来几件事让我觉得，圈内人对我的表现的确是认可的，那是他们的肺腑之言。

上映第一天的晚上，大约 10 点多的时候，素有“香港电影教父”之称的吴思远给我打来电话。吴思远贵人事忙，平时不大会主动联系我的，我俩也是很久没通过电话了。他在电话里十分激动，说我演得特别好。这么一位德高望重的电影“大哥大”，完全没有必要来恭维我，那话从他嘴里说出来，我想应该一定是真的。

后来还有一次，我在罗马机场办理入境手续，刚好碰到著名导演孙周。我和孙周是完全没有交集的，作为媒体人我认识他，他应该是完全不认得我的。只是没想到，我俩目光一对，他立刻对我说：“《金陵十三钗》你演得真好。”还回过头去问他太太：“你记得吗？这就是那个‘嘣’一枪被打死的人。”

在所有的反馈当中，最有意思的当属毛阿敏了。看完电影，她打来电话说：“侬这个‘十三点’，看到你‘嘣’一下被打死的时候，我眼泪都流出来了！这个电影怎么那么怪啦，一点预备动作都没有……”

然而，比起外界的赞美，我更在意投资人和导演的评价。值得欣慰的是，他们同样认可了我的表现。导演在接受采访时说：“曹可凡是个意外。”他没想到我能有这样的表现，我的表演是给电影增色的。作为电影投资者，张伟平更表示，他做的最重要的决定就是让我来演“孟先生”。当时，如果找一个成熟演员，是保险的，但就没有新意了。

当然，在我看来，比起《金陵十三钗》带给我的，我给电影带去的实在太过于微不足道了。虽说这一部戏里，我出场的镜头也不到 10 分钟，但能够和中国最高水平的剧组、最优秀的制作人和导演、全国际化的制作团队一起拍戏，和来自好莱坞的奥斯卡得主演对手戏，这一切给我带来的触动，在我整个人生中，都是极为巨大的。

而且当我演完之后，我就会发现，其实无论是主持还是表演，其实从更高的层面上来看，依然是相通的。或许从技术上，从具体的操作形式上看，两者差别巨大，但站在艺术的高度，究竟什么是上乘的绘画，什么是上乘的表演，什么是上乘的音乐，什么是上乘的主持……在这其中，是有着无数看不见的丝线把它们串在一块儿的。只不过，想要看到这些线，没有任何捷径可寻，你必须要把以前所有的一切都丢掉，用最单纯的好奇心与求知欲，在“归零”之后重新学习。

电影《上海王》饰演“师爷”一角

《上海王》中师爷与筱月桂商议“上海王”继任人选事宜

和《上海王》小说作者虹影、导演胡雪桦及女主角筱月桂扮演者余男参加上海国际电影节

九 不做冤家做朋友

都说同行是冤家，尤其是在浮夸的娱乐圈，光鲜亮丽的“当家人”们你争我夺的“宫心计”似乎早已屡见不鲜。那么与娱乐圈有着千丝万缕关系的媒体圈，那些与艺人同样抛头露面的主持人们，会不会也是这样呢?

事实上，电视节目主持人的圈子，的确是一个十分“微妙”的世界。

主持人的竞争压力比影视演员更大。或许很多人并没有意识到这一点，但事实确实如此。

演一部电影，需要几个主演，一群配角儿，无数龙套，能给几十个演员提供岗位。而一个电视栏目通常只能提供 1 到 2 个主持岗位。主持人的英文称谓“host”就已经说明了一切——无论是一个家庭或是组织，能被称为“主人”的人数肯定不会多。

主持人的职业寿命也比演员更短一些。在演员队伍中，从 20 岁演到 50 岁的比比皆是；但在主持人队伍中，从 20 岁主持到 50 岁的凤毛麟角。演员拍完一部戏，即便休息两年，依然能再接到下一部戏，其间的生活开销也大多不用犯愁；主持人关掉一个节目，一旦没有新节目接上，便极有可能彻底从这个行当消失。

但与此同时，主持人之间的关系似乎又比影视界更加“和谐”一些。

在没有“卫视”的时代，除了绝对特殊的中央电视台以外，每个省市的电视节目都是自产自销，自得其乐，跨省、跨市的竞争几乎不存在，长期身处体系之中的主持人通常总能融洽相处，即便心不合，面上也总是和气的。

即便进入市场经济，主持人与主持人之间的交情通常也只能够在节目中隐约体会。能同台搭档的总归交情不错，至于不会出现在同一片舞台的主持人，即便彼此间心有芥蒂，也没有渠道外传，更不会成为社会话题。

总而言之，娱乐圈里谁跟谁关系好，谁跟谁闹得僵，媒体都会爆料；主持人之间的人际关系，媒体不会爆，外界自然很难知道。

但曹可凡在圈中的为人，却是有口皆碑的。这个，即便是圈外人也可以从两方面看出来。

其一，三十年来，几乎所有上海电视的“正牌花旦”，都与曹可凡有过长期合作。张培、袁鸣、陈蓉、陈辰、王冠，每一个人都在主持事业的巅峰期与曹可凡同台合作。

其二，无论在上海、内地还是整个华语地区，曹可凡都有着许多的圈中好友。而且这些朋友有不少都与曹可凡性别相同、年龄相仿、地位相当，原本都应该是竞争的对手，却不约而同地成了志同道合的兄弟。

曹可凡在圈内的处世之道，折射出了他的智慧与格局。

可凡如是说…

作为一个电视节目主持人，尤其是一个省级媒体的电视节目主持人，我是无比幸运的。

我从 20 世纪 80 年代开始，便担任上海各类大型晚会的主持工作，结识了许多政界要员和文化大师，增长了见识，拓宽了眼界。可以自豪地说，我从事电视节目主持的起始高度就比很多同业者事业的巅峰高。

在这过程中，我十分有幸地得到了许多主持界前辈的指导与帮助。他们帮我提高业务水平，为我提供实践机会，并一次次宽容我的年轻与不成熟，让我这个半路出家的年轻人，能够在最短时间内走上主持的正轨。

我在电视媒体的第一个十年，是上海电视发展得最快、最好的十年。那段时间，上海的电视媒体在各方面都处于全国领先地位，特别是创新理念和创新技术的运用，甚至毫不逊于当时处于绝对垄断地位的中央电视台。水涨则船高，本地媒体的强势发展让我能够始终立于潮头，看到很多同业者看不到的风景。

在这段时期，我与不同风格、不同特点的优秀搭档合作，打造了一档又一档具有影响力的电视栏目。我们一起经历创业的艰辛，一起承担竞争的压力，一起收获成功的喜悦。就像是调制一杯美味的鸡尾酒一般，与每一位风格迥异的搭档合作，都能为我的主持风格带去不同的光辉色彩。

进入新世纪，面对湖南、浙江等地媒体的强势崛起，上海电视的竞争压力陡增。但于我而言，借助东方卫视这个全新的平台，我的形象被更多上海以外的观众所熟悉，事业发展进入到了全新的层面。

随着地域限制的打破，我与两岸三地许多优秀的主持人都建立了深厚的友情。素昧平生的同行成了相见恨晚的挚友；仰慕已久的前辈成了同台合作的伙伴。同行之间的交流越来越多，感情越来越深，大家互相扶持，互相帮衬，互相协作，互相关照，共同为电视节目主持艺术的发展贡献力量。

在本书的最后，再来说说与我的“战友情”。

（一）张培

在电视节目主持舞台上，我的第一个长期的搭档，自然就是张培了。

关于我和张培的故事，在前面的章节中已经说了很多了。虽然平时我不会叫张培老师，但在我心中我一直是把她当作我学习主持的启蒙老师。不仅如此，我和她更是“异父异母”的“亲兄弟”，我一直把她看作是我的亲姐姐，她也非常喜爱我这个小弟。

张培

张培最早是学表演出身，后来还在北京广播学院进修。在她的主持风格中，既有着正统科班出身的血统，又有舞台表演的艺术魅力。在她身上，我学到最多的是对节目主持语言艺术的理解和实践。

张培的主持语言，是规范与优美的完美结合。她既讲求语言的规范性、简洁性，又在意语言的文学性、艺术性，而且能将这两个看似南辕北辙的东西融为一体。她的语言是生活化的，却从不带口语、俚语；是文绉绉的，却能让每一个人都爱听。她口中吐露出的每一个词、每一个字都是深思熟虑的，你绝不会在她的节目中听到一句废话。

她的主持风格，轻声细语、亲切随和、知性典雅、雍容华贵，这在 80 年代的中国，是节目主持唯一的标杆。她为我构建了节目主持艺术的审美标准与价值观，她让我知道什么样的主持是好的，什么样的节目是美的，而哪些东西又是该坚决杜绝的。她从不为我点缀花草枝叶，而是为我打下了扎实的根基。

她懂业务，无时无刻不在追求业务上的进步。我俩经常在一起探讨交流业务。哪个主持人好，好在哪里，哪个不好，又为什么不好，她都能分析得头头是道。她从不吝啬对别人的褒奖，凡事喜欢的人总会不吝赞美之词；她也从不忌讳批评指正，会毫不留情地指出你的所有问题。她非常喜欢袁鸣，她也喜欢王冠，她为每一个新人的成长感到高兴。

她喜欢教人，愿意把自己知道的一切、积累的一切传授给年轻人。但却从不“好为人师”，在她身上从来没有所谓老师高人一等的架子。在我年轻的时候，她倾尽全力教我主持，为我提供各种机会。在我与王冠合作主持《舞林大会》的时候，她常会在电话里表扬王冠，更会主动向她提出各种中肯的建议。

1993 年，我接受了东方电视台的邀请，选择投入一个新的电视时代中去；她却没有接受，选择坚守在传统的主持领域。她忠实于她的那个时代，没有因潮流的变化而改变自己。她职业生涯后期主持的一些节目，虽然和这个时代有一些脱节，但我依然喜欢听她的节目。她用她的坚持，为老一代广播听众们保留了最后一块净土，更成就了她“上海之声”的美名。

我很少送别一个将逝的人，因为我无法承受送别所带来的沉重。除了我父亲以外，只有张培是我“送”走的。

在那之前整整两个星期，她的情况都不是很好。因为呼吸困难，她只能趴在床上休息。胃口也不好，我去看她，给她带了些她喜欢吃的熏鱼、青豆，她也只是很勉强地吃了几口。但她的生命力非常顽强，求生的意识从未消失。那天上午，她还硬撑着从床上坐起来了半个小时，但刚到中午病情就恶化了。她弟弟打电话给我，说可能过不过去了。

我那天原本计划三点半出发去苏州主持一个活动，便对他说：“你三点左右给我打个电话，如果还是不行，我就推掉苏州的工作赶过来。”一直等到四点十五，没消息，心想或许转危为安了，便出发去了苏州。没想到到了苏州，才上台说了两句话，便接到了张培昏迷的消息。我也顾不得主办方的意见，立刻驱车赶到医院，当时她已经完全昏迷了。

就这样一直等到了 10 点，点滴也差不多用完了。张培的先生把我拉到一边，问我怎么办。我叹了口气说：“把药物和仪器都撤了，让她安心走吧……”

忽然，不知谁说了一句：“让张培最后再听听自己的节目吧！”她的一个学生赶紧冲去广播电台，找来了一盘她主持《美文妙律》节目的录音，在她的床头播放。就这样，在自己温婉典雅的声音中，张培走完了人生的最后一刻。

斯人已去，凄风苦雨，但我忽然回头，看见病房里围满了她的朋友，整整 38 人——那一天，她所有能赶来的朋友都来到了医院，年纪最大的已经将近 80。她的一生虽然短暂，但有这么多好友相送，也算不枉此生。

（二）陆英姿

1993 年，我和张培选择了两条完全不同的主持之路。对广播有着深厚感情的她依然坚守在东方人民广播电台，坚守自己独特而迷人的传统主持风格；正在寻求转变契机的我毫不犹豫地加盟了东方电视台，并伴着电视台的成长开拓出了一片新的天空。

陆英姿

不同的选择并没有让我和张培的心变得疏远，但我俩合作主持节目的机会确实是越来越少了。而我的第二个长期合作的主持搭档，便是将我引荐到东方电视台的“英子”陆英姿。

从某种意义上说，陆英姿是我的知音。就在我主持生涯陷入僵局的时候，正是她向我伸来的橄榄枝，帮助我摆脱了事业上的困境，进入到了全新的领域。虽然事后看来，《快乐大转盘》并不是真正适合我的节目，但倘若没有她的诚意邀请，很难说我的人生轨迹将会走向哪里。

所以，在这件事情上，我非常感谢陆英姿。正是她在我人生关键的转折点，坚实有力地推了我一把。

陆英姿的中学读的是护校，这方面和医科大学毕业的我还算颇有缘分。在上戏的时候，她是个优等生，所以后来在青年话剧团演了不少戏，是团里第四代青年演员中的“花旦”，甚至还拿过上海白玉兰戏剧表演艺术奖。那时候话剧演员拍电视剧、电影已经流行起来了，但在这方面她却很少动心，推掉了很多戏约，把几乎所有工作时间都放在了“青话”的话剧排演上面。

在主持方面，她最大的特点就是性格开朗活泼，为人热情奔放，她的个人风格和《快乐大转盘》的节目定位是非常符合的。而相对而言，我的主持风格和节目倒并不是太搭。和她一起主持《快乐大转盘》，真是一件非常快乐的事情。一开始的时候，我俩对游戏节目一窍不通，大家就一起琢磨，一起摸索，不断实践，共同成长。我习惯让她冲在前面，执掌船舵，把握节目的方向；而我则在她身后保驾护航。

来到东方电视台以后，她把自己所有的热情都投到了《快乐大转盘》之中。她的家境富裕，但在节目中却极能吃苦。经常，栏目组早上四点就得出门，中午顶着骄阳烈日录像，主持人还要参与一些惊险刺激的游戏……有时候我都吃不消了要发脾气，可她却永远笑脸相对，甚至还会跑来劝我。整整 8 年，她都坚守在“大转盘”的舞台上，搭档的男主持换了一个又一个，但女主持却永远只有她一个。

到了后期，有些观众觉得英子喜欢抢话，太强势，其实那并不是她的错。综艺节目的主持特点就要求主持人的话绝对不能断，男主持过强，就会显得女主持过弱；男主持弱了，就会显得女主持话多。

后来《快乐大转盘》停播，她也没想过要做别的节目，便逐渐淡出了荧屏。一时间，坊间关于她的谣传什么样的都有，有人说她减肥出了事，有人说她出车祸死了，还有人说她吸毒暴毙……对于这些谣言，她却是毫不在意。

过了整整 7 年，她终于在《娱乐 in 翻天》栏目中复出。在录第一次节目的时候，她希望所有和她搭档主持过《快乐大转盘》的男主持都能在节目中出现，然而恰巧我身处外地，未能实现她的这个愿望。后来没想到，节目还没录完 10 期，她竟被查出患了淋巴肿瘤。

后来，她便回到了香港接受治疗，也没有和我们这些上海的老朋友多联系。我是学医的，十分清楚她的病有多么严重，也不忍多去打扰她。直到最后，接到她哥哥的电话，说她还是没有熬过那一关。其实那时候，如果做骨髓移植，她的病是有可能治好的，她家也给她找到了骨髓配对，无奈她身体实在太弱，抗不过化疗那一关，最终引发了致命的并发症。

她离开的时候，才40岁。她的孩子还很小，她说还有好多事情没做完。有的时候想想，这就是命啊，人生如梦，冥冥中自有上天注定……

（三）袁鸣

在《快乐大转盘》主持了两年，收获了收视率的辉煌，却没有收获事业上的辉煌。事后看来，在“大转盘”急流勇退是我职业生涯至关重要的一个决定。在那之后，我遇到了真正适合我的栏目，更遇到了与我一起开创“大场面”的重要搭档——袁鸣。

我和袁鸣的正式合作是从1997年开始的。虽然之前也有过零星的合作，在《东方直播室》或其他的栏目，但真正作为一个“二人组”出现在观众面前，还要感谢穆端正台长为我俩度身打造的《共度好时光》。

从年龄看，我比袁鸣大了好几岁，但她却比我早入行一年。难能可贵的是，我和她有着十分相似的文化背景。我出身知识分子家庭，她同样出自书香门第；我们都是上海一流的非艺术类大学毕业的，文化层次比较接近；她英语口语水平非常高，还有着国际化的视野，我学医科，又喜欢和老先生们玩儿在一起，彼此都有比较高的眼界；最为重要的

袁鸣

是——我和她都喜欢看书，虽然看的书不同，但会互相介绍、推荐彼此喜欢的书，反而形成了良性的互补。

袁鸣是一个非常好学的主持人。她的文学基础很扎实，阅读量大得惊人。看得多、记得牢、用得快，这种治学风格极其适合主持人的工作。同样，袁鸣又是个非常非常聪明的主持人。虽说聪明是好主持人必需的要求。又聪明又好学，再加上形象又好，情商又高，这样的主持人想不出名也难。

所以我和袁鸣的搭档，变成了一件轻松而又幸福的事情。背词，我俩都很快，三两下就能把长串长串的串词记在脑里。站上台之后，我俩又可以完全不按照稿子现场发挥，彼此抓“哏”抓得特别准，然后说着说着，又会自然而然地绕回到串词上来。

就算没有稿子，也完全不用担心。可能走上台阶的第一步我俩脑袋里还是一片空白，但只要在舞台上站住了，两人之间必然有一个人会有灵感迸发。无论她先开口还是我先张嘴，另一个人必然能顺着把话茬儿接过去，你一言我一语地往下“攒”，严丝合缝，层层推进。再加上两个人的语言组织能力都很强，反应也很快，说话的时候绝不会“打磕巴”。所以，无论是《共度好时光》，还是其他各类大型文艺演出、节庆晚会、政治文化活动，都能从容应对。

另外一点不得不说的是，我和袁鸣都是在一个特殊的时代成长起来的，在那几年里，中国的政治环境、文化氛围，上海的城市发展节奏，东方电视台的异军突起，广播电视新技术的层出不穷……一切的一切都像是一双强有力的大手推动着我俩不断向前。“时势造英雄”，我俩虽称不上英雄，但确实是那个时代造就的。

就这样，1997年一炮而红，我和袁鸣立刻成为大众关注的焦点，各路媒体的宣传报道如雪花般飞来。最早采访我们的是《新民晚报》的首席记者俞亮鑫，正是他的一篇报道让我俩成了全上海市民眼中的“金童玉女”。在那之后各方媒体赞声一片，那一段时间是我和她事业上的一个高峰。

后来，她在自己最辉煌的时刻选择离开上海，去英国读书，这同样也是符合她一贯的性格的。当她认为一件事情已经做到顶峰，做到没有兴趣的时候，她就会毫不犹豫地更换自己的目标。

她从英国回来之后决定不再做综艺，先选择新闻，同时也转做财经，每一次改变都毫不拖泥带水，一旦做出决定就绝不回头，这同样是需要巨大的自信和勇气的。

严格地说，袁鸣在综艺主持上所取得的成绩比我还要大一些。她比我更早拿到“金话筒”，她主持过央视的《正大综艺》，甚至还主持过1996年的央视《春节联欢晚会》，在全中国最高的平台上展示过自己的能力。这些经历都是我所不具备的。到了后来，我与她虽然选择了两条截然不同的道路，但不下海，不经商，坚持在文化艺术领域的追求，这个大方向却是完全相同的。

备注：

与陆英姿、袁鸣两位优秀的主持人合作，经常会令曹可凡遭到外界的误会。加上曹可凡在私生活方面非常低调，从不在媒体中谈及自己的家人，这使得不少人都以为两位年龄相近、才貌双全的女搭档就是他的恋人。这种误会甚至在媒体圈内都有人信以为真。

在与陆英姿搭档主持《快乐大转盘》时，因为陆英姿和曹可凡是“老相识”，曹可凡加盟又是经陆英姿介绍的，再加上平常工作中像小姐姐一样的陆英姿把曹可凡照顾得无微不至，栏目组里经常会有人以为俩人在工作中擦出了火花，正处于热恋状态。

和袁鸣搭档时，这样的流言更是铺天盖地，止也止不住。特别是《新民晚报》将两人称作“金童玉女”之后，观众们更是理所当然地认为这样的搭档在荧屏以外也应该是“天作之合”，不是恋人反倒奇怪了。

关于曹可凡和袁鸣的关系，我还曾听过一件趣事。

著名表演艺术家乔奇和曹可凡的好朋友王群教授是邻居，同住在上海有名的“枕流公寓”。因为喜爱语言艺术，曹可凡每次去王群家的时候都会顺道去看看这位老艺术家，向他讨教朗诵心得。一来二往，乔奇便成了曹可凡在语言方面的老师。后来曹可凡和袁鸣成了搭档，袁鸣也喜欢语言艺术，便经常和曹可凡一块儿去看望老前辈。

乔奇老师有一个外孙女，叫娃娃。她在电视里看到曹可凡和袁鸣同台主持，在电视外又看到曹可凡和袁鸣一块儿来自己家玩儿，便理所当然地认为俩人肯定是情侣。后来曹可凡结了婚，和新娘一起去乔老家送喜糖。娃娃一看，曹可凡竟然带着一个不是袁鸣的新娘，顿时气得咬牙切齿大呼小叫："曹可凡不和袁鸣结婚，我以后再也不睬曹可凡了！"惹得全家哈哈大笑。

虽说是童言无忌，但足可见当年曹可凡与袁鸣的搭档在上海市民心目中的地位之特殊。特别是在如今的电视圈中，这般让人津津乐道、传为美谈的荧屏好搭档，或许再也找不出来了！

（四）陈蓉

2001年，袁鸣决定去英国学习，上海滩雷打不动的"黄金搭档"出现了空缺。这时候势必需要有新人顶上这个缺口。刚好那时上视与东视合并成立SMG，上视当时的"女一号"陈蓉理所当然就成了我的新搭档。

陈蓉是上海戏剧学院95级主持班的学生。上戏"95表"一直被称作是"明星班"，诞生了陆毅、鲍蕾等一大批优秀演员，而作为上戏招收的第一批主持专业本科生，"95主持"也毫不逊色，在这个班里诞生了陈蓉、吉雪萍、周瑾等一批名主持。

陈蓉最早是上海电视台《智力大冲浪》节目的主持人。当时我和她一个在上视，一个在东视，并没有合作主持的固定栏目。几乎所有的搭档都是大型晚会的主持。从2001年首度搭档，直到现在仍有零星合作，一对从未有过共同栏目的主持人竟然能在大型晚会的舞台上持续合作十多年，这也着实是一件非常奇特的事情。

陈蓉也是一个特别有天赋的主持人，她的聪明才智甚至不比袁鸣逊色多少。但相对而言，毕业于艺术院校的她在文化上的积累就要比袁鸣差一些了。因此，从《智力大冲浪》入手开始自己的主持生涯，对她而言是一件非常明智的选择。

陈蓉

从主持风格来讲，陈蓉和袁鸣是完全不同的两类主持人。袁鸣的特点在于灵活，头脑聪明、知识面广、反应奇快无比，而且时不时会冒出惊人之语。而陈蓉的优势则在于稳，心理素质过硬。无论台上出现了什么样的混乱，她都能在舞台上从容不迫、应对自如。

都说名如其人。“陈蓉”的这两个字的读音，恰恰是他主持风格的真实写照——“陈”即是“沉稳”，“蓉”即是“从容”。“沉稳”加“从容”，令她具备了国内顶级的，比我还要强大的主持稳定性。而这对于主持大型政治性晚会来说，是必不可少的。所以，让陈蓉接替袁鸣留下的重担，这是一张“安全牌”。正因为绝对安全，所以一定是一张“好牌”。

除此以外，陈蓉还有一个很大的优点——她有着男孩子一般爽朗的个性，或者说，有着“大姐大”一样豪迈的气概。作为主持人，平常需要和各种不同的人打交道，而无论是节目嘉宾、主持搭档还是幕后工作人员，都非常喜欢她的这种性格。没有“公主病”，没有大小姐脾气，不“作”，不挑剔，不难“伺候”，这样的同事，自然大家都愿意合作。

在 2005 年《智力大冲浪》退出电视荧屏之后，陈蓉陆陆续续主持过《今天谁会赢》《文化追追追》《海上艺坛》《今晚喜唰唰》《劳动最光荣》等一系列的节目，但其中最有影响力，同时对她的意义最大的应该还是《陈蓉博客》和《幸福魔方》。

《陈蓉博客》是陈蓉于2007年创办的一档电视访谈节目，也是陈蓉在制片人岗位上的首度尝试。栏目类型与我的《可凡倾听》基本相同，名称也颇有异曲同工之处。但在嘉宾选择上，陈蓉却很有意识地与我保持“错位竞争”——我侧重于文化的深度，她更关注生活的哲学。两档节目既有竞争，又有互补，一时间在上海也算掀起了一阵电视访谈的小热潮。

《幸福魔方》是一档感情谈话类节目，开播于2010年。感情调解类的节目在前两年非常热门，上海也开了好几档类似的栏目，而在这其中《幸福魔方》算不上是最火的。但正是这档节目给陈蓉的主持艺术带去了质的变化。通过这档栏目，陈蓉的语言变得更加准确，更加深刻，对人物和话题的即兴评点有如抽丝剥茧一般，细腻而有条理。不仅如此，她在镜头前的状态变得更加沉稳，心态变得更加成熟，以往“小女生”的感觉已经完全看不到了，取而代之的是一种破茧成蝶般的飞跃。

如今，她又成立了自己的工作室，当起了制作人。首个推出的项目便是主持人版话剧《霓虹灯下的哨兵》。此剧在2014年国庆期间连演五场，场场爆满，成为沪上媒体关注的焦点。不仅如此，她还把话剧的原班人马“搬”到了南京路做了个“实景版”，南京路上“好八连”及社会居民一同加盟，惹得电影版中“春妮”和“赵大大”的扮演者陶玉玲、袁岳都跷起了大拇指。当天晚上，就连中央电视台的《新闻联播》都对这场演出进行了专门的报道。

十年树木，百年树人。一个节目主持人的成长同样需要漫长时间的历练与沉淀。或许这个过程很漫长，很难熬，很少有主持人，特别是女主持人能坚持下来，但陈蓉显然做到了。

（五）陈辰

在陈蓉之后，我和另一位年轻女主持——陈辰也有过一段短暂而重要的合作。

陈辰和袁鸣一样，毕业于上海外国语大学。不仅如此，她更拥有着同袁鸣一样的主持天赋——无论是在文史哲的基础、文化底蕴、人文素养、眼界与学识、语言表达能力、镜头前的情绪状态、现场的亲和力和感染力……她几乎具备一名优秀主持人所拥有的全部要素。

我和她的第一次合作，就是主持《加油！好男儿》。在那之前，她曾经主持过类似的真人秀节目《我型我秀》，加上她的年龄和参赛选手比较接近，有一种“大姐姐”的感觉，因此当时我和她的主持策略，就是让她冲在前面，和选手多互动，而我则甘当绿叶，把所有发挥的空间都留给她。

事实上，她的表现也确实配得上这样的定位。虽然那时她还只是一个二十多岁的综艺新人，但在舞台上表现出的那种自信心、投入感、感染力，完全不逊色于任何一个资深综艺主持人。短短三个月的比赛，一下子就让她成为上海滩最炙手可热的主持人。

陈辰

《加油！好男儿》刚结束，我和她再加上陈蓉，又立即投入到了另一个重磅节目《舞林大会》的主持中去。《舞林大会》属于

PK 式的竞技比赛，当时的主持策略便是我在当中串联，陈蓉和陈辰左右两边，各自带着一组嘉宾。在真人秀节目中，陈蓉以“稳定”见长的主持风格显得落落大方，而陈辰则表现出了主持人灵活多变的一面。

（六）王冠

到了 2007 年、2008 年的时候，东方卫视推出的大型节目越来越多，对优秀主持人的需求也越来越大，光靠现在这几张“熟面孔”显然不行了。这时候，台里的领导便找到我，问我能不能从 SMG 现有的主持人中物色一个有潜力的年轻人，重点培养一下。

之所以会把这个任务交给我，一方面是领导觉得我的综合能力不错，不单单主持实践，包括主持理论也都有一定的积累；另一方面，也算是一个巧合吧，从张培到陈辰，凡是与我搭档的女主持都有着不错的发展，领导也希望借我的这份“好运”，为 SMG 打造下一个十年的“当家花旦”。

王冠

最终，我从众多“80 后”女主持中选择了王冠，而她也就成了我近 5 年来合作得最多的女主持人了。

当时之所以看中王冠，除了她当时在上海新生代主持人中的能力、潜力、人气之外，很重要的一点是：在她身上，有着足以与杨澜、袁鸣、董卿、陈蓉这些“大主持”媲美的一大优势——美。

任何一个主持人，想要在自己的岗位上做到“一流”，首先他必须要具备一个好主持所应当具备的一切基础条件；若再进一步，想要成为业内的“顶尖”，那他还需要拥有一个他人所不具备的看家法宝，也就是个人最大的特色标签。

比方说，白岩松的标签是“严肃”以及严肃背后的沉重责任；崔永元的标签则是“幽默”以及幽默背后的哲学思考；杨澜的标签是“大气”，董卿的标签是“典雅”，袁鸣的标签是“灵气”，陈蓉的标签是“沉稳”……而王冠当时给我留下最深刻的印象，就是“靓丽”。

作为一个综艺女主持，能够做到家喻户晓，她的形象必定是靓丽的。中国人的文化传统很难接受一个不漂亮的“花旦”。但在这其中，王冠的美，已经远远超出了人们对于节目主持人的传统印象。她的灵秀、清新、精致、洋气，堪称是电视节目主持界数十年来都未曾有过的，甚至与影视明星、娱乐偶像相比都毫不逊色。

当然，外表上的出挑绝不意味着她是主持舞台上的“花瓶”。王冠和陈蓉一样，也是上戏主持专业的“头牌”。出众的形象加上优秀的业务水平，让她刚一出道就成为外界关注的对象。

不仅如此，她的灵气、她的聪明，同样也是优于同年龄的其他主持人的。她在性格上和陈蓉也有点儿像，永远是大大咧咧、乐乐呵呵，同时十分擅长处理人际关系，在圈内的口碑一直不错，而这一切都能在她的节目中得以体现。

我不是一个好为人师的人，也不愿意把我和王冠的关系定位于“老师”和“学生”——尽管搜狐网曾在一次娱乐专访中给我俩设计了一个类似于“拜师”的仪式，但我更愿意把这看作是前辈对后辈的提携。我的年龄虚长她二十来岁，主持经验也比她多了十七八年，我所做的便是将我多走的这段路告诉给她听，以便让她在走的时候，能走得更快、更顺利一些。

首先，我要求她多阅读，通过阅读夯实她的文化基础。我给她买了十几本书，要求她每半个月读完一本，并且写一篇不少于1000字的读后感。对她这样学艺术出身的年轻人来说，这并不是一件容易完成的事情，但即便她再痛苦，再偷懒，我都要逼着她完成。

略有小成之后，我便尝试着带她一起主持节目。

我和她搭档主持的第一个节目就是《舞林大会》第二季。初来乍到就让她挑那么一个重担，起初领导是有些犹豫的，特别是还要考虑各方面的平衡关系。直到节目正式录制前一个月，这事儿才算正式敲定。即便如此，我还是没有在第一时间把这个好消息告诉她，只是让她这段时间不要出远门，在家里等我联系。一直等到节目开录前一天，她才知道她要去主持《舞林大会》。

当时之所以这么做，也是对她的保护。木秀于林，风必摧之。尤其对于她这么一个还过于年轻稚嫩的女主持人，稍有疏忽就有可能节外生枝。而事后证明，我的这种顾虑还是有道理的。

上了台之后，我会鼓励她大胆去说，等到她说不下去了，我再去给她拾遗补阙。等到了后台，我再给她逐一分析，刚才哪一段说得不错，哪一段存在问题，怎么说能够说得更好。然后到了下一段，继续让她说，我再帮她补台，帮她总结分析……她的领悟能力非常快，没做几场就已经能主持得像模像样了。

对于我的这个新搭档，当年教我主持的张培也甚是喜欢。她经常在我面前表扬王冠，但同时也会十分客观地指出王冠在主持过程中存在的问题。起初我会把张培的建议总结起来告诉王冠，后来时间久了，我干脆直接把张培的电话给她，让她直接和张培联系，请这位前辈的前辈亲自指导。

等到《舞林大会》的第三季，王冠已经在上海红透半边天了。我干脆脱开手来，直接由她和吴宗宪、赵忠祥老师搭档主持。宗宪和赵老师都非常照顾她，在这两位两岸顶尖主持人的帮衬之下，她的主持水平又有了一个巨大的提升。

很快，她的名声便传到了千里之外的中央电视台，多档央视名牌栏目向她伸出橄榄枝。在北京，她和李咏主持了《幸福向前冲》《舞出我人生》；和毕福剑主持了《五一天天乐》《过节天天乐》；包括马东也曾邀请她合作主持。在这片陌生的环境里，她能够巧妙地处理好与各方面的关系，我也根据我的经验给了她不少建议，总的来说，凡是与她合作过的主持人都很喜欢她，很照顾她。北京转了一圈，她又得到了新的成长。

从 1988 年同张培搭档，到 2008 年同王冠搭档，整整 20 年就好像是一个轮回。在我什么都不会的时候，张培毫无保留地教我主持，为我提供各种机会，让我快速成长为一个独当一面的主持人。20 年后，我再把我所拥有的这一切毫无保留地传授给王冠，帮助她成为一名独当一面的主持人。

王冠说，她很感谢我。我告诉她，没什么需要感谢的，当年张培怎样待我，我就用同样的方法来待你，将来你再用同样的方法去指导下一代的主持人，让这种文化与传统能够不断地传承下去，便足够了。

既然我们把电视节目主持艺术当作一门崇高的事业，那么它就一定需要不断地传承与发展，这些事情，是我们每一个从业者必须要做的。既然我侥幸地攀上了我们这一代的最高峰，又焉能不把山顶美丽的风景告诉后来人呢?

（七）认真造就央视“一姐”

张培、陆英姿、袁鸣、陈蓉、陈辰、王冠，能够在二十多年的主持生涯中，与上海主持界的这六位不同时代的顶级主持人搭档合作，也算是我的一大幸事。

而除此之外，我还有幸同中央电视台的三位“当家”女主持——杨澜、倪萍、董卿有过合作。虽然这些非长期、非栏目性质的合作，甚至是零星一两次的合作，并不足以让我准确地描摹出这三位主持人的全貌，但风格截然不同的三人身上却有着一个相同的美德，那就是对待工作的无比认真。

在这其中，我和杨澜的合作，相对而言应该是最多的了。杨澜是上海人，对上海媒体很有感情，每当 SMG 向她发出邀约，她往往会欣然接受。这也造就了我与她累计三四十场搭档主持的经历。

在我看来，杨澜是所有综艺主持人的典范。站上台，你就能够感受到她的雍容大度；一张嘴，你就能听出她的深厚底蕴；与她深谈，你更会钦佩她的国际视野。不仅如此，她对待事业的认真与执着，更值得我们每一个媒体人学习。无时无刻都在用心做节目。

她有着过目不忘的能力。我在台下与她对词，每对完一段，她就能牢牢地记在脑中，上台之后每一段词都能做到犬牙交错，严丝合缝，与她搭档主持真是一件非常舒服的事情。

杨澜

倪萍

董卿

她做访谈，我也做访谈。《可凡倾听》和《杨澜访谈录》都采访过许多文化大师，于是我和她一商量，合作了一期别开生面的“互访”节目——“曹杨”白话，互相交谈主持访谈节目的酸甜苦辣、感慨心得。那期节目已经完全不像是一档访谈节目了，它更像是一段对口相声，一段脱口秀，很有意思。那期节目的收视率也非常棒，超过了 5%。

同一时代的另一位“一姐”——倪萍，也曾与我有过几次合作。那时正好是央视《综艺大观》栏目制作澳门特别节目，邀请我与倪萍共同主持，那也是我极其少有的参与央视栏目主持的经历。

那时候的倪萍，正处于个人事业的“黄金期”，无论是个人形象还是主持风格都达到了她的最高峰。虽然只合作了两三期，但倪萍身上的那种大姐风范——自然大方、朴实亲切、温文尔雅、善良真诚……不知不觉中你就会被她吸引，进入她的心境之中。

她对待工作的认真同样体现在节目的方方面面。与倪萍对稿要花很长时间。她会一遍一遍跟我对稿，即便我认为彼此都已经没问题了，她却依然不知疲倦地反复着同一份稿子，直到背得滚瓜烂熟，了然于胸，她才会正式开始录像。

另一个合作得比较多的央视主持人，就是董卿了。董卿早期曾在上海工作过一段时间，那时候虽然她的才华并没有得到充分的展示，但我依然从她身上看到了无限的潜力。

董卿最难能可贵的是，在她身上有着一股谁都比不上的认真劲儿。为了能在中央电视台激烈的竞争中脱颖而出，她拿出比别人多两倍、三倍乃至十倍的时间去提升自己的文化基础和专业技能，脚踏实地、谦虚谨慎地面对每一个人的批评和建议，短短数年便脱胎换骨，成为中央电视台顶级的综艺节目主持人。

董卿深知“知己知彼，百战不殆”的古训。无论做什么工作，她都给自己加量、加压。她主持春晚，每两天审查一次节目，每次审查主持人拿到的稿子都不一样。因为肯定不是最终版，其他主持人都是拿着稿子念，只有她每一版都花工夫背下来。

我和她合作主持上海国际电视节，彩排完了大家都很累，我便回家休息去了。而她回到家后，却又打开电脑，把每一部电视剧背景又重新查了一遍。不仅仅是电视剧的情节、背景、演员，就连与节目基本无关的诸如电视剧的导演、编剧等都查得清清楚楚。而且到了第二天主持的时候，她绝不会因为手头资料多而刻意滥用甚至卖弄，点到为止，恰如其分，不掉书袋。后来我问她："这些东西没两个小时拿不下来吧？"她却只是呵呵一笑，似乎一切都只是她的分内事而已。

不仅如此，她还有一个多数主持人都没有的好习惯——回看自己主持的节目。很多主持人不爱看自己的节目，但她却特别爱看，并且通过每一次的回看进行总结。有一次我和她合作，因为时间太急，没法事先排练，只是匆匆对了一下稿就上台了。但最后彼此的即兴发挥都还不错，台词都卡得很准。录完之后她很高兴，回去又按常规把节目看了一遍，后来还主动与我"复盘"讨论那一次主持的得失。都说女人是感性的，她的主持风格同样很感性，但在对待主持工作方面，她的严谨与理智，连男性都自叹弗如。

通过与这三位的合作，我能够深切地感受到，作为全国最优秀的主持人，什么样的品质是必需的。或许旁人只是看到了她们靓丽的容貌、甜美的声音、灵活的头脑、风趣的谈吐，但在这背后，人们往往会忽略基础得有点土气的——"认真"二字。

（八）上海大阿姐"肥肥"

不仅仅是央视的主持人，我与整个华语界，两岸三地的主持人都有着不错的交情。

从 20 世纪 90 年代末期开始，上海电视媒体便与香港电视媒体间保持着非常频繁的往来。当时很多上海的节目，比如《今夜星辰》《共度好时光》等，都曾经前往香港与当地主持人合作制作。在这过程中，接待我们最多的当属香港主持界当之无愧的“一姐”肥肥（沈殿霞）和“一哥”曾志伟了。

之所以把“一姐”排在“一哥”前面，是因为即使是曾志伟都十分坦诚地承认，无论资历还是地位，肥肥都是远高于自己的香港综艺主持第一人。港台地区的综艺主持圈和内地很不一样，论资排辈十分普遍。站在肥肥身边，曾志伟是不敢随便说话的，这就是“江湖辈分”。

肥肥是上海人——那一代香港的文化名人中有不少都是上海人，这也是两地文化之所以那么亲近的原因之一，即便在香港生活了几十年，她都能说得一口标准的上海话。我和她交谈，用的也全部是上海话，这么一来就会显得尤为亲切。

众所周知，肥肥很胖，非常爱吃，在这两方面我和她是“同道中人”。每一次她来上海，我都会带她去吃上海各色美食。当然，她最爱吃的还是江南的极品美味——大闸蟹。有一次她从加拿大回上海录节目，我、袁鸣、程前一起请她吃蟹，她一口气竟然吃掉了十几只。光吃还不够，离开上海之前她又买了一大堆大闸蟹带回加拿大。飞机上不让带活物，她就把蟹蒸到半生不熟的状态，再用冰块裹起来保鲜，等飞机一落地马上回家解冻，蒸熟，接着吃。

还有一次，是在 2006 年，上海本地的一个栏目组请她过来做节目。那时候她处于半退休状态，也算比较清闲。我见她来了，把她半路截下，为《可凡倾听》做了一期节目。

那一期采访，是我做《可凡倾听》十年来，五百多期节目中录得最舒服的一期。我提出的每一个问题，刚一张口她就能完全明白我的意图，然后就能顺着我的话茬儿往下接，到什么时候该轮到我提下一个问题了，她马上又能把话题送到我手上，我再接着提下一个问题……整场节目就像是在练太极推手一样，你来我往，舒服得不得了。这，就是华语地区顶级主持人的风范，不服不行。

节目录完之后，我并没有马上播出。因为那次肥肥的差旅费用都是别的栏目组支出的，我便按行规让那个栏目组先播，我的采访留到第二年再说。没想到没过多久，肥肥的健康状况发出了警讯。

回香港不久，肥肥就因为身体问题彻底停止了演艺工作。到了2007年，更是多次传出病危的消息，情况一度十分危急。我试着与她电话联系，却打不通，我感觉有些不对劲，便赶紧拿出肥肥的那期节目，把它当作对肥肥的祝福在荧屏中播出。

过了几天，我忽然接到一个从香港打来的电话，一声开朗而嘹亮的沪语顿时让我宽心了不少。“曹可凡啊，我是肥肥啊！你知道嘛，前阵子我差点儿死掉啊！不过我又活过来啦！香港人都希望我快点儿死掉，他们好做新闻，就你最好，你还记得帮我祝福！你的节目在上海放了，我和我的亲戚们都看了，大家都说很好。谢谢你帮我祝福！”

我问她现在身体情况怎么样，她说：“现在挺好的，就是在家太无聊。”我说我去香港看你吧。她说：“不用啦，但是我想请你帮我做件事。我喜欢看滑稽戏，听说上海的《老娘舅》老好看的，你能不能帮我录一点儿看看？”我说没问题。接着就赶紧帮她刻录了100集《老娘舅》送去香港。没想到才一个礼拜，她就全部看完了。

2007年，我们做了一个叫作《非常有戏》的节目，请各路明星来唱戏。肥肥的女儿郑欣宜也来参加。她显然继承了她母亲的上海血缘，一曲沪剧《罗汉钱》选段“燕燕做媒”一路杀进决赛。决赛前，我问肥肥能不能给女儿录一段祝福的话。她说，这是女儿的事情，她要亲自到上海给女儿助威。并且对我千叮咛万嘱咐，千万不要告诉她女儿，要不然女儿会怪她的。

上飞机前，她还特地给女儿打了个电话，说自己的脚有点肿，要去医院做检查，一系列检查可能要做两到三个小时，这段时间电话打不通，让女儿不要担心。之所以这么骗她，就是担心万一在飞机上没接女儿电话，女儿会担心着急。

到了上海，我们特地把她和郑欣宜安排在两个酒店，直到直播的时候才让她俩见面。一看到妈妈上场，郑欣宜瞬时就哭得稀里哗啦，一边哭一边“责怪”妈妈：“叫你不要来，要好好休息，你又不乖了……”

节目结束了，我把她送回宾馆休息，顺便问她有没有精力再做个访问，谈谈自己抗病的情况。她说：“我好像真得有点儿吃不消了，以后再说吧。”没想到这么一说，就再也没能见到她了。

《非常有戏》，是她在内地录制的最后一个节目。后来她在香港接受了鲁豫的采访，那时候整个人都已经脱形了，完全不像她了。在那个节目里她使劲儿地向鲁豫道歉，因为那次录制她迟到了半个小时。肥肥是一个最讨厌迟到的人，她做事也从不迟到，唯独人生中的最后一次录影迟到了。

在她去世前两周，我还曾去过一次香港。当时一直在犹豫，该不该去她家看看她。左思右想，还是没去，怕打扰了她休息。后来我遇到茅威涛，她对我说：“你真该去看看她，那段时间她寂寞得不得了，也没什么人陪她，只好一个人在家织毛衣……”

在主持方面，肥肥曾给过我许多重要的指导。她曾经告诫我，一个公众人物千万不要改变自己的形象。像她的发型和眼镜，一辈子都没有变过。所以二十多年来我的发型、打扮也几乎没有太大的改变。她还说，做节目七分靠准备三分靠即兴，但是那七分准备的看上去要像是即兴的，而千万不能做作。她以前做节目从来不迟到，谁要晚到一定会被她臭骂一顿，这也是她反反复复对我讲的，作为一个媒体人所应当具备的素质。

在肥肥身上，有着浓到化不开的“上海情结”。她的童年、青少年都是在上海度过的，她是市三女中的校友，一生挚爱滑稽戏、沪剧、越剧、小笼包、大闸蟹……这些带有上海元素的事物。因为这一份情结，我有幸同她产生了交集。我和她的体型站在一块儿，活脱脱就是一对亲姐弟，她也乐意把我当作一个小弟弟来关照。作为一个老乡、一个同行、一个晚辈，我永远忘不了她那敬业的工作态度，那爽朗的笑声，还有那口标准的上海话。

（九）“社会大学”曾志伟

除了肥肥，曾志伟是另一位对我影响很大的香港综艺主持人。

我和曾志伟的合作，主要是在2010年的《华人大综艺》节目。那是一个为配合世博会的举行而专门开设的节目。

但刚开始几期的节目录制很不顺利，因为内地的主持人和港台地区的主持人风格完全不一样，彼此也没个默契，大家各自为政、互不相让，场面乱作一团。后来调整了主持人，以我和曾志伟为主组成新的主持人团，节目可算变得顺畅许多了。

虽然之前我和志伟也没有在舞台上合作过，但大家在这方面的理念、眼界和素质都是很高的，彼此都能有意识地给对方“搭桥铺路”，这样合作就变得非常愉快了。到了后来逐渐形成了默契，那更是越做越好，越合作越有劲道了。

曾志伟是从演艺圈的最底层做起，不断努力才获得今日地位的。在他的身上有着典型的街头智慧、草根智慧。他对我说，他以前在片场做小工，那些大佬们开会谈剧本，他就在门口睡觉，到了晚上会议还没结束，他就屁颠屁颠地去给大家买宵夜，大佬们边吃边谈，忽然就会有人说：“刚才的宵夜谁买的？曾志伟？那小子不错，给他个角色吧！”

所以，在香港的艺人中，他最喜欢的就是和他有着同样经历的刘德华。刘德华以前在理发店当学徒，到片场之后见谁就给谁理发，靠着这样的勤奋努力，一步步成为今日的影坛大哥。所以他会说：“虽然可凡学问比我好，书念得比我多，我一天书都没念过，但我是‘社会大学’毕业的，所有的智慧都是从生活中学来的。”这种智慧，有的时候还真比书本上的知识管用。

作为艺人出身的主持人，曾志伟在舞台上所展现出来的那种大喜大悲的真性情，令我佩服不已。高兴地时候他会哈哈大笑，说到动情处他又会嚎啕大哭，这就是艺人型主持人的特点所在了。某位著名的电视节目导演曾说过，综艺主持人应该时刻处于“半疯”的状态，对曾志伟而言，已经算是进入“全疯”的领域了。但疯归疯，该回来的时候他马上又能回来，而且调整得特别自然，这种状态的调控能力，内地没有一个主持人能够做到。

对于比自己资格老的前辈，像肥肥，曾志伟是非常尊重的。但在自己的平辈，甚至是晚辈面前，曾志伟从来不摆架子。虽然我和他在一起的次数不多，但只要每一次碰到，大家都是嘻嘻哈哈的，毫不在意什么地位、规矩。主持《华人大综艺》的时候，即便像王冠那样年轻的主持人，都可以对他没大没小，他也从来不会生气。无论对谁，他都能把诸如层级、资历、地位之类的东西统统打破，用最平等的方式对待每一个人。

在《华人大综艺》里，曾志伟曾经讲过这样一个故事。当年他在台湾发展，一手把谭咏麟包装成了天王巨星。他和谭咏麟非常要好，一天要通八次电话的那种交情。后来他们俩走在路上，所有人都围着谭咏麟，难得有一个人找他，也是请他帮忙要谭咏麟的签名。但他丝毫不以为意，两人的关系也没有因知名度的不平衡而受到影响。

但后来有一件事，却让这两个好兄弟打起了冷战。曾志伟的一个朋友开了一家桑拿馆，想请谭咏麟剪彩。曾志伟一口答应，没想到和谭咏麟说起这事，却遭到了谭咏麟的强烈反对——我现在怎么也是个超级明星，怎么可能去给桑拿馆剪彩？一下子曾志伟觉得脸面挂不住了，接下来整整两个礼拜都没有和谭咏麟打电话。

等到过了“气头”，曾志伟忽然觉得是自己做错了。他一味想着自己和谭咏麟的交情，却没有站在对方的角度去考虑这件事情：当时他在公众心目中的地位已经不一样了，我却依然勉为其难地要求他去做他不愿意做的事情。于是他主动向谭咏麟道歉，两人的关系也恢复到了原来的样子。

其实像曾志伟这样的艺人，他的成长经历、他的知识体系、他的主持风格、他的待人接物，都和我有着巨大的差异。我俩完全是两个体系下诞生的两类不同的主持人。但即便如此，我依然非常喜欢他，欣赏他的为人、他的作品。他让我学到了很多不一样的主持理念，那些理念都是从生活中提炼出来的，不“高大上”，却“接地气”，这对于主持人而言，同样也是非常重要的。

除了肥肥、曾志伟这两位香港主持人以外，台湾的“一姐”张小燕同样教会了我很多有关主持的道理。

小燕姐和肥肥是同一辈儿的人。同样她也出生在上海，但自幼随家人去了台湾。在台湾演艺圈她有着超过 60 年的演艺经历，超过 45 年的主持经历，堪称台湾娱乐圈无人能比的“大姐大”。

正是因为这样的“江湖地位”，无论多大牌的艺人，都以上小燕姐的访谈节目《小燕有约》为荣。并且只要是小燕姐提出的问题，没有人敢扯谎骗人。因为所有艺人的“秘密”，张小燕都知道。

但即便如此，小燕姐依然有着自己非常严格的访谈准则——别人不想说的话绝对不问。权力越大，责任越大，正是因为对方不会说出虚假的答案，自己就更不能去提及对方不愿触碰的话题。如果你硬要提，人家就会不高兴，心思就不好。千万“不要为了赚一小时便宜，断了这条路”，这一句话也成了《可凡倾听》十年来一贯坚持的信条。

（十）挚友白岩松

最后要说的，是我在节目主持界最亲密的挚友，中央电视台主持人白岩松。

与岩松合影

近十年来，与主持人相关的各类颁奖典礼、论坛沙龙越来越多，频繁的聚会打破了以往电视人以省为界、“画地为牢”的局限，人员与思想之间的交流越来越多。在这过程中，我也认识了很多平常少有合作机会的优秀主持人，像白岩松、崔永元、水均益、方宏进、王志、朱军、陈铎、张越……大家都是在各类交流活动中增进了友谊，成为无话不谈的朋友。在这其中，我和白岩松合作最多，关系也最“铁”。

岩松小我五六岁，入行也比我晚五六年，但他和崔永元、水均益、敬一丹等，共同开创了中国电视节目的一个时代。那是 1993 年，他在央视主持《东方时空》，我在东视主持《快乐大转盘》，我俩在不同地域、不同领域开创中国电视节目的新气象。

电视镜头前的白岩松，是严肃的。央视新闻评论部里曾经流行这么一句话，“遇到白岩松总以为有什么大事发生，再看看崔永元便知道天下太平”。但只要是他的朋友都知道，他是一个非常活泼、非常幽默的人。这也是《东方时空》里的一个趣事——台下的白岩松和节目中的崔永元一样幽默，而台下的崔永元则比节目中的白岩松更加严肃。

我和他是同一批拿“金话筒”奖的。那一年颁奖典礼在上海举行。难得有机会尽地主之谊，我陪他在上海逛了好几天，彼此的友情就在一次又一次的聊天中深深积累了下来。在那之后，几乎每年都会有类似的活动，我们都能碰面。有时候还会参与一些特别节目的制作，一大群主持人白天一块儿录节目，晚上就一块儿聚餐聊天。

一群“名嘴”凑在一块儿，永远都有说不完的话，不知不觉天空便泛起了鱼肚白，通宵畅聊对我们来说实在是太普遍了。就在那次，白岩松对我说：“你这小子安于现状，在上海这地方待着，干吗不来北京啊！”我听过哈哈一笑，但对于他的这份欣赏，我是记在心中的。

2004 年，我开始制作《可凡倾听》。因为已经有将近十年没有做过访谈了，事隔多年重温就业，心中难免会有一些忐忑。于是跑去北京，向白岩松请教访谈节目的制作方法。岩松自 1993 年起便担任《东方之子》的主持人，十年来采访了无数中国顶尖的精英，堪称是中国老资格，也是最优秀的人物访谈节目主持人。

栏目组经费紧张，到北京后我们住进了央视边上最便宜的水利部招待所。一分价钱一分货，120 元的标间难免有些简陋，房里除了一个电视柜两张床，什么都没有。岩松来后，我俩各坐一张床沿，便开始攀谈起《可凡倾听》的做法。

岩松知道我要转做人物访谈，显得十分兴奋。他对我说：“思想型主持人与司仪型主持人相比，也许会寂寞、坎坷一些，但能走得更远。”他饶有兴致地与我分享了采访大师的感悟与收获，更为我带来了厚厚一叠《东方之子》的节目资料。其中有很多节目的文案和访谈对话，对我后来制作人物访谈帮助很大。

他还对我说，采访学者的时候，制定路标非常重要。所谓“路标”，就是被访者的信息与采访路径。“采访时我常常告诫自己，名气、官位、财富、地位，不过是寻找‘东方之子’的路标，当我沿着路标的指引敲开受访者家门时，这些路标便失去了意义。此时我面对的只是一个人，一个有悲有喜、有得有失的人生。”他再三强调采访时既不能俯视，也不能仰视，“平视”二字尤为珍贵。

除了制作节目的方法和理念，那时《可凡倾听》更缺的是嘉宾的资源。在我提出了这方面的请求后，他毫不吝啬地给了我一堆嘉宾的联系方法，并告诉我该怎么去找嘉宾，怎么去邀请嘉宾。他说：“你放心大胆地去做，要是嘉宾不够，我帮你找人。多的不敢说，联系 50 个嘉宾不是问题，够你做一年的。”

聊了好久，很快就到了饭点。他说要请我吃饭，把我带到了附近的一个饭店，帮我把菜点上，对我说：“我要去直播，没时间陪你吃饭，单我已经买了，你们慢慢吃。”说完便匆匆离开了饭店。

那一次的仗义相助，让我更进一步地感受到了他身上那种侠骨丹心、古道热肠的担当和义气。

白岩松有一句名言，叫“渴望年老”，反映了他作为一个新闻主持人的心态与境界。在 2005 年的“中国电视主持人论坛”上他又说：“在头上仿佛有一块透明天花板，我能够看到外面的世界，但只能徘徊而无能为力。”我在他后面发言说：“与岩松相比，我是幸运的。因为我所在的高度比他略微低了一些，在我头顶还有一些上升的空间。”

白岩松一般不愿意接受采访，但作为朋友，他还是接受了《可凡倾听》的访问。那一次的节目，聊得很尽兴。

这次华东师范大学成立名主持人工作室，想要出一套华语主持人系列丛书，我首先想到的就是白岩松。没有他的参加，这套丛书的分量是不够的。他欣然接受，并且立即和合作者一起投入到了书稿的创作中去。不到一年，厚厚的一叠书稿就已经摆在了我的书案前。

书的名字与他的为人一样大气——《一个人与这个时代》，但他却说这是最小的一个标题，因为每个人都有权利书写“一个人与这个时代”。

不但如此，提早完成“任务”的他还为我的这本书取了名字——《人生 AB 面》正是源于他的建议，也是他为我写过的一篇文章的标题。

岩松说，人生就像一盘磁带，有尊重市场和流行的 A 面，也有坚持个性与理想的 B 面。对曹可凡而言，晚会的主持是 A 面，《可凡倾听》是 B 面，从 A 面到 B 面，不是技术需求，而是规律。

我则进一步补充。岂止是主持，人生处处都会有 A、B 两面。看书弹琴的乖小孩是 A 面，欺负同学的捣蛋鬼是 B 面；讲台上教书匠是 A 面，舞台上的“胖金童”是 B 面；“好男儿”面前的前辈是 A 面，文化老人身边的小孩儿是 B 面……

人生就像是一盘磁带，每时每刻都循环播放 A、B 面的歌。

末

他人眼中的曹可凡

曹可凡一直说，在他从事电视节目主持工作的这 20 多年里，穆端正、刘文国、滕俊杰、田明这几位领导是看着自己长大的。从《大学生主持人大赛》到《可凡倾听》《舞林大会》，每一步都离不开这些领导的帮助与指导。

在我与曹可凡共同协商书稿内容时，他曾经无数次对我说："他们都是我的大恩人。"每当出现记忆的模糊时，他又会对我说："去问问他们，他们比我更清楚。"

于是，为了能够更全面地向读者展现曹可凡在电视节目主持道路上的成长历程，通过曹可凡的引荐，我专程去拜访了穆端正、刘文国、滕俊杰、田明这几位上海电视媒体不同时期的领军人物。

虽说是初次拜访，但几位一听说我是为了解曹可凡而来，纷纷从自己的工作中抽出宝贵时间，向我讲述他们眼中的曹可凡以及那一个属于东方电视台的辉煌年代。

出发之前，曹可凡曾特地嘱咐："几位领导工作繁忙，切记将访问时间控制在 30 分钟左右。"却未曾想到，一聊到曹可凡和那个年代的上海电视，大家的话匣子怎么都关不上。整理录音资料的时候才发现，几乎每一位的采访都超过了 30 分钟，刘文国先生的采访素材竟然有整整 2 个小时！

原本，只是想了解一些侧面的信息以作补充，但面对如此精彩翔实的历史口述，怎么也不舍得删去其中的任何一句，便干脆在本书末尾另起一章，与读者分享这几位上海电视"风云人物"眼中的曹可凡。

穆端正口述：改革浪潮造就曹可凡

（一）先从东方电视台说起

1992 年，小平同志视察深圳、上海等地，提出了进一步深化改革开放的要求。在那之后，上海市广播电视局决定抓住浦东开发开放的契机，在浦东建立上海东方电视台（原名称上海电视台二台）。按照当时主管领导的说法，要建立一个全新的台，以浦东带动浦西，推进电视台的改革。因此，上海东方电视台的成立，属于上海乃至全国电视媒体深化改革创

穆端正

新的产物。

经过公开竞聘，我成为上海东方电视台的首任台长，并获准组阁东方台的成员班底。建台伊始的初创人员中，一部分人是和我一样，从上海广播电视局内部招募的，也有部分是从社会上公开招聘的。在体制上，我们讲求精简、高效、减少层次，形成奖励竞争和制约机制；在人员上，体现出量才录用、人尽其才、优胜劣汰，打破“大锅饭”。

正是在这样的时代背景下，原本是医科大学青年教师的曹可凡凭借着自己在电视节目主持方面的天赋和实力，走出“象牙塔”，进入东方电视台，成为一名专业的电视节目主持人。

由于采取了新的体制机制，东方电视台建台伊始，就形成了充满激情与活力的创作氛围，我们创作出很多创新节目，深受广大电视观众的喜爱。不仅如此，当时的东视人善于利用高科技电视技术美化和丰富电视的表现形式，尤其是运用卫星双向、三向直播传送技术，第一时间报道国际国内重大事件。这一系列的突破和创新，都为东方电视台的主持人们提供了一个非常出色的展示平台。

正是在这样的工作环境下，曹可凡凭借自己的努力，快速融入工作团队，在团队中发挥所长，合作协调，主持了一档又一档名牌栏目，逐渐成为一名出色的电视节目主持人。

（二）起初只有间接的印象

曹可凡最早在电视中出现，是在 20 世纪 80 年代末的时候，作为大学生代表主持《我们大学生》。在那之前，他参加了一场专门针对大学生的主持人“选秀”，凭借着自己出色的表现脱颖而出，并且最终成为那个节目的主持人。

在那段时期，我和曹可凡并没有直接的接触。那时候我在上海电视台的新闻部，所以无论是大学生主持人比赛，还是《我们大学生》节目，我都没有参与，只是依稀知道有这么一个医学院的学生在上海电视台做节目。对他的初步印象，主要还是通过他在节目中的表现获得的。

在我的记忆里，当时的曹可凡就是一个纯粹的学生，年轻，有活力，有追求。他的学历很高，是硕士研究生，这在当时电视台主持人队伍里是十分罕见的，因此他的知识水平就要比其他主持人高；更难能可贵的是，他在大学所学的专业与我们广播电视是完全不相关，跨度非常大，能够站在医学的角度来看待主持人的工作，说明他的知识结构也比其他主持人更多元，更全面。

所以，尽管他的荧屏形象算不上特别俊朗、帅气——当时他在节目里戴着副眼镜，人胖胖的，肯定不是一下子就能抓住观众眼球的那种类型，但这并不妨碍他作为主持人的发展。在经过一段时间的适应之后，大家很快就被这个高高胖胖的小伙子所吸引，逐渐喜欢上了这个与众不同的主持人。

他在上海电视荧屏上的这第一步，走得还是很轻松，很漂亮的。

（三）我把曹可凡调进“东视”

1993 年东方电视台成立，我是第一任台长。“东视”开播伊始，我们就推出了好几个具有创新性、突破性的重要节目，其中有一个娱乐节目叫

《快乐大转盘》，就是由曹可凡主持的。

尽管当时也有一些观念相对保守的观众对《快乐大转盘》的内容、形式有所保留，但它依然成了全上海收视率最高的电视综艺娱乐节目。同样，尽管曹可凡知性、儒雅的主持风格和节目有所偏差，但曹可凡能够在节目中恰到好处地把准分寸，在积极配合节目定位的同时又不破坏自己的形象定位，体现出了较强的综合能力。在这方面，我觉得他的表现十分出色。

在那之后，曹可凡也陆续参与了东方电视台其他一些节目的录制，也可以说是全程参与了东方电视台的创建过程。他的表现也得到了各部门领导、员工的一致认可。随着“东视”节目规模的逐渐扩大，人员上的欠缺愈发明显，我们迫切希望能有像曹可凡这样的新鲜血液加盟；同时他也向我们表达了想要换一个发展环境，正式进入电视台工作的意愿。双方一拍即合，我作为东方电视台的台长，便直接出面把他从二医大调到了东方电视台。

事后看来，曹可凡来到东方电视台之后，确实获得了比过去更多的机会，得到了更大的成长。从《快乐大转盘》开始，再到调入东方电视台，曹可凡真正在电视节目主持人的舞台上得到锻炼，得到成长，得到发展，还是得从东方电视台算起。

（四）“东视”给了他特别的舞台

一个优秀主持人的诞生离不开优秀的媒体平台。新成立的东方电视台是一个极具朝气与活力的集体，每一个栏目编创人员都怀着满腔热情全情投入到节目的编创、制作之中。同时，团队成员也都非常欣赏曹可凡，大家都愿意把他推向更高的位置。

曹可凡进东视后，我把他安排在“节目部”。诞生伊始的东方电视台机构从简，整个台只有“三部一室”——报道部、节目部、广告部和办公室。“节目部”涵盖了专题、社教、文化、文艺、娱乐等几乎所有非新闻类的节目制作。在那里，曹可凡有机会接触各种不同类型、不同风格的电视节目，这为他个人主持艺术的全方面发展打下了基础。这样的机会，在其他任何平台都是不可能有的。

此外，“东视”对他的栽培也可谓是不遗余力。“东视”成立之初，我们奉行“不拘一格降人才”的策略，不论资排辈，只要有能力就委以重任。曹可凡一进台，我们就给他提供了许多大型活动的主持机会，无论是两岸三地大直播，还是转播美国奥斯卡颁奖典礼，还派他去美国做《飞越太平洋》……这些对于一个年轻主持人来说，即便放在现在的环境下都是无法想象的。

令人高兴的是，曹可凡也用他的勤奋与敬业回馈了每一个培养他、支持他的领导和同事。一方面他将自己文化素质高、知识面广的优势在节目中完全展现了出来；另一方面他比其他人更加勤奋好学、刻苦努力、勇挑重担，并且积极地融入每一个栏目团队；加上之前几年积累的主持经验和人气，使他在短短几年时间里就在屏幕前“站”了起来，树立起了一个很好的主持形象，得到了广大观众的欢迎。

凭借着东方电视台每一个员工的共同努力，我们创作出了一系列叫好又叫座，并且具备划时代意义的好节目，“东视”的社会影响力和品牌价值节节攀升，借着这股“东风”，曹可凡也逐渐从一名优秀的地方主持人成长为一名在全国电视节目主持界都颇有影响的“名嘴”。1997 年拿到“金话筒”奖，也自然是水到渠成的事情了。

（五）他的综合实力高人一筹

在东方电视台期间，曹可凡做了大量不同类型、不同风格的节目，有《快乐大转盘》这种纯娱乐的，也有《飞越太平洋》这种偏文化的以及许许多多的主题性晚会，甚至还做过《东方直播室》这种新闻类节目……无论哪种节目他都驾轻就熟，信手拈来，这和他有着很强的综合能力不无关系。

有些主持人，很适应主持某一类型的节目，一旦换了节目就无所适从了。而曹可凡不一样。他的外语基础很好，知识储备也比较丰富，对待工作勤奋刻苦、不畏困难，再加上在东方电视台这个开放型平台的打磨，使他具备了非常全面的主持能力。

当然，不仅仅在节目主持领域，曹可凡同样是一个综合的电视媒体人。在“播”和“说”以外，他还擅长写作，在策划、创作方面也很有想法。后来《飞越太平洋》公开竞聘制片人，他的策划案得到了节目部领导的高度认可，大家也都愿意协助他做好这个节目，所以最后节目部一致决定由曹可凡担任这个王牌栏目的制片人。作为最终的审批领导，我毫不犹豫地就批准了这个决定。因为他确实有这样的能力，而且也值得在更高的岗位上去培养。

2001 年，上海广播电视媒体大整合，成立上海东方传媒股份有限公司，在新的平台曹可凡依然坚持创新突破，创办了一档面向高端收视群体的电视访谈节目《可凡倾听》，并且一做就是十几年，现在《可凡倾听》已经成了中国电视谈话节目的经典之作。

其实在 20 年前，曹可凡就已经在做访谈节目了，口碑也很不错；随着时间的推移，他的阅历增加了，资历也更老到了，整个访谈的水平和层次都上升了许多。这个节目确实是能够体现他的水平和特点的。

（六）电视是他的追求和理想

节目主持人是一个门槛儿很高、工作压力很大的行当，上海电视发展的这几十年里，主持人一代一代新旧交替的速度很快。其中有的是在激烈的竞争中被无情淘汰，也有不少非常出色的主持人选择“急流勇退”，在自己的主持事业的辉煌期离开舞台。他们有的晋升到了领导岗位，有的出国进修读书，有的改行从事其他工作，希望能够接触新的领域，谋求新的发展。

但曹可凡却实实在在地在这个行业里坚持了将近 30 年，从不曾放弃，从没有离开。我觉得这体现了他的追求和理想。放眼如今的电视荧屏，能够从不间断地在主持岗位上坚持30年的主持人，凤毛麟角。应该说，他对电视节目主持事业的爱，是非常深沉的。

当然，我也曾听说过，有一段时间，中央电视台也想要“挖”他，想要让他跳槽去北京发展。经过一段时间的考虑后，曹可凡还是选择留在上海，留在东方电视台，这同样也证明了曹可凡对“东视”这个“大家庭”的深厚感情。

况且，即便曹可凡没有去央视，在东方电视台，包括后来东方卫视的舞台上，他所获得的影响力依旧是全国性的。留在东视，留在上海，做自己喜欢做的节目，我们觉得这样对他个人的发展同样也是很好的。

（七）文化内涵才是他的优势

这几十年来，曹可凡主持过许许多多的演出和节目，经历了许许多多的成长和历练，逐渐明确了自己的荧幕形象和风格定位。作为一个有着丰富文化内涵和底蕴的主持人，他在《可凡倾听》这样的文化类节目中的表现，是相当不错的，是没有人可以替代的。但相对而言，主持《加油！好男儿》这样的综艺真人秀节目，就有点儿不大适合他的职业定位了。

20年前，我们支持他主持同样具备很强娱乐性的《快乐大转盘》，是因为当时的他是一个朝气蓬勃的主持新人，可以和大家一起蹦蹦跳跳，也需要去尝试不同类型的节目。而随着年龄的增长，他的职业定位已经非常清晰，对于自己的发展方向显然应该更加明确。

同样，近些年他又开始在表演方面寻求突破，接拍了几部颇有名气的电影。对于他的这种尝试，我是赞成的。但同样，作为一个公众人物，对作品和角色的选择很重要。接拍什么样的电影，承担什么样的角色，表现什么样的形象，这些最好能和自己所从事的工作、自己的社会形象相接近。要是能够在电影中创造出与自己的个人形象、文化素养相匹配的艺术角色，这对他的个人事业的长远发展显然更有帮助。

好在，他主持娱乐真人秀仅仅是浅尝辄止，并没有让自己沉迷其中，应该说他对于个人定位的把握还是比较清楚的。我也希望以后能在影视作品中看到他所饰演的更符合他本人特质的人物形象。

滕俊杰口述：可凡是个综合型主持人

（一）在电视机前看可凡比赛

我第一次看到可凡，是在电视机前。

那时候上海电视台搞大学生电视主持人的选拔，决赛是面向全上海现场直播的。记得那天我还在台里工作，就从办公室的电视机里看到了他的表现。

那时他还是一个年轻的学生，采访一个著名的医学专家，也是他的老师王一飞教授。虽然稚嫩，但声音却很有厚度，有磁性，语言有节奏感，而且不怯场，能够稳得住台。在和嘉宾对话的时候，他的谈话方式、谈话角度、调动现场气氛的能力，都构成了他独特的主持素质。那时候我并不认识他，就这一下子，这个高高的，当时还没那么胖的小伙子给我留下了深刻的印象。

滕俊杰

后来，他参与了一些电视节目的制作，在主持方面的才能也逐渐被挖掘出来。当时我经常担任一些大型

晚会的导演，在主持人的选择上，有时也会请他来帮忙。虽然那时他是大学生、大学老师，并不是台里的主持人，但我们还是以嘉宾主持的身份用他。那时候他的主持能力比“大学生主持人大赛”的时候更加精进了，即便面对年龄长他十几岁的搭档，照样能够应对自如。

通过合作，我和可凡建立了一定的联系，同时也对彼此的个人情况更加了解。后来发现，他是无锡人，我是苏州人，我俩还算是半个老乡，我们便经常会聊一些家乡的话题，他喜欢苏州评弹，还会弹琵琶，我也很喜欢。

（二）奥斯卡当天，嗓子竟然哑了

在曹可凡正式进台之前，他曾经主持过一次非常重要的活动。

那是在东方电视台成立不久，我们极具突破性地向美国购买了第65届奥斯卡颁奖典礼的现场实况。当时能够拿下奥斯卡转播，我们非常兴奋，这是中国电视传播史上的一大突破。

当然同样，这也是对中国电视人的一次巨大考验。从几千公里外的大洋彼岸，通过电视画面现场直播，这样的创举做得好一炮打响，做得不好就一塌糊涂。但即便在这样的压力下，我们依然大胆启用了曹可凡和袁鸣这一对年轻主持人。一个是编外主持人，另一个是刚刚毕业的大学生，应该说当时敢于做出这样决定的，也只有把创新视为生命的东方电视台了。

他们俩也非常重视，为这一次全球顶级盛典做了大量的准备工作。因为是第一次，我们每个人都有一些忐忑，直播前几天几乎每天都在会议室里讨论演出剧本，研究美方给我们传来的活动流程，大家一连好几个晚上都没有休息。到了直播当天，在压力与疲劳的共同刺激下，素来声如洪钟的曹可凡竟然破天荒地嗓子哑了。幸亏曹可凡是学医的，赶紧通过医学手段让嗓子恢复了回来。

虽然是虚惊一场，但当时我们所有的人都是吓出了一身冷汗。但这也从一个侧面证明了他对这个项目的重视程度，他的天赋、能力，再加上这种认真的态度，共同造就了他在主持行业中的领军地位。

（三）可凡与《飞越太平洋》，彼此成就

在东方电视台建成伊始，有一档在当时非常大胆的节目，对曹可凡的成长有着重要意义，那就是《飞越太平洋》。

《飞越太平洋》是一档周播节目，每周六的黄金时间播出，一期50分钟。这个节目在当时是极有创新意义的。我们用中国人的眼光、中国人的镜头、中国自己的主持人，记录大洋彼岸美国的风土人情、历史人文。

当时我是《飞越太平洋》的导演兼制片人。在为栏目选择主持人的时候，我们确实碰到了一些困难。因为是在美国录制，这个栏目的主持人必须要有过硬的政治素质，要有很强的节目驾驭水平，还要有娴熟的外语能力。特别是最后一点，那时英语在中国还不像现在这么普及，具备双语能力的主持人并不是很多。节目开播前，我们第一批团队去美国做了好几期节目，那时主持人的人选并不稳定；开播几期之后，第二批制作团队又要去美国拍摄了，这时主持人需要有所调整，我立刻就想到了曹可凡。

当时曹可凡还在二医大当老师，虽然我们已经准备要把他调到东方电视台来了，但手续还没办完，他还不算是台里的正式员工。在这种情况下，想要带他出去，有着很大的难度。那时去美国的手续是很难办的，加上国人的开放度、自信心都不如现在，有人就对选择曹可凡提出了异议。但我对曹可凡是非常有自信的，他的主持能力、他的英语能力都非常适合这档栏目，于是就据理力争，一定要让他去。

我至今还记得很清楚，那天我给他家里打电话，是他妈妈接的，说他不在家，然后给了我他的BP机号码。我就通过传呼机和他说了这个事情。他一开始还不敢相信，问我："我现在还不是电视台的人，去美国一个月，可以吗？"我对他说："你的能力我们都知道，尽管不在编制内，可能有点儿难度，但我们会尽最大努力去做。"

后来在大家共同努力下，这件事可算成了。到美国之后，曹可凡在拍摄时展现出了非常独到的眼光，他的英语能力得到了发挥，他学医出身的知识积累也有很大帮助，对人物的采访很有水准，尤其是那次关于美国黑人领袖马丁·路德·金专题的拍摄，非常深刻，也得到了同行的《新民晚报》首席记者俞亮鑫的充分肯定。

应该说，那一个月的经历对曹可凡绝对是一个推动，同时曹可凡对《飞越太平洋》也是一个推动。在那个时候，能够大胆启用这么一个编制外的年轻主持人，并且在重压之下不负众望，把节目做得有声有色，这对东方电视台也是一个收获。

后来，我们电视台实验“主持人中心制”的时候，曹可凡通过双向选择、自愿报名，当上了《飞越太平洋》的制片人。对于这一次尝试，台里的领导都非常支持，他的知识结构、综合能力也确实具备了成为一名节目制片人的潜能。

在那之后，他独自带领着自己的团队，全面掌控自己的节目，他的思考能力、管理能力都得到了充分体现。那个时候，兄弟电视台也开始纷纷效仿我们，走出国门，开始类似的栏目；上海的其他栏目也开始去海外拍摄。他所面临的竞争和压力，比我做制片人的时候大了很多。在这种情况下，他依然带领栏目组继续往前走，同样取得了不俗的成绩。

可以说，曹可凡担任《飞越太平洋》制片人，是上海电视向采编播一体化方向前进的一次重要尝试，这一步他走好了，所以便成为这个领域的领军人物。

（四）当医生与当主持，殊途同归

通过《飞越太平洋》以及一系列大型活动的主持，曹可凡在上海荧屏一炮打响。但其实在这之前，因为当时人们的思想开放度不够、包容度不够，对于启用可凡做主持，台里确实存在着一种阻力。

最明显的就是上级曾经有过这么一个要求：不是编制内的主持人，不能主持节目，尤其是重要的品牌性节目。这个禁令曾让曹可凡非常痛苦。现在看来，它或许是非常浅薄的，但站在那个时代来看，也是有着那个时代的特殊原因。

好在那个时候，我们这一批导演都很年轻，不会顾忌太多的条条框框。我们坚持认为曹可凡这样的主持人能够出来，是一种非常好的气象，所以我们并没有被外界环境左右，一直坚持与曹可凡合作。而曹可凡也确实用他的努力和才华，勇敢地突破了这些束缚，交出了一份完美的答卷。

事实证明，当年曹可凡的突破是正确的。他让我们看到，体制外也有能人，电视台应该大量吸纳体制外的力量，帮助我们一同挑起媒体传播的重任。

于是，我们便努力说服曹可凡离开二医大，加入到东方电视台来。而曹可凡最终做出这样一个选择，其实也经历了巨大的痛苦。他有着非常成熟的专业思维和学科理念，在他肩上同时担负着医生和教师这两份非常伟大的重担。最终选择电视，放弃一直以来的医学研究，这对他的专业来说是非常可惜的。

但我想，作为一个主持人，有的时候和医生是异曲同工的。做一个医生，他能够解决人们生理上的病痛；做一个主持人，他具备广泛的传播力，能够传递人们需要的信息，也能够在一定程度上解决人们心灵上的病患。而且，他还可以把他在医学方面学到的知识融会贯通，举一反三，运用到他对社会的观察、分析中去，也独有一份功。这也是他能够成为一个出色主持人的重要前提。如果没有医学的积淀，单靠文科这一块儿，也是不够的。

（五）《可凡倾听》与《杨澜视线》，有异有同

1995 年，我在美国和杨澜合作，推出了《杨澜视线》。这个节目和曹可凡在 2004 年推出的《可凡倾听》既有相同之处，又有本质的区别。

两个栏目相同的地方在于，都是用主持人的名字来命名，都是主持人用自己的视角、自己的主观想法同采访对象进行深入的交流对话，针锋相对、各有见地。

区别则在于，《杨澜视线》既有访谈，又有外景，信息的采集更加丰富一些，也更加容易一些；而《可凡倾听》则是完全以谈话为主，这种节目难度更高，这种类型当时在中国电视界很少，它对主持人访谈能力的考验是全方位的。

另外还有一点，《杨澜视线》是我与杨澜合作推出的，我在其中也起到了很大的作用；但《可凡倾听》完全是曹可凡一人打造，我只是从领导层面给了他基本的支持，所有的心血都是他一个人的。他带领一个完整的团队，从编导摄像到舞美灯光、公关宣传，事必躬亲，而且做得有板有眼，有声有色。凭一己之力做到这个程度，是相当不容易的。

在可凡开设这个栏目之前，我曾经和他进行过深入的交流。我对他的想法非常支持，因为在当时的主持人中，只有曹可凡具备了开设访谈类节目的条件。其他主持人也跃跃欲试，但我会劝他们再多沉淀，多准备，唯有曹可凡，我是大力支持的。

接下来，我还和他一起讨论栏目的结构、名称。栏目推出之后，可凡借助独到的文化品质在竞争中站稳脚跟，凭借着他善于倾听、善于捕捉的特点找到了观众需要了解的内容，善解人意地与文化名人探讨人生，很快便赢得了观众的口碑，迅速发展为 SMG 的品牌栏目，在全国获奖无数。

后来曹可凡还专门出过一本关于《可凡倾听》的书，请我帮他写一个序。（编者注：《曹可凡与〈可凡倾听〉》，2008 年出版）我帮他写了一篇文章，就叫作《倾听的魅力》。

2013 年“两会”期间，在分组讨论会上，国家主席习近平对曹可凡说：“我看过很多期《可凡倾听》，很喜欢。”这可以说是对曹可凡的《可凡倾听》最大的褒奖了。特别是在现在文化类节目坚守困难的情况下，曹可凡依然能够迎风自立，说明他兼顾了社会文化的需要，兼顾了人民对信息的需求，同时也表达了他自己的人文观点、媒体观点。总之，《可凡倾听》是一个非常值得总结的好节目。

（六）“知识”是可凡的标签

曹可凡是一个有激情，关注细节，充满节奏的主持人。但更重要的是，他是一个知识型的主持人。他的学历结构决定了独特的知识构成，医学从一个独特的角度丰富了他的知识储备，同时也丰富了他作为主持人的知识结构。

可凡不抽烟，不喝酒，但他可以和别人谈天说地，谈古论今。他愿意和有文化的人交流，有文化的人也愿意和他交流。彼此都具有高洁的情操，这是谈话的基础。而正是在名家、大师的交谈中，可凡不断丰富着自己的知识结构。如果文化根基差，主持人在镜头前很快就会被掏空，而对可凡来说，他有一个庞大的知识结构，并且善于吸收新的知识，触类旁通，举一反三。他有一缸水，随便倒出一碗水，是非常轻松的。

我与他合作过好多次国家重大项目，包括上海与悉尼、巴黎、多伦多、台北等地的卫星双向传送；1999 年 9 月 9 日的“黄河大合唱 70 周年”；2008 年的上海特殊奥林匹克运动会闭幕式……每一次主持他都有声有色，充满激情，有时锦上添花，有时雪中送炭。特别是他对细节的把握，对知识的运用，高出了其他主持人一筹甚至是几筹。

在这里说几次合作经历。

第一个，2005 年我们在上海大剧院现场直播上海国际电影节闭幕式。晚会直播是一件非常紧张的工作，对主持人的要求很高，任何失误都是不可饶恕的。这就造成了很多主持人循规蹈矩，按部就班，不敢随便发挥。

最后，美国黑人明星摩根 · 弗里曼上台颁发最后的大奖——金爵奖。他走上舞台，当礼仪小姐捧着托盘把奖杯送到他面前的时候，他没有直接用手去接，而是用那块手绢托着奖杯，再把奖杯授予获奖者。

我看到这个细节，非常激动，特别想和曹可凡说，那么好的细节一定要抓住。但这个时候曹可凡已经在台上了，他上台之后就说：“这位是奥斯卡著名的表演艺术家弗里曼，他用手帕把奖杯托出，正是他对获奖者的尊重，也是对上海国际电影节的尊重……”

与摩根 · 弗里曼

我看到的细节，他也看到了；我希望主持人做的点评，他都做到了。这既需要对细节敏锐的观察力，更需要良好的归纳提炼能力，还需要很强的语言组织能力。这就是主持经验水到渠成的积累。

第二个，2011 年的世界游泳锦标赛开幕式，我是总导演，曹可凡做画外音解说。奥委会主席罗格也到了现场，场面规格非常高。开始前，可凡很认真地听了我们的稿件内容，听完之后向我们提出了一个意见。

他说：“舞台上表现的‘上善若水’，那是老子的哲学理念，但旁白说的是‘禅宗秘诀’，禅宗指的是佛教的概念，这两个不能放在一起。”我们一听，赶紧改正。我说：“可凡，真要谢谢你，帮我们纠正了一个可能闹出笑话，造成文化误读的缺陷。”这就是曹可凡的知识面。

第三个，2002 年我们在东京剧场做“中日邦交正常化 30 周年”大型晚会。我们策划了一个中国昆曲王子张军和日本歌舞伎明星市川笑也合演《游园惊梦》的特别节目。我们希望通过这个节目，表现出中日文化一脉相承、日本文化源自中国长安文化的主题，但不是通过说教的方式，而是用艺术表现来体现历史的传承。

曹可凡听了这个创意，说非常好，但他又对这个主题内涵进行了深化。他说："20世纪30年代的时候，京剧表演艺术家梅兰芳去日本演出，和日本的歌舞伎演员同台演出，双方结下了深厚的友谊。这次张军与市川笑也合演同一出戏，比梅兰芳大师更进了一步……"只有像可凡这样有心的人才会去积累、涉猎这些知识，并且在关键的时候点送到位。

此外还有一件事情，也是我要感谢他的。1997年，我作为制片人获得了日本政府唯一海外新闻大奖——日本短波放送第一届亚洲大奖。而那次的获奖作品，正是曹可凡在日本所做的《东海遗梦——日本聂耳墓巡访》。那次我们栏目组到日本藤泽做节目，偶然听说那里是聂耳溺亡的地方，出于对文化敏锐的嗅觉，曹可凡便开始寻访聂耳的坟墓，并最终完成了这个具有历史价值和文化价值的电视作品。

（七）从单一主持人到全能主持人

我一直认为，做一个"单一型"的节目主持人是容易的。无论做晚会、做专题、做谈话，想要做好某一类节目都不是太难。但倘若要跨界，各种节目都能做好，那对主持人来说就是一个巨大的挑战了。

曹可凡原先只是一个医学院的学生，后来成了老师。到了电视台之后，他所面对的是一个全方位的电视制作机构，到处都是挑战，台里面的老老少少，每一个人都是他的前辈学长。值得欣喜的是，自从可凡跨入这一行，就从来没做过令我们感到缺憾的事情，他总是在不断地自我追求下，把每一次主持都做到一定的高度。

特别是他主持的一些重大活动，主持人除了串场、播报之外，还需要对全场进行掌控。一旦主持人上台了，导演就起不到作用了，现场只有交给主持人控制。而此时作为主持人的曹可凡，他与导演的心灵却是相通的，无论什么领域的嘉宾他都能把控，无论现场出现什么问题，他都能按照电视传播的特性进行扭转、提升，把节目引向高潮。

可凡做过新闻、专题、社教、谈话、综艺……后来他又主动请缨主持《加油！好男儿》，把自己涉猎的领域扩展到了真人秀节目，这个我是非常支持的。那时候我们对真人秀都没有把握，需要有一个能在舞台上控得住、稳得住的主持人，可凡具备这个条件。

而且，在我看来，真人秀是主持人职业生涯中非常重要的一面。它集中了情感的表达、人物的采访，在跌宕起伏的情节中，主持人以媒体的身份对现场做出掌控，表达真情实意而不随波逐流，这确实是一块再好不过的试金石。可凡想要成为一个全能的、代表这个时代主持人的领军人物，这段历练是不可或缺的。

可凡在做了几期《加油！好男儿》后，无论节目还是他的主持，都迅速成为人们关注的话题，成为社会议论的焦点。在可凡的努力下，《加油！好男儿》成了一档具有社会意义的励志栏目。曹可凡本人也完成了从单一主持人向全能主持人的转换。所以真人秀节目，对可凡而言，是有价值的。

其实作为一个全面的节目主持人，他很快就会发现，大型活动和真人秀有着很多异曲同工之处。真人秀本身就是一场大型晚会，现在的大型晚会中也越来越多地介入了真人真事。现场情感的挖掘，通过故事的叙述来提升表达效果，这些都是真人秀的元素。

可凡在一场又一场大型晚会中成长，成为非常成功的主持人，然后在触类旁通下打开了真人秀的大门。大型活动构成了可凡综合性主持的全部；对真人真事的挖掘、对嘉宾的感化、对场面的掌控、对情绪的驾驭这些来自不同主持领域的能力共同构成了可凡的优秀。

所以我认为，大型晚会是曹可凡最重要的才能，上海这样的人才太少，这显得他的出现尤为可贵。

刘文国口述：曹可凡为电视而生

（一）当年的电视和现在很不同

曹可凡，是通过《大学生主持人大赛》进入电视台的。

首先，我来说一说那个时代电视媒体的背景。

在20世纪80年代，电视和现在是不一样的。现在的电视娱乐性很强，但在当时，电视的第一责任是“教化社会”。我们作为电视工作者，坚守的第一信条就是责任感。所以，在那个时候，电视里能够看到很多有教育意义的节目。

那个时候，每天晚上父母都陪着孩子一起看电视——不像现在，现在的孩子一回家就上网，大人也不怎么看电视。同时我们也专门为孩子们量身打造了很多寓教于乐的好节目。针对小朋友的，我们有《陈燕华讲故事》；针对中小学生的，我们有《你我中学生》。

再后来，大学生的数量越来越多，逐渐成为社会中不可忽视的一个组成部分。大学阶段，是一个人价值观逐渐成形的关键时期，正处于一个相对稳定、又还不是很稳定的“起跑”阶段。那时候大学生了解社会的渠道很少，在认知社会、拓展知识面等方面的需求与中小学生完全不同，因此我们就觉得，推出一个适合大学生群体收看的电视节目很有必要。

刘文国

我们电视台就和上海市教委商量——当时很讲究文教结合——教委也非常支持，最后就决定搞一个能够报道大学生的生活，反映大学生的诉求，用大学生的眼界来看待社会的节目，于是便有了后来的《我们大学生》。

那时候，我们完全可以从大学招聘几个主持人。这个是很简单的方法——去大学开场招聘会，挑几个条件好的来主持，就这样了。但后来还是决定组织一次“大学生主持人大赛”，电视录像、现场提问、才艺表演……这么做的原因是希望能够吸引更多的大学生来关注这档节目。

（二）曹可凡是比赛比出来的

说到底，“大学生主持人大赛”就是一次选秀活动。现在电视台花三四百万买国外的版权也是做选秀，我们那时候的《卡西欧家庭卡拉 OK 大奖赛》《60 秒智力问答》《中学生主持人大赛》《大学生主持人大赛》也是选秀，而且搞得非常好，收视率高得吓人。20 世纪 80 年代，上海的电视节目绝对是走在全国最前面的。

就这样，曹可凡来报名了。那时候他还挺瘦，个子高高的，相貌算不上出挑。但他有一个很好的优点，有文化，喜欢看书。现在上海滩的好多电视节目主持人只会念稿子，只能当报幕员，文化水平和曹可凡差远了。而我们那时的选秀，知识性还是很强的。我们有现场问答，考验选手的即兴表达和头脑思维，提的问题也都是社会上非常关注的话题。然后通过学生投票、观众投票，专家评定，大家一起来参与其中。

当时在所有的参赛选手中，曹可凡的优势主要有三点。其一就是有文化，虽然学的是医学，但是对文学有相当大的兴趣；其二是有亲和力，永远都是笑眯眯的，大家看到都喜欢；其三就是有好的语言。语言由两方面构成，一个是语言的天赋，嗓子好，声音洪亮，普通话标准，语言基本功也很规范；另一个是擅长学习，讲故事、朗诵、京剧、评弹……他都学都会，表现力极强。

决赛那天我是评委，那时候我还是上海电视台的文艺部主任。当天来了好多主要领导，教委的、广电局的，还有很多语言专家，大家一起来做评委。在比赛现场曹可凡把他的老师，二医大王一飞院长也请来了，两个人一起模拟做一个谈话节目。那时候我们就看到了他的采访能力，对话轻松自如，尺度分寸都掌握得很好，该硬的硬，该软的软，关键问题点到即止。

看完之后，我们大家都说好，觉得他完全可以做一个电视节目主持人。首先做的就是《我们大学生》。那时候大学生做这个节目，还是很辛苦的。他们不但要在棚里录像，还要跑到学校里面去采新闻，做采访，把学校里发生的事情、大学生之间的故事拍摄下来。他还要做总结，做点评，非常锻炼人。但正是这个节目为他树立了一个很好的形象——特别是后来慢慢胖起来了，大家都说他是开心果，特别讨人喜欢。

所以，虽然他是比赛出道，但和选秀选出来的人是不一样的。选秀的“秀”是做出来的，他是“实况比赛”比出来的。

（三）电视还是需要文化的

在《我们大学生》之后，我们又让他主持了《诗与画》。当时的电视台是非常讲究文化的，要有内涵，我们讲究思想性、艺术性、可看性“三性合一”。而《诗与画》正是一个文化性很强的节目。至于主持人的人选，那时候台里的主持人就数他文化最好，理所当然就让他来主持了。

《诗与画》这个节目，对曹可凡来说是一个非常好的学习机会。如果他不去理解，不去解读，不好好学习，是没办法把诗和画的内涵讲给观众听的。当时的电视录像没有提词器，不能看稿子，他每一期节目都要把稿子当中的重点提炼出来，然后背得滚瓜烂熟，才能上台主持。好在他非常聪明，能够把诗和画都介绍得非常好。

后来这个节目因为没有收视率，就关掉了。但很多上了年纪的人都非常怀念这个节目，都说当时电视台还有这种文化类的节目，现在都没了。其实像这种节目，国外媒体、港台媒体都会坚持做的，即使没有收视率也必须要做，只不过形式上会有一些改变。那时候的人都比较沉静，不浮躁，这种心态才是正确的。

究竟什么样的节目观众喜欢看？有内涵的节目观众才会喜欢看。像是纪录片大家都喜欢看，即便是《动物世界》都会有人看，它里面所讲述的弱肉强食的竞争环境、母狮子保护小狮子的亲情，都能给人以情感上的冲击。

纵观古代历史，千百年来，中国的农村地区绝大多数人都是不识字的。没有读过书那么伟大的中华文明是怎么传承下来的？主要的渠道就是听说书、看戏！岳飞的精忠报国，陈世美的忘恩负义，该怎么做不该怎么做，都是通过某种艺术形式传承下来的。现在电视也应该承担起这个使命，但显然现在的电视节目里净是一些无厘头的东西，没有内涵，大家都不要看。

（四）“封杀令”不是针对曹可凡

上世纪80年代的时候，电视台还是一个很严肃的地方。进电视台上班是要经过政治审查的，进来之后还要组织思想学习，才能正式参与节目的制作。

后来电视媒体发展得越来越快，节目越来越多，台里人手不够了，就开始大量借调外面的人来做节目。当时曹可凡也算是其中之一。

起初，外调的目的是引进优秀人才参与电视节目的制作，但随着外调人员越来越多，整体质量肯定就会下降。你把你的人弄进来，我把我的人弄进来……这么一来就乱套了，甚至直接影响到了电视节目的播出安全。当时也确实因为外调人员缺乏职业操守，缺乏政治敏锐性，出现了一些播出事故。

另一方面，借调人员过多也对台内员工构成了一定的影响。有的人一看有人做节目了，那我就不做了，养成了懒惰的习性；也有的人一看节目都被别人做掉了，自己的奖金就没了，产生了不满的情绪。

也就是在这样的情况下，才出现了所谓的“封杀令”——不是一个正式的命令，只是这么一个说法，也不是说就全部不用，而是要重新审核。这主要针对的是外调人员过滥的问题，丝毫没有歧视曹可凡的意思。

当然，也不可否认，在这个过程中，也会有人对曹可凡有一点儿小嫉妒，借题发挥。那时候曹可凡也是有点儿小个性的，一般的小编导压不住他，也会有一点儿意见；个别主持人觉得活儿都被你做了，也会有一点儿小情绪。但这种人属于极少数。

但是，凭曹可凡的本事，单靠一个“封杀令”是压不住的。那时候还是有很多导演会找他去做节目，没得说，就他主持得最好嘛！再换一个思路看，那段时间正好给了我们一个重新认识曹可凡能力的机会。以前都是曹可凡做，做了也就做了，现在换别人来做，一塌糊涂，我们就知道曹可凡到底对电视台有多重要了。这也就坚定了我们赶紧把他调进电视台来的决心。所以，曹可凡觉得这是他最艰难的时刻，我倒觉得这恰恰是他光明到来的时刻。

所以，后来决定引进曹可凡的时候，台里全票通过，一点儿疑问都没有。

（五）好多“第一”都与曹可凡有关

曹可凡在东方电视台做过好多节目，几乎每一个节目在当时都是独领风骚的。

先来说说《东方直播室》。这个节目曹可凡可能印象不深，因为他做得不是很多。但我倒觉得这个节目对他帮助很大。它是中国第一个现场直播的新闻谈话类节目，是有划时代意义的。

之前曹可凡在《诗与画》，虽然也参与策划，但主要是主持。在《东方直播室》，主持人要全程参与节目选题的制定。而且那还是一个日播节目，一个礼拜做五期。社会上发声的事情，昨天发生今天就在节目里说——发生了什么事情，对社会造成了什么影响……这些不单单是主持节目，还涉及社会学方面的东西，有高度。

节目现场，我们还要把当事人请来，还有采访专家，还要接热线电话和观众互动。所有东西都要串在一起，全程实况转播。这对年轻的曹可凡来说绝对是一种历练。当然，无论是他还是袁鸣还是《东方直播室》的其他主持人，表现得都非常好。作为一档新闻节目，收视率最高达到 43%，现在想想简直不可思议。

然后就是他和英子（陆英姿）合作的全国第一个游戏节目《快乐大转盘》。“大转盘”就是一个好玩儿。当时之所以让他做这个节目，一个是因为英子的推荐，另外就是看中他的多才多艺。

当时《快乐大转盘》在全国都是引起轰动的。我们还专门召开过全国性质的节目研讨会，向其他电视台介绍这个节目的制作心得，后来湖南台还特地来上海向我们学习、取经，《快乐大本营》就是在这个基础上做出来的。

曹可凡还做过一个很重要的节目，就是《飞越太平洋》。这个节目是全国第一个走出国门，从中国的角度看世界的节目。当时的主持人有他、袁鸣、夏霖。派他去主要是因为他英文好。

在那个节目里，我们采访了好多人，介绍了好多外国的先进事物。比方说，我们去新加坡，那里的地铁都安装了安全门，防止乘客跌入站台。这个东西现在上海地铁站都已经安装了，但都是在地铁站造好以后才去安装的，浪费了不少钱。其实我们在十几年前就已经介绍过这种外国的先进经验了。

还有就是《共度好时光》，他和袁鸣主持的“金牌节目”。那时候主持人们轮流跑，走访介绍全国各地知名的艺术家。我们那时候做过李谷一，做过毛阿敏，把他们的成长故事告诉给观众。《共度好时光》能够把名人的故事讲得特别精彩。

后来中央电视台在筹备《艺术人生》的时候，还专门来上海考察《共度好时光》。他们都非常佩服我们，竟然能把李谷一的故事讲得那么感人。所以，其实在《艺术人生》身上，还是有着不少《共度好时光》的影子的。

总而言之，曹可凡几乎是涉猎最广的节目主持人，新闻社会节目、文化专题节目、游戏节目、综艺节目、晚会主持、访谈节目，都做过。

（六）《可凡倾听》是一个标志

刚进电视台的时候，曹可凡做过一档访谈节目，叫作《名家专列》。那时候他就采访过好多名人。他做访谈节目有一个特点，比方说他采访陈凯歌，他要把陈凯歌所有的电影都看一遍，了解每一部片子的艺术特色；把陈凯歌所有的介绍都看一遍，了解他从小到大的生活经历，了解他的家庭、他的父母……90年代的时候也没有什么网络，搞资料困难，但他还是会想方设法弄来研究。

这种做法其实是非常重要的。做人物访谈，即便你去做了调查，你所知道的也只不过是个皮毛，要是都不去了解，那么你和嘉宾完全就是“两张皮”，贴不到一块儿，完全没有共同语言。

后来《名家专列》停了几年，曹可凡把它改了个名字，就是现在的《可凡倾听》了。新节目的名字起得好，更加有一种娓娓道来的感觉，更有文学性、感情色彩，更加高雅。但从节目性质来看，它们两个是一脉相承的。

在《可凡倾听》里，他采访过很多文化名人。他的采访很有思想性，很有目的性，不像现在有些节目，成天只知道聊八卦，根本不知道观众需要什么。观众需要的是心灵的抚慰、精神的享受。《可凡倾听》这个节目很会教人，教观众怎么做人，怎么做好人，而不是去猎奇，去关注花边新闻。

采访大师是一件很辛苦的事情。一是你的口碑一定要好，人家才愿意接受你的采访；另一个是你一定要有诚意，毕竟你是上海本地频道，比不上中央台，连卫视都不是，人家凭什么要接受你的采访？

《可凡倾听》所有文案的制作、资料的分析几乎都是他一个人完成的。

他是节目的制片人。从最初的定选题到最后的后期编辑，他都全程参与。我觉得他有点儿像靳羽西，具备了采访能力、策划能力、制作能力，他已经不单单是一个主持人了。

《可凡倾听》做了整整十二年了。在中国有代表性的文化类节目中，《可凡倾听》是能够有一席之地的。他做过那么多节目，老百姓印象最深、最好的，一定是这个节目。作为一个节目主持人，《可凡倾听》是他的一个高峰；对于中国文化节目而言，《可凡倾听》是一个标志。这是一个能够留下来的节目。

（七）大型晚会没曹可凡不行

上海的很多领导人，包括好些国家领导人，都认识曹可凡。因为他们都看过曹可凡主持的大型晚会。从 90 年代开始，电视台的文艺晚会一下子多了起来，什么国庆、七一、长征纪念……各种各样的节庆、庆典晚会，主持人的第一人选就是曹可凡和张培。

文艺晚会，除了主体形式以外，其实什么都没有，主持人就是一个报幕员。但难就难在绝对不能说错话。大凡碰到中央或者上海的重大事件，下面坐着一片领导，也只有曹可凡能够压得住台。

在主持过程中，他文化水平高的优势就发挥出来了。拿到串联词之后他一定要自己修改，让串词符合自己的角色身份。这种大型晚会还敢改稿子，绝对是需要胆量的。刚开始的时候，有一些老编导还不大习惯，觉得你曹可凡很牛啊，老是改稿子。但到后来大家也就形成规矩了。每次稿子出来编导都会跟他说："曹可凡，稿子写好了，你要觉得不顺可以自己改。"等到了彩排的时候，大家再一起看看改得行不行。大家都蛮高兴的。

此外，每一个和曹可凡合作的搭档，都非常认可他的为人。在主持的时候，他不抢戏，不压人，不发脾气。对方的台词他都会认真看，一旦对方出现了一点儿小错误，他马上就能帮你弥补。所以，和他合作的主持人都没有什么压力，年轻主持人都能在他的帮助下快速成长。

当然，在这之前，他也曾经有过一个不成熟的阶段。他也曾经因为心高气傲得罪过赞助商；也曾经因为工作上的事情在编导面前发脾气……这些都是成长过程中必须要经历的东西。现在你再看他，就跟变了一个人一样，整个人的素质、修养都提升到了一个很高的境界。这和他的年龄、阅历、主持过的节目、经历过的事情都有关系。

到后来，他也主持《舞林大会》之类的真人秀。这也没办法，毕竟要顺应电视台的发展潮流。当然，这也能体现出他“百变”的特质。他可以非常严肃，也可以非常诙谐，通过语言技巧展示主持人的多面性格，通过文化底蕴来驾驭节目。他什么节目都能主持。

（八）梅兰芳是不会演小丑的

从曹可凡入行一直到现在，除了做真人秀那一段，其余的我都是看着他一路走来的。在我看来，他就是为电视而生的，当初放弃医学选择电视这条路真是走对了。

从形象来看，他圆圆高高胖胖，一笑起来眼睛就眯缝成一条线，看着就特别福相。中国人就喜欢这种胖墩墩的脸，看着就有信任感，讨观众欢喜。他的语言条件好，嗓音洪亮，普通话标准，模仿能力又强，朗诵配音都很擅长，再加上爱看书，有文化，头脑灵活，勤奋努力，为人厚道，具备了一个优秀主持人的一切素质。

再加上他刚好赶上了80年代中国电视大发展时期，一个又一个机会都被他牢牢抓住，可谓是时势造英雄。改革开放的“天时”、东方电视台的“地利”、个人天赋与努力的“人和”，三者合一造就了今天的曹可凡。

在我看来，曹可凡天生就是做“大节目”的料，他在台上的台风就是“大角儿”的“范儿”。生旦净末丑，每个人都有自己适合的角色。有的人只能当“末角”，在台边当当配角的命；有的人只能扮“丑角”，在台上嘻嘻哈哈蹦蹦跳跳；而曹可凡是典型的“老生”，张培是典型的“青衣”，只有这样的主持人才能当“大角儿”。

因此，对于曹可凡做真人秀，我是有一定的保留意见的。

我经常跟他说，跳舞什么的节目玩玩就好了，做得太久你会很难受的。现在做选秀的人实在太多了，这里面有很多浮躁的东西，尽管从当下来看似乎能带来很多利益，但并不是曹可凡真正适合的。

在西方娱乐节目都是艺人做的，真人秀只能放在周日下午四点播，晚上的黄金时间永远是新闻、谈话这些体现主流价值观的节目。电视圈永远都是内容为王，品牌为王。大浪淘沙，留下金光闪闪的一定是歌颂劳动者、歌颂为社会做出贡献的人，能带给观众美的熏陶、精神的享受，有文化、有品位的东西。

一晃眼，曹可凡也已经到了知天命之年了。现在对于曹可凡来说正是一个关键时期，需要冷静下来，把自己的东西总结一下，放掉一些眼前的利益。作为上海电视界的“大哥大”，只要他能够坚持自己的定位，牢牢抓住基础观众群，将真正热爱电视、关注文化的人聚拢起来，做出有文化、有品位、经久不衰的好节目，他就一定能够成为像拉里·金一样的荧屏“不老松”！

田明口述：我管可凡叫“哥哥”

（一）私底下我俩是好朋友

无论在工作中还是私底下，我和曹可凡的交情都非常好。

我是东方电视台的第一批“元老”，从1992年就参与了电视台前期的筹建工作。1993年“东视”开播，我在当时的报道部做新闻记者，而曹可凡是节目部《快乐大转盘》的主持人。我和他分别在两个不同的部门，而且一个专职一个兼职，所以并没有太多交集，顶多也就是他在主持大型晚

田明

会的时候，我作为新闻部的记者去报道，彼此打个照面而已。

直到1995年曹可凡调入东方电视台，我和他的接触才算稍微多了一点儿。头几年东方电视台在浦东的大楼还没有竣工，我们还是在南京东路的上海电视台旧址——七重天大楼的部分楼层里办公。电视台的空间很小，抬头不见低头见。

刚进“东视”不久，他和袁鸣便成了东方电视台的金牌搭档。工作之余我常去看他俩录节目，一来二往彼此也就熟悉了。节目录完后大家便一起出去吃宵夜，聊着聊着就发现原来我家和曹可凡家离得很近，就隔了一两条马路。于是闲来没事的时候也会一个电话约他出来小聚，谈谈工作、生活上的事情。很快我俩就成了无话不谈的好朋友。

那时候大家都没什么钱，日子过得很简单，彼此之间的感情也很单纯。可凡不爱喝酒，我们极少去饭店、酒家饱口福，反而经常会找个街边小店，坐下来喝碗粥、吃碗馄饨什么的。因为他比我大一些，我便管他叫“可凡哥哥”，后来通过他我还认识了他的爱人，我们的私交都非常好。

（二）可凡结婚我做伴郎

正因为那时我和曹可凡、袁鸣以及可凡的爱人都是无话不说的好朋友，后来可凡结婚的时候，他特意邀请了自己的搭档袁鸣来做婚礼的主持，又请我来做他的伴郎。能够为他的人生大事出一份力，我们都很高兴，便欣然接受。现在回想起来，那真是一段非常有趣的回忆，也是我这辈子唯一一次做伴郎的经历。

虽说舞台上的曹可凡非常有经验，无论现场出现什么状况都能从容应对，驾轻就熟，可在自己的婚礼上，却完全不是那么一回事儿了。

他的结婚酒席是在花园饭店办的，那一天来了好多嘉宾，除了双方亲朋好友，还有许多与可凡熟识的各界名流，真可谓是高朋满座，好不热闹。我明显感觉到那天的可凡是多么紧张，好多婚礼过程中的规矩——诸如接新娘的时候要吃点儿什么，在酒席上有什么讲究……他都不懂，别人告诉他该怎么做，可他个性使然又总不爱照着规矩做，于是在现场出了好多差错。一路跟在他身后，我也是哭笑不得，一边看他闹笑话，一边又要想着法儿地帮他“补窟窿”。

当时，可凡所表现出的生涩和局促，那是他主持任何一次重大活动都不曾有过的。当然，这毕竟是一生一次的大事，之前没有彩排，之后也没有重演，可凡的“表现不佳”也是难免的。除了这些小插曲，整场婚礼依旧是那么隆重、感人，每一个参加婚礼的人都感到非常美好、圆满。

（三）第一次大合作就是真人秀

真正和曹可凡在工作上有交集，那还得到我去文艺频道做主编开始。那以后我就和可凡在一个部门工作了，我负责的许多文艺演出都会请他来主持，我俩之间工作上的交流也变得越来越多了。

再后来上海文广整合资源，我成为SMG综艺部总监。到综艺部我做的第一个大型项目，就是与曹可凡合作的《加油！好男儿》。当时我担任《加油！好男儿》的总导演，可凡是节目的主持人。

当时在选择《加油！好男儿》主持人的时候，也有人跟我说：“这是选秀啊，是真人秀啊！是做给年轻人看的，主持人也应该用点儿新人！”

对于这个说法，我是相当不认同。因为《加油！好男儿》是当时上海最重磅的一个电视节目，作为一个标杆性的节目它绝不是单纯给某一个群体看的，而必须要得到最大多数观众的认可。而事实上，当时也考虑了不少年轻的男主持，试下来都觉得不是很合适。因此，当曹可凡主动表示想要试试看的时候，我的第一判断就是“太棒了”！

因为我非常熟悉上海电视，也非常熟悉曹可凡本人，我很清楚只要是曹可凡主持的节目，在上海观众的心目当中就一定是规格最高、规模最大的节目，就一定是头牌节目，他能够抓住上海大多数观众的眼球。在这基础上，我们再配一个年轻的、有活力的女主持人，这样就能够组成一个既能吸引年轻人，也能吸引大多数人的主持人团队。有了这样一个主持人班底，《加油！好男儿》的观众基础肯定不会差。

不仅如此，在《加油！好男儿》的实际制作过程中，曹可凡作为一名资深主持人，在节目中发挥了巨大的作用。那是上海第一次尝试做真人秀节目，所有人都不知道真人秀该怎么做，这对我们整个制作团队、导演团队都是巨大的挑战。可凡在主持大型晚会、综艺节目、访谈节目方面有着丰富的经验，同时也有着很强的学习能力和学习意愿，他能带领我们整个团队一起学习，并将自己的学习感悟与所有人分享。

随着节目的进行，可凡对真人秀主持的理解不断加深。他很快就意识到真人秀节目中要凸显的是台上的选手和学员，在控制住场面的前提下，主持人的存在应当尽可能地淡化，这是和大型综艺晚会节目截然相反的。到了节目后期，他就会有意识地留给选手更大的展示空间，这是他主持中一个很大的变化，同样也是非常成功的。

第一季的《加油！好男儿》一炮打响，和当年湖南卫视的《超级女声》平分秋色。紧接着我们又趁热打铁推出《舞林大会》，依然选择了由曹可凡带一个年轻女主持的主持人阵容，同样在全国范围内广受好评。凭借着这一系列的真人秀节目，东方卫视被评选为 2006 年“年度电视频道”，无论是节目还是频道都获得了巨大的成功。在这过程中，曹可凡的表现功不可没。

（四）娱乐和严肃并不冲突

请曹可凡主持真人秀节目，当时确实也有一定的争议。有人认为他个人的年龄、形象和节目的类型、风格不是很符合，感觉曹可凡的荧屏形象素来是知性、博学、“高大上”的，突然去做那种小年轻嘻嘻哈哈的节目，似乎不太合适。

另外一点，可凡在主持《加油！好男儿》《舞林大会》的同时，也在做他的《可凡倾听》，所以也有人会觉得前一个小时还看到曹可凡陪小孩儿、明星们打打闹闹，后一个钟头就看见他陪文化大师谈人生、谈理想，脑子有点儿“转”不过来。

但我觉得这样的担心其实没有必要。

首先，当时对我们来说，真人秀是完全陌生的。任何主持人想从传统主持升级到真人秀主持，都必须在原有的基础上经历一个重新学习的过程。曹可凡对传统类型的文艺晚会驾轻就熟，综艺娱乐主持也是信手拈来，原本的主持实力就是出类拔萃的；面对新鲜事物，他还有着高于常人的学习能力和适应能力。如此看来，曹可凡是主持真人秀节目的最佳人选。

其次，对曹可凡而言，即便在同一段时间里主持两种风格截然相反的节目，他也完全有能力做到在两种不同的主持风格间自由切换。这与适合不适合、适应不适应无关，完全是他的实力和素质决定的。事实上，在那段时间里，也并没有人在《加油！好男儿》《舞林大会》和《可凡倾听》的切换中感到不适。

我是学新闻出身的，所以在我做娱乐节目的时候，一直坚持“真实娱乐”的理念。就是说，综艺娱乐节目要像新闻一样真实地参与、反映社会生活，真实地承担社会责任。所以，上海的娱乐节目不应该是那种轻浮的娱乐，为娱乐而娱乐，而应该是传递真善美，传递主流价值观的娱乐。而真人秀正是那样的一种娱乐节目形式，所以在我的理解里，真人秀应该是现有的节目形式中最高阶的。

而一个轻飘飘的、单纯搞笑娱乐的年轻主持人是无法担当起这样一种全新的、承载巨大社会责任的娱乐节目的，只有曹可凡符合我“真实娱乐”的创作理念，他能够成为东方卫视娱乐节目主持人的标杆。

（五）可凡是团队中的关键

在我担任 SMG 综艺部领导期间，凡是有大型文艺节目的转播任务，曹可凡必然是我主持人的首选。这不仅是因为他能力强，更因为他有一种以节目为己任的责任心。在任何节目团队中他都是核心的创作人员，他有着非常丰富的节目经验，能够提出很多中肯、有价值的意见，他在工作时充满激情，能够极好地调动身边同事的积极性，这些都会对节目产生正面的影响。

不仅如此，曹可凡还是一个追求完美的人。他的天赋高、能力强，对节目的要求同样也很高。在节目现场，如果有哪个工种的工作不到位，他就会当场发脾气，丝毫不留一点儿情面。然而，他发火绝不是恶意地发泄情绪，一切都是以节目为出发点，对事不对人。从这方面看反而是他真性情的流露。

也就因为这个原因，台里的工作人员都有点儿“怕”他，怕自己工作没做好挨他骂。于是乎只要看到曹可凡，就必须要打起十二分精神，更加努力地去工作，不能拖拖拉拉，马马虎虎。在他的眼睛里，可是容不下一粒沙子的。

从领导艺术的角度看，我或许会觉得，可凡在指出他人缺点的时候还需要注意一些方式方法；但倘若站在团队建设的立场上，我又会特别喜欢曹可凡发脾气。因为在我的节目团队中，我需要有这样的影响力、威慑力存在，这能让我们每一个工作人员都绷紧神经，更加高效率地完成工作。

此外，当我想要推出新的节目、新的项目的时候，我都会首先找他聊，请他来给我出主意、提建议——不仅仅是从一个主持人的角度，而是全方位地提出他的建议。在这方面，他和曾志伟非常相似，都能够把自己的思想融会贯穿到节目的方方面面，像一个导演一样地去主持。他具备成为节目“灵魂”的能力，这也是所有优秀节目主持人共同具有的实力。

（六）可凡是看书最多的主持人

作为一个从业二十多年的媒体人，我认识许许多多资深的、知名的、优秀的、有个性的节目主持人，而曹可凡是我所认识的主持人里看书看得最多，知识最渊博的一个。

正因为他喜欢看书，喜欢写作，有着丰富的知识储备，又使他拥有了另外一个主持人少有的特质——喜欢动脑子，无时无刻不在思考。他的内涵与众不同，这就决定了他无论做什么节目都能达到别人无法触及的高度。

20 年前他做《东方直播室》，那是中国电视史上第一个现场直播的电视新闻谈话节目。即便放到现在看，《东方直播室》都达到了极高的传媒高度。作为这么一档节目的主持人，无论是个人的新闻素养，对新闻时效性的把握，即兴口语表达，还是对访谈深度的把握，访谈时间的掌控……要求都是极高的。作为一个没有新闻背景的年轻主持人，当时的曹可凡能够把这档节目拿下，靠的就是他广博的知识、丰厚的积累。

后来我调到东方卫视担任总监，我做了两件很重要的事：一个是恢复了当年东方电视台的口号——“风从东方来”，我认为东方卫视应当传承当年东方电视台创业时期的这种精神；另一个就是重新制作《东方直播室》，只可惜在 20 年后我们反而没有条件做到直播，节目的效果也不如当年。

有了《东方直播室》等谈话节目作铺垫，曹可凡再去做《可凡倾听》，也就水到渠成了。《可凡倾听》是曹可凡呕心沥血之作，它所蕴含的文化价值是可以长久流传的。在曹可凡推出《可凡倾听》的时候，他的主持能力已经到了炉火纯青的程度，完全不需要靠这档节目去证明。《可凡倾听》更多展现的，其实是曹可凡个人的文化沉淀。他的艺术情趣，他的人文情怀，他的历史积累，他对人生的思考，他对社会的理解，他对世界的探求……全都在这个节目里得以呈现。

记得那个时候，每当有巨星、泰斗离去的时候，每当我们要收集某位艺术家、文化大师的资料的时候，首先就会想到去《可凡倾听》的片库里找。这十多年来，可凡为我们留下了许多极具文化价值的人物访谈资料，这无论对我们电视台还是整个社会来说，都是一笔巨大的、无法用金钱衡量的宝藏。

（七）所有的艺术都是相通的

这两年，曹可凡也逐渐在寻求新的转型。最大的一个尝试应该就是拍了电影《金陵十三钗》。那部电影我也看了，我觉得他演得很到位，非常入戏，丝毫不像是一个外行人。

当然，这并不是说曹可凡在表演方面有着未曾被挖掘的天赋。在我看来，各行各业、所有的艺术领域都是相通的。因为可凡有很高的综合素养，善于学习新的东西，能够很好地将已有的经验同新学的知识融会贯通。有了这样的能力，无论他做什么工作，都能够做好。所以曹可凡能演好电影，我一点儿都不意外。

相反，可凡为了演好这个角色，坚持节食、运动，一口气瘦了好几十斤，反倒让我觉得不可思议。在我的印象中，曹可凡从来就没有瘦过。拍电影之后我请他吃饭，瘦了之后真是玉树临风，完全像是换了一个人。在饭桌上他依然极其克制，只吃清淡的蔬菜。这股毅力让人不佩服都不行。

所以，我们看曹可凡，又会写文章，又懂音乐、绘画；方言、外语都在行，戏剧、曲艺都熟悉……这些东西和他大学读什么专业，毕业干什么工作并没有多大关系，完全是个人综合能力和素养的体现。而这，或许就是曹可凡能够在不同领域取得成功的秘诀。

主持人和艺术家不一样，你听一个歌手唱歌，看一个演员演戏，欣赏一个舞者跳舞，很难在短时间里看出那个人真实的素养，看出他灵魂的高度。但主持人不一样，他在舞台上说的每一句话都是真实思想和情感的流露。只要他拿着话筒站上舞台，观众很快就能发现他有没有内涵，到底有几斤几两，因为说话是最容易暴露一个人底蕴的一种社交行为。

所以，对于主持人而言，技艺的高下并不是绝对的成败因素，在他的内心中究竟有没有思想的深度，有没有生命的厚度，有没有使命的重量，这些内在的东西才是关键。

而这，恰恰是曹可凡的优势所在。